HEYNE BÜCHER

JOHN HALLOWS

ENTSCHEIDUNG AUF ANDROS

Roman

Deutsche Erstausgabe

WILHELM HEYNE VERLAG
MÜNCHEN

HEYNE ALLGEMEINE REIHE
Nr. 01/8047

Titel der Originalausgabe
THE ANDROS PASSAGE
Aus dem Englischen
übersetzt von Peter Pape

Printed in Germany 1990
Umschlagzeichnung: Gerry Haylock
Umschlaggestaltung: Atelier Ingrid Schütz, München
Satz: Werksatz Wolfersdorf GmbH
Druck und Bindung: Elsnerdruck, Berlin

ISBN 3-453-04173-9

KAPITEL 1

Die Caique

Wenn ich die Ereignisse hätte voraussehen können, hätte ich die weiße Yacht mit meinem Boot in mindestens einer Seemeile Abstand passiert. Doch auf den ersten Blick bestand überhaupt keine Veranlassung, mißtrauisch zu werden. Der Wind fegte fast mit Sturmstärke über das Ägäische Meer, und das grelle Sonnenlicht zauberte helle Reflexe auf das nasse, schrägliegende Deck meines Schiffes. Die Yacht war nur ein tanzender Fleck am Horizont und wirkte so bedrohlich wie ein Mädchen im Brautkleid vor einer Kirchenpforte, das man im Vorüberfahren aus den Augenwinkeln wahrnimmt. Daher betrachtete ich das fremde Schiff lediglich als ein Objekt auf den dunklen Wellenbergen, das es sicher zu umfahren galt. Ich hatte ohnehin alle Hände voll zu tun, meine große Ketsch auf Kurs zu halten und mir selbst einzureden, daß ich Seemann genug war, das Schiff durch den Sturm zu bringen.

Die *Andromeda* hob und senkte sich in der weißen Gischt wie ein Pferd bei einem alptraumhaften Hindernisrennen; sie ritt im steilen Winkel die Wellenkämme empor und schoß dann bockend in die Tiefe. Sie war ein Zweimaster von vierundvierzig Fuß Länge, in Taiwan in der für die ostamerikanische Küste typischen Bauweise errichtet; doch dies hier waren nicht die freundlichen Gewässer der Grand Banks, die die New England-Fischer gewohnt sind. Die Ägäis ist ein seichtes Meer. Ihre Gewässer um die Kykladen sind teilweise weniger als hundert Faden tief, weshalb der *Meltemi,* der fast den ganzen Sommer über kräftig aus dem Norden bläst, meist Strömungen erzeugt, bei denen das Segeln keine reine Freude mehr ist. Ich hockte verkrampft im engen Cockpit des Schiffes, hielt das Ruder umklammert. Tauchte das Boot in ein Wellental, stemmte ich mich gegen die heftigen Stöße, verlor aber unwillkürlich den Halt, wenn es aus der Senke in die Höhe schoß. Beim Ritt der *Andromeda* auf den Kämmen der höheren Wogen schlug mir dann der Wind heftig ins Gesicht. Solche physischen Kräfte hatte ich zum erstenmal als Neuling in einer Football-Mannschaft erlebt, als ich die gegnerische Verteidigungslinie zu durchbrechen versuchte.

Der Wetterumschwung war für mich völlig unerwartet gekommen. Die Sonne stand als grellweißer Ball am vom starken Wind blankgescheuerten, tiefblauen griechischen Himmel. Auf den Inseln lagen sicher unzählige Touristen am Strand, durch Schutzzäune aus Weidengeflecht und Ambre Solaire vor Wind und Sonne geschützt. Selbst hier draußen auf offener See war es so warm, daß ich nur Windjacke und Jeans trug. Trotzdem war der Sturm hier fast so heftig wie die Winterstürme im Atlantik. Der Hauptmast trug nur zwei Reffs, der Besan war blank. Trotzdem schoß das Schiff mit einer stetigen Neigung von fünfundzwanzig Grad durch die tanzenden Seen. Die Nadel des automatischen Logs stand stur auf zehneinviertel Knoten. Und dann fühlte ich, wie ich langsam seekrank wurde.

Es gab kaum etwas, das ich dagegen tun konnte. Zum ersten segelte ich allein, was mir, als ich die Fahrt bei dem zweiwöchigen Zwischenstop in der Türkei vorbereitete, durchaus sinnvoll erschien. Die *Andromeda* war leicht zu handhaben, und im Sommer ist die Windrichtung in der Ägäis so konstant, daß man keinen Segelwechsel einzuplanen brauchte. Ich konnte wie ein Expreßzug nach Griechenland hinüberzischen. Ich brauchte nur auf guten Wind zu warten, um die Überfahrt in einem Tag zu schaffen. Das war jedenfalls meine Vorstellung gewesen. Technisch gesehen ist das mit Hilfe des *Meltemi* im Sommer auch kinderleicht. Man kann sich ziemlich darauf verlassen, daß der Nordwind mindestens fünf Tage der Woche stetig von der Türkei herüberbläst. Zum zweiten hatte ich die *Andromeda* genau vorm Wind, der mit nahezu Stärke sieben von achtern kam – für jeden Segler optimale Bedingungen zum Steuern seines Schiffes. Ich befand mich weit draußen auf offener See, neun Stunden von Izmir entfernt, und lief auf Südwest-Kurs an den Inseln Skyros und Chios vorbei. Wenn ich jetzt versucht hätte, leeseits von Chios im Osten Schutz zu suchen, hätte ich wenden, das heißt, den Baum am Hauptmast mit der ganzen Kraft des Windes dahinter quer über das Deck ziehen müssen. Dies ist bei Sturmstärke nicht gerade ein leichtes und ungefährliches Manöver für einen Einhand-Segler. Und selbst wenn es gelungen wäre, hätte die *Andromeda* völlig ihre Fahrt verloren; und dann war sie, weiß Gott, nicht gerade einfach zu steuern.

Doch das Hauptargument war ein anderes: Es war wichtig für mich, die Überfahrt in einem Tag zu schaffen. Ich wollte etwas beweisen und mir dadurch vielleicht die Tür zu einer neuen Karriere öffnen. Wichtigster Teil dieses Beweises war, die Überfahrt von Izmir in der Türkei nach Euböa in Griechenland nach Lichten des Ankers um zwei Uhr morgens in etwa siebzehn Stunden zu schaffen. Wenn ich jetzt aufgab und nach Chios abdrehte, waren die ganzen Vorbereitungen umsonst gewesen. Ich hatte die *Andromeda* nur aus dem Grund von Hongkong durch den Indischen Ozean ins Mittelmeer gesegelt, um diese Überfahrt zu machen und zu beweisen, daß Lord Byron, der große englische Dichter des 19. Jahrhunderts, ein Pirat gewesen war, ehe er literarischen Ruhm erntete. Wenn ich jetzt aufgab, bloß weil ich zu wenig Praxis im Schlechtwetter-Segeln besaß, waren auch meine Pläne für den restlichen Sommer hinfällig. Denn ich wollte ja nicht nur Athen erreichen, sondern mein Leben aus den Niederungen eines Korrespondenten einer Nachrichtenagentur in die ungeahnten Höhen eines unabhängigen Fernseh-Produzenten steuern. Für diese Chance hatte ich die Ersparnisse aus fünfzehn Jahren Agenturarbeit und zwei vorzeitig gekündigten Lebensversicherungen geopfert und mir meine taiwanesische Ketsch gekauft. Ich brauchte die *Andromeda*, um Byrons Reise nach Griechenland im Jahr

1811 an Bord der Fregatte *Salsette* der Royal Navy nachzuvollziehen. Im Oktober dieses Jahres hatte sich der Dichter auf der Heimreise aus der Türkei befunden. Die *Salsette* erwischte einen starken *Meltemi*, der sie innerhalb weniger Stunden durch die Kykladen jagte. Sämtliche Unterlagen im British Museum dokumentierten diese Fahrt als Byrons einzige Reise durch die Ägäis. Ich wußte es besser. Achtzehn Monate hatte ich von Athen aus für die Agentur den Mittleren Osten beackert und in dieser Zeit die Lebensgeschichte des Dichters eingehend studiert. Dabei war ich auf die Wahrheit gestoßen und entschied, daß diese Story für eine Nachrichtenmeldung eigentlich zu schade war. Durch das Nachsegeln derselben Route in derselben Zeitspanne wollte ich beweisen, daß sich Byron bei der kurzen, wilden Fahrt der *Salsette* durch die Inselwelt der Kykladen nicht die umfangreichen und detaillierten Kenntnisse über die Inseln hatte aneignen können, die er in den nächsten zehn Jahren seiner schriftstellerischen Tätigkeit offenbarte. Die *Salsette* hatte keine seiner Lieblingsinseln wie zum Beispiel Naxos jemals angelaufen. Von dieser Insel hatte Byron des öfteren vor Freunden geschwärmt und geäußert, er wolle dorthin zurückkehren und ein Haus kaufen.

Byron bewies zeit seines Lebens eine seltsame Zurückhaltung, was seine wirklichen Erlebnisse in der Ägäis betraf. Ich glaubte, den Grund dafür zu kennen. Nachdem ich die Reise mit der *Salsette* als Erklärung für seine genauen Kenntnisse der Ägäis widerlegt hatte, wußte ich auch, worauf der Gegenbeweis hinauslaufen mußte: Byron hatte die Fregatte auf der letzten Insel vor ihrer Ankunft in Athen verlassen und war heimlich auf die Kykladen zurückgekehrt. Dort schloß sich der meistgelesene Dichter des 19. Jahrhunderts griechischen Piraten an, deren Heimatinsel Paros war.

Wenn ich also jetzt die Fahrt der *Salsette* wiederholte und diesen Punkt beweisen könnte, hätte ich das Basis-Thema für einen erstklassigen TV-Film über die romantischen Schurkenstreiche des Dichters – für mich ein maßgeschneiderter Einstieg in meine neue Aufgabe. Und für einen Nachrichten-Korrespondenten außer Dienst, der sein ganzes Erspartes in diese Sache gesteckt hatte, war der Gedanke, jetzt aufzugeben oder die Fahrt auch nur verspätet zu beenden, schrecklicher als ein Sommersturm mit Windstärke Sieben in der Ägäis.

Fünfzehn Jahre lang hatte ich im Nachrichtengeschäft gearbeitet, fünfzehn Jahre lang war ich anonymer Beobachter der Kriege und Revolutionen anderer Menschen gewesen, eine Art Punktrichter ohne jeden Einfluß auf das Spiel. Ich hatte die Nase voll davon, dauernd beschossen zu werden, obwohl ich keine Waffe trug, und als Berichterstatter nur mit den Firmeninitialen unter der letzten Zeile Erwähnung zu finden. Ich war des Punkteaddierens überdrüssig, wollte auch einmal das Spiel erklären – einfach etwas Eigenes produzieren.

Also blieb mir nur die Möglichkeit, meinen Magen zu beruhigen, mich nicht hilflos über die Reling zu hängen und die *Andromeda* auf Kurs zu halten. Es gibt einen Weg, die Seekrankheit zu unterdrücken, während man das Ruder hält. Es ist ein alter Seemanns-Trick: Man muß seine Augen auf einen Punkt außerhalb des Bootes fixieren. Man darf dabei nicht auf die tanzende Kompaßnadel in ihrem Gehäuse direkt vor dem Ruder schauen, sondern muß das Boot in Richtung eines geeigneten Objekts am Horizont steuern. Meist richten sich die Seeleute dabei nach einer Wolke oder einer weit entfernten Landmarke. Doch gibt's in der Ägäis keine nennenswerte Wolkenbildung, und Inseln waren auch nicht in Sicht. Also steuerte ich mein Boot nach dem weißen Fleck, der am Horizont auf und ab tanzte, und versuchte dabei die sprühende Gischt auf den Wogenkämmen zu ignorieren.

Fast zwei Stunden beobachtete ich so die tanzende Yacht, die auf den Wellen hin und her schwankte wie eine Laterne in der Hand eines Betrunkenen, ohne ihr aber wirklich besondere Aufmerksamkeit zu schenken. Natürlich wußte ich, daß der leuchtende Punkt in der Ferne ein Schiff war, doch gab es keinen Grund, sich intensiver mit ihm zu beschäftigen. Für mich war es nur eine zusätzliche Orientierungshilfe. Ich fixierte das Boot mit einem Auge und hielt es einen Strich backbord vom Bug der *Andromeda*.

Schließlich war ich mit dem fremden Schiff auf einer Höhe.

Es war wirklich ein seltsamer Zufall. Wäre ich nicht seekrank geworden, hätte ich das weiße Boot in großer Entfernung passiert – und wäre nicht an Bord gegangen. Die ganze Geschichte kam nur in Bewegung, weil ich es nicht mehr gewohnt war, bei schwerer See zu segeln. Hätte ich meinen Zwischenstop in der Türkei dazu genutzt, ein wenig auf der Ägäis zu kreuzen – statt dessen hatte ich mich ausschließlich darauf konzentriert in Ankara Ihre Exzellenz Rosemary Bulltine von der Britischen Botschaft flachzulegen – und wäre die Überquerung des Indischen Ozeans nicht so glatt verlaufen, wäre das alles nicht passiert. Andererseits wäre Nina jetzt tot, und ein paar mir unangenehme Zeitgenossen wären noch am Leben. So gesehen, bedauere ich es nicht so sehr, daß ich mich in Izmir etwas hatte gehen lassen.

Ich dachte an tausend andere Dinge, als ich auf Rufweite an das fremde Boot herankam. Während ich die Wellen der Übelkeit bekämpfte, fragte ich mich beispielsweise, warum ich mich nicht um eine andere Mannschaft bemüht hatte, nachdem die beiden Australier, die mit mir das Boot ins Mittelmeer überführt hatten, in Izmir abheuerten, um an einem Bootsrennen nach Sardinien teilzunehmen. Auch sollte ich mir – in schwierigeren Momenten – öfter die Frage stellen, warum ich mir eingeredet hatte, es sei notwendig, die Ägäis zu durchqueren, um meine These über Byron zu beweisen. Das wäre mir auch mit Hilfe der vorhandenen Aufzeichnungen und des Schiffstagebuchs der *Salsette* gelungen, das sicherlich noch in den Archiven der Royal Navy schlummerte.

Doch nach zwei Wochen in Izmir wurde ich allmählich immer besessener von der Idee, die Fahrt allein zu machen und der literarischen Fachwelt meinen ersten Achtungserfolg zu präsentieren, so daß ich zum Schluß meinem Reisefieber sogar die Verabredung mit der schlanken, niedlichen Bulltine opferte, was die Kraft meiner Besessenheit beweisen mag. Rosemary zu beobachten, wenn sie im Zimmer umherschritt und sich über Politik ausließ, während das Licht eines sonnigen Ankara-Morgens durch ihr dünnes Kleid schimmerte und ihre Gestalt modellierte, war eine überaus große Versuchung. Denn hinter der kühlen Fassade anerzogener Selbstbeherrschung, die besonders die britische Aristokratie auszeichnete, wußte auch Bulltine eine kaum zu bändigende Zügellosigkeit und Lebensgier gekonnt zu verbergen – ebenfalls nichts Ungewöhnliches bei britischen Aristokraten.

Doch als sie mir dann schließlich ihre Ankunft in Izmir telegrafierte, war meine Besessenheit, den Spuren Byrons zu folgen, übermächtig geworden. Am nächsten Morgen wollte ich auslaufen. Deshalb telegrafierte ich ihr kühl zurück, sie möge in ihren diplomatischen Gefilden, in denen sie das Amt des Dritten Botschaftssekretärs innehatte, bleiben.

Wie ich dies jetzt bereute! Die ersten Aufwallungen der Seekrankheit haben noch einen äußerst unangenehmen Nebeneffekt: Mit dem zunehmenden Verlust des Gleichgewichtssinnes in dieser schwankenden Welt erwachsen auch erhebliche Selbstzweifel. Während die *Andromeda* schwer überholte, ertappte ich mich dabei, wie ich meine ganze Karriere in Frage stellte und, obwohl ich doch schon siebenunddreißig Jahre alt war, ernsthaft überlegte, ob ich nicht besser wie mein britischer Vater Flieger geworden wäre. Jedenfalls hätte mich das von kleinen Schiffen ferngehalten. Mein alter Herr hatte immer im stillen gehofft, ich würde wie er einmal in die Royal Airforce eintreten. Man gab ihm später einen Posten bei der Britischen Botschaft in Washington. Dort besuchte ich die High School und das College, dort legte ich mir einen etwas seltsamen Akzent zu, weil ich nie wußte, wie ich ein Wort betonen sollte, ehe ich es aussprach. Und dort zeigten sich auch andere Neigungen, die nicht den Ambitionen meines Vaters entsprachen. Ich war viel zu spät aufs College gekommen, um noch genügend

Armmuskeln für einen guten Quarterback zu entwickeln, doch mit siebzehn Jahren war ich knapp eins neunzig groß und lief die hundert Meter in einer ganz passablen Zeit, so daß ich eine Zeitlang als professioneller Running Back spielen wollte. Zu der Zeit waren die Cleveland Browns die heißen Favoriten. Doch schon bald – nachdem ich mir ein paarmal die Rippen gebrochen hatte – wurde ich von dieser Vorstellung geheilt. Die amerikanische Erziehung, von der mein Vater geglaubt hatte, sie könne mir den Zutritt zu den Offizierskasinos der NATO erleichtern, hatte mir statt dessen eine Weltanschauung vermittelt, die sich kaum mit dem Dienst in der Air Force vereinbaren ließ. Wenn eine liberale Schulerziehung dir nicht die Grundlage für eine konstruktive Zukunftsgestaltung bietet und wenn dein Vater dir einen Namen hinterläßt, der ausgezeichnet unter eine Zeitungsspalte paßt, ist der Journalismus ein logischer Schritt. Mein Vater, der auf seinen Titel – Group-Captain Lancaster – überaus stolz war, gab mir den Mädchennamen meiner Mutter als Vornamen und nannte mich Harrison. ›Harrison Lancaster, Saigon‹ vermittelte genau die typisch unechte Autorität, die die Massenmedien bevorzugen – einer der Gründe, die mir bei einer internationalen Nachrichtenagentur die Tür öffneten und mich später Vietnam, Iran, Afghanistan und jeden weiteren gefährlichen Einsatz während der jüngeren Geschichte überleben ließen. Außer der Rezession in den Achtziger Jahren und den sogenannten wirtschaftlich notwendigen Einsparungen.

Man überlebt keine Kriege, wenn man nicht alle möglichen Zufälle vorher sorgfältig einkalkuliert. Selbst meine besten Freunde behaupten, daß Mut in meiner Persönlichkeitsstruktur einen weit niedrigeren Stellenwert hat als etwa mein sorgfältiges Abwägen aller Risiken. Der Trainer der College-Footballmannschaft pflegte diese Tatsache mit weit kräftigeren Worten zu umschreiben. Mich selbst stört es kaum. Wenn ich sage, daß ich damit leben kann, liegt meine Betonung auf dem Wort ›leben‹. In Vietnam waren viele meiner Kollegen weit mutiger als ich – und haben dort auch ins Gras gebissen. Im Moment jedenfalls ärgerte mich die Tatsache, daß mir nach jahrelangem erfolgreichen Abwägen aller persönlichen Risiken am Ende doch noch ein solch idiotischer Fehler unterlief. Mein Hintern war in zwei Kriegen und einer islamischen Revolution, von ein paar kleineren Krisen in Südamerika ganz zu schweigen, heil geblieben. Ich hatte die *Andromeda* gegen Stürme und Piratenüberfälle bei der Fahrt durch die gefahrvolle Straße von Malakka und an den Andamanen vorbei so weit wie möglich gesichert. Das 30-Millimeter-Maschinengewehr unter der Koje im Achterdeck, meine zwei Treibanker an fast fünfhundert Metern Leine sowie die beiden unterschiedlich großen Sturmklüver zeugten dafür. Die Dreißiger ist in asiatischen Gewässern immer ein sehr nützlicher Begleiter. Ich hatte mir wirklich Mühe gegeben, an alles zu denken.

Und jetzt sollte ich aus purer Selbstüberschätzung – auch im literarischen Sinne – vom Kurs abdriften? Wie hatte ich nur glauben können, mein seemännisches Können würde reichen, allein in einem eintägigen Sturmlauf die Ägäis zu überqueren? Ohne überhaupt einen einzigen Gedanken an Seekrankheit oder ähnliches zu verschwenden! Selbst ein Admiral Nimitz blieb, wenn er zur See fuhr, kein einziges Mal von ihr verschont.

Ich fühlte mich hundeelend und machte mir ziemliche Sorgen über den weiteren Verlauf der Fahrt, als meine tränenden Augen einen genaueren Blick auf die weiße Caique, dieses türkische Boot ein paar Meilen vor dem Bug meines Schiffes, erhaschten.

Ich war überrascht, wie schnell ich mich dem fremden Schiff genähert hatte. Ich mußte innerhalb der letzten beiden Stunden mindestens fünf Seemeilen zurückgelegt haben. Ich wurde das Gefühl nicht los, daß der Schiffsführer des fremden Bootes ein blutiger Amateur sein mußte – wahrscheinlich einer dieser reichen Deutschen, die sich im Hafen von Piräus ein Boot ohne Mannschaft chartern und dann zwei Wochen im Hafen herumliegen und auf ruhiges Wetter warten, um mal für ein paar Stunden auf die Ägäis hinauszuschippern. Die Caique rollte auf seltsam ziellose Weise im Wind.

Ich fragte mich, was, zum Teufel, die Leute da drüben trieben, und holte mein Fernglas aus dem Klappfach im Cockpit, um mir die Sache genauer zu betrachten. Merkwürdig, dachte ich, das Schiff müßte eigentlich besser im Wasser liegen. Es war eines dieser Varkalas-Boote, wie sie die Bewohner von Samos für die Küstenfahrt bauen, besaß aber einen Schnellsegler-Bug und eine hübsche Gier im hinteren Teil vor dem Querholz-Heck. Man hatte das Schiff offensichtlich zu einer Yacht umgebaut und als Gaffel-Schoner aufgetakelt. Seine Länge schätzte ich auf etwa fünfzehn Meter. Mit seinen weitgeschwungenen Decksbalken im typisch mediterranen Stil war es eigentlich kein Schiff für schwere See. Im Moment lief es mit gerefftem Hauptmast und Klüver, am Fockmast war kein Segel gesetzt – die richtige Takelage für einen Zweimaster, um genau im Wind zu segeln.

Doch im nächsten Moment wurde mir bewußt, daß die Caique überhaupt nicht im Wind lief. Vor zwei Stunden hatte sie wahrscheinlich denselben Kurs gehalten wie die *Andromeda*, den *Meltemi* genau von achtern. Doch nun segelte sie genau gegen den Wind, reckte ihren Bug im Winkel von etwa vierzig Grad gegen den Sturm und die rollenden Wogen. Bei einem solchen Kurs segelte man besser mit einem gerefften Vorsegel als mit dem Hauptsegel. Aber selbst mit dieser Takelage war es merkwürdig, daß das Schiff nicht mehr Fahrt machte.

Dann bemerkte ich, daß der Klüverbaum zur Seite gezogen war. Wollte das Schiff beidrehen? Dann wurde dieses Manöver aber nicht sehr effektiv durchgeführt. In diesem Fall muß nämlich das Schiff in einer Position gehalten werden, in der der Winddruck auf die Segel einen Gegendruck auf das Ruder bewirkt, so daß das Boot mehr oder weniger mit dem Bug gegen die Wellen auf der Stelle treibt. Der Trick dabei: Man muß den Klüver so zur Seite legen, daß der Wind die Nase des Schiffes leewärts drückt, und das Ruder gleichzeitig zur anderen Seite festzurren, als wolle man das

Boot in den Wind, also in die entgegengesetzte Richtung drehen. Das genaue Ausbalancieren dieser beiden Kräfte hält das Boot einigermaßen an der gleichen Stelle fest. Doch ist dies ein Trick, den Segler heute kaum noch beherrschen. Nur wenige Yacht-Skipper wissen überhaupt davon. Deshalb beobachtete ich das Manöver der Caique zuerst auch mit einem überlegenen Lächeln. Die da drüben schienen ihr Boot völlig falsch zu steuern. Die Art, wie die Caique sich in den Wellen drehte, ließ darauf schließen, daß das Ruder nicht fest anlag.

Während ich noch darüber nachdachte, schlingerte die Caique so schwer in den heftigen Böen, daß sie sich drehte und den heranrollenden Brechern das Heck zeigte. Die Woge hob das Schiff und setzte es wieder der vollen Kraft des Windes aus, wobei es eine weitere Drehung vollführte. Der Mastbaum schwankte bei jeder Bewegung des Schiffes quer über das Deck. Der Anprall der Wellen drehte den Bug wieder in den Wind, die Caique schoß vorwärts, als der Klüver sich wieder blähte. Trotzdem legte sich der Bug aus der Fahrt, das Schiff drehte sich, bis der Klüver wieder in die Ausgangsposition zurückschwenkte.

Nicht einmal der dümmste Amateur segelt so. Der Schiffsführer mußte noch stärker unter der Seekrankheit leiden als ich. Im Cockpit war aber niemand zu sehen. Sicher hatte er sich hinter die Brüstung geduckt. Doch der unkontrollierte Tanz des Bootes auf den Wellen ließ eher darauf schließen, daß der Bootsführer entweder von der Seekrankheit ziemlich mitgenommen oder aber verletzt war.

Jesus, du selbst bist kaum in der Verfassung, jetzt jemanden aus Seenot zu retten, war mein erster Gedanke. Das Vernünftigste wäre, den maritimen Pharisäer zu spielen und das fremde Boot still und heimlich zu passieren. Ich konnte nur hoffen, daß sich niemand mehr an Bord befand.

Freud lag ziemlich schief mit seiner These, daß Sex die grundlegendste menschliche Triebkraft ist. Meiner Ansicht nach ist dies die Habgier. Ich hätte ja trotz all meiner Furcht versuchen können, die Caique in Schlepp zu nehmen, wenn auch nur mit großem Zögern, um ein Menschenleben zu retten. Aber ich hätte es zum Verrecken nicht getan, auch wenn man mir versprochen hätte, ein ganzes weibliches Semester aus Vassar läge nackt in der Kabine und würde mich sehnsüchtig erwarten. Doch bei dem Gedanken, die Caique könnte von ihren Besitzern aufgegeben worden sein, begann mein Magen in Erwartung einer schönen Stange Geld gleich begehrlich zu knurren.

Es ist schon seltsam, wie aufkeimender Tatendrang gleich den ganzen körperlichen Zustand eines Menschen beeinflussen kann. In dem Augenblick, in dem mein Gehirn das Wort ›Gewinn‹ formulierte, verdrängte es umgehend das Übelkeitsgefühl, das die Seekrankheit hervorgerufen hatte. Ich konnte dieses Geld wahrhaftig gut gebrauchen. Für den Kauf der *Andromeda* waren die gesamte Abfindung von International und all meine sonstigen Ersparnisse draufgegangen. Nachdem ich sie dann nach Hongkong überführt und dort mit dem Notwendigsten für die Überfahrt ausgerüstet hatte, blieb mir kaum noch etwas. Beim American Express in Athen lagen gerade noch 4500 Pfund für mich bereit. Die Caique-Yacht war locker das Zehnfache wert. Ihr schneller Verkauf könnte mir später das Herumrennen nach zahlungskräftigen Investoren für meinen Byron-Film ersparen. Zumindest würde es mir bei den europäischen Fernsehanstalten Tor und Tür öffnen; im besten Fall konnte ich vielleicht sogar noch einen Kameramann und einen Tontechniker für die Endfassung davon bezahlen.

Natürlich wäge ich normalerweise Risiken sorgfältig ab, doch wenn der Gewinn groß genug ist, werde ich manchmal zum Spieler. War die Caique von der Crew aufgegeben worden, würde ich auf jeden Fall versuchen, an Bord zu gehen. Die *Andromeda*, schräg im Wasser liegend, schoß nur so durch die Wogen, obwohl der Wind inzwischen auf Stärke sechs abgeflaut war. Meiner Schätzung zufolge mußte ich in etwa zwölf Minuten auf gleicher Höhe mit der treibenden Yacht sein. Bis dahin hatte ich Zeit, mir auszudenken, wie ein Einhand-Segler bei rauher See sicher auf ein anderes Boot umsteigen konnte.

Lassen Sie mich kurz erwähnen, daß das Umsteigen auf ein anderes Boot eine Sache ist, die selbst bei spiegelglatter See sorgfältig überlegt sein will. Die Faustregel dabei: nie das eigene Boot verlassen, wenn nicht hundertprozentig sicher ist, daß man auch zurückkann. Driftete das eigene Schiff unerwartet ab, konnte man sehr schnell lernen, was Flugzeugnavigatoren mit dem Begriff ›Ort ohne Wiederkehr‹ meinten.

Um das Manöver in einem Segelboot bei Wind durchzuführen, muß man das Schiff beidrehen. Bei Booten mit kurzem Finnkiel war das nahezu unmöglich, denn sie drehten sich dabei ziellos um die eigene Achse. Die *Andromeda* aber war ein Langkiel-Boot und blieb bei diesem Manöver ziemlich exakt auf Kurs.

War mein Schiff in der gewünschten Position, kam das aufblasbare Rettungsfloß ins Spiel. Am längsten Seil, das sich an Bord fand, mußte ich mich Hand für Hand auf der wetterabgewandten Seite an die Caique herantreiben lassen und dabei höllisch aufpassen, daß die Verbindung zu meiner Ketsch nicht riß. Ich mußte die *Andromeda* so dicht wie möglich auf der Wetterseite an den offensichtlich beschädigten Schoner heranmanövrieren und darauf hoffen, daß die beiden Schiffe ein paar Minuten nebeneinander liegen blieben. Ich wußte durch meine Wendeübungen – die die Crew der Caique offensichtlich für überflüssig gehalten hatte – daß sich die *Andromeda* beim Überholen mit einer Geschwindigkeit von etwa eineinhalb Knoten langsam quer zum Wind stellte und leewärts drehte. Ging ich mal davon aus, daß die Caique auf der Stelle trieb, was sie natürlich nicht tat, blieben mir maximal fünf Minuten, ehe die *Andromeda* zweihundert Meter weit abgetrieben war – ungefähr die Seillänge, die mir zur Verfügung stand, wenn ich alles Seil an Bord zusammenknüpfte. In dieser Zeit mußte ich die Caique auf den gleichen Kurs bringen wie mein eigenes Boot, doch selbst dann würde sie nicht mit derselben Geschwindigkeit segeln. Zumindest bewegte sie sich dann aber in der gleichen Richtung, und mir blieb dann etwas mehr Zeit, die Boote mit dem Seil aneinanderzuhängen.

Wirklich gefährlich wurde es für mich, wenn die Caique sich quer zum Wind legte, während ich mich zu ihr hinüberhangelte. Genau das tat sie, als ich jetzt wieder mein Glas auf sie richtete. In diesem Fall geriet sie außer Reichweite meiner Rettungsinsel. Wahrscheinlich lief das Ruder der Caique völlig frei. Deshalb mußte ich zuerst, sobald ich an Bord war, das Steuerrad feststellen und den Klüver ausrichten.

Die *Andromeda* war wirklich gut ausgerüstet. Trotz der niedrigen Preise in Asien hatte mich das Tuchzeug ein kleines Vermögen gekostet. Die Kette meines Hauptankers war für meine Zwecke wenig nützlich, doch nachdem ich das Ruder so festgezurrt hatte, daß die *Andromeda* stetig Kurs auf die havarierte Yacht hielt, wühlte ich aus dem Vorschiff das Seil des zweiten Bugankers hervor und schleppte es zum Cockpit. Mit dem restlichen Seil an Bord war es etwa zweihundertfünfzig Meter lang. Ich rollte es so ordentlich wie möglich auf dem Heck und im Cockpit zusammen und ließ es über die Hauptsegelwinsch an Steuerbord und durch die Vertäuungsringe am Heck laufen. Einer Eingebung folgend, verknotete ich auch noch die hundert Meter leichtes Kunststoffseil, die ich an Bord hatte, mit der Ankerleine. Nun konnte ich der *Andromeda* etwa dreihundertfünfzig Meter Leine lassen und verlängerte dadurch meinen Aufenthalt an Bord der Caique auf ungefähr sieben Minuten.

Theoretisch machte diese Überlegung Sinn, doch wurde mir der Haken an der Sache verdammt schnell klar, während ich noch die Vorleine an das dickere Hauptseil knüpfte. Eine Sekunde lang lähmte mich eine kalte Furcht, während ich dort auf dem nassen Deck kniete und mit dem Arm krampfhaft den Stützpfeiler der Reling umklammerte, um nicht von Bord gespült zu werden. Sofort gewann die Übelkeit wieder die Oberhand. Mein sonst so klarer Verstand ließ mich ziemlich im Stich. Das Ankerseil war einfach zu schwer für das Rettungsfloß. Sein Gewicht würde das Floß in die Tiefe ziehen, sobald die Leine in ganzer Länge außenbords hing. Andererseits brauchte ich das starke Ankertau, um das havarierte Boot in Schlepp zu nehmen. Ich mußte an Bord der Caique gelangen, ehe die hundert Meter Vorleine ausgeschossen waren, denn das schwerere Tau konnte mich in Lebensgefahr bringen. War ich noch auf dem Floß, wenn das Ankertau in voller Länge im Wasser hing, konnte ich mein Testament machen.

Während ich die ganze Situation noch einmal durchdachte, tanzte die *Andromeda* durch die schwere See. Es gab einen Ausweg: Ich hatte noch Ersatztaue, Rettungsleinen und dicke, aber schwimmfähige Bugsiertaue an Bord, die man ohne weiteres bei schwerer See übers Heck ins Wasser lassen konnte. Zusammen ergab das eine Länge von über einhundertsiebzig Metern – und vier zusätzliche Minuten Zeit für mich.

Ich zog die Leinen aus den verschiedenen Schränken und verknüpfte sie miteinander. Das Ende des starken Bugsiertaus befestigte ich an der Winsch des Hauptsegels. Jetzt hatte ich zwei Seilrollen – das leichte, schwimmfähige Tau, das an der Hauptwinsch befestigt war, als Zug- und Halteleine für das Schlauchboot und das schwere Ankertau, das um den Heckpoller gezurrt war. Um die beiden Taue miteinander zu verbinden, verknüpfte ich das äußere Ende des Ankertaus mit dem Zugseil. Mit der leichten Schwimmleine konnte ich mich mit dem Rettungsfloß auf die Caique zutreiben lassen und mich nötigenfalls sicher zur Ketsch zurückziehen, sollte ich das fremde Boot verfehlen. Schaffte ich es aber, an Bord des aufgegebenen Bootes zu gelangen, konnte ich das schwere Ankertau herüberziehen und die Caique in Schlepp nehmen.

Ich überdachte, die gesamte Aktion nochmals, während ich die Seilrollen miteinander verknotete, konnte aber keinen Gedankenfehler feststellen. Zu diesem Zeitpunkt lag ich mit der *Andromeda* noch eine halbe Meile von der Caique entfernt. Inzwischen war ich sicher, daß sich niemand an Deck befand.

Das Boot zu entern, war längst nicht mehr nur eine interessante Idee. Der verhängnisvolle Punkt war erreicht, als ich den ersten Schritt tat. Sobald man ein gefährliches Unternehmen plant, erfolgen die einzelnen Aktionen danach fast automatisch. Der Verstand schaltet ab, wahrscheinlich, um nicht aus dem mentalen Gleichgewicht zu geraten, und der Augenblick des ersten Nachgebens trägt einen durch die ganze folgende Aktion. Nur der erste Schritt erfordert einigen Mut, alles darauf Folgende erledigt man nach einem vorgegebenen Muster wie ein gut trainierter Footballspieler. Zum erstenmal hatte ich das bemerkt, als ich in Vietnam gegen meine Furcht angehen mußte: Mach den ersten Schritt, und alles andere geschieht wie von selbst.

Ich drehte die *Andromeda* in den Wind, um den Druck aus dem Hauptsegel zu nehmen, und holte das wild flatternde Tuch ein. Es ist schon eine Tortur, bei solchem Seegang auf dem Boot herumzuturnen. Durch das Schlingern des Schiffes wurde das eigene Körpergewicht zur lebensgefährdenden Bedrohung: Der Körper war plötzlich leicht, wo er eigentlich schwer sein sollte, und veränderte sein Gewicht im Moment des Überkrängens. Ich brachte die *Andromeda* wieder auf Kurs und steuerte sie auf die Wetterseite der tanzenden Caique. Der Schoner begann wieder seine Wende um die eigene Achse. Ich konnte, als ich näher herankam, sehen, daß das Ruder festgezurrt war, doch schien es noch so viel Spiel zu haben, daß größere Brecher das Ruderblatt hin und her bewegen konnten. Ich rief das Boot an, erhielt aber wie erwartet, keine Antwort. Das Deck blieb leer. Ich schlüpfte in leichtes Ölzeug und zog die schwere Schwimmweste darüber. Der Augenblick war gekommen – ich mußte handeln.

Die Caique drehte in einem weiten Bogen leewärts und lag ein gutes Stück hinter meinem Heck, als sie ihren Bug wieder in den Wind drehte. Wiederholte sich das, während ich auf dem Rettungsfloß war, würde ich mich die ganze Leine zurück zu meinem Schiff ziehen und die *Andromeda* für einen erneuten Versuch zurück in Position bringen müssen. Andererseits könnte mein Boot, kam ich nahe genug heran, die Caique vor dem Ansturm größerer Wogen schützen, so daß sie für eine oder zwei Minuten auf der gleichen Stelle liegenblieb. Doch zuerst mußte ich die *Andromeda* um sie herumsteuern, um wieder nahe genug heranzukommen, also den Hauptmast wenden, um auf die Leeseite des Schoners zu gelangen. Ich war froh, daß ich das Segel nur zum Teil gerefft hatte. Das geplante Manöver wäre mit dem Klüver allein äußerst mühsam geworden.

Die Wende war, mit einer Hand am Baum und der anderen am Steuer, ohnehin schon schwierig genug. Doch die *Andromeda* folgte dem Manöver elegant, der Baum drehte mit leichtem Aufschlag gegen das gereffte Tuch. Das Rollen meines Schiffes wurde sanfter, als es in einem weiten Bogen von fast sechshundert Metern die Caique unterlief. Ich zog den Klüver weitere achtzig Zentimeter herunter, brachte das Schiff bequem wieder in den Wind und segelte querschiffs auf die Caique zu. Dabei korrigierte ich geringfügig den Kurs der *Andromeda* und schloß zu dem Schoner auf, war schließlich keine fünf Meter mehr von ihm entfernt.

Jetzt mußte ich sehr schnell handeln. Ich drehte das Ruder nach Backbord und steuerte die *Andromeda* zurück nach Steuerbord. Die Drehung riß das Schiff auf die andere Seite, wobei es fast die Caique breitseits rammte, als der Wind mit voller Kraft in den gerefften Klüver fuhr. Ich riß das Rad zurück nach Steuerbord, das Ruder faßte sofort, das Tosen des Windes in meinen Ohren erstarb, als die *Andromeda* beidrehte. Blitzschnell zurrte ich das Steuerrad fest und zerrte den Behälter mit dem Rettungsfloß zum Heck. Die *Andromeda* lag keine vierzig Meter von der Caique entfernt, doch die Strömung würde das fremde Boot in spätestens zwei Minuten aus unserem Lee treiben und beide Schiffe auseinanderdriften lassen. Ich band das Zugseil des Rettungsfloßes an eine Poller, zog die Reißleine und warf den Behälter über Bord. Mit lautem Zischen strömte die Preßluft in die Kammern. Innerhalb von fünf Sekunden schaukelte das Vier-Mann-Rettungsfloß auf den Wellen. Ich hatte mir das Ende der Zugleine für das schwere Ankertau um die Hüfte gebunden und kletterte über die Reling, wartete, bis das Floß von den Wogen dicht ans Heck der *Andromeda* gehoben wurde, und tat den Schritt hinüber auf den schwankenden Gummiboden. Der Abstand zwischen dem hochgezogenen Bug der Caique und dem Rettungsfloß betrug nur acht oder neun Meter. Doch kaum hatte sich das Floß von der *Andromeda* gelöst, begann es wild zu schlingern. Ich spreizte weit die Beine, um mich an den Seitenwülsten abzustützen, doch das Floß schwankte nach allen Richtungen, rutschte seitwärts einer heranrollenden Woge entgegen und neigte sich dann gleich wieder nach vorn. Mit einer Hand klammerte ich mich an die seitliche Halteleine und griff nach dem Paddel in der Schlinge der Sicherheitsleine am Floßboden. Um es richtig benutzen zu können, hätte ich beide Hände benötigt, doch konnte ich mich in diesem Moment noch nicht dazu durchringen, die Sicherheitsleine zu lösen. Also machte ich ein paar hilflose Ruderschläge, die das Floß kaum von der Stelle brachten. Mir blieb schließlich keine andere Wahl, ich mußte mit beiden Händen rudern, wollte ich nicht riskieren, daß das Floß auf die Leeseite der Caique trieb. Bei seiner neuerlichen Drehung würde mich das Schiff unweigerlich von der *Andromeda* abdrängen. Ich verdoppelte meine Ruderschläge, und das Floß reagierte schwerfällig. Doch ich schaffte es, seinen Gummirumpf auf dem nächsten Wogenkamm nach links zur Wetterseite hinüber zu manövrieren.

Der Bug der Caique tanzte hoch über mir auf den Wellen, und mit unausweichlicher Endgültigkeit sah ich mich einem neuen Problem gegenüber. Der hochgezogene Bug, typisch für die altmodische Bauweise dieser Schiffe, war mindestens zwei Meter hoch – viel zu hoch, um sich vom Floß aus hinaufzuziehen. Ein ähnlich aussichtsloses Unterfangen also wie der Versuch, sich im Wasser schwimmend in ein Boot zu hieven. Für alles, was mehr als einen Meter über dem Wasserspiegel lag, brauchte man eine Leiter.

Als das Floß gegen die Seitenwand der Caique stieß, warf

ich mich nach vorn und schob meine schwimmende Insel an der Bordwand zum niedrigeren Mittschiff hinüber. Dabei sandte ich ein Stoßgebet zum Himmel, daß die verletzliche Gummihaut nicht von einer scharfen Kante aufgeschlitzt wurde. Die quietschenden Geräusche, mit denen das Floß am Schiffsbauch entlangscheuerte, verhießen nichts Gutes. Mit Erleichterung bemerkte ich den Stützpfosten der Reling dicht über meiner rechten Hand. Rasch verknotete ich das Haltetau des Rettungsfloßes daran und kletterte an Bord.

Einen Augenblick lang mußte ich mich an die unterschiedlichen Bewegungen der Caique gewöhnen. Das Boot schlingerte mit einer stumpfen Ziellosigkeit, während sich das nur lose vertäute Ruderrad hin und her drehte. Ich löste die leichte Zugleine von meiner Taille und knotete sie um den Fockmast des Schoners – meine einzige, ziemlich schwache Verbindung zur *Andromeda*. Dann stolperte ich nach achtern, um das Ruder richtig festzuzurren. Die Caique schlingerte jetzt nicht mehr so wild, und ich hoffte, daß sie den Bug nun im Wind behielt.

Die *Andromeda* trieb gut dreißig Meter vor der Caique, der Spalt brodelnden Wassers zwischen den Schiffen klaffte immer breiter. Ich eilte nach vorn und begann, das Zugseil einzuholen. Ich legte es auf eine Winsch im Cockpit und begann es einzuholen. Nach kurzer Zeit straffte es sich plötzlich – das Zeichen für mich, daß das schwere Ankertau von der *Andromeda* ins Wasser geglitten und sofort gesunken war. Das Drehen der Winsch erforderte all meine Kraft, doch Zoll für Zoll rutschte das dicke Ankertau an Bord. Meine Erleichterung und innere Freude darüber empfand ich ähnlich wie eine sich plötzlich bemerkbar machende Trunkenheit. Mir war überhaupt nicht bewußt geworden, welche Ängste ich wirklich ausgestanden hatte. Doch das Schlimmste lag nun hinter mir: Ich hatte das Ankertau an Bord. Ich machte es fest und sicherte so die Verbindung zur *Andromeda*.

Erschöpft lehnte ich mich einen Moment lang gegen den

Fockmast. Mir zitterten die Knie vor Anstrengung. Aber ich hatte es geschafft. Der erste Teil der Bergung war gelungen.

Blieb die Frage, ob der alte Schoner beschädigt war, denn er trieb sicher schon seit einigen Stunden hilflos in der aufgewühlten See. Sicher hatte er Wasser genommen. Und was war mit der Besatzung geschehen?

Ich rappelte mich auf und tastete mich Hand für Hand am Kajütaufbau vorbei zurück zum Cockpit. Im nächsten Moment machte ich eine Entdeckung, die eine Erklärung für das Fehlen der Crew sein konnte. Leeseits, dicht vor der Kabinentür, waren auf dem nassen Deck drei verlaufene Flecken zu erkennen. Sofort dämmerte mir, was das war. Das ablaufende Wasser der letzten Woge war noch leicht rötlich gefärbt. Die dunklen Flecken konnten nur eins sein: Blut.

Der größte Fleck hatte eine spitz zulaufende Form – wie von einer Blut speienden Arterie. Bei genauerem Hinsehen entdeckte ich auch an der Reling dunkle Blutspuren. Wer immer hier verletzt worden war – er befand sich sicher nicht mehr auf dem Schiff, sondern war über Bord gegangen.

Ich warf einen Blick nach vorn zu der Vertäuung. Das Gewicht des schweren Ankerseils hielt die beiden Schiffe mit der Nase gegen den Sturm. Ich konnte mir also einen kurzen Blick in die Kajüte erlauben.

Aufgrund der flachgezogenen Bauweise der Caique im Mittschiff besaß die Kajüte kaum Kopffreiheit, und ich blinzelte im ersten Moment, fast blind vom grellen Sonnenlicht draußen. Im Niedergang stand das Wasser etwa dreißig Zentimeter hoch. Ich bückte mich und versuchte meine Augen an das Halbdunkel zu gewöhnen.

Schließlich erkannte ich, daß die Kabine mit Frachtgut vollgestopft war. Sämtliche Kojen wie auch der Boden waren zum größten Teil mit groben Kisten und unförmigen Säcken, die vom eingedrungenen Bilgenwasser völlig durchnäßt waren, zugestellt. Es roch muffig nach feuchtem, altem Stoff – wie in einem überschwemmten Trödelladen.

Jesus, Drogen! war mein erster Gedanke. Ich hatte einen aufgegebenen Schmuggler-Kahn aufgebracht.

Die nächste Kiste hatte man auf die Sitzkoje am Navigationstisch rechts neben dem Niedergang gezwängt. An der Griffleiste am Kabinendach hangelte ich mich hinüber, wobei ich das wilde Schlingern des Schiffes mit den Beinen auszugleichen versuchte, und zog den Übersack von dem sperrigen Behälter. Die Kiste enthielt größere Päckchen in schmutzigem Seidenpapier. Vorsichtig entfernte ich das Papier bei den beiden obersten. Das erste enthielt eine alte türkische Kaffeemühle aus Messing, das andere ein Set kleiner Kupferpfannen. Vielleicht war das hier wirklich ein schwimmender Trödelladen.

Die Kiste schien nur solchen Krimskrams zu enthalten. Da gab es unter anderem kleine Teppichläufer und buntgewebte Schultersäcke, wie sie die Bauern an den Küsten Anatoliens benutzten. Mitten auf der aufgewühlten Ägäis ein aufgegebenes Schiff mit einer Ladung billiger Souvenirs – wo lag da der Sinn?

Schwitzend, ein immer stärker werdendes, ungutes Gefühl im Bauch, hangelte ich mich wie ein Schimpanse an den Griffleisten durch das knöcheltiefe Wasser weiter nach vorn ins Vorschiff. In der Tür zum vorderen Durchgang schaukelte eine Jalousie. Auf der Innenseite der Trennwand waren ein paar Spinde eingebaut, ein schmaler Mittelgang führte weiter zum Bugraum der Yacht. Ich schob eine zweite Jalousie beiseite und zwängte mich zur Bugkajüte durch, blieb aber im Türgang wie angewurzelt stehen und starrte auf die letzte Überraschung, die das verlassene Schiff mir bot.

In der Backbordkoje lag eine fast gänzlich unbekleidete Frau. Die Bluse hing in Fetzen um ihre Schultern, ihre Hände waren mit einem Stück Schnur über ihrem Kopf an die verzierte Griffleiste der Koje gefesselt. Die restliche Kleidung fehlte. Die Beine der Frau waren blutverschmiert. Das Erbrochene auf der Matratze verbreitete einen säuerlichen Geruch.

Im ersten Moment glaubte ich, sie sei tot oder zumindest

bewußtlos. Als ich sie aber vorsichtig berührte, zuckte sie zusammen und öffnete die Augen. Ihr Blick verriet blanke Furcht.

Behutsam begann ich, ihr Gesicht zu säubern, wobei ich ziemlich unchristlich leise vor mich hinfluchte. Die Frau stöhnte leise auf, als ich ihr die Hände losband.

»Großer Gott«, murmelte sie schließlich. »Wer, zum Teufel, sind Sie?« Sie sprach mit einem breiten amerikanischen Akzent.

»Ich bin gerade an Bord geklettert, weil ich dachte, das Schiff sei verlassen. Was ist denn mit Ihnen passiert?«

»Türken«, sagte sie nur aufstöhnend und legte die Hände schützend über die Brüste. »Türken.«

Eine Hand tastete suchend nach der schmutzigen Decke, die zusammengeknüllt an der Bordwand lag. Im gleichen Moment krachte eine schwere Woge gegen das Schiff, und die Frau öffnete weit die Augen.

»Wo sind sie?« wimmerte sie.

»Außer Ihnen ist niemand mehr an Bord. Wer oder was die Türken auch waren – sie sind weg. Und nach den Spuren an Deck zu urteilen, ist dabei Blut geflossen.«

»Diese verdammten Tiere«, murmelte sie. Ihre Augenlider schlossen sich, und ich dachte schon, sie fiele wieder in Ohnmacht. Doch sie versuchte matt, sich aufzurichten. »Jesus, ist mir schlecht. Ich möchte mich etwas waschen. Schauen Sie nach, ob Sie ein paar Kleider für mich finden.«

Ich half ihr auf, stützte sie gegen das Schwanken des Schiffes und führte sie in den engen Waschraum im Bug. Sie taumelte in das enge Gelaß, die Tür schwang hinter ihr heftig in den Angeln. Ich beobachtete sie, wie sie ihren Körper immer wieder mit Wasser bespritzte und machte mich dann auf die Suche nach Kleidern. Außer einer alten Ölhaut, die in einem Spind in der Kajüte hing, fand ich jedoch nichts. Ich brachte sie ihr. Das Wasser auf dem Boden gluckste leise, und plötzlich hatte ich es eilig, zur *Andromeda* zurückzukehren.

»Ich habe dieses Wrack zur Zeit im Schlepp«, erklärte ich

der Frau. »Sobald Sie sich dazu in der Lage fühlen, sollten wir uns auf meine Ketsch begeben. Keine leichte Sache mit einem Rettungsfloß und sicher nicht die angenehmste Überfahrt. Meinen Sie, Sie schaffen das?«

Die Frau hörte augenblicklich auf, ihre Schenkel zu säubern. »Bringen Sie mich nur weg von hier.«

»Dann ziehen Sie das hier über und kommen Sie zum Cockpit. Gehen Sie aber nicht am Kajütdach vorbei. Ich muß die Segel einholen, ehe wir von Bord gehen.«

Ich kämpfte mich durch den Trödelladen in der Kajüte und überlegte, wie ich die Caique am besten auf den Haken bekam. Jedenfalls mußte der Klüver herunter. In der Kajüte stand das Wasser inzwischen höher als erwartet. Ich würde das Hauptsegel gerefft stehen lassen müssen, damit das Schiff einigermaßen stabil im Wasser lag. Ich warf einen kurzen Blick auf die Bilgenpumpe, ein modern aussehendes, stromgetriebenes Modell. Ein paar vergebliche Startversuche überzeugten mich rasch davon, daß die Akkus der Caique ihren Geist aufgegeben hatten.

Der Klüver war kein Problem. Das Fall funktionierte nach dem altmodischen Blocksystem, eine Winsch war hier nicht nötig. Ich brauchte nur die Halteleinen zu kappen, und das Fall zischte jaulend durch die Laschen. Der Baum schwang leewärts, ich löste die Haltetaue am unteren Ende, und Baum und Segel trieben in die Ägäis davon. Doch ohne den ausgleichenden Druck auf das Vordersegel begann die Caique ihren Bug wie ein bockendes Pferd hin und her zu werfen, und das Reffen des Hauptsegels wurde so zu einem echten Problem. Die schwere Gaffelspiere senkte sich krachend, und als ich das Tuch einzuholen begann, riß es plötzlich dicht am Mast. Binnen einer Sekunde verbreiterte sich der Riß bis zur Spitze, das Hauptsegel flatterte frei im Wind und klatschte gegen die Reling. Ich kappte die restlichen Halterungen und ließ es fliegen. Jetzt blieb mir keine andere Wahl, als die Gaffel herunterzuholen und die Caique frei treiben zulassen. Mir blieb keine Zeit mehr, das Sturmsegel zu suchen und zu setzen.

Das Mädchen hatte sich inzwischen zum Cockpit vorgekämpft und hielt sich krampfhaft am Handlauf zum Niedergang fest. In ihrem blassen Gesicht spiegelte sich die Furcht. Ich kletterte über das Kajütdach zu ihr hinüber und rief ihr, um ihr ein wenig die Angst zu nehmen, durch das Brausen des Windes zu: »Auch so kann man schnell das Segel streichen.« Der Scherz verwehte wie das Segel im Wind.

»Bei dieser See gehe ich nicht auf das Rettungsfloß«, keuchte sie mit weit aufgerissenen Augen.

»Immerhin bin ich damit herübergekommen.«

»Ich weigere mich. Ich bleibe hier.«

Ich warf einen Blick zur Andromeda hinüber. Sie ritt ungefähr vierzig Meter vor der Caique die Wogen ab. »Sie müssen, ob Sie wollen oder nicht. Ich weiß nicht, ob der Schoner nicht absäuft, und wir haben noch einige Stunden Fahrt vor uns.«

»Großer Gott!«

Die Rückkehr zu meiner Ketsch war auch in meinen Augen nicht gerade ein Spaziergang. Ich wandte mich wieder der Bilenpumpe zu und befreite die Führungsleine von allen mechanischen Zusatzhalterungen, damit sie sich nicht an den Bugpollern der Caique verfingen. Ich wickelte das Ende des Seils um mein linkes Handgelenk, legte den rechten Arm um die Taille der Frau und half ihr über die Cockpit-Reling.

»Sie müssen einfach...!«

Wir arbeiteten uns vorsichtig an dem Kajütdach entlang auf die Stelle zu, wo das Rettungsfloß neben der Caique auf den Wogen tanzte. Ich befestigte das Führungsseil an dem Tau um den Bugpoller, löste die Sicherungsleine vom Hauptmast und kletterte in das Floß, wobei ich mich am Stützpfosten der Reling festhielt. Kaum hoben die Wogen das Floß auf gleiche Höhe mit dem Bootsdeck, zog ich es mit aller Kraft dicht an den Rumpf heran. Dreimal hob sich das Floß, und dreimal zögerte das Mädchen.

Durch das Tosen des Windes schrie ich zu ihr hinüber:

»Sie müssen mir vertrauen, ich bringe Sie heil zur Ketsch hinüber. Bleiben Sie aber an Bord, und die Caique sinkt, kann ich nichts mehr für Sie tun.«

Ihre Miene zeigte plötzlich Entschlossenheit, und sie sprang etwas zu früh, als sich ihr das Floß erneut entgegenhob. Sie glitt auf dem nassen Gummiboden aus, ihr Knie bohrte sich in meinen Magen, ihr nasser Bauch streifte mein Gesicht. Ihr Atem ging stoßweise.

»Halten Sie sich an den Rettungsleinen fest. Ich muß das Floß an dem Verbindungstau zur Ketsch hinüberziehen.« Ich ließ den Relingpfosten los, ließ mich auf die Knie fallen und schlang das Ende des Taus um meine Hüfte. Mit der nächsten Woge glitten wir von der Seite des Schoners und schwammen frei durch die wirbelnde Gischt. Ich holte die Zugleine ein und drehte die Spitze des Floßes langsam auf die *Andromeda* zu.

Die Wellen warfen sich gegen das Floß, brachen sich darüber, so daß wir bis zur Taille im Wasser hockten. Aber unsere schwimmende Insel war unsinkbar, selbst wenn das Wasser sich bis zum Wulst staute. Wir glitten über den Kamm der Welle und sausten blitzschnell ihren Rücken hinunter. Es war beängstigend – doch ich war fest überzeugt, daß wir es schafften.

Die aufgepeitschten Wassermassen warfen uns hin und her, und wir kamen uns vor wie zwei Reiter in einem Alptraum, die auf einem riesigen Schaukelpferd durchgeschüttelt wurden. Die Brecher prallten gegen unsere Körper, Gischt umschäumte unsere Gesichter. Aber das Floß tauchte jedesmal wieder aus dem wirbelnden Weiß empor und rutschte über den nächsten Wellenberg auf die rettende Ketsch zu, die uns in diesen Momenten unerreichbar fern schien. Und schon mußten wir wieder die Augen vor den erneut hereinbrechenden Wassermassen schließen, aber unbeirrt holte ich Meter um Meter das lebenswichtige Verbindungstau zur *Andromeda* ein.

Das Floß tauchte tief in einen riesigen Wasserberg ein, und ich umklammerte das Tau wie ein Mann, der eine sich in seinen Händen windende Pythonschlange festhalten will.

Ganz allmählich kam das Heck der *Andromeda* näher.

Die letzten zwanzig Meter waren die schlimmsten. Als meine Kräfte schließlich zu versagen drohten, erreichten wir mein Schiff. Ich zog das Floß dicht an das tanzende Heck heran und schob das Mädchen, das vor Kälte und Furcht bebte, auf das Deck hinüber. Auf allen vieren rutschte sie bis zum Cockpit und ließ sich hineingleiten. Ich zerrte das Floß auf das Deck, sicherte es und brachte das Mädchen unter Deck. Sie ließ sich erschöpft auf die Sitzbank am Kartentisch sinken. Ich wartete einen Moment, bis ich wieder einigermaßen bei Atem war. Dann holte ich aus der Kleiderablage über meiner Koje einen Pullover für sie. Mit schwerfälligen Bewegungen streifte sie ihn über.

Nachdem ich mich etwas erholt hatte, holte ich eine Dose Bouillon aus dem Kombüsenschrank, machte sie warm und gab dem Mädchen einen Becher voll. Sie hielt das Gefäß in beiden Händen und trank in kleinen Schlucken.

Auf die Frage, die mir die ganze Zeit im Kopf herumging, gab es eigentlich nur eine Antwort, und ich hätte sie mir selbst beantworten können. Aber Taktgefühl ist offensichtlich nicht gerade die Stärke von ehemaligen Reportern, und so fragte ich sie: »Hat man Sie vergewaltigt?«

Sie schaute zu mir auf, angewidert und erschöpft. »Ja und nein. Das heißt, eigentlich schon, aber nicht auf die übliche Art. Sie wissen ja, Türken haben eine Vorliebe für Knaben.«

KAPITEL 2

Krängen und Schleppen

Ich hatte es dem Mädchen so bequem wie möglich gemacht. Sie lag, in eine warme Decke gehüllt, in einer Koje der Hauptkabine. Die *Andromeda* blieb für eine Weile sich selbst überlassen. Während das Mädchen eine Suppe schlürfte, machte ich eine Dose Eintopf auf dem Herd in der Kombüse warm. Meine Ketsch ritt zwar die Wellen ab, schlingerte dabei aber nicht so heftig wie die Caique. Dem Mädchen schien es langsam besser zu gehen. Ich zwängte mich den Niedergang empor und bestimmte unsere Position, während sie langsam den Eintopf löffelte.

Seltsamerweise war ich sogar froh, daß sie nicht auf die übliche Weise vergewaltigt worden war. Für sie wäre diese Einstellung natürlich kein Trost, das konnte ich ihr ansehen. Ihr Gesicht zeigte die Miene einer Frau, die eine halbe Stunde zuvor Zeugin eines schrecklichen Verkehrsunfalles geworden war. Daher beschloß ich, ihr diese Art Trost für später aufzuheben. Sie wäre jetzt sicher noch nicht in der Lage zu begreifen, daß es immer noch besser war, von zwei wild gewordenen Türken anal mißbraucht als geschwängert zu werden.

Ich konnte im Moment kaum mehr für sie tun, als es ihr unter den gegebenen Umständen auf meinem Boot so bequem wie möglich zu machen. Was nicht gerade viel war, besonders bei diesem Seegang. Trotzdem schien es zu wirken. Die Frau aß ihren Eintopf, schenkte mir ein kleines Lächeln, legte sich dann zurück und schloß die Augen.

Das vordringlichste Problem für mich waren im Moment die beiden Boote. Natürlich konnte ich über Funk Hilfe heranholen, doch das wollte ich nur im äußersten Notfall. Ein herbeigerufener Schlepper würde meinen Bergungsanteil nur schmälern. Ich mußte versuchen, die Caique in ruhigere und sichere Gewässer zu schleppen. Dazu zog ich die Karte auf dem Navigationstisch zu Rate. Die nächstgelegene Insel war Andros. Ich würde einen südlichen Kurs einschlagen müssen, um den Haupthafen auf der Ostseite der gebirgigen Insel zu erreichen. Bei diesem Wetter – mit der Caique im Schlepp – war das riskant. Sie würde im Windschatten der *Andromeda* laufen und die Ketsch langsam überholen. Dabei konnte das Schlepptau leicht reißen. Und noch etwas gab es zu bedenken. Auf der Überfahrt von Hongkong hatte ich Denham's *Segelführer durch die Ägäis* von vorn bis hinten durchgelesen und wußte daher, daß der moderne Hafen von Andros keinen Schutz vor Stürmen aus nördlicher Richtung bot. Es war sicher besser, die Caique in einem weitem Bogen zur breiten Schiffspassage um die Südspitze von Andros, dem Kafireus-Kanal, zu schleppen. Beim Schleppen war es immer leichter, einen Bogen zu segeln. Hatte ich den Kanal hinter mir, konnte ich in südwestlicher Richtung Kurs auf den älteren, aber geschützteren Hafen von Gavrion nehmen. Auf diese Weise gefährdete ich nicht das Schleppseil auf offener See, und wir konnten in dem relativ sturmgeschützten Hafen sicher ankern.

Das Mädchen war inzwischen eingeschlafen. Ich zog leise die Tür zum Niedergang ins Schloß und begab mich ins Cockpit, um die *Andromeda* unter Hauptsegel und Klüver auf Kurs zu bringen. Dann warf ich den Dieselmotor an und ließ ihn auf halber Kraft laufen, um das Schleppseil möglichst unter Spannung zu halten.

Wenn die *Andromeda* die Steuerbordseite dem Sturm zuwandte, waren ihre Schlingerbewegungen nicht mehr allzu stark, obwohl der Wind wohl erst weit nach Sonnenuntergang etwas nachlassen würde. Durch einen kleinen Test fand ich eine Möglichkeit, das Schlepptau besser kontrollieren zu können. Die Wellenberge tobten in Abständen von etwa sechzig Metern heran. Die *Andromeda* schnitt sie schräg an. Wenn es mir gelang, die Caique annähernd so zu manövrieren wie die Ketsch, hielt der Zug des Motors das Tau gespannt, solange beide Boote die Luvseite der Wogen hinaufglitten. Sobald die Ketsch den Kamm abritt, konnte ich sie aus dem Schrägkurs nehmen und den Wellenrücken frontal hinuntergleiten, wobei die zunehmende Fahrt des Schiffes die Caique über den Kamm zog. Für mich bedeutete die Handsteuerung des Bootes und – ohne Steuerautomatik – den Verzicht auf jegliche Verschnaufpause. Dafür durfte ich hoffen, daß das Schlepptau auf diese Weise so lange hielt, bis wir die Leeseite von Andros erreichten. Mein Glaube an ein gutes Ende dieser Fahrt wuchs allmählich wieder.

Nach ungefähr einer Stunde öffnete die Frau den Kabinenniedergang an Steuerbord und schaute einen langen Moment mit leerem Blick in die Ferne. Sie war sehr blaß; regungslos stand sie mit nackten Beinen, nur mit meinem Sweater bekleidet, im Wind.

»Haben Sie ein Antiseptikum an Bord?« fragte sie schließlich leise. »Ich fühle mich etwas besser und möchte duschen.«

»Der Waschraum ist im vorderen Teil der Hauptkabine«, erklärte ich ihr. »Der Seegang ist zwar noch etwas rauh für eine Dusche, aber Sie könnten sich wenigstens etwas waschen. Eine Flasche Antiseptikum und flüssige Seife finden Sie im Schrank.«

Sie sah mich nicht an, doch ich fühlte ihre Anstrengung, sich gegen das Geschehene emotionell aufzulehnen. Sie versuchte stark zu wirken, doch war ihre Schwäche zu offensichtlich.

»Kann man auch... auch dort hinten geschlechtskrank werden?«

»Natürlich, aber es ist relativ leicht zu heilen. Hören Sie, warum versuchen Sie die Sache nicht mal von einer anderen Seite zu betrachten? Auf diese Weise kommen Sie wenigstens um eine Abtreibung herum.«

Sie schaute mich jetzt voll an. »Glauben Sie wirklich, das machte es besser?« Sie holte tief Luft, und ich rechnete schon mit den ersten Tränen, während das Boot den nächsten Wellenrücken hinunterschoß. Ihre Augen waren feucht, doch sie faßte sich schnell. »Ich werde mich jetzt waschen.« Ihr Gesicht zeigte bei diesen Worten einen halb zornigen, halb schmerzlichen Ausdruck. Mit einer abrupten Drehung verschwand sie nach unten.

Die See sah aus wie ein Regiment angreifender weißer Helme. Die Ketsch glitt zwar elegant die Wellen auf und ab, doch ich mußte mich trotzdem sehr auf das Ruder konzentrieren. Zum erstenmal war ich froh, daß die taiwanesischen Bootsbauer statt des traditionellen Spakenrades, das ich aus Sentimentalität ursprünglich bestellt hatte, ein glattes Steuerrad eingebaut hatten. Meine Hände waren ständig in Bewegung, als würde ich ein schwer lenkbares Auto eine enge Straße mit Haarnadelkurven entlangsteuern. Ich schätzte, daß wir etwa fünfundzwanzig Seemeilen von der Spitze der Insel Andros entfernt waren. Danach hatten wir noch die fünfzehn Seemeilen der Passage vor uns, ehe wir die Leeseite der Insel erreichten. Ich hatte also noch einen harten Nachmittag vor mir. Als ich das nächste Mal nach achtern zur Caique schaute, hatte ich den Eindruck, daß sie tiefer im Wasser lag als zuvor. Auch das Tau erschien mir straffer. Wahrscheinlich hatte der Schoner noch mehr Wasser genommen.

Die Inseln Andros voraus und Euböa achtern waren schon deutlich zu erkennen, als das Mädchen sich ein paar Stunden später wieder an Deck zeigte. Sie brachte zwei Becher voll Suppe. Offensichtlich hatte sie geschlafen. Sie war gewaschen und machte nun einen ruhigeren Eindruck. Unter dem Sweater trug sie meine Shorts.

»Es tut mir leid, daß ich so unfreundlich gewesen bin, aber Sie können sich vorstellen...«

»Kein Problem, ich verstehe das. Ich werde Ihnen ein paar andere Sachen zum Anziehen geben, sobald ich das Boot mal einen Augenblick sich selbst überlassen kann.«

»Wohin fahren wir?«

»Nach Andros. Das ist die Insel, die Sie backbord voraus sehen können.«

Das Cockpit der Andromeda war geformt wie ein seitenverkehrt liegendes L, wobei der nach vorn weisende Schenkel den schmalen Verbindungsgang von der Heckkabine zur Hauptkajüte bildete. Die junge Frau balancierte behutsam hindurch, reichte mir meinen Becher Suppe und setzte sich an die Leeseite des Bootes, wo die Gischt sie nicht erreichte.

»Allemal besser als das Ziel, das ich hatte«, nahm sie das Gespräch wieder auf.

»Und wo lag das?«

»Auf dem Grund des Mittelmeeres.«

»Jesus, wie ist denn das alles passiert?«

Zu meiner Verblüffung lachte sie, wenn auch nur für eine Sekunde.

»Finden Sie nicht, wir sollten uns langsam mal miteinander bekannt machen? Ich heiße Nina Millen, bin Archäologin aus Columbia und kann Ihnen versichern, daß es nicht zu meinen Gewohnheiten gehört, in der Weltgeschichte herumzugondeln und mich von türkischen Schmugglern vergewaltigen zu lassen.«

»Harrison Lancaster«, stellte ich mich vor. »Bis vor kurzem noch Journalist, jetzt verarmter Yachtbesitzer und Geschichtsforscher. Ich dachte mir schon, daß die Caique ein Schmuggelboot ist.«

»So wahr ich Nina heiße! Nach meiner Schätzung hat das Boot für über hunderttausend Dollar illegale Antiquitäten an Bord.«

Diese Tatsache überraschte mich nicht sonderlich. Besonders seit Ende des Zweiten Weltkrieges florierte in der Ägäis der Schmuggel mit archäologischen Kostbarkeiten und hatte jedem Versuch der Anrainer-Regierungen, ihn mit drastischen Strafen zu bekämpfen, erfolgreich widerstanden. Unwiederbringliche Kunstschätze des Altertums – neolithische Pfeilspitzen und Amphoren, die man mit Schleppnetzen vom Meeresgrund und aus gesunkenen antiken Schiffswracks fischte, oder Figurinen, die man aus den im Nahen Osten freigelegten Gräbern gestohlen hatte – wanderten über die Schmuggelroute westwärts auf die Kunstmärkte der europäischen Hauptstädte. Andererseits hatte ich nicht den Eindruck gewonnen, daß die Ladung der Caique besonders wertvoll war.

»Für meine Begriffe ist das alles nur Kitsch.«

»Sie dürfen mir ruhig glauben«, entgegnete sie spitz und versuchte, beim Angriff der nächsten Woge ihren Becher waagerecht zu halten. »Die Archäologie ist mein Beruf, ich verstehe etwas davon. Die Verbrecher haben gemordet, um ihr Tun geheimzuhalten.«

»Was ist passiert?«

Sie duckte sich in die Ecke zwischen der Cockpit- und der hinteren Kabinenwand und starrte in ihren Becher.

»Ich war auf dem Weg zu einer Ausgrabung bei Samsun am Schwarzen Meer«, begann sie. »Es ist eine Landausgrabung, obwohl Unterwasser-Archäologie eigentlich mein Spezialgebiet ist. Ich bin voll ausgebildete Tiefseetaucherin. – Ein junger Türke namens Manoli gehörte ebenfalls zur Expedition.« Bei dem Namen verzog sie mehrere Sekunden lang das Gesicht und biß sich auf die Lippen. »Manoli interessierte sich ebenfalls sehr für diese Ausgrabung. Seit Jahren geistert die Theorie durch die Fachwelt, daß Jasons Goldenes Vlies – Sie kennen doch die Sage von Jason und den Argonauten – eigentlich eine Ladung Goldbarren aus Colchis am Schwarzen Meer gewesen wäre, die man in eine Tierhaut eingewebt hatte. Aus Wracks der Bronzezeit wurden schon eingewebte Kupferbarren geborgen, aber Goldbarren hat man bis heute nicht finden können. Die größte Schwierigkeit dabei ist, daß das Tauchen im Schwarzen Meer Probleme macht. Es gibt dort sehr viele Wracks aus der Antike, aus der Zeit vor Christi Geburt, doch fast überall bekommt man Schwierigkeiten mit den türkischen Sicherheitskräften. Daher beschlossen wir, während unseres dreiwöchigen Urlaubs an antiken Stätten der ägäischen Küste nach solchen Wracks zu suchen; denn hier wurden bisher die meisten dieser eingewebten Kupferbarren gefunden.

Wir mieteten einen Wagen und grasten von Canakkale

aus langsam die ganze Küste der südlichen Ägäis ab. Wir übernachteten in kleinen Dorfwirtshäusern oder in unseren Schlafsäcken unter freiem Himmel, fuhren die Buchten und Landzungen ab, untersuchten jeden Ort, an dem ein Schiff aus der Bronzezeit gekapert und versenkt worden sein konnte.

An einem Morgen der zweiten Woche hatten wir uns einen öden Küstenstreifen östlich des Golfs von Syme vorgenommen. Manoli watete ins Wasser, um eine kleine Landzunge am Ende einer weitgeschwungenen Bucht näher in Augenschein zu nehmen. Ich beschloß, mir die andere Seite anzusehen, und kletterte die Felsen hinauf. Von oben entdeckte ich die Caique, die im seichten Wasser dümpelte, und eine Handvoll Männer, die Ballen und Kisten auf ein Dingi luden. Ich wandte mich sofort ab, denn offensichtlich geschah hier etwas Illegales – und Vergewaltigung scheint ja in diesem Land eine Art Nationalsport zu sein.

Aber es war schon zu spät. Aus den Büschen hinter mir trat ein Mann, der noch dabei war, die Knöpfe an seinem Hosenlatz zu schließen. Es muß der Wachposten gewesen sein, den sein dringendes Bedürfnis offenbar so ablenkte, daß er mich nicht rechtzeitig entdeckt hatte. Er packte mich. Ich schrie laut auf und versuchte, mich aus seinem Griff zu befreien. Nach einer Minute kam Manoli den Abhang heraufgelaufen. Der Kerl ließ mich los, drehte sich zu Manoli um und stach zu. Einfach so, ohne ein Wort, ohne Vorwarnung. Er stach zweimal zu, und Manoli brach lautlos zusammen. Ich glaube, er war sofort tot.

Der Türke packte mich erneut – ich war, vor Entsetzen wie erstarrt, einfach stehengeblieben – und schleppte mich zum Strand hinab. Dort fesselten die Kerle mich und brachten mich an Bord der Caique.«

»Gütiger Gott!« sagte ich. »Auf Schmuggel steht doch nur Gefängnis, soviel ich weiß. Und für diesen Kitsch da drüben wurde ein Mensch getötet.«

»Das ist kein Kitsch«, erwiderte das Mädchen. »Sie brachten mich gefesselt in die Kajüte und ließen mich eine Zeitlang in Ruhe. Dabei habe ich beobachtet, was sie einluden. Zum Beispiel habe ich ein Stück gesehen, das selbst auf dem Schwarzmarkt in Paris gut und gerne seine fünfzigtausend Dollar wert ist. Es ist eine große Büste von Apoll, meiner Ansicht nach aus der frühhellenistischen Zeit. Sie hatten Mühe, die Büste in die enge Kajüte zu bringen, und dabei öffnete sich der Teppich, in die sie gehüllt war. Die Schmuggler bemerkten, daß ich sie beobachtete, und verbanden mir die Augen. Danach habe ich nichts mehr mitbekommen. Wer weiß, was sie sonst noch geladen haben.«

Ich pfiff durch die Zähne. »Fünfzigtausend Dollar, sagen Sie. Ein hübsches Sümmchen.«

»Wahrscheinlich ist sie sogar mehr wert. Klar, das meiste, was Antiken-Schmuggler außer Landes schaffen, ist Pfennigkram. Sie nehmen alles, was sie in einer Ausgrabung finden können. Oben in Samsun sind uns sogar Scherben von antikem Küchengeschirr gestohlen worden, die wirklich nur noch historischer Müll waren. Aber auch wirklich kostbare Stücke verschwinden. Der Apollo-Kopf war ein solches Stück, wenn auch bei weitem nicht das kostbarste, das den Schmugglern in der letzten Zeit in die Hände gefallen ist. Im letzten Jahr verlor eine französische Expedition eine Statue, die Fachleute mit großer Sicherheit als die berühmte Aphrodite von Knidos identifizierten, eine Skulptur von Praxiteles aus dem 4. Jahrhundert v.Chr. Diese Statue allein ist Millionen von Dollar wert.«

»Auch auf dem Schwarzen Markt?«

»Natürlich. Man kann kaum den Wert schätzen, wenn man nicht vom Fach ist. Die Aphrodite von Knidos zählte zu den Wundern des klassischen Altertums, doch ist sie seit dem 3. Jahrhundert n. Chr. verschwunden. Es existiert nur noch eine Kopie aus dem 2. Jahrhundert im Vatikan. Die Franzosen fanden nun auf der Halbinsel Resadye in der Nähe der antiken Siedlung von Knidos eine Statue, die der Vatikan-Kopie sehr ähnlich sah. Sie hielten den Fund auf der Grabungsstätte zwei Tage unter Verschluß. In der dritten

Nacht wurde dann eingebrochen, die Statue verschwand. Wahrscheinlich befindet sie sich inzwischen in Rom oder Paris. Und der Apollo-Kopf sollte wohl denselben Weg nehmen.«

»Also Schmuggel in großem Stil, wie? Als ich das Boot in Augenschein nahm, tippte ich zuerst auf Drogenschmuggel.«

»Was nicht einmal ausgeschlossen ist. Doch hier wird wirklich im großen Stil gearbeitet; bestimmt steht eine internationale Bande dahinter. Nachdem sie mir die Augen verbunden haben, kamen die Anführer an Bord. Ich konnte durch den Stoff nicht viel erkennen, sah nur schemenhafte Umrisse. Aber es waren großgewachsene Burschen, und sie sprachen Englisch. Einer stieß sich den Kopf am Kajütdach und fluchte jedenfalls wie ein Engländer. Sie verstehen, etwa so... ›Verdammter Mist, dieser Kahn ist nur für Zwerge gebaut...‹«

»Ich weiß. Ich bin von Geburt Engländer.«

»Das dachte ich mir. Man hört es noch an Ihrem Akzent. Diesen Akzent werde ich nie mehr vergessen. Danach sprach er mit den Männern nur noch Türkisch. Der andere Kerl sagte darauf mit schleppenden Worten zu ihm: ›Sag ihnen, sie sollen das Mädchen mitnehmen und sie über Bord werfen, ehe sie in Marseille ankommen.‹«

»Wie nett!«

»Doch die Türken hatten dann erst mal anderes mit mir vor.«

Ich wollte vermeiden, daß ihr dieses Gespräch zu nahe ging. Es fiel ihr sichtlich schwer, die Fassung zu bewahren. Ich starrte auf die Wellenberge vor dem Boot und dachte nach. Das kurze Schweigen reichte ihr, um selbst eine Entscheidung zu treffen. »Nur zwei Männer fuhren als Besatzung mit. Kaum waren die anderen von Bord, und das Boot auf offener See, beschlossen sie, sich die Überfahrt nach Frankreich kurzweiliger zu gestalten – mit mir. Die beiden fielen nacheinander über mich her und mißbrauchten mich fast zwei Stunden lang.«

Sie schwieg und schwenkte gedankenverloren den Rest Suppe in ihrem Becher.

»Wie kam es zu dem Kampf?«

»Der jüngere von beiden wollte mich leben lassen, zumindest bis kurz vor Marseille. Er verhielt sich einigermaßen vernünftig, zumindest zeitweise, lockerte mir ein wenig die Fesseln und gab mir zu trinken. Der ältere Mann, der offenbar das Kommando hatte, wurde langsam nervös. Der wollte mich über Bord werfen, sobald er zum zweitenmal mit mir fertig war. Darüber gab es Streit. Auch der jüngere gönnte sich dann eine zweite Runde mit mir. Dabei muß der Alte dann auf seltsame Ideen gekommen sein.«

Sie schwieg und betrachtete mit leerem Blick den schwankenden Horizont. Schließlich warf sie mir aus den Augenwinkeln einen kurzen Blick zu und trak den Rest ihrer Suppe.

»Er plante ein ziemlich widerliches Spielchen mit einem Bootshaken. Der junge Bursche versuchte, ihm begreiflich zu machen, daß mit mir dann hinterher nichts mehr anzufangen sei, und sie begannen, sich gegenseitig anzurempeln. Plötzlich hatten sie beide Messer in den Händen. Zu diesem Zeitpunkt hatten sie sich fast eine Stunde lang gestritten – und ganz plötzlich ging's los. Sie wissen ja sicherlich, wie hitzköpfig Türken sind, oder nicht?«

»Ich habe davon gehört.«

»Ist ja auch gleich. Der eine drängte den anderen schließlich aus der Kajüte, und sie schrien draußen noch eine Weile herum. Dann war es plötzlich still. Das Boot begann sich wie eine Waschmaschinentrommel um die eigene Achse zu drehen, und ich muß ohnmächtig geworden sein.«

»Wie lange waren Sie schon auf der Caique, als ich Sie fand?«

»Es müssen Stunden gewesen sein. Das meiste spielte sich bei Dunkelheit ab. Wahrscheinlich war es auch noch dunkel, als die beiden Ganoven verschwanden.«

»Als ich Sie fand, war es später Nachmittag.«

»Kein Wunder, daß ich die Suppe dringend nötig hatte. Wann, denken Sie, werden wir Land erreichen?«

Es war jetzt schon fast dunkel. Die Sonne würde kurz nach 18 Uhr untergehen, und wir kamen nicht so schnell voran, wie ich gehofft hatte. Die knapp tausend Meter hohen Berggipfel von Andros ragten an Backbord empor. Voraussichtlich würden wir bei Sonnenuntergang die Landspitze der Insel umfahren und mit Kurs Südsüdwest in die Passage segeln. Das bedeutete noch zusätzliche drei Stunden, ehe wir windgeschützte Gewässer erreichten.

»Wahrscheinlich nicht vor Mitternacht«, antwortete ich. »Wir haben noch mindestens zwölf Seemeilen im Kanal vor uns, ehe wir in ruhigeres Wasser auf der anderen Inselseite kommen. Danach sind es immer noch zehn Meilen bis zum Hafen.«

»Vielleicht sollte ich uns mal etwas zu essen machen«, schlug sie vor.

»Gute Idee. Ich kann bei diesem Wetter unmöglich das Ruder allein lassen, solange wir die Caique im Schlepp haben. In der Kombüse finden Sie Konserven, Brot und Feta-Käse im Schrank, und ein paar Flaschen türkisches Bier in der Kühlbox.«

Sie nahm meinen Becher und verschwand unter Deck. Ich betrachtete die Berge von Andros, die drohend über dem tanzenden Bug aufragten. Wir waren der Nordwestspitze der Insel nun sehr nahe und würden bald in die Kafireus-Passage einlaufen. Ich behielt den Kurs bei, und die Landzunge glitt immer rascher an Backbord vorbei. Ich wollte die *Andromeda* in die Mitte der Passage steuern, wo die Strömung stärker war und kaum Kreuzseen produzierte, bevor ich für die Querung auf neuen Kurs ging.

Nina kehrte mit einem Tablett voll Käse, türkischer Butter und ovalen Brötchen zurück, die, in Alufolie eingewickelt, im Kühlschrank ziemlich frisch geblieben waren. In der anderen Hand trug sie eine Literflasche hefetrübes türkisches Bier, das nur wenig flacher schmeckte als ein abgelagertes Bier vom Faß.

Ein Bier bei Schlechtwetter auf See ist ein Gottesgeschenk. Auf den norwegischen Walfängern verwendet man es als

Heilmittel gegen die Seekrankheit. Das Essen gab uns irgendwie ein Gefühl neuer Lebenskraft. Zum erstenmal nach dem Abklingen meiner Übelkeit und der Bergung des fremden Bootes hatte ich genug Zeit, mir meinen Passagier näher zu betrachten. Überrascht stellte ich fest, daß Ninas Gesicht genau die Art von Schönheit besaß, die unvermeidlich und mit schrecklicher Leichtigkeit mein Herz eroberte. O Gott, dachte ich fast aufgebracht, genau mein Typ. Hoch angesetzte Wangenknochen unter sinnlichen slawischen Augen, die eine tiefe Innerlichkeit ahnen ließen. Ein etwas zu breiter Mund mit vollen, schön geschwungenen Lippen, langes, glattes schwarzes Haar. Schöne, schlanke Hände, die jetzt, während Nina aß, ruhiger wurden, weil die Nachwirkungen des erlebten Horrors etwas nachließen. Kurz: eine Frau für eine lange Beziehung. Diese Vorstellung war mir nicht sonderlich angenehm, da sie etwas in mir auslöste, das ich lieber neutral gehalten hätte – nämlich die emotionale Beurteilung dessen, was ihr widerfahren war.

»Ich glaube nicht, daß Sie mit den Drogen recht haben«, unterbrach Nina meine Gedanken. »Falls diese beiden Verrückten vom Zoll oder der Küstenwache gestoppt worden wären, hätte man sie nach einem Blick in die Kajüte sofort verhaftet. Ich spreche von dem Kopf des Apoll, nicht von mir. Warum sollten die Gangster Drogen mit einem Boot transportieren, das aufgrund der Ladung sofort beschlagnahmt würde?«

»Weil die Patrouille das Schiff dann nicht weiter durchsucht. Zumindest nicht in nächster Zeit. Und die Besatzung ist in den Augen der Organisatoren ohnehin entbehrlich. Während sie wegen Antiquitäten-Schmuggels im Gefängnis sitzt, holt ein anderer von der Bande seelenruhig das Rauschgift von der Caique. Die Antiquitäten könnten wirklich nur Tarnung für das schmutzigere Geschäft sein.«

»Dafür sind sie aber zu wertvoll«, hielt Nina dagegen.

»Sind Sie sicher?«

»Der Kopf des Apollo ist zweifelsfrei ein sehr kostbares Stück. Es gibt nicht mehr viele erhaltene Funde aus dem 2.

Jahrhundert vor Christus, der Epoche, der ich ihn auf den ersten Blick zuordnen würde. Glauben Sie mir, man bekommt in Paris ohne weiteres 50 000 Dollar dafür, wenn nicht mehr. Außerdem befinden sich ja noch andere Dinge in den Kisten, Figurinen und sonstiges. Ich garantiere Ihnen, das Boot da drüben hat für über 100 000 Dollar Antiquitäten an Bord. Wozu da noch Heroin?«

»Okay, genau werden wir das erst wissen, wenn wir in die Bilgen schauen.«

»Sie haben recht.« Sie hob den Blick von ihrem Käsebrot, schaute zur Küste von Andros hinüber, die achtern vorüberglitt, und bemerkte: »Die Insel scheint nach hinten zu wandern, wann werden wir in die Passage einlaufen?«

»Jeden Augenblick. In der Mitte des Kanals werden wir jedenfalls ruhigeres Wasser finden und viel schneller vorankommen.«

Doch ich war selbst überrascht, wieviel ruhiger die See dort tatsächlich war. Der Wind toste immer noch aus Norden heran und verursachte eine nordöstliche Strömung, die jedoch so stark war, daß sie einerseits den Kreuzseen ihre Wucht raubte und sie abflachte, andererseits unser Schiff aber sehr schnell forttrug. Auf offener See hatten wir mit dem Boot im Schlepp kaum fünf Knoten geschafft. Nach dem Tempo zu urteilen, mit dem die Küste von Andros in der hereinbrechenden Dämmerung an uns vorbeizog, schätzte ich unsere Geschwindigkeit auf mindestens sieben Knoten. Ich wandte mich dem Mädchen zu. »Hören Sie, ich könnte jetzt den neuen Kurs anlegen.« Die Strömung hatte uns fest im Griff, und ich brauchte das Ruder nur einmal zu drehen, um die *Andromeda* und ihre Schlepplast auf südwestlichen Kurs zu bringen. »Die Kanalströmung hier in der Mitte hält die Wellen flach. Glauben Sie, Sie könnten für eine Weile das Ruder übernehmen, während ich unter Deck den neuen Kurs ausrechne?«

»Ich dachte schon, Sie würden mich niemals darum bitten.«

Ihr Lächeln, mit dem sie zu mir trat und das Ruder der

Andromeda übernahm, ließ einen vergessen, daß dieser jungen Amerikanerin noch vor wenigen Stunden von zwei türkischen Bastarden Gewalt angetan worden war.

»Ich mag Schiffe«, erzählte sie, »und wenn ich für eine Weile steuern darf, behalte ich vielleicht sogar das bißchen Suppe bei mir. Es soll ja helfen, sich bei Seekrankheit auf Dinge außerhalb des Bootes zu konzentrieren.«

»Bleiben Sie einfach auf diesem Kurs. Wir haben jetzt genug Fahrt, um das Schlepptau straff zu halten.«

Der Kartentisch der *Andromeda* war rechts neben dem Niedergang installiert – in einem kleinen engen Spalt zwischen der Steuerbord-Koje der Hauptkabine und dem Schott zur Heckkajüte. Ich breitete die Seekarte der Kykladen und die Segelanweisungen für Andros darauf aus und überdachte unsere Möglichkeiten. Mir war klar, daß wir mit einer solchen Strömung unter dem Kiel den Kafireus-Kanal schneller hinter uns bringen würden als erwartet, aber jetzt kamen mir Bedenken. Der halbe Liter Bier war mir nach diesem anstrengenden Tag – mit zwei kraftraubenden Fahrten auf dem Rettungsfloß und einer Schiffsbergung – sofort in den Kopf gestiegen. Und was ich über die Hafeneinfahrt von Gavrion im Segelhandbuch las, gefiel mir überhaupt nicht. Man brauchte, um sicher in den Hafen zu kommen, einen hundertprozentig klaren Kopf.

Ich stieg zum Cockpit hinauf und teilt ihr die guten und schlechten Neuigkeiten mit: »Bei dieser Fahrt werden wir die Windschattenseite von Andros in spätestens einer Stunde erreichen. Bis in den Hafen brauchen wir dann nochmals zwei Stunden. Ich weiß nicht, wie es Ihnen geht, aber ich falle bald um vor Müdigkeit. Außerdem sagt das Segelhandbuch, daß die Shovi-Klippen vor der Hafeneinfahrt von Gavrion im Dunkeln ziemlich schwer zu durchfahren sind. Was halten Sie davon, wenn wir nach der Durchquerung der Passage in einer geschützten Bucht Anker werfen?«

Sie nickte zustimmend und hob für einen Moment den Blick. »Einverstanden. Ich glaube nicht, daß ich noch viel länger die Augen aufhalten kann.«

»Sie können die Kajüte achtern nehmen. Auf offener See würde ich sie keinem empfehlen, aber vor Anker ist sie die bequemste an Bord.«

»Nun vergessen Sie mal langsam die Anstandsregeln, Harry«, erwiderte sie. »Für einen Tag habe ich mehr als genug durchgemacht. Mir wäre es lieber, wenn Sie nicht den Versuch machten, mit mir zu schlafen. Würden Sie es dennoch tun, wäre ich vermutlich viel zu erschöpft, um es überhaupt zu bemerken.«

Ich überließ ihr das Ruder für die eine Stunde, die wir für die Durchfahrt der Passage in südlicher Richtung brauchten. Die kurze Dämmerung der Ägäis erlosch ebenso rasch wie ein Bühnenscheinwerfer im Theater. Kaum hatte sie das Ruder übernommen, brach schon die Dunkelheit herein, doch im hellen Licht des Mondes war die Küstenlinie von Andros deutlich als dunkler Streifen zu erkennen. Die Bergkuppen glänzten silbern. Die Strömung war noch stärker geworden, doch hier in der Mitte der Passage blieben wir von den Kreuzseen und Strömungswirbeln, die eine Seestraße in der Nähe von Landzungen und Buchten aufweist, verschont. Nina bediente das Ruder sehr geschickt und hielt die *Andromeda* mit bedächtigen Ruderbewegungen auf Kurs, wobei das Schiff stetige Fahrt machte. Strömung und Motor reichten aus, um das Schlepptau straff zu halten. Die Caique lag tief im Wasser, schlingerte aber weniger, weil die Strömung die Wogen abflachte. Es konnte wirklich nicht besser laufen.

Kurz nach 19 Uhr erreichten wir die Nordwestspitze der Insel, wo sich die Passage verbreitert und die Küstenlinie von Andros zuerst in südlicher, dann in südsüdöstlicher Richtung zurückweicht.

»Ich übernehme jetzt wieder. Nach etwa einer Meile erreichen wir eine große Bucht, die uns vor dem *Meltemi* Schutz bietet. Ich werde die *Andromeda* hineinsteuern und Anker werfen. Bleiben Sie bitte noch einen Moment an Deck. Ich brauche Ihre Hilfe, um den Klüver einzuholen.«

Die Fahrstraße wurde immer breiter, die Strömung geringer. Ich lenkte die beiden Boote ein Grad nach Backbord und folgte dem Küstensaum. Eine halbe Meile hinter der Landzunge verläuft die Küste in südwestlicher Richtung. Kaum waren wir im Windschatten der sich landwärts dehnenden Berge, flaute der *Meltemi* zu einem gelegentlichen Flüstern ab. Von dem Sturm war nichts mehr zu spüren außer den Wogen, die aus der Passage gegen das Heck der Ketsch anrollten. Von Land her trug eine leichte Brise den zarten Duft von Berggräsern herüber.

Leise sagte Nina: »Bei Gott, jetzt fühle ich mich schon wesentlich besser.«

»Die Berge da sind ziemlich hoch. Abgesehen von einigen Böen müßte diese Inselseite windstill sein.«

Doch darin irrte ich, denn kaum hatte ich die Worte ausgesprochen, entdeckte ich das verräterisch dunkle Feld im silbern schimmernden Wasser auf uns zurasen. Eine Bö, die von den Berghängen herunterkam, ließ die *Andromeda* erzittern. Das Segel am Hauptmast blähte sich blitzschnell, der Klüverbaum schlug mit lautem Krachen zurück. Fluchend drehte ich die *Andromeda* in den Wind. Meine Müdigkeit hatte mich unachtsam werden lassen. Ich hätte schon, als wir uns der Küste näherten, die Segel wenden müssen. Nina war schon zur Backbord-Winsch gesprungen und löste das flatternde Vorsegel. Ich versuchte, das Ruder zu halten und gleichzeitig das Hauptsegel festzuzurren, doch sie rief: »Lassen Sie nur, ich mach's schon«, bückte sich, warf das Tau auf die andere Winsch und spulte es auf.

So plötzlich, wie er über uns hergefallen war, flaute der Wind wieder ab. »Schön, jemand an Bord zu haben, der was vom Segeln versteht«, brummte ich. Nina lächelte nur müde.

»Nehmen Sie das Ruder, ich werde das Topp einholen.«

Ich hatte genügend Vertrauen in Ninas Steuerkünste, um am Hauptmast stehenzubleiben, während sie mir den Klüver zuschob und gleichzeitig die Ketsch um die nächste Landzunge in die große Bucht lenkte, die einen tiefen Einschnitt in die nach Südsüdwesten schwenkende Küstenlinie von Andros riß. Ich bat Nina, den Motor auf Viertelkraft voraus zu drosseln. Mit der schweren Caique im Schlepp tuckerten wir langsam auf das dunkle Ufer zu. Etwa fünfzig Meter davon entfernt stellte Nina den Diesel ab und löste das Hauptsegel. Die *Andromeda* verlor sofort Fahrt. Ich löste die Sperrvorrichtung der Ankerwinde. Selbst im schwachen Licht der Gestirne konnte ich Anker und Kette fast fünf Meter tief in die glatte See eintauchen sehen. Ein paar Sekunden lang zerschnitt das laute Rasseln der Kette die nächtliche Stille. Nach etwa fünfzehn Metern faßte der Anker Grund. Wir waren in Sicherheit, lagen geschützt wie in einem Hafen.

Nina beobachtete, wie ich das Schlepptau einholte, um die Caique dicht bei der *Andromeda* zu halten. Mit dem Deckscheinwerfer leuchtete ich das Tau bis zum Bug des türkischen Bootes ab. Der Knoten zwischen Tau und Treibankerkette war fast durchgescheuert. Müde erklärte ich Nina, daß ich nochmals an Bord der Caique gehen müsse, ehe wir uns schlafen legen konnten. Jetzt, nachdem die Anspannung langsam wich, schien sie dem Zusammenbruch nahe. Sie hielt den Kopf gesenkt und gähnte heftig mit geschlossenen Augen. Dann sagte sie mit schwerer Stimme: »Ich werde mal ausprobieren, ob die Dusche funktioniert – jetzt, wo das Schiff keine Bocksprünge mehr macht wie ein störrisches Pferd.«

»Die Dusche funktioniert nicht nur, Sie dürften auch heißes Wasser haben, nachdem der Diesel den ganzen Nachmittag in Betrieb war.«

»Meine Güte, hier ist es ja zivilisierter und komfortabler als in jedem türkischen Mittelklasse-Hotel. So komme ich nach sechs Wochen endlich mal zu 'ner heißen Dusche.«

»Ich dachte, Ihnen wäre schon aufgefallen, daß Sie auf einem Boot der gehobenen Klasse fahren.«

Es dauerte einige Minuten, bis ich die aufgerauhte Stelle des Taus so weit über die Winsch der Caique gespult hatte, daß sie nicht mehr am Bug scheuerte. Das Tau würde die

Nacht über und während der kurzen Fahrt nach Gavrion am nächsten Morgen halten. Unter Deck prüfte ich kurz, wieviel Wasser das Boot im Lauf des Nachmittags genommen hatte. Das Wasser stand noch höher, schwappte jetzt schon gegen die auf den Kojen gestapelten Kisten, doch bestand im Moment keine unmittelbare Gefahr, daß das Schiff sank. Beruhigt kehrte ich auf die *Andromeda* zurück.

Aus dem vorderen Niedergang drang mir eine Dampfwolke entgegen. Nina stand splitternackt und vor Nässe triefend vor einem Spind beim vorderen Schott. Ich blieb erschrocken stehen und entschuldigte mich stockend. Sie drehte den Kopf und lächelte. »Lassen Sie sich deswegen keine grauen Haare wachsen. Das meiste haben Sie ja ohnehin schon auf der Caique gesehen. Aber hätten Sie vielleicht ein Handtuch für mich?«

Ich reichte ihr ein Handtuch aus einem anderen Schrank, wobei es mir nicht gelang, ihre schöngeformten Brüste zu übersehen. Von einer der aufgerichteten Warzen fiel ein Wassertropfen auf meinen Arm. Ich hob den Blick zu ihrem Gesicht. Nina lächelte müde und verschwand wieder in der Dampfwolke. Dieses kurze Aufflackern meines Begehrens am Ende dieses langen, ermüdenden Tages, das ich beim Anblick ihrer Brüste verspürte, kam für mich selbst völlig unerwartet. Es war seltsam, beinahe schmerzhaft. Doch es erlosch sofort, als mir wieder bewußt wurde, daß das Objekt meiner plötzlichen Geilheit noch vor kurzem sexuell mißbraucht worden war. Sicher wäre sie für jede Annäherung in nächster Zeit unempfänglich. Doch war Nina mein Begehren nicht verborgen geblieben – das fühlte ich instinktiv. Sie war anscheinend nicht einmal überrascht, sondern hatte nur die Tür zur Dusche hinter sich geschlossen und mich mit meinen konfusen Gedanken allein gelassen.

Von den schönen Brüsten einer Frau geht eine unerklärliche, manchmal sogar störende Anziehungskraft aus, die unweigerlich das logische Denken der Männer durcheinanderbringt. Ich will damit sagen, daß ich aus mir unerfindlichen Gründen lieber auf die Brüste als auf sonstige faszinierende

Regionen dieses so anderen menschlichen Körpers schaue. Ich weiß, wovon ich rede, denn ich habe schon eine Menge interessanter Tricks mit Zigaretten und Cola-Flaschen in Bangkok und anderen fernöstlichen Städten kennengelernt. Aber warum ist das so? Ich meine, Brüste sind Brüste, und wenn man sie ein paarmal liebkost und gestreichelt hat, passiert nicht mehr viel. Am wenigsten würde man deswegen ausrasten und den Kopf verlieren. Auch in den Oben-ohne-Bars in den östlichen Teilen der Welt sind blanke Titten spätestens nach dreißig Sekunden etwas ganz Normales, und man unterhält sich völlig zwangslos mit dem Mädchen. Was ist also so Beunruhigendes an schönen Brüsten?

Ich weiß es nicht. Trotzdem bekommen Männer immer wieder Gefühle bei ihrem Anblick. Ninas Brüste gingen mir nicht mehr aus dem Kopf, seit ich sie nun zum erstenmal bewußt gesehen hatte. Gleichzeitig war mir eingefallen, daß sie frische Kleider brauchte. Ich nahm ein Hemd aus dem Schrank, hängte es an die Tür der Dusche und erklärte ihr laut durch die Tür, daß der Sweater, den sie bis jetzt zum Schutz vor dem *Meltemi* getragen hatte, für die Kajüte zu warm sei.

Während ich noch mit ihr sprach, wurde mir bewußt, daß ich immer noch an ihre Brüste dachte. Ich hatte automatisch ein Hemd aus dünnem Hongkong-Leinen aus dem Schrank genommen, durch das sich ihre Nippel deutlich abzeichnen würden.

Nun war ich wirklich in Not. Geile Gedanken bezüglich einer Frau, die man ursprünglich nur hatte beschützen wollen, können eine Situation völlig auf den Kopf stellen. Trotzdem konnte ich andererseits nicht vergessen, daß sie kaum achtzehn Stunden zuvor auf widerliche Weise mißbraucht worden war, und hatte irgendwie das Gefühl, den guten Ruf der gesamten menschlichen Rasse retten zu müssen, nicht nur diesem Mädchen gegenüber, sondern auch vor mir selbst, um mir den Seelenfrieden zu erhalten. Doch gilt ja der Fluch des Philosophen der Region unter der Gürtellinie, wo der kahlhäuptige Bewohner völlig unempfänglich für alle Gefühle der höheren Regionen bleibt. Wie oft geschieht es, daß man am Ende eines langen, anstrengenden Tages total erschöpft nur noch an Schlaf denkt, und plötzlich fordert das Geschlecht mit fast schmerzendem Pochen die Befriedigung des Urtriebs. Genau das war jetzt mit mir geschehen: Wo ich eigentlich nur auf das Wohlbefinden des Mädchens bedacht sein sollte, wurde ich scharf auf ihren Körper.

Ich zwang mich, statt dessen ans Essen zu denken und stellte plötzlich fest, daß ich sehr hungrig war. Außer der Suppe und den paar Scheiben Brot mit Käse hatten wir den ganzen Tag nichts gegessen. Ich bekam Heißhunger auf ein saftiges Steak, doch die Australier mit ihrem gesunden Appetit hatten alles Fleisch, das ich in Hongkong in die Kühlbox gepackt hatte, während der Überfahrt verzehrt. In der Türkei war kaum gutes Steakfleisch zu bekommen, um die Vorräte aufzufrischen. Also hatte ich in Izmir lediglich frisches Lammfleisch eingekauft. Als einzige Alternative blieb noch Fisch, aber mein Bedarf an den Wohltaten des Meeres war für heute voll und ganz gedeckt. Ich stieg in die Kombüse, nahm ein Stück Lamm aus der Kühlbox und begann ein *kebab* zuzubereiten. Nina trat aus der Dusche unf steckte den Kopf durch das Schott, wobei sie sich noch das Hemd zuknöpfte. Ich hatte gerade das Fleisch geschnitten. Aus den Augenwinkeln sah ich sofort, daß ihre Nippel tatsächlich durch den Stoff schimmerten. Sie hatte verhältnismäßig kleine Brüste, doch ihre Warzen waren größer und dunkler als bei anderen Frauen. In Greenwich Village hatte mal einer zu mir gesagt: »Ich mag nur Titten, die etwas aussagen.« Und solche hatte Nina.

»Meine Güte, Sie wollen doch nicht etwa noch kochen«, rief sie. »Ich weiß nicht, ob ich meine Augen noch so lange offenhalten kann.«

»Im Barfach finden Sie einige Flaschen Wein, darunter auch einen sehr guten türkischen Roten. Das Lamm-*kebab* hier dauert nur fünf Minuten.«

»Dem Herrn ist nach Feiern«, murmelte sie erschöpft. »*Kebab* also! Wollen Sie hier eine Grillparty veranstalten?«

»Ich bereite es auf griechische Art zu – in der Pfanne, mit ein wenig Olivenöl. Sie könnten dazu einen Salat machen.«

»Ich könnte auch mein Bett machen«, meinte sie und wollte schon zum Barfach gehen, drehte sich aber dann nochmals um. »Ich verstehe mich selbst nicht mehr. Nach all dem, was mir in den letzten vierundzwanzig Stunden zugestoßen ist, müßte ich hier eine große Show abziehen, sofort zu Muttern fliegen, herumjammern oder mich umbringen. Jedenfalls irgend etwas Unnormales tun. Zumindest sollte ich mir beim nächstbesten Arzt die größte Dosis Penicillin verabreichen lassen, die zu bekommen ist. Statt dessen gehe ich zur Tagesordnung über und mache weiter, als sei nichts geschehen. Man will nur überleben, also steigt man in ein Rettungsfloß und begibt sich an Bord eines anderen Schiffes. Als wäre man auf einem ganz normalen Ferientörn durch die griechische Inselwelt. Wir reden übers Kochen, und Sie bitten mich, einen Salat anzurichten...«

Sie ließ sich plötzlich gegen den Kartentisch sinken und begann heftig zu weinen.

»Keiner kann ändern, was Ihnen zugestoßen ist – aber Sie müssen essen.«

»Ja, essen wir hübsch normal zu Abend – und trinken einen guten türkischen Roten dazu.«

Ich nahm sie in die Arme und drückte ihr Gesicht sanft gegen meine Brust. »Ganz ruhig, es ist vorbei«, versuchte ich sie zu beruhigen. »Aber es ist trotzdem immer noch da – hier in meinem Kopf!« Ihre Worte wurden von heftigem Schluchzen begleitet, ihre Stimme klang gepreßt.

Schließlich richtete sie sich auf und sagte, nun wieder ruhiger: »Geben Sie mir schon das verdammte Messer. Ich mache den Salat, immerhin sind wir ja noch am Leben. Eine Vergewaltigung durch zwei marodierende Türken ist in diesem Teil der Welt ja anscheinend nur ein alltägliches Mißgeschick.«

»Wissen Sie«, fuhr sie mit einem kleinen Schluchzen fort, während sie Tomaten in Scheiben schnitt, »ich kannte mal ein Mädchen in New York, das elfmal vergewaltigt worden war. Einmal wäre ja noch zu erklären – Unvorsicht. Das zweite Mal müßte man es schon eigene Dummheit nennen. Aber elfmal! Sie wurde öfter vergewaltigt, als sie in ihrem Leben freiwillig mit Männern geschlafen hat.«

»Ich weiß, im Moment mag es Ihnen unwahrscheinlich erscheinen, aber Sie werden über diese Sache hinwegkommen.«

»Na, klar doch«, stieß sie hervor. »Ach, zum Teufel damit. Machen wir den türkischen Roten auf.«

Wir aßen schweigend. Sie trank zwei Gläser Wein und stocherte lustlos im Fleisch herum. Ich erzählte belangloses Zeug über das Boot, erklärte ihr, daß ich lieber an einem Tisch in der Mitte der Kajüte äße als an einem Klapptisch irgendwo in der Ecke, daß aber ein solcher Einbau bei der Breite der *Andromeda* nicht machbar gewesen sei. Meine Worte flossen träge. Ich versuchte, sie durch mein Reden abzulenken, erläuterte ihr den Bootsaufbau und die Aufteilung und Einrichtung der Kabinen: drei Kojen in der hinteren Kajüte; im Mittelteil die Kombüse und das Navigationspult, an Steuerbord eine Sitzkoje, an Backbord die Eßecke, dann hinter dem Schott die Dusche und Toilette neben diversen Spinden und Schränken; drei Schlafkojen in der vorderen Kajüte, die bei Seegang nicht sonderlich angenehm zum Schlafen sind – drei annehmbare Kojen also auf offener See, eine in der Mittelkabine, zwei im Heck. Dort aber hatte ich die ursprüngliche Doppelkoje in eine Einzelkoje umgewandelt, um Platz für Spinde und Regale für meine Bücher zu bekommen.

Nina bemerkte nur, daß der Klapptisch in der Eßecke völlig ausreichend sei.

Nachdem wir gegessen hatten, schaute sie zur Koje hinüber und sagte: »Und das, Freund Harry, ist ein Bett. Sie müssen mir verzeihen, aber ich gedenke es jetzt auch zu benutzen. Löschen Sie bitte noch das Licht, wenn Sie gehen.«

Sie machte sich in der Koje lang und war schon eingeschlafen, kaum daß sie sich auf der Decke, die ich ihr am Nachmittag gegeben hatte, ausgestreckt hatte. Ich schob ein

Kissen unter ihren Kopf und deckte sie zu. Dann stand ich da, betrachtete sie und überlegte, ob ich ihr noch einen sanften Kuß geben sollte. Plötzlich öffnete sie nochmals die Augen und lächelte leicht, als habe sie meine Gedanken erraten und spüre mein Zögern. Ihr Lächeln verwandelte sich für einen Moment in das breite Grinsen, das mir am Tag schon einmal aufgefallen war. Mit dem Handrücken strich sie einmal leicht über meine Leistengegend. Trotz meiner Erschöpfung reagierte mein Penis auch diesmal sofort auf ihre Berührung.

»Für heute nacht ist der Spaß vorbei. Bitte – keine Spielchen«, murmelte sie. »Vielleicht werde ich mich dankbar zeigen, wenn wir an Land gehen. Und, glauben Sie mir, ich bin für jeden Spaß zu haben – aber nicht nach einem solchen Tag mit gleich zwei Türken.«

Ich zweifelte nicht eine Sekunde an ihren Worten. Im nächsten Augenblick war sie wieder eingeschlafen. Ich begab mich in die Heckkabine, ließ mich auf die Einzelkoje unter dem Oberlicht fallen. Ohne es zu öffnen, fiel ich sofort in einen tiefen, traumlosen Schlaf.

KAPITEL 3

Gavrion

Die griechischen Inseln besitzen eine besondere Aura, wie es sie auf der Welt kein zweitesmal gibt. Die großen Kreuzfahrtschiffe fahren meist nachts etwa drei bis vier Meilen unterhalb vom Kap Matapan um die Südspitze des Peloponnes vom Ionischen in das Ägäische Meer ein. Steht man zufällig um Mitternacht an Deck, kann man fast auf den Moment genau bestimmen, wann man von der italienischen in die griechische Welt wechselt. Der warme Nachtwind trägt den kräftigen Duft von wildem Oregano und Thymian über Meilen hinweg von den Berghängen der Inseln, die an Backbord in der samtenen Dunkelheit hinter dem Horizont verborgen liegen, herüber.

Ich liebe Griechenland. Seine vertrauten Gerüche begrüßten mich, als ich im Morgengrauen des nächsten Tages an Deck stieg. Nina schlief noch. Ich hatte mich in dem winzigen Waschraum der Heckkabine gewaschen, um sie nicht aufzuwecken, und war an Deck geklettert, um zu versuchen, das Wasser aus den Bilgen der Caique zu entfernen. Doch das hatte noch Zeit. Ich sog die frische Brise der griechischen Inseln tief in mich ein und betrachtete versonnen die kahlen grauen Berge, die, von der Zeit unberührt, sich knapp tausend Meter über die Bucht erhoben, in der wir ankerten. Im heller werdenden Tageslicht enthüllten sie langsam ihre Flanken dem Blick.

Es würde ein schöner Morgen werden; das helle Sonnenlicht kroch rasch an den Hängen empor und vertrieb die nächtlichen Dunstschleier um ihre Gipfel. Im Laufe der Nacht war der Wind völlig abgeflaut, was nach einem Sturmtief in der Ägäis häufig geschieht. Weit voraus im

Dunst lag Ägypten noch im nächtlichen Dunkel gefangen. Die See in der Bucht war spiegelglatt, und kein noch so schwacher Windhauch aus den Bergen kräuselte ihre Oberfläche. Zwar mochte der Wind an der Nordseite der Insel immer noch recht stark sein, doch entlang der Leeseite der Insel würde die Fahrt zum Hafen von Gavrion der reinste Vergnügungsausflug sein. Ich setzte mich auf das Dach der Hauptkabine und steckte mir eine türkische Zigarette ins Gesicht. Innerlich war ich so ruhig wie der Tag und genoß den vertrauten Duft des Oregano von den Berghängen, in deren Schutz das Leben seit dem Trojanischen Krieg kaum neue Probleme aufgeworfen hatte.

Aber da war ein Problem: das Wasser in der Caique. Ich behandelte es mit delphischer Distanz. Mit der Bilgenpumpe der *Andromeda* konnte ich die Caique kaum lenzen, weil ich keinen Schlauch besaß, der lang genug war, um den Abstand zwischen beiden Schiffen zu überbrücken. Andererseits mochte sich mein klarer Verstand, durch den tiefen Schlaf erfrischt und nun wieder voll einsatzfähig, kaum vorstellen, daß selbst zwei unerfahrene oder mörderisch leichtsinnige türkische Seeleute die Caique ohne jegliches Lenzsystem nach Marseille schippern wollten. Es mußte also noch ein Ersatzsystem für die seit langem unbrauchbaren elektrischen Lenzpumpen geben.

Nach fünfminütiger Suche auf der Caique fand ich meine Annahme bestätigt. Unter dem Verbandskasten im Heck entdeckte ich eine etwas ältere Handpumpe, die mir am Vortag bei der flüchtigen und hektischen Untersuchung des Schiffes entgangen war. Ich arbeitete etwa eine halbe Stunde und hatte danach den Wasserstand in der Kabine bis auf wenige Millimeter über den Bodenplanken gesenkt. Einen Augenblick dachte ich daran, die wertvolleren Teile der Ladung auf meine Ketsch zu übernehmen, denn die morsche Caique barg durchaus ein gewisses Risiko für mich und mein Schiff. Nach dem altmodischen steilen Bug, der kleinen Heckpoop und dem breitgeschwungenen Schiffsbauch zu urteilen, mußte der Kahn über siebzig Jahre auf dem

Buckel haben. Das Schiff war zwar erst kürzlich neu angestrichen worden, trotzdem fürchtete ich, daß die Planken morsch waren und ihre Verfugung sich beim gestrigen Schleppen geweitet hatte.

Danach schaute ich mir den größten Packen in der Kajüte etwas näher an. Er war fast zwei Meter hoch sowie einen Meter breit und in mehrere alte Teppiche eingewickelt. Ich zog eine Ecke beiseite, sah die glatte Oberfläche von grauem verwitterten Marmor und ertastete schließlich die Formen eines menschlichen Ohres und hoher Jochbögen. Der Kopf des Apoll! Ich schob die Teppichhülle weiter zur Seite und blickte in das perfekt gehauene, steinerne Antlitz des griechischen Gottes.

Plötzlich schlug mein Herz schneller. Der Marmorkopf war wirklich ein Erlebnis, eine echte Entdeckung. Ich bekam plötzlich eine Ahnung davon, welche Gefühle Heinrich Schliemann bewegt haben mochten, als er Agamemnons goldene Maske ausgrub.

Der Marmorkopf war verdammt schwer. Ich hatte nur die untere Gesichtshälfte freilegen können und schätzte sein Gewicht auf etwa zweihundertfünfzig Kilo. Die Umladung würde also bis Gavrion warten müssen. Die Stabilität der Caique war zwar zweifelhaft, aber die Schleppfahrt nach Gavrion bei glatter See würde der Kahn sicherlich überstehen.

Ich stieg wieder auf die Ketsch zurück und bereitete für Nina auf einem Tablett das ›Vouteri-Meli‹, das typische Frühstück der griechischen Inseln: türkischer Kaffee, Brot, Butter und Honig. Es war inzwischen sieben Uhr, und sie stand gerade unter der Dusche. Diesmal war das Wasser fast kalt, weil ich den Diesel über Nacht abgestellt hatte. Trotzdem planschte sie eine ganze Weile herum, versuchte offenbar, sich ihre schlimmen Erinnerungen von der Seele zu bürsten. Ich nahm mir vor, bei unserer Ankunft in Gavrion als erstes die Frischwassertanks aufzufüllen.

Kaum stand der Kaffee auf dem Tisch, trat Nina, sich mit einem Handtuch die Haare trocknend, aus der Dusche. »Ich konnte tatsächlich schlafen«, sagte sie. »Ich weiß zwar nicht wie, aber ich habe geschlafen wie eine Tote. Bin eben erst wach geworden.«

»Frühstücken Sie jetzt erst mal.«

»Gute Idee. Und wie geht's dann für den Morgen weiter?«

»Sobald wir gefrühstückt haben, fahren wir mit Motorkraft an der Küste entlang nach Gavrion. Dort gibt es einen Polizeiposten, wo wir Anzeige erstatten können. Vielleicht haben sie dort auch einen Arzt. Ansonsten ist sicher einer in Andros-Stadt, etwa eineinhalb Autostunden von Gavrion entfernt hinter den Bergen.«

»Und danach?«

»Es wird Stunden dauern, bis die Polizei das Protokoll aufgenommen hat. Aber wenigstens sind Sie dann in Sicherheit.«

Sie nickte, nicht sonderlich begeistert.

Nach dem Frühstück hockte sich Nina ins Cockpit, während ich den Anker einholte. Sie trug eins meiner Hemden und Shorts. Eine Baseball-Kappe, die einer meiner australischen Seeleute in seinem Spind vergessen hatte, schützte ihr Gesicht vor den Sonnenstrahlen. Ich steuerte die *Andromeda* mit Dieselkraft aus der Bucht und nahm Kurs auf Gavrion.

Man mochte kaum glauben, daß wir am Abend zuvor mitten in einem Sturm in die Bucht eingelaufen waren. Das offene Meer dehnte sich tiefblau schimmernd bis zum Horizont. Es ging eine lange Dünung, und die Ketsch rollte sanft während ihrer Fahrt entlang der Küste. Nach gut einer Stunde umfuhren wir das Kap am Eingang zur Bucht von Gavrion, über der der Kovari, der höchste Berg der Insel, aufragte. Ich manövrierte die Ketsch durch die Kette winziger Eilande, die die Bucht gegen die offene See abschirmte, und steuerte den Hafen an, nachdem wir das Vovi-Riff zwischen den Inselchen und der Küste passiert hatten. Bei zwei Meter Wassertiefe setzte ich gegenüber dem Ort den Anker, überließ den Kai und die Landungsbrücke den Autofähren, die fast täglich von Piräus oder Rafina auf dem Festland die Inseln anlaufen.

Die Stille, als der Diesel verstummte, war fast greifbar. Die Caique und die *Andromeda* lagen bewegungslos auf dem Wasser. Vom Ort drangen die leisen Geräusche des Inselmorgens zu uns herüber.

»Ich mache das Dingi klar. Wir gehen an Land.«

Nina legte die Hände an die Schläfen. »Und jetzt das ganze Palaver – großer Gott!«

»Je eher wir's angehen, desto schneller haben wir es hinter uns.«

»Stimmt auch wieder.«

Doch in diesem Punkt irrten wir beide.

Das Gesicht des griechischen Polizeisergeants zeigte höchste Verwunderung und Bestürzung, als wir sein weißgetünchtes Büro betraten. Müßig und entspannt hatte er durch sein Fenster beobachtet, wie zwei hochgewachsene Fremde in einem kleinen Beiboot über das glitzernde Wasser zum Kai ruderten und an Land stiegen. (Das Beiboot der *Andromeda* war nicht mal drei Meter lang.) Der Beamte wußte, der Hafenmeister würde den Papierkram erledigen. Tatsächlich mußte ich erst im Büro des fetten Burschen die üblichen Formalitäten hinter mich bringen. Nina ging schon voraus. Der Sergeant ahnte offensichtlich, daß es mit seiner friedlichen Morgenruhe vorbei war, als er die Frau direkt auf sein Büro zusteuern sah, schaffte es aber bis zu meinem Eintreffen, jegliche Störung seiner Morgenroutine dadurch abzuwehren, daß er Ninas Versuche, ihm alles zu erklären, nur mit einem verständnislosen Schulterzucken quittierte.

Ich trieb schließlich einen amerikanisierten Griechen auf – einen jener ehemaligen Einwanderer, die aus den Staaten auf ihre Inseln zurückkehren, von ihrem Tabaklädchen in Chikago schwärmen und über die Eselscheiße auf der Dorfstraße fluchen – und schleppte ihn zur Polizeistation. Der Bursche hatte jetzt, nachdem ihn die Dorfjugend seit Jahren wegen seiner Geschichten aus Amerika nur auslachte, endlich die Möglichkeit zu seinem großen Auftritt. Johnny der Grieche stürmte ganz aufgeregt vor mir in das Büro. Sein Mund spie die Worte schneller hervor als ein Schmeisser-Maschinengewehr eine Salve. Der Sergeant runzelte in ungläubigem Entsetzen die Stirn, seine Augenbrauen wanderten fast bis zu seinem Haaransatz. Vergewaltigung, Piraterie, Mord, Raub, unaussprechliche Handlungen, begangen an dieser bildhübschen ›Amerikani‹! Und dieser Bursche hatte die Caique der Verbrecher aufgebracht. Die Augen des Polizisten verengten sich fast zu Schlitzen bei dieser Aufzählung des Grauens – weniger wegen der schrecklichen Ereignisse an sich, sondern eher wegen der unglücklichen Tatsache, daß von allen Polizeistationen, die es in Griechenland gab, ausgerechnet seine mit solch häßlichen Dingen konfrontiert und aus ihrer behäbigen Ruhe gerissen wurde. Man wird schließlich nicht Sergeant in einem griechischen Inselnest, weil man sich durch besondere Agilität hervorgetan hat. Ein Leben als Polizist verläuft hier in dieser Miniaturwelt in klaren, eingefahrenen Bahnen. Man füllt Formulare aus, kümmert sich um bellende Hunde während der gesetzlich vorgeschriebenen Mittagsruhe und achtet auf die pünktliche Lieferung der Vormittagserfrischungen aus dem Café gegenüber. Außer den gelegentlichen Diebstählen und Raufereien in der Urlaubszeit, wenn die Athener Halbwelt die Inseln heimsuchte, gab es keine Kriminalität.

Und nun sollte der arme Kerl einen Fall bearbeiten, der verdächtig nach internationalem Bandenverbrechen roch. Der Sergeant schloß die Augen ganz und schickte ein Stoßgebet zum Himmel. Es hatte bisher keine vergleichbaren Fälle gegeben. Am besten, er telefonierte sofort mit Andros-Stadt.

Umständlich wählte er die Nummer und begann stockend zu sprechen, schrie aber schon im nächsten Augenblick die Worte in rasendem Stakkato in die Muschel. Griechisch ist nun mal eine Sprache mit ziemlich langen Worten, mit der Betonung meist auf der letzten Silbe. Die Bestellung einer

Tasse Kaffee in einem der Starßenrestaurants klingt in dieser Sprache fast wie eine Kriegserklärung.

»Er spricht mit seinem Captain«, erklärte Johnny der Grieche hochzufrieden, als sei diese triumphale Erkenntnis auf seinem Mist gewachsen.

»Redet er ihn auch mit ›Sir‹ an?« fragte Nina.

»Wie?«

»Schon gut, vergessen Sie's!«

Das Gespräch dauerte zehn Minuten. Danach war der kleine Sergeant sichtlich außer Atem. Er sagte ein paar Worte zu Johnny.

»Der Captain kommt sofort von Andros-Stadt herüber«, übersetzte dieser.

›Sofort‹ kann in der griechischen Bürokratie alles oder nichts bedeuten. Ich selbst sprach gerade genug Griechisch, um dem Sergeanten klarzumachen, daß die Lady auf der Stelle einen Arzt brauchte. Der Polizist verzog das Gesicht zu einer Grimasse. Der Captain sei unterwegs, der Doktor käme heute nicht nach Gavrion. Die Lady müsse schon auf den Captain warten und dann vielleicht mit ihm zurück nach Andros-Stadt zum Arzt fahren.

Ich wollte ihm wütend ins Wort fallen, doch Johnny der Grieche kam mir zuvor: »Sie nicht können treffen Doktor vor fünf Uhr nachmittag. Hier auf Insel nur ein Doktor, und Gott allein wissen, wo er gerade ist. Vielleicht er macht Krankenbesuch bei Bauern. Später Sie werden ihn sicher treffen.«

Der Sergeant spreizte hilflos die Hände. Im Moment konnte man also nichts machen. Der Captain würde vielleicht in einer Stunde da sein.

»Vielleicht Sie in der Zwischenzeit etwas essen«, meinte Johnny.

»Ich Ihnen zeigen Restaurant. Wenn Captain kommen, Sie mit ihm sprechen, und er dann Lady zum Arzt bringen, okay?«

Nina kaute nachdenklich auf ihrer Unterlippe herum. Schließlich sah sie mich an. »Gegen das System ist man eben machtlos.«

Hinter Johnny verließen wir das Büro. Weitere Worte waren hier überflüssig. Johnny zeigte uns die Zweigstelle der Landwirtschaftsbank, wo ich etwas Geld wechselte, und führte uns dann zu einem kleinen Straßenrestaurant am Kai. Zum Glück hatte er noch etwas Geschäftliches zu erledigen und konnte uns deshalb beim Essen nicht Gesellschaft leisten.

Unsere Niedergeschlagenheit hatte uns beiden offenbar aber nicht den Appetit verderben können. Wir bestellten Fisch, Brot und Tomatensalat und einen Liter Retsina. Ich hatte Hunger, und auch Nina langte kräftig zu.

Im Moment konnten wir nichts tun als warten. Ich bestellte noch einen Liter Wein, und wir arbeiteten uns durch eine große Melone.

»Warum segeln Sie eigentlich allein nach Griechenland? In meinen Augen ist so etwas Zeitverschwendung«, sagte Nina schließlich.

Jetzt hatte ich genug Zeit, um es ihr zu erklären. »Ich bin einem Rätsel aus dem 19. Jahrhundert auf der Spur. Sie wissen sicher, daß der Dichter Lord Byron der meistgelesene Autor des letzten Jahrhunderts gewesen ist. Sein halbes Leben lang schrieb er über die Kykladen. Mehrmals erwähnte er vor Freunden, daß er seinen Lebensabend in einem Schloß auf der Insel Naxos verbringen und dort leben wolle wie ein Pascha. Das Erstaunliche daran ist, daß er nach offizieller Leseart die griechischen Inseln in seinem Leben nur ein einziges Mal zu Gesicht bekam, und zwar vom Deck einer britischen Fregatte aus, die ihn von der Türkei nach Piräus brachte. Bei dieser Überfahrt kann er Naxos überhaupt nicht gesehen haben. Die Fregatte durchquerte die Ägäis am 18. Juli 1810 bei sehr heftigem *Meltemi* und passierte innerhalb weniger Stunden die nördlichen Inseln. Byron soll auf dem Achterdeck ganz außer sich geraten sein bei ihrem Anblick. Er weigerte sich, zum Essen unter Deck zu gehen. Kaum hatten sie die Inseln hinter sich, wollte er nicht bis Piräus auf dem Schiff bleiben, sondern bestand darauf, in Euböa mit seinem Diener Fletcher an Land zu gehen, um dann ein paar Tage später auf dem Landweg nach Athen zu fahren.

Die Fahrtroute der Fregatte verlief quer durch die Inselgruppe der Sporaden, an Chios und Psara vorbei. Die einzige Kykladen-Insel, die Byron bei seiner Nonstop-Reise vom Deck eines Segelschiffes vielleicht hat sehen können, ist die, auf der wir jetzt sind – Andros. Trotzdem beschrieb er später die Kykladen in seinen Werken, beispielsweise in *Der Korsar*, mit genauen geographischen Angaben und Besonderheiten – etwa bestimmte Punkte auf Paros, die er eigentlich kaum kennen konnte, wenn er nicht selbst dort gewesen war. Darüberhinaus erzählte er, daß er auf Naxos, einer Insel, die er, wiederum nach offizieller Lesart, nie besucht hatte, leben wolle – als kenne er die Insel sehr gut.

Ich entwickelte also die Theorie, daß Byron, nachdem die *Salsette* ihn in Euböa abgesetzt hatte, nicht sofort nach Athen weiterreiste, sondern sich eine Caique mietete und eine Zeitlang die Inseln bereiste.«

Nina hörte interessiert, wenn offenbar auch nicht sonderlich beeindruckt zu. »Byrons Leben wurde ziemlich akribisch für die Nachwelt dokumentiert. Wieso ist dann bisher niemand auf diesen Widerspruch gestoßen?«

»Man ist darüber gestolpert, aber nicht im selben Jahrhundert. Byron schrieb nach seiner Rückkehr nach Athen nur sehr wenige Briefe nach England. Sein Reisegefährte Hobhouse blieb an Bord, als die *Salsette* Byron und Fletcher in Euböa an Land setzte, und reiste mit ihr nach England zurück. Erst 1825, nachdem Byron im griechischen Unabhängigkeitskrieg umgekommen war, schrieb einer seiner Kampfgefährten anonym ein Buch und behauptete darin, Byron habe als Pirat in der Ägäis sein Unwesen getrieben und bei seiner ersten Kaperfahrt im Jahr 1810 ein Kind gezeugt.

Ich glaube, daß Byron wirklich ein Pirat war. Der Schlüssel zu diesem Geheimnis aber ist die Fahrt der *Salsette* durch die Ägäis. Als ich Sie fand, war ich gerade dabei, diese Reise nachzuvollziehen, um zu beweisen, daß die Fregatte nie in die Nähe von Naxos gekommen ist. Über dieses Thema wollte ich dann Ende des Jahres eine Fernsehsendung machen.«

Die Geschichtsforschung ist wie ein Detektivspiel mit längst verstorbenen Verbrechern. Wenn es einen einmal gepackt hat, läßt es einen nicht mehr los. In Nina erwachte langsam das Interesse der Archäologin.

»Woher wußte dieser anonyme Autor dies? Das alles geschah doch siebzehn Jahre vor Erscheinen seines Buches.«

»Vermutlich durch Unterhaltungen mit Byron in den Pausen während der Kämpfe. Jedenfalls ist sein Bericht nicht ganz korrekt. Er behauptet nämlich, Byron habe sich auf Mytilene, einer Sporaden-Insel, aufgehalten, obwohl das Piratenversteck, das Byron in *Der Korsar* beschreibt, auf Paros lag. Seine Beschreibung war sicher nicht rein zufällig sehr genau. Es ist erwiesen, daß der Hauptstützpunkt der Piraten in der Ägäis sich genau dort befand, wo Byron ihn lokalisierte, nämlich in der Bucht von Naousa auf Paros. Ein anderer Engländer war nur ein Jahr später dort: der Onkel des Naturforschers Charles Darwin. Es ist schon merkwürdig, daß er zur selben Zeit wie Byron in die Türkei gereist war.«

»Trotzdem dürfte es schwierig sein, Ihre Theorie zu beweisen«, meinte Nina skeptisch.

»Nicht unbedingt. Byron selbst machte im zweiten Jahr seines Griechenlandaufenthaltes immer wieder Andeutungen über einen geheimen Skandal.«

Das Gespräch währte noch gut eine Stunde, bis der Captain auftauchte. Die Kunde von Ninas Martyrium und der hergeschleppten Caique hatte sich wie ein Lauffeuer in dem verschlafenen Inselnest verbreitet.

Der Captain trug eine frischgebügelte Uniform und versuchte, seiner rundlichen Gestalt durch eine Sonnenbrille mit verspiegelten Gläsern einen weltmännischen Touch zu geben. Inzwischen hatte sich eine Gruppe Menschen um das Lokal versammelt, um das Gespräch zu verfolgen, wobei Johnny der Grieche mit seinen Übersetzungskünsten glänzen konnte. Der Captain hörte sich meinen Bericht aufmerksam an und betrachtete dabei die anwachsende Menschenmenge. Schließlich zog er es vor, auf Johnnys Sprachtalent zu verzichten, sprach uns direkt an und ließ uns auch selbst antworten.

»Ich möchte mir die Caique ansehen«, meinte er nach kurzem Nachdenken. »Danach bringe ich die Lady nach Andros-Stadt zum Arzt.«

»Und wie geht's dann weiter?«

»Sie werden beide wohl eine Zeitlang hier auf der Insel bleiben müssen, fürchte ich.«

Nina machte ein ängstliches Gesicht.

»Warum kommen Sie nicht hierher zurück?« schlug ich ihr vor, »denn ich möchte das Boot nicht gern zu lange allein lassen. Ich könnte uns Zimmer im Hotel reservieren.« Dabei hoffte ich natürlich insgeheim, daß über kurz oder lang ein Zimmer ausreichen würde.

»Warum eigentlich nicht?« stimmte sie zu.

»Dann treffen wir uns entweder im Hotel oder wieder hier zum Essen. Nehmen Sie besser etwas Geld mit, vielleicht brauchen Sie es. Sie können es mir ja irgendwann zurückgeben.«

Ich zählte ein paar Tausend-Drachmen-Scheine ab und gab sie ihr. Der Sergeant begleitete Nina zur Polizeistation. Der Hauptmann ging mit mir zum Kai hinunter – und ließ einen unglücklichen Johnny zurück, der auf diese Weise seine wichtige Rolle im weiteren Ablauf des Geschehens verloren geben mußte. Natürlich war es unter der Würde eines griechischen Inselpolizeichefs, sich in einem nicht mal drei Meter langen Beiboot durch den Hafen rudern zu lassen. Man hängte mein Boot ans Heck eines kleinen Fischkutters, der uns zu den beiden Yachten hinüberbrachte.

Der Captain kletterte steif an Bord der Caique, überflog das Deck mit einem kurzen Blick und verschwand dann gleich nach unten, um einen Blick auf die Schiffspapiere zu werfen. Ich folgte ihm und bemerkte, daß das Wasser in der Kabine wieder höher stand. Ich hob den Teppich um den Apollo-Kopf ein wenig an und zeigte dem Captain auch die anderen Kisten mit Schmuggelgut. »Dies sind die Antiquitäten, die vor den Augen der Frau an Bord geschafft wurden.«

Der Grieche schenkte ihnen nur einen kurzen Blick. »Sie kommen aus der Türkei.« Damit schien dieser Punkt vorläufig erledigt zu sein. »Auch die Papiere sind in Türkisch ausgestellt«, fuhr er fort.

»Wieso auch nicht. Vermutlich ist es ein türkisches Schiff.«

Er warf mir einen schrägen Blick zu und deutete, ohne den Blick von mir abzuwenden, mit der Hand auf eine Planke im Dach der Kajüte. Ich schaute nach oben und bemerkte zwei griechische Buchstaben und eine Zahl, die in das Holz eingestanzt waren. Der Captain hatte eine verdammt gute Beobachtungsgabe. »Inzwischen vielleicht«, knurrte er.

»Schön, ich weiß es nicht. Die ganze Sache ist ziemlich rätselhaft. Was ist mit den Antiquitäten?«

Der Grieche ließ seinen Blick nochmals über die schäbige Ladung gleiten und schnaufte unwillig, weil das Wasser langsam die Sohlen seiner auf Hochglanz polierten schwarzen Schuhe durchdrang. Er stieg auf die unterste Stufe des Niederganges, die das Wasser noch nicht überflutet hatte, und musterte abwechselnd mich und das Innere der Kajüte. Zwischen uns hing dieses lange, lastende Schweigen, mit dem Polizisten gewöhnlich Verdächtige beim Verhör verunsicherten. Schließlich schob der Captain energisch das Kinn vor und straffte die Schultern – in Griechenland untrügliches Zeichen dafür, daß man berechtigte Zweifel an einer Sache hegt.

»Diese Dinge wurden in der Türkei gestohlen«, meinte er schließlich. »Alles geschah in der Türkei.« Wieder zuckte er leicht die Schultern. »Aber vielleicht bekommen Sie das Schiff.« Damit drehte er sich um, kletterte auf das Fischerboot und ließ sich zurück an Land bringen. Mein Beiboot hatte man längsseits der *Andromeda* festgemacht.

Es würde einige Stunden dauern, ehe Nina zurück sein konnte. Der Wasserstand in der Kajüte der Caique machte mir langsam doch Sorgen. Offenbar hatte die Verfugung des

Schiffes bei der unruhigen Schleppfahrt am Tag zuvor doch mehr Schaden genommen als erwartet. Es wurde Zeit, wenigstens die wertvolleren Stücke der Fracht umzuladen.

Ich stieg auf die *Andromeda* hinüber und suchte den Flaschenzug heraus, den ich für Arbeiten am Diesel und den schweren Schiffsbatterien mitführte. Damit konnte ich bis zu 250 Kilo heben. Ich mußte den Zug nur sicher am Segelbaum der Caique befestigen.

Ich schwitzte schon in der warmen Nachmittagssonne, kaum daß ich den Flaschenzug am Segelbaum aufgehängt hatte. Unten in der Kajüte der Caique sah ich mich dann einem neuen Problem gegenüber. Die Türken hatten den Apollo-Kopf so nahe wie möglich beim Niedergang gelagert – er war zu schwer, um ihn tiefer in die Kajüte zu schieben, doch lag er seitlich des Mittelganges. Ich räumte zwei Kisten mit kleineren Antiquitäten auf den Kartentisch, um für den Kopf freie Bahn zu schaffen, zumindest bis zum Niedergang.

Den Rest des Nachmittags beschäftigte mich also ein Problem der elementarsten Mechanik. Nach etwa einer halben Stunde hatte ich ein Spinnennetz aus Tauen zwischen dem Segelbaum und der Skulptur gespannt, das ihr Halt verlieh und ihre Bewegungsrichtung vorgab, wenn ich sie ins Cockpit zog. Mit einem Heber gelang es mir, den teppichumwikkelten Kopf soweit vom Boden zu liften, daß ich ein Haltegeschirr aus Tauwerk darunter anbringen konnte. Mit dem Heber und den Haltegurten drückte ich ihn vorsichtig in den Mittelgang der Kajüte. Dann befestigte ich ein weiteres Haltetau am Vorderschott, damit der Kopf, wenn ich ihn mit dem Flaschenzug von draußen anhob, nicht vorwärts schwingen und gegen die Stufen des Niederganges schlagen konnte. Mit beiden Händen bediente ich den Flaschenzug, Zentimeter für Zentimeter hob sich der Kopf vom Boden, bis er auf Höhe des Bootsdecks in der Kajüte hing. Ich sicherte den Flaschenzug und zog den Kopf vorsichtig auf mich zu ins Cockpit. Dort senkte ich ihn ab und stieg mit dem Zugseil zur *Andromeda* hinüber. Ich mußte nun den

Kopf über die Reling der Caique hieven und den Mastbaum zu mir herüberschwenken.

Ich brauchte mehrere Minuten, um den Kopf so weit anzuheben. Der Flaschenzug quietschte, meine Hände rieben sich an dem rauhen Tau wund. Schließlich hing der Kopf hoch genug. Vorsichtig zog ich den Segelbaum zur *Andromeda* herüber.

Jetzt geschah etwas, das ich überhaupt nicht einkalkuliert hatte. Als der gewichtige Kopf seinen Schwerpunkt von der Schiffsmitte zur Seite verlagerte, neigte sich das Boot erst langsam, dann mit einem plötzlichen Ruck tief zur Seite. Ich hatte vergessen, mit einem Tau den Segelbaum zu sichern. Der Kopf schwang unkontrolliert durch die Luft, zertrümmerte dabei eine Winsch des Hauptsegels am Seitenbord der Caique, drehte sich zur Ketsch hinüber und pendelte über deren Cockpit aus.

Das war verdammt knapp gewesen. Zum Glück war der Kopf genau über der Stelle ausgeschwungen, an der ich ihn haben wollte – sonst hätte mein Leichtsinn auch auf der *Andromeda* einigen Schaden angerichtet. Vorsichtig ließ ich den Kopf im Cockpit direkt hinter dem Ruder zu Boden.

Jetzt erst bemerkte ich den weiteren Schaden, den ich angerichtet hatte. Wo ich tags zuvor den Teppich entfernt hatte, um einen Blick auf die Skulptur zu werfen, leuchtete ein breiter Streifen weißen Gesteins an der Stelle, an der vorher das Ohr gesessen hatte.

Jesus, ich hatte den Kopf beschädigt. Im gleichen Moment sah ich auch ein paar Bruchstücke neben der zertrümmerten Winsch. Die anderen Teile waren natürlich ins Wasser gefallen. Ich kam mir vor, als hätte ich der Venus von Milo die Arme zerschlagen. Oder würden Sie sich anders fühlen, wenn Sie ein zweitausendvierhundert Jahre altes Meisterwerk schwer beschädigt hätten? Sicher macht man sich dann die bittersten Vorwürfe – bis man sich den Schaden genauer ansieht und feststellt, daß an der Stelle, an der das Ohr saß, mit dem Marmor irgend etwas nicht stimmte. Daß es überhaupt kein Marmor war, sondern irgendeine Epoxydmischung, mit Steinstaub vermengt, um der Oberfläche das Aussehen und die Struktur von verwittertem Marmor zu geben, mit einem Bleikern, um der Skulptur das nötige Gewicht zu verschaffen.

Der Apollo-Kopf war eine Imitation.

Auf der Caique schaute ich mir den Rest der Ladung genauer an. Das meiste war für meine Begriffe Kitsch. Ich schaffte eine Kiste mit kleinen Figurinen und Artefakten auf die *Andromeda* und schob den Apollo-Kopf, um ihn aus dem Weg zu haben, mit Hilfe des Flaschenzuges in den Stauraum unter dem Spinnaker, der Kopf lag nun genau mittschiffs zwischen der Kiste mit Figurinen und dem Motorraum. Er würde das Gleichgewicht der *Andromeda* nicht beeinträchtigen.

Die ganze Geschichte war schon sehr merkwürdig. Mich wunderte nicht so sehr, daß der Kopf und wahrscheinlich auch die übrige Ladung Fälschungen waren: In Anatolien lebte ein ganzer Industriezweig von der Imitation von Antiquitäten. Doch warum gingen irgendwelche Leute solche Risiken ein, nur um Fälschungen zu schmuggeln. Oder hatten die Türken etwa nicht gewußt, daß sie Imitate transportierten? Waren sie vielleicht selbst ausgetrickst worden?

Ich tat das Vernünftigste, was man in einer solchen Situation tun kann: Ich holte mir ein kühles Bier aus der Box und legte mich für den Rest des Nachmittags aufs Ohr.

Kurz nach sechs Uhr wurde ich wach. Draußen war schon die kurze griechische Dämmerung angebrochen. Ich nahm eine Dusche – trotz Ninas ausgiebigem Reinigungsbedürfnis schienen die Tanks immer noch genügend Wasser zu enthalten – und ruderte nach Gavrion hinüber, um im Hotel Zimmer zu bestellen. Anschließend spazierte ich zu dem Restaurant am Kai.

Nina kam spät. Ich hatte mehrere Ouzo getrunken und zwei Portionen gegrillten Tintenfisch gegessen, der über der Holzkohle duftete wie frühchristliche Märtyrer auf dem Scheiterhaufen, im Geschmack aber so frisch und gut war wie ein Sonnenaufgang auf hoher See. Schließlich hielt ein Taxi aus der Inselhauptstadt kurz nach acht Uhr, als die Dorfbewohner bereits in hellen Scharen ihren gewohnten Abendspaziergang den Kai entlang unternahmen, mit kreischenden Bremsen vor dem Restaurant, und sie stieg aus. Sie wirkte frisch, kam lächelnd auf mich zu. Sie trug ein neues, hochgeschlossenes Kleid aus einer Touristen-Boutique in Andros-Stadt.

»Die Rechnung des Arztes dürfte dem Blauen Kreuz kaum Kopfschmerzen bereiten«, rief sie munter. »Mir blieb noch reichlich Geld übrig; also beschloß ich, mir das hier zu kaufen, um meinem Leben wieder etwas Farbe zu geben – so recht nach dem Motto: nur voraus, nicht rückwärts schauen. Ich hoffe, Sie haben nichts dagegen.«

»Nicht im geringsten. Sie sehen bezaubernd aus.«

Und das war die reine Wahrheit. Das Kleid war dunkelblau, mit zartroter und -goldener Stickerei über der Brust. Es unterstrich noch den Reiz ihres schönen, von pechschwarzem Haar eingerahmten, leicht gebräunten Gesichts. Der Rock reichte gerade über die Knie, sein Schnitt betonte ihre schlanke Taille und die schöngeformten Beine.

»Wäre nett, wenn ich mich auch so fühlen würde«, meinte sie, spießte das letzte Stück Tintenfisch mit einem der Zahnstocher auf, die statt eines Bestecks serviert worden waren, schob es in den Mund und nahm dazu einen Schluck von meinem Ouzo. »Ich fühle mich genauso, wie man sich mit einem Hintern voll Penicillin eben fühlt. Wie auch immer, jedenfalls kann sich dieser Teil meiner Anatomie in den letzten Tagen über mangelnde Aufmerksamkeit wirklich nicht beklagen.«

»Trotzdem – Sie sehen sehr gut aus.«

»Ach, Sie sind nett.« Plötzlich grinste sie verschwörerisch. »Aber Sie sollten mich nicht nur mit Komplimenten füttern. Bestellen Sie doch bitte einem leicht ramponierten Exemplar der weibliche Spezies das beste Abendessen, das diese schlichte Inseltaverne hier zu bieten hat. Im Ernst, Harry, ich komme um vor Hunger.«

Ich bestellte einen Liter Retsina, einen *Megalsalata* mit Tomaten, Pepperoni und *Feta*-Käse, angemacht mit Olivenöl, und eine doppelte Portion *Keftedes*, Fleischbällchen, gefüllt mit Oregano und Käse, ebenfalls in Olivenöl gebacken. Der Salat stand kaum auf dem Tisch, da fiel Nina auch schon darüber her und stippte sogar die Tunke mit Weißbrot auf.

»Die Polizei scheint die ganze Sache sehr ernst zu nehmen«, erzählte sie während des Essens. »Der Captain ist zusammen mit mir von Andros-Stadt zurückgekommen. Wahrscheinlich kreuzt heute abend ein höheres Tier aus Athen hier auf. Er wird mit dem Hubschrauber eingeflogen und will mit uns sprechen.«

»Um ehrlich zu sein, bin ich nicht sonderlich scharf auf eine weitere Unterhaltung mit der Polizei. Ich gedachte eigentlich, in Ruhe zu Abend zu essen und mich dann ins Hotel zurückzuziehen. Übrigens habe ich uns Zimmer reservieren lassen.«

»Nun, der Bursche aus Athen scheint an meiner Person weniger interessiert zu sein als an der Caique – und an der Frage, ob ich Ihnen jemals zuvor begegnet bin.«

»Für ihre Ohren muß unsere Geschichte wirklich abenteuerlich klingen, wenn man es richtig bedenkt.«

»Jedenfalls hat das Boot es ihnen angetan, aus welchem Grund auch immer. Der Captain will es dem Großkopf aus Athen sofort nach dessen Landung zeigen.«

Inzwischen war der Hauptgang serviert worden, und wir aßen schweigend. Schließlich waren seit dem Lunch zahlreiche Stunden vergangen, und wir hatten Hunger. Und dies allein war der Grund, daß ich meine Entdeckung hinsichtlich des Apollo-Kopfes nicht erwähnte. Innerlich erfüllte mich, wahrscheinlich durch den Ouzo hervorgerufen, ein tiefes Gefühl der Zufriedenheit. Ich betrachtete Nina und dachte an die vor uns liegenden langen Tage, an denen ich geduldig darauf warten würde, daß sich die Natur ihre Bahn brach und mich in Ninas Schlafzimmer bringen würde. In diesem Stadium der Ruhe schien keinerlei Eile in dieser Richtung oder zum Austausch wichtiger Neuigkeiten geboten.

Wir bestellten uns eine Schale Weintrauben, und Nina stippte mit einem Stück Weißbrot das letzte Salatöl auf. Schließlich sagte ich: »Ich glaube, die Polizei hat ein solch deutliches Interesse an dem Boot, weil wahrscheinlich doch Drogen an Bord sind.«

Ich wollte ihr gerade von dem gefälschten Apollo-Kopf erzählen, als neben unserem Tisch eine schlanke Gestalt in der graugrünen Uniform der griechischen Polizei auftauchte. Seine Schulterstücke wiesen den Mann ebenfalls als Captain aus, doch war er offensichtlich dem Inselkommandanten von Andros übergeordnet. Außerdem wirkte er jünger, adretter und selbstsicherer, trug auch keine verspiegelte Sonnenbrille, mit denen die meisten griechischen Polizisten die Autorität ihrer Uniform betonten. Die Brille dieses Polizisten war nur leicht braun getönt und hatte einen Goldrahmen.

»Entschuldigen Sie bitte, wenn ich Sie beim Essen störe«, sagte er in akzentfreiem Englisch. »Ich bin Captain Theodoropoulos aus Athen.«

»Nehmen Sie Platz, Captain«, lud ich ihn ein. Es war immer gut, zu den wirklich wichtigen Leuten höflich zu sein. Ich bot ihm ein Glas Retsina an.

Er nahm den angebotenen Stuhl, lehnte den Wein aber dankend ab. »Ich habe mir die Caique angesehen«, meinte er. »Wußten Sie, daß sie eigentlich ein griechisches Schiff ist?« Bei dieser Frage beobachtete er mich scharf.

»Der Captain von Andros schien dieser Ansicht zu sein«, antwortete ich.

»Er hat recht damit.«

»Die geschmuggelten Antiquitäten kommen aber doch aus der Türkei«, wandte Nina ein.

»Daran bin ich nicht sonderlich interessiert«, entgegnete Theodoropoulos. »Viel mehr beschäftigt mich die Herkunft der gestohlenen griechischen Caique-Yacht. Ich möchte Sie bitten, mich im Hubschrauber nach Athen zu begleiten, sobald Sie ihr Essen beendet haben.«

»Großer Gott, wir haben im Moment wirklich keine Lust

auf einen nächtlichen Flug nach Athen, Captain. Hinter uns liegen ein paar ziemlich ungemütliche Tage. Wir hatten eigentlich vor, in Ruhe unsere Mahlzeit zu beenden, im Hotel eine heiße Dusche zu nehmen und dann wieder mal eine ganze Nacht lang durchzuschlafen.«

»Tut mir leid«, sagte Captain Theodoropoulos knapp. »Sie sollen auch nicht freiwillig mitkommen. Um es ganz klar auszudrücken: Ich nehme Sie beide mit nach Athen. Sollten Sie sich weigern, werde ich Sie ganz offiziell unter Arrest stellen.«

KAPITEL 4

Das schwierige Problem mit den Thais

Schon vor meiner Zeit in Vietnam hatte ich Helikopter-Flüge nicht gemocht. Durch den Lärm und die starke Vibration wird man die Vorstellung einfach nicht los, das Ding könne jeden Moment auf dem Boden aufschlagen und in einem Feuerball verglühen. Der Polizei-Hubschrauber war ein kleines französisches Modell und so komfortabel wie eine Ente von Citroën. Obwohl die Sitze dicht hintereinander angebracht waren, war ein Gespräch mit Nina in der vorderen Reihe nicht möglich. Sie schaute mich nur ein paarmal besorgt an, während die Maschine mit nach vorn geneigter Kabine durch die Nacht über die Meeresstraße dem Festland zustrebte. Doch selbst den Blickkontakt unterband der neben ihr sitzende Polizist mit einer herrischen Handbewegung. Seit der Athener Polizei-Captain bei uns am Tisch aufgetaucht war, hatte man uns keinen Moment mehr allein gelassen.

Trotzdem blieben mir meine Gedanken.

Das Schwirren der Rotoren und der Widerwillen, den ich gegen diese Art des Reisens habe, vertrieben rasch den Alkoholdunst vom Wein und den diversen Ouzos aus meinem Kopf. Normalerweise weckte eine solche Mahlzeit in mir ein immenses Schlafbedürfnis, das sogar den Wunsch, Liebe zu machen – vorausgesetzt, Nina hätte gewollt – überdeckte. Doch der starke Adrenalinstoß, hervorgerufen durch den Flug und einen unfreundlichen Polizei-Captain, überwand die aufkeimende Lethargie sehr schnell.

Captain Theodoropoulos saß vorne neben dem Piloten, dahinter in der zweiten Reihe hockte Nina in sich gekehrt neben einem Polizisten. Ich saß in der dritten Reihe, eingezwängt neben einem unrasierten Cop, der zwar nicht die Größe von 1,70 Metern erreichte, dafür aber gut auf die Stoffpolster in den Schultern seiner Uniformjacke hätte verzichten können. Mit einem Wort: Er war fast so breit wie hoch. Mir blieben ungefähr vierzig Flugminuten, um unsere Situation zu überdenken.

Während der fünfzehn Jahre als Nachrichtenkorrespondent bin ich schon öfter von der Polizei in den verschiedensten Ländern der Erde festgenommen worden. Meine erste Reaktion in solch einer Situation: Ich füge mich scheinbar ohne Widerstand in meine Lage. Ja, selbstverständlich werde ich Sie zum Polizeirevier begleiten, Herr Wachtmeister... Da hilft ohnehin kein Argumentieren, man muß mit, ob man will oder nicht, und wenn man nichts zu verbergen hat, läßt sich vielleicht auf der Wache alles klären. Außerdem hat man Zeit, sich auf dem Weg dorthin seine persönliche Strategie zurechtzulegen.

Gleichzeitig erfüllt mich dabei aber meist schiere Wut, eine angeborene Eigenschaft, die ich aber zu beherrschen gelernt habe. Zur Hölle mit allen Polizisten der Welt. Ich würde den Burschen ihre Aufgabe weiß Gott nicht leichtmachen. Leute, die mich einsperren wollen, sind meine Feinde, und egal, ob sie im Recht sind oder nicht, sie bedrohen mich! Ich entwickle dann jene Art nordische, sämtlichen Vernunftgründen unzugängliche Wut, die mein Vater immer den ›roten Nebel‹ genannt hatte. Dies alles vollzieht sich in mir völlig unauffällig und stillschweigend. Ganz gleich, in welcher Verfassung ich zum Zeitpunkt der Verhaftung gewesen sein mag – die Tatsache allein löst bei mir einen intensiven Denkprozeß aus, der ausschließlich darauf abzielt, die Bedrohung zu eliminieren, und zwar restlos.

Kaum hatte der Helikopterflug den Alkoholschleier aus meinem Gehirn vertrieben und mich in den oben beschriebenen Zustand kalter Wut versetzt, war ich richtig froh, weder Nina noch Theodoropoulos gegenüber die Umladung des Apollo-Kopfes erwähnt zu haben. Diese Sache bedurfte noch reiflicher Überlegung. Es würde schon schwer genug sein, Captain Theodoropoulos das Vorhandensein des 30-Millimeter-Maschinengewehrs zu erklären, das er bei der Durchsuchung der *Andromeda* in irgendeinem Spind finden würde.

Weiterhin bestanden bezüglich Ninas Person durchaus Unklarheiten. Was auch immer Theodoropoulos' Verdacht geweckt haben mochte – Nina war ein Unsicherheitsfaktor. Ich hatte nur ihr Wort, daß sie wirklich die Person war, für die sie sich ausgab. Gerade im Journalismus lernt man aber als Grundregel, nie der Geschichte eines Menschen zu glauben, ohne sie überprüft zu haben. Hinter der Reise der Caique konnte mehr stecken, als ich wußte, zum Beispiel eine enge Verbindung zwischen dem Mädchen und dem Schmuggelgut. Ich war mir inzwischen fast sicher, daß es bei der ganzen Sache um Drogen ging, und meiner Meinung nach wußte Captain Theodoropoulos mehr, als er zugab.

Ich brauchte jemand in Athen, der für mich bürgte, ehe das Maschinengewehr und der Apollo-Kopf auf der *Andromeda* die ganze Situation noch verschlimmerten. Die Polizei würde mir in der Annahme, ich wolle die U.S.-Botschaft kontaktieren, sicher erlauben zu telefonieren. Doch mir wäre mehr damit geholfen, wenn ein Mann namens Mike Bassington noch in Athen war. Ich hatte ihn kennengelernt, als er noch als Rundfunkreporter in Saigon arbeitete. Es war unter den Journalistenkollegen dort – wie auch unter denen später in Athen, nachdem Mike von seinem Sender dorthin versetzt worden war – ein offenes Geheimnis gewesen, daß er auch für den britischen Geheimdienst arbeitete.

Die Engländer benutzen ebenso wie die CIA den Journalistenberuf gelegentlich zur Tarnung. Doch im Gegensatz zur CIA, die in der Regel ihre Kontakte durch namhafte Journalisten bei deren zahlreichen Auslandsreisen herstellen läßt, bedient sich London dazu meist wenig bekannter Leute wie beispielsweise einigen Nachtschicht-Korrespondenten bei Agence France Presse in Paris und ähnlicher Leute der zweiten Garnitur des Mediengeschäftes. Bassington, ein schwerer, fülliger Mann, an dessen Tweed-Jackett immer Pfeifentabakkrümel hingen, und der einen in seiner liebenswürdigen Art immer an einen treuen Hirtenhund erinnerte, war einer dieser Leute. Jetzt hing alles davon ab, daß er noch in Athen war. Er wäre eher geeignet, mir aus meiner mißlichen Lage zu helfen, als irgendein Dritter Sekretär der amerikanischen Botschaft.

Der Helikopter hüpfte über die attische Bergkette, und vor uns dehnte sich das Lichtermeer des nächtlichen Athen. Wir überflogen die Außenbezirke in etwa zweihundert Metern Höhe und sahen auf das Gewimmel der Menschen in den Straßenschluchten und den Gartentavernen hinunter. Links schimmerte bernsteinfarben die Akropolis herüber.

Langsam senkte sich der Hubschrauber auf das Dach des Polizeipräsidiums hinab. Mein Bewacher stieß mich an und führte mich in geduckter Haltung unter den schwirrenden Rotoren her ins Freie, wo wir auf Theodoropoulos und die anderen warteten. Auf ein Nicken des Captains packte er wieder meinen Arm und schob mich unsanft durch die Gänge des Präsidiums. Ich landete schließlich in einer winzigen, nur mit einem Tisch und einer Pritsche möblierten Zelle.

Ich streckte mich auf dem Bett aus, lockerte meinen Hosengurt und schloß die Augen. Doch mein Verstand arbeitete auf Hochtouren, und so döste ich die nächste Stunde, statt zu schlafen, vor mich hin. Schließlich tauchte mein Bewacher wieder auf, um mich zu holen. Mit einer Handbewegung befahl er mir, ihm zu folgen. Offensichtlich teilte auch Theodoropoulos die orthodoxe Ansicht vieler Polizisten, Verhöre am besten nachts vorzunehmen.

Der Captain saß bequem zurückgelehnt im breiten Lichtkegel einer Schreibtischlampe, hatte die Uniformjacke und den obersten Kragenknopf geöffnet, trug aber immer noch seine getönte Brille. Er nickte dem bulligen Beamten hinter mir zu. Der Mann verschwand aus meinem Blickfeld in den Halbschatten. Theodoropoulos deutete auf einen Stuhl vor seinem Schreibtisch. Ich durfte mich setzen. »Ich möchte Sie bitten, die amerikanische Botschaft von meiner Verhaftung in Kenntnis zu setzen«, sagte ich.

»Selbstverständlich.« Er nickte. »Zu gegebener Zeit.«

Sieh da, dachte ich, also bin ich tatsächlich verhaftet. Doch hatte ich nicht die geringste Vorstellung, was man mir vorwarf.

Theodoropoulos ordnete bedachtsam die Bleistifte auf seinem Schreibtisch und rückte einen Stapel Papiere vor sich zurecht. Ich betrachtete derweil sein Büro. Soweit ich trotz des Halbdunkels erkennen konnte, war das Büro komfortabler eingerichtet als die meisten Polizeibüros, die ich bisher kennengelernt hatte. Der Captain saß in einem bequemen Manager-Sessel aus weichem Leder. In einem Bücherregal, das eine ganze Wandbreite einnahm, standen Aktenordner und dicke Wälzer, wahrscheinlich Gesetzbücher, in Reih und Glied. Dichte Jalousien verdeckten ein breites Fenster. Zwischen Regal und dem Fenster führte eine zweite Tür, die einen Spaltbreit offenstand, in ein dunkles Nebenzimmer.

Der Bursche ist kein gewöhnlicher Captain, dachte ich.

»Würden Sie mir freundlicherweise erklären«, begann Theodoropoulos, »wo Sie im Monat November überall gewesen sind?«

»Gern. Die meiste Zeit verbrachte ich in Hongkong mit den Vorbereitungen für die Überführung meiner Ketsch *Andromeda* ins Mittelmeer.«

Theodoropoulos schaute mich unbewegt an. Offenbar probierte er an mir den Detektiv-Trick, einen beliebigen Punkt im Gesicht des Gegenübers zu fixieren, ohne dabei in dessen Augen zu sehen. Man kann auf diese Weise jemanden unentwegt längere Zeit anstarren, wogegen der starre Blick in die Augen Konzentration erfordert, nicht zu blinzeln oder durch verräterische Augenbewegungen den Fortgang der Unterhaltung zu früh anzuzeigen.

»Das stimmt nicht«, meinte er schließlich. »Aus Ihrem Paß ersehe ich, daß Sie seit dem 8. November in Europa waren.«

Offensichtlich hatte er sich im Hotel meinen Paß aushändigen lassen.

»Stimmt, etwas länger als eine Woche. Um diese Zeit war ich zehn oder zwölf Tage in London. Ich hatte dort Termine bei einigen TV-Stationen und war auch mehrmals in der Bibliothek des Britischen Museums, um über bestimmte historische Zusammenhänge Nachforschungen anzustellen.«

»Sie waren länger dort. Laut Paßeintrag kamen Sie am 8. November an und kehrten am 23. November nach Hongkong zurück.«

»Schon möglich.«

»Haben Sie auch einen britischen Paß?«

»Nein, zumindest nicht bei mir. Ich habe seit sieben Jahren die amerikanische Staatsangehörigkeit.«

»Stimmt genau. Da Sie aber in England geboren sind, reisten Sie vorher mit britischem Paß, und der hat zehn Jahre Gültigkeit. Als Inhaber eines britischem Passes ist es Ihnen möglich, jederzeit die Länder des Gemeinsamen Marktes zu bereisen – und die EG-Länder stempeln häufig nicht einmal die Pässe beim Grenzübertritt.«

»Was soll das? Ich habe keinen britischen Paß bei mir, weiß nicht mal, wo er ist.«

Plötzlich lächelte Captain Theodoropoulos dünn. »Wir haben da ein kleines Problem, Mr. Lancaster. Die Yacht, die Sie angeblich nördlich der Insel Adros aufgebracht haben wollen, ist ein griechisches Schiff, zur Zeit registriert in Panama. Der Besitzer ist ein gewisser Mr. Tafu Karanakarthorn« – er hatte Schwierigkeiten bei der Aussprache – »aus Bangkok. Wahrscheinlich ein reicher Thailänder. Wie auch immer, die Caique wurde hier gebaut, hatte eine griechische Besatzung und lag bis zur Nacht des 15. November letzten Jahres im Yachthafen Tourkolimano bei Piräus.

In dieser Nacht, Mr. Lancaster, wurde das Boot gestohlen. Bei der Rückkehr von einer Kreuzfahrt durch die Inselgruppe des Dodekanes wurde das Boot von der Besatzung eines unbekannten Schiffes überfallen. An Bord befanden sich nur die Crew, zwei angeheuerte Griechen und der Privatsekretär des Besitzers. Den beiden Griechen schnitt man die Kehle durch und warf sie über Bord. Der Sekretär wurde bei dem Angriff ebenfalls verletzt. Trotzdem gelang es ihm, über Bord zu springen und mit dem Beiboot im Schutz der Dunkelheit zu entkommen. Er beschreibt den Anführer der Bande als einen großgewachsenen Europäer, der Englisch sprach, Mr. Lancaster. Er hielt ihn für einen Engländer.«

Für ein paar Sekunden saß ich wie erstarrt. Mir war nun klar, worauf Theodoropoulos abzielte. Doch so unsinnig dieser Verdacht auch war, wie leicht er auch zu entkräften sein mochte – im ersten Moment war er niederschmetternd. Dann sprudelten die Worte nur so aus meinem Mund, ich schrie den Griechen fast an: »Mein Gott, großgewachsene Engländer gibt es zu Tausenden.«

»Aber nur einer taucht mit just diesem Schiff acht Monate später in der Ägäis auf«, konterte Theodoropoulos ironisch. »Dazu noch bei einer Schmuggelfahrt. Prompt gerät er mit dem Schiff in Schwierigkeiten. Und das natürlich alles ganz zufällig. Mr. Lancaster.«

»Zum Teufel, warum sollte ich das Schiff dann ausgerechnet in einen griechischen Hafen schleppen?«

»Was blieb Ihnen sonst übrig, Mr. Lancaster? Sie hatten zwei Yachten durch einen ziemlich schweren Sturm zu bringen. Sicher hätten Sie die Caique nicht bis Marseille schleppen können – oder wo immer ihr Bestimmungsort war. Das Mädchen hilft Ihnen, wenn auch sicher unfreiwillig, dabei, Ihre Machenschaften zu verschleiern. Sie hat nur die Türken gesehen, die die Caique beluden – und natürlich die Crew. Ihre europäischen Anführer dagegen konnte sie niemals deutlich erkennen, sondern hörte nur deren Stimmen. Übrigens sagte sie aus, sie habe sie nach ihrer Sprache für Engländer gehalten. Wußten Sie das eigentlich?

Sie schleppten also die Caique zu einem Inselhafen und hofften, die Ortspolizei mit der Geschichte der Frau so stark abzulenken, daß Sie in der Zwischenzeit unbehelligt das Schmuggelgut von der Caique auf die Ketsch umladen konnten. Soviel ich weiß, sind es türkische Antiquitäten, richtig?«

Gott, das hatte ich tatsächlich getan – und diese Information auch noch still für mich behalten. Dafür wünschte ich mich innerlich zum Teufel. Bisher war ich von der Annahme ausgegangen, daß die Drogen irgendwo in den Bilgen der Caique sicher versteckt worden waren und die Antiken-Fälschungen bei einer Kontrolle durch die Küstenwacht nur als Tarnung dienten. Doch jetzt durchfuhr mich ein furchtbarer Gedanke: Was war, wenn man den Apollo-Kopf bis obenhin mit Heroin gefüllt hatte? Doch ließ sein Gewicht kaum vermuten, daß er hohl war.

»Wenn Sie sich aufregen«, fuhr Theodoropoulos genüßlich fort, »überlagert Ihr englischer Akzent übrigens deutlich den amerikanischen.« Dann hob er plötzlich die Stimme: »Oder sind Sie da anderer Ansicht, Miß Millen?« Er schaute mich lächelnd an und drehte sich dann zu dem dunklen Raum hinter sich um.

Zögernd trat Nina aus dem dunklen Büro ins Licht. Sie war blaß und machte ein besorgtes Gesicht. Sie schwieg ein paar Sekunden und kaute nachdenklich auf ihrer Unterlippe herum. Schließlich sagte sie stockend: »Es könnte dieselbe Stimme sein.«

»Die Stimme, die Sie auf der Caique hörten?«

Nina nickte. »Harry«, sagte sie, »ich weiß doch kaum etwas über Sie…«

»Ich denke, es ist an der Zeit für eine kleine Gegenüberstellung«, unterbrach Theodoropoulos sie. Dabei schaute er ins Halbdunkel hinter mich und sagte rasch ein paar griechische Worte zu meinem Bewacher. »Man teilt mir gerade mit, daß der Zeuge eingetroffen ist.«

Im Vorbeigehen sagte ich zu Nina: »Tun Sie mir einen Gefallen, wenn es Ihnen möglich ist: Benachrichtigen Sie die amerikanische Botschaft.«

»Natürlich.« Ihre Stimme klang traurig. In mir wurde das Gefühl immer stärker, daß ich Bassingtons Hilfe *und* die der Diplomaten dringend brauchen würde.

»Dafür wird schon gesorgt werden«, meinte Theodoropoulos gleichgültig. »Später.«

Wir gingen durch ein paar lange Flure und betraten einen großen Raum, der von drei starken Glühbirnen erhellt wurde. Eine Wand war vollständig mit den Tigerstreifen einer Größenskala bemalt. Sie stießen mich auf einen der beiden Stühle und ließen mich etwa eine halbe Stunde warten, bis die anderen Männer für die Identifizierung eingetroffen waren. Offenbar hatte Theodoropoulos Schwierigkeiten gehabt, Männer über 1,70 Meter Größe aufzutreiben. Unter den Männern gab es ein paar hochgewachsene Griechen, die aber aussahen wie Catcher – bei großgewachsenen Männern aus dem Mittelmeerraum nichts Ungewöhnliches. Sie reichten mir bis an die Ohren, waren aber durch die Bank mindestens einen Zentner schwerer als ich. Außerdem hatten die Leute des Captains zwei deutsche Touristen in der Plaka aufgestöbert, die zwar groß, aber auch sehr schlank waren. Sie sahen aus, als würden sie beim kleinsten Windhauch entzweibrechen. Den Rest der Reihe ergänzte Theodoropoulos mit Polizisten, denen er befahl, die Uniformjacken abzulegen. In Hemdsärmeln wirkten die Polizisten armselig, überhaupt nicht wie Zivilisten. Hinzu kam noch, daß sie alle dunkelhaarig waren.

Dies war durchaus keine Riege sich ähnlich sehender Männer, die für eine ordnungsgemäße Gegenüberstellung vorgeschrieben ist. Trotzdem, ich war mir fast sicher, daß Theodoropoulos' Zeuge mich nicht identifizieren konnte, es sei denn, ich hatte einen Doppelgänger, der in der Ägäis als Schiffskaperer sein Unwesen trieb. Trotz der rauhen Spielgepflogenheiten beim Football und grobknochiger britischer Vorfahren besaß ich ein leidlich distinguiertes Aussehen, und die gebrochene Nase wie auch das zu groß geratene Kinn waren eigentlich für einen Zeugen unverwechselbare Merkmale. Wieso sollte er also einen Fehler machen?

Mit leicht gestiegenem Selbstvertrauen nahm ich meinen

Platz zwischen einer der beiden deutschen Bohnenstangen und einem griechischen Catcher ein.

Dann brachten sie den Zeugen herein – und mir sank das Herz in die Hose.

Der Mann war ein Thai.

Menschen der westlichen Hemisphäre haben gewöhnlich Schwierigkeiten, einen Chinesen vom andern zu unterscheiden – es sei denn, er kennt den Mann näher. Orientalen haben umgekehrt die gleichen Probleme. In ihren Augen haben die Europäer ausschließlich zu große Nasen, einen ungesunden Teint und eine ungeschlachte Gestalt. Für sie sehen wir alle gleich aus.

Der Thai ließ seinen Blick langsam die Reihe entlangwandern. Dann trat er, ohne zu zögern, auf den größten Mann zu und legte mir die Hand auf die Schulter.

Gegen sechs Uhr am nächsten Morgen brachte man mir einen winzigen Becher Kaffee, einen halben Laib Brot vom Vortag und etwas Honig. Keine Butter. Ich hatte vier Stunden lang fest geschlafen und wusch mich, so gut es eben ging, an dem Becken in der Ecke der Zelle. Rasieren war natürlich ohne Apparat nicht möglich. Den Hosengürtel hatte man mir schon in der Nacht abgenommen. Da hockte ich nun unrasiert in einem tagealten Hemd, zerknitterten Leinenhosen und schmutzigen Espadrillos und kam mir vor wie ein überführter Verbrecher. Sicher sah ich auch so aus.

Die Umstände waren gegen mich, die Anschuldigungen erdrückend. Der Zeuge, der die Morde und den Diebstahl des Schiffes mit ansehen mußte, hatte mich identifiziert. Die einzigen Zeugen, die meine Geschichte hätten bestätigen können, waren nicht greifbar. Die beiden Australier, die bei der Überführung der *Andromeda* in die Ägäis die Crew bildeten, waren ihrer Wege gegangen. Gott allein wußte, wohin sie nach der Regatta in Sardinien verschwunden waren. Außerdem konnten sie meine Aussage ja nur für die Zeit vor und während der Überführung bestätigen. Für die erste Novemberhälfte konnten mir ein halbes Dutzend TV-Bosse aus London ein Alibi geben. Doch wo war ich vom 15. November an gewesen?

Ich hatte eigentlich vorgehabt, meine Geschäftsreise nach Europa mit dem mehrtägigen Besuch einer alten Liebe von mir in Paris zu beenden, doch als sie am Abend vor meinem Abflug nach Frankreich plötzlich schon ziemlich angesäuselt mit den Taschen voller Gras in meinem Londoner Hotel auftauchte, war mir wieder klargeworden, warum ich die Beziehung damals beendet hatte, und ich änderte spontan meine Pläne. Marilyn war, wahrscheinlich durch den regelmäßigen Konsum von stärkerem Zeug als Hasch, nur noch ein Schatten ihrer selbst. Statt nach Paris fuhr ich ein paar Tage in die romantische Wildnis von Wales – mit dem Zug. Ich hatte mir in London nicht mal einen Leihwagen genommen, und demzufolge auch keine Rechnung, die meine Aussage belegen konnte. In Caernarvon und der Snowdon-Region war mir niemand begegnet, den ich kannte. Zwar hatte ich nach einem alten Freund gesucht, der dort angeblich eine Kneipe betrieb, ihn aber nicht gefunden. Der einzige Nachweis für meine Reise waren die Eintragungen in den Melderegistern einiger Hotels, an deren Namen ich mich aber kaum erinnerte. Zudem war dieses Alibi nicht nur dünn, sondern auch nur schwer und mit großem Zeitaufwand nachzuprüfen – besonders von einer Polizeizelle in Athen aus.

Meine Situation wurde immer verzweifelter.

Etwa eine Stunde nach dem opulenten Frühstück brachte man mich wieder in das Büro des Captains. Theodoropoulos wirkte so sauber und frisch, als sei er geradewegs aus der Dusche gekommen. Ein glattrasierter Polizeioffizier ist gegenüber einem Verdächtigen, der ihm unrasiert aus der Zelle vorgeführt wird, automatisch im Vorteil. Seine Uniform war frisch gebügelt und saß ihm wie angegossen. Das dunkle Haar war sorgfältig zur Seite gekämmt. Hinter seinen getönten Gläsern lächelte er gutgelaunt.

»Ich hoffe, Ihre Bleibe war Ihnen nicht zu unkomfortabel«, begrüßte er mich. »Aber Sie sind ja eine solch spartanische Einrichtung auf Ihrem kleinen Boot gewohnt.«

»Ich möchte umgehend mit der amerikanischen Botschaft und einem Anwalt sprechen.«

»Alles der Reihe nach.« Theodoropoulos ordnete immer noch lächelnd die Papiere auf seinem Schreibtisch neu, war ganz offenbar der Ansicht, daß auch sonst alles seine Richtigkeit hatte. »Als erstes beschuldige ich Sie der Beteiligung am Diebstahl der Yacht«, fuhr er fort. »Ich beschuldige Sie, mit Hilfe von Komplizen in der Nacht des 15. November vorsätzlich die Caique-Yacht *Despina*, Eigentum von Mr. Tafu Karanakarthorn, vor der Küste von Samos überfallen und gestohlen zu haben.

Natürlich ist mir klar, daß Sie zu dem Zeitpunkt, als die beiden Matrosen über Bord geworfen wurden, das Boot längst wieder verlassen hatten, doch an dem Überfall waren Sie beteiligt. Der thailändische Sekretär des Eigners ist sich da ganz sicher. Jetzt fragen Sie sich bestimmt, warum ich Sie nicht auch der Beihilfe zum Mord bezichtige.«

»Ich kann nicht dabeigewesen sein, weil ich zu diesem Zeitpunkt nicht in diesem Teil der Welt war. Geben Sie mir etwas Zeit, und ich werde es Ihnen beweisen. Ich war in England, genauer gesagt im Westteil von Wales.«

Theodoropoulos schenkte mir erneut ein strahlendes Lächeln.

»Vielleicht können Sie das wirklich nachweisen, doch im Moment habe ich daran meine Zweifel. Also gut, ich werde zur Zeit keine Anklage wegen Mordes erheben, weil Sie mit mir vielleicht noch – wie nennt ihr Amerikaner das? – einen Kuhhandel machen wollen. Verstehen Sie langsam, worauf ich hinauswill?«

»Nein, ganz und gar nicht.«

Theodoropoulos stand auf und wanderte langsam in seinem Büro auf und ab, vom Fenster zur Tür und zurück. »Wir sind an diesem Fall sehr interessiert, Mr. Lancaster. Denken Sie doch mal über verschiedene Aspekte genau nach. Ich will Ihnen dabei ein wenig helfen. Also, eine Anzahl von Männern, von denen wir annehmen, daß es Türken sind, kapern unter der Führung eines hochgewachsenen, Englisch sprechenden Europäers eine große Caique in griechischen Gewässern. Ausgerechnet diese eine unter all den in Tourkolimano liegenden Yachten gehört einem Thai. Das allein ist schon merkwürdig. Eine Menge Millionäre aus aller Welt haben ihre Yachten in griechischen Häfen liegen, doch unter ihnen gibt es nur wenige Thais.«

»Dieser Zufall trifft mich sicher mehr als Sie. Ich bin überzeugt, Sie wissen ganz genau, daß Asiaten Europäer von großem Wuchs kaum voneinander unterscheiden können.«

Theodoropoulos lächelte vorwurfsvoll, als mißbillige er eine solch schwache Rechtfertigung von meiner Seite. »Weiterhin ist es seltsam, daß ein paar Türken nach Griechenland fahren, um hier ein Boot zu stehlen. Und dabei suchen sie sich ausgerechnet das Schiff eines Thailänders aus. Der nächste seltsame Umstand: Als die Yacht dann nach längerer Zeit auftaucht, und zwar wieder unter dem Kommando eines Europäers mit englischem Akzent, hat sie Schmuggelware geladen. Und der Europäer hat zufällig auch noch längere Zeit im Fernen Osten verbracht und war noch vor kurzer Zeit in Hongkong.

Ich will einfach nicht glauben, daß wir an Bord nur billige türkische Statuetten finden werden, Mr. Lancaster. Ich denke, daß wir, wenn wir das Schiff auseinandernehmen, was ich so schnell wie möglich veranlassen werde, eine große Menge Drogen finden. Vielleicht türkisches Rohopium, wahrscheinlicher aber reines Heroin aus Thailand. In jedem Fall aber eine größere Lieferung, die für Marseille bestimmt ist.«

»Das würde mich selbst auch nicht wundern«, gab ich zu. »Es ist eigentlich die naheliegendste Erklärung. Die junge Frau behauptet aber, die Antiquitäten seien wertvoll.«

Theodoropoulos hockte sich auf die Schreibtischkante.

»Der türkische Plunder interessiert mich nicht. Mich interessiert in erster Linie die Tatsache, daß zwei Griechen ermordet wurden, obwohl ich immer mehr zu der Ansicht neige, daß die beiden kein großer Verlust für die Menschheit sind. Viel mehr als das aber mißfällt mir die Vorstellung – und alles scheint ja darauf hinzudeuten –, daß hier in Griechenland Drogenschmuggel in großem Stil stattfindet. In griechischen Gewässern, mit einer Thai-Yacht, die von einem griechischen Hafen aus operiert.

Kurz und gut – ich würde gern viel mehr über diesen Mr. Tafu Karanakarthorn erfahren. Ich mache Ihnen einen Vorschlag: Denken Sie darüber nach, was Sie mir über diesen Mann erzählen können. Wenn Sie sich kooperativ zeigen, könnte es gut sein, daß diese schwerwiegenden Anschuldigungen...« – er reckte das Kinn plötzlich vor und hob langsam die Schultern, in Griechenland ein Zeichen, daß gewisse Dinge reiflich überlegt sein wollten – »... daß diese ganze Geschichte für Sie doch einigermaßen glimpflich ausgeht.«

Er klatschte in die Hände, wie man in den Athener Restaurants den Kellner heranruft, und sofort tauchte der Posten auf und brachte mich in die Zelle zurück.

Jetzt verfluchte ich mich dafür, daß ich Nina gebeten hatte, die Botschaft anzurufen. Ich brauchte dringend Bassingtons Hilfe, nicht etwa, um korrupte Polizisten zu bestechen, sondern als Leumund für meine unbescholtene Vergangenheit. Er hatte mich in Saigon als objektiven und wahrheitsliebenden Journalisten kennen- und schätzengelernt, und wir waren öfter in den Erholungscamps der U.S.-Army an der Küste und in Hongkong zusammen gesegelt, hatten uns auf den trägen Wassern des Südchinesischen Meeres treiben lassen und dabei lange Gespräche geführt, die uns einander näherbrachten. Er kannte mein Vorleben, und ich hatte ihm sogar von meinem Traum, einen Film über Byron zu drehen, erzählt, als ich als Korrespondent für den Nahen Osten nach Beirut kam und dort hörte, daß er inzwischen in Athen saß. Er wußte, was ich in der Ägäis wollte, und er war der einzige, der Theodoropoulos überzeugen konnte. Wenn nicht, hatte ich mindestens ein paar Monate Gefängnis in Griechenland vor mir, ehe ich beweisen konnte, daß ich wirklich in Wales gewesen war. Und wer wußte, was in der Zwischenzeit mit der *Andromeda* geschah? Noch schlimmer wäre, daß das Jahr dann fast vorüber war und es damit auch keine Möglichkeit mehr gab, den Film vor dem nächsten Sommer fertigzustellen – von meiner ohnehin dünnen Kapitaldecke, die bis dahin restlos zusammengeschmolzen sein würde, ganz zu schweigen.

Ich mußte unbedingt Bassington erreichen.

Mein Geld hatten sie mir zusammen mit meinem Gürtel abgenommen. Keine Möglichkeit also, einen Beamten zu schmieren, eine Botschaft für mich aus dem Gefängnis zu schmuggeln. Ich konnte nur beten, daß Nina inzwischen zur Botschaft durchgedrungen war, und dann den Botschaftsangestellten bitten, Bassington zu suchen – wenn es ihm überhaupt möglich war, mit mir Kontakt aufzunehmen.

Mir blieb nichts anderes übrig als abzuwarten. Ich streckte mich auf der Pritsche aus und versuchte zu schlafen.

Als der Posten mich ein paar Stunden später weckte und mich erneut zu Theodoropoulos brachte, war dessen gute Laune verflogen. Er stand steif vor seinem Schreibtisch und hielt Gürtel, Brieftasche und Geldbeutel in der rechten Hand. Links von ihm saß ein junger Amerikaner, nach dessen Aftershave der ganze Raum duftete, auf einem Stuhl. Anscheinend machte ihm die Hitze nichts aus, denn er trug trotz des sommerlichen Wetters einen Gabardine-Anzug von Brooks Bros.

»Sie werden gegen eine Kaution von zwanzigtausend Drachmen in die Obhut der amerikanischen Botschaft überstellt.« Theodoropoulos preßte die Worte zwischen den Zähnen hervor. »Quittieren Sie hier den Erhalt Ihrer persönlichen Dinge.«

Ich verspürte plötzlich eine unheimliche Erleichterung.

Der Amerikaner stand auf und reichte mir die Hand. »Munro, Dritter Botschaftssekretär«, stellte er sich vor, zeigte aber dabei kein Lächeln.

»Ich bin Ihnen beiden dafür sehr dankbar«, sagte ich.

»Danken Sie nicht mir«, antwortete der adrette Captain. »Sie sind nur aufgrund einer politischen Entscheidung, die auf höherer Ebene gefällt wurde, zeitweise auf freiem Fuß. Ich bin sicher, wir beide werden uns bald wiedersehen und unsere Unterhaltung fortsetzen. Natürlich behält die Polizei Ihren Paß.«

Ich unterschrieb das Formular und wollte Theodoropoulos erklären, daß ich bereit sei, der Polizei, so weit es mir möglich war, bei ihren Untersuchungen zu helfen, doch Munro packte mich am Arm und bugsierte mich zur Tür. Theodoropoulos verfolgte schweigend und voll Zorn unseren Abgang.

»Sagen Sie jetzt nichts mehr«, meinte der Diplomat. »Warten Sie, bis wir im Wagen sitzen.«

Die Hitze des Athener Julimorgens traf mich wie ein Hammerschlag, als wir das Präsidium verließen. Der Dritte Sekretär ging zielstrebig auf seinen kleinen Dienst-Opel zu, den er im Schatten einer Zypresse auf dem kleinen Polizei-Exerzierplatz geparkt hatte. Munro hielt mir die Tür auf und schaltete, nachdem wir eingestiegen waren, sofort die Klimaanlage ein. Vielleicht hoffte er dadurch, aus mir, der ich jetzt fast vierundzwanzig Stunden nicht mehr aus meinen Kleidern herausgekommen war, einen angenehmeren Beifahrer zu machen. »Der Botschafter bittet Sie eindringlich, auf keinen Fall zu versuchen, das Land zu verlassen.«

»Die Polizei hat noch meinen Paß.«

»Dann sollten Sie es erst recht nicht probieren.«

»Okay, Sie haben mein Wort.«

Er atmete sichtlich erleichtert auf. »Vielleicht müssen Sie trotz unserer Intervention bald wieder in die Zelle zurück. Immerhin gibt Ihnen diese Frist Gelegenheit, sich mit Geld zu versorgen und Ihre Verteidigung in die Wege zu leiten.

Ich nehme an, Sie werden sich gegen die Anschuldigungen verteidigen wollen?«

»Warum haben Sie mich aus der Zelle geholt, wenn Sie daran zweifeln?«

»Nina Millen kam heute früh in die Botschaft und sagte, Sie seien amerikanischer Journalist gewesen. Einige Mitglieder des Botschaftspersonals erinnerten sich auch an Sie. Offenbar waren Sie hier in der Gegend für eine Weile akkreditiert.« Munro startete den Wagen und bog auf einen breiten Boulevard ein. »Haben Sie Reiseschecks dabei oder ähnliches? Wir können Ihnen zwar einen Anwalt besorgen, aber es wäre besser, wenn Sie eine kleine Vorauszahlung leisteten.«

»Ich habe etwas Geld beim American Express, doch weiß ich nicht, wie ich das ohne Reisepaß abheben soll.«

»Ich werde ihnen sagen, daß die Botschaft für Sie bürgt. Man wird das akzeptieren. Am besten, wir fahren gleich zum Platz der Verfassung.«

»Von dort könnte ich auch gleich ein paar dringende Telefonanrufe tätigen. Ich habe mir meine Verteidigung schon zurechtgelegt, denn ich habe – verdammt noch mal – ein Alibi, aber nicht hier, sondern in England. Ich war zu dem Zeitpunkt, als die Caique gestohlen wurde, drüben.«

Zum erstenmal wirkte Munro sichtlich entspannt und gelassen.

»Bestens, dann unternehmen Sie was.«

»Das ist nicht so leicht. Dazu brauche ich Hilfe. Es müßte eigentlich noch jemand hier in Athen sein, der mich dabei unterstützen könnte. Ich muß unbedingt einen gewissen Mike Bassington finden. Kennen Sie ihn vielleicht? Ein englischer Rundfunkreporter.«

»Nein, aber ich habe wohl schon von ihm gehört.« Munros Miene blieb ausdruckslos, und ich kam langsam zu der Ansicht, daß er nicht dem amerikanischen Geheimdienst angehörte.

Ich suchte meine Kreditkarte aus der Brieftasche hervor,

während Munro den Wagen durch den lauten Mittagsverkehr in Richtung Stadtzentrum zum Platz der Verfassung steuerte.

Das American Express-Büro war voller Touristinnen in Khaki-Shorts, die ihre Rucksäcke an den Wänden entlang abgestellt hatten. Es dauerte einige Zeit, bis ich schließlich 750 Dollar in Drachmen abheben konnte, denn der Angestellte beharrte auf der Vorlage meines Passes. Munro mußte schon seinen ganzen diplomatischen Einfluß aufbieten, um den Manager schließlich zum Nachgeben zu bewegen. Danach ging ich zu einer der offenen Telefonzellen, um Bassington aufzuspüren. Munro wurde langsam wieder nervös. Er hatte seinen Wagen vierhundert Meter entfernt in einer Seitenstraße parken müssen. Ich schlug ihm vor, draußen in einem der Straßencafés auf mich zu warten, doch er ließ sich nicht abschütteln. Mir wurde klar, daß er allein die Verantwortung für mich trug.

Bassington war Freiberufler und teilte sich ein kleines Büro zwischen Omonia-Platz und dem Platz der Verfassung mit einem anderen Journalisten. Gemeinsam kratzten sie mühsam den Wochenlohn für eine Sekretärin zusammen, deren Hauptaufgaben offenbar die Übersetzung der Tageszeitungen und die Entgegennahme der Telefonanrufe waren. Ich empfand ungeheure Erleichterung, als sie mir erklärte, daß Bassington immer noch in Athen lebte. Er sei gerade zum Mittagessen in sein Stammlokal in der Plaka gegangen. »Das liegt in der Odos Diogenes, keinen Kilometer von hier«, erklärte ich Munro. »Ich muß ohnehin langsam etwas in den Bauch kriegen, sonst falle ich um vor Hunger. Sie wollen doch sicher auch etwas essen. Warum also nicht da, wo ich Bassington treffen kann.«

Zu meinem Erstaunen nickte der pflichteifrige Dritte Botschaftssekretär sofort.

Wir ließen den Wagen, da wir in den engen Gassen der Altstadt am Hang des Akropolis-Hügels keinen Parkplatz gefunden hätten, im Schatten einer kleinen orthodoxen

Kirche stehen, die von den Wolkenkratzern ringsum fast erdrückt wurde, und gingen durch ein paar Seitenstraßen zur Odos Diogenes – der Diogenes-Straße, in der Bassingtons bevorzugtes Straßenrestaurant lag. Große Olivenbäume reckten ihre Zweige über die Tische, die man zwischen den Sockeln verfallener Tempelsäulen aufgestellt hatte.

Wir fanden Bassington im hinteren Teil des Restaurantgartens, wo er genüßlich ein opulentes Mahl verspeiste: Tintenfisch in Rotweinsoße, Salat und *Moussaka*. Dazu hatte er sich einen halben Liter *Kokkinelli* bestellt, jenen roséfarbenen Retsina, den man nur in Athen bekommt. Bassington hatte schon immer gern gut gegessen. Trotzdem konnte man ihn nicht als fett bezeichnen, wenn auch sein Umfang und seine Hamsterbacken den Gourmet verrieten. Lautstark und gestenreich bekundete er seine Freude, als er mich sah, rückte sofort zwei Stühle zurecht und bestellte zwei Gläser Eiswasser und einen zusätzlichen Liter *Kokkinelli*; und doch fühlte ich irgendwie, daß er nicht wirklich überrascht war, mich zu sehen. Da ich Bassington nie tief erschüttert oder von irgendwelchen Dingen aus der Fassung gebracht erlebt habe, war er für mich immer der Mann im Tweed, beständig, kaum zu beeindrucken, nie in Verlegenheit. Dieser Mann vermittelte mir die bullige Sicherheit einer Dampflokomotive, die einen kompletten Pullman-Zug sicher zum Ziel zieht – einschließlich des Speisewagens, dessen gestärkte Tischdecken und Silberbestecke den Hauch unvergänglicher Tradition ausstrahlen. Auch wenn er jetzt hier, an einem heißen Julitag in Athen bei über dreißig Grad im Schatten, nur ein weißes Hemd mit offenem Kragen und eine leichte Sommerhose trug – als ich spürte, daß mein Auftauchen ihn nicht überraschte, war er wieder der Mann im Tweed, und das gab mir Hoffnung.

Der gute alte Bassington. Ich erzählte ihm gleich, daß ich verhaftet worden war.

»Stimmt, du warst in zwei Morgenzeitungen erwähnt. Sie druckten zwar nicht deinen Namen, dafür aber Einzelheiten

– dramatische Rettungsaktion... gestohlenen Caique... Verhaftung und so weiter. Ich staunte nicht schlecht, als bei meinen Recherchen heute morgen dein Name fiel. Doch ich dachte mir, daß du so bald wie möglich Kontakt mit mir aufnehmen würdest.«

»Die ganze Sache ist ein entsetzlicher Irrtum.«

»Ja, natürlich.« Bassington nickte und wandte sich wieder seinem Tintenfisch zu. Auf seinen Wink hin nahm ich mir ein Stück. Kauend eröffnete ich ihm mein Problem. »Ich habe Zeugen, aber unglücklicherweise nicht hier, sondern im westlichen Wales.«

»Aha.« Bassington richtete seine großen braunen Augen auf Munro.

»Glauben Sie, Sie könnten sein Alibi wasserdicht machen?«

»Darüber konnten wir noch nicht sprechen.«

»Das dachte ich mir.« Bassington drehte mir den Kopf zu, da Munros Aufmerksamkeit im Moment zu sehr von dem Tintenfisch abgelenkt wurde, und gab mir mit den Augen ein deutliches Zeichen. Ich begriff es nicht.

»Schön, jetzt müßt ihr erst mal was essen«, sagte er. »Dies wird sicher ein anstrengender Tag für euch werden.« Er blinzelte mir erneut zu und winkte den Kellner heran.

Wir bestellten. Munro war jetzt völlig arglos. Diese Situation schien ihm vertrauter als sein Auftritt bei der Polizei: Hier aß man gemeinsam und unterhielt sich kultiviert.

»Ich dachte mir, daß du dich bei mir melden würdest«, meinte Bassington nun schon zum zweitenmal. Mir schien diese Wiederholung von gewisser Bedeutung. »Du weißt, daß ich jederzeit für dich da bin, wenn du Hilfe brauchst«, fuhr er fort.

»Sieht so aus, als hätte ich sie diesmal dringend nötig.«

»So sehe ich das auch.« Bassington stopfte sich eine Gabel Gurken und Tomaten in den Mund, zog, als sei ihm gerade etwas eingefallen, ein Notizbuch aus seiner Brusttasche und schrieb ein paar Worte auf die letze Seite. Dann steckte er es wieder ein und betrachtete sinnend die Olivenbäume.

Ich beendete mein Mahl und fühlte mich gleich wesentlich besser. Aufseufzend lehnte ich mich auf dem Stuhl zurück. Der Geruch von warmem Laub, die Essensdüfte, der Wein und der herbe Geruch von Kaffee gaben mir etwas von meinem Vertrauen zum alten Europa zurück. In Europa hast du immer das Gefühl, daß deine Probleme nur kleine Versehen sind, die in Anbetracht einer mehr als zweitausendjährigen Geschichte und zahlreicher Konflikte längst vergangener Kulturen zur Bedeutungslosigkeit schrumpfen.

Bassington zog meine Aufmerksamkeit wieder auf sich. Er nickte mit dem Kopf unmerklich zu dem mit seinem Essen beschäftigten Dritten Sekretär hin und blinzelte mir erneut zu. Dann sagte er beiläufig: »Allerdings sehe ich da, wenn ich so darüber nachdenke, doch noch ein kleines Problem.«

»Und das wäre?« fragte Munro kauend.

»Eigentlich ist Lancaster nicht amerikanischer Bürger, sondern Engländer. Ich bin mir nicht sicher, ob die amerikanische Botschaft für ihn überhaupt zuständig ist. Was meinen Sie?«

Munro verschluckte sich fast und ließ bestürzt die Gabel fallen. »Zum Teufel, ist das wahr?«

»Vielleicht sollten Sie ihn besser unseren Leuten überstellen.«

»Er ist also Engländer.«

»Ja, natürlich, wußten Sie das nicht?« Bassington schaute mich an und kniff ein Auge zu. »Stimmt doch, Harry, oder?«

Ich hatte keinen blassen Schimmer, was Bassington vorhatte. Doch bisher hatte ich, immer der eigenen Vernunft folgend, einen schweren Fehler nach dem anderen gemacht. »Ja, ich besitze einen britischen Paß«, sagte ich, und das war in gewisser Hinsicht nicht mal gelogen.

»Sehen Sie«, hakte Bassington nach.

»Jesus«, rief Munro erregt. »Und wir glaubten... Sie haben doch jahrelang für eine amerikanische Nachrichtenagentur gearbeitet. Mein Gott, was machen wir denn jetzt?«

Bassington gab ihm ein paar Sekunden Zeit zum Nachdenken.

Schließlich sagte er: »Ich an Ihrer Stelle würde sofort die Botschaft darüber informieren. Ich meine, unsere Diplomaten sollten der Polizei gegenüber die Verantwortung für Lancaster übernehmen, nicht wahr?«

»Das denke ich auch. Wissen Sie, ob es hier ein Telefon gibt?«

»Ja, drinnen im Restaurant. Ihre Leute dürften inzwischen alle aus der Mittagspause zurück sein. Rufen Sie sie an. Danach bringe ich Sie und Harry sofort zu unserer Botschaft.«

»In Ordnung.« Munro sprang hastig auf und verschwand im Innern der Taverne.

Immer noch begriff ich nicht, was hier gespielt wurde. »Was, zum Teufel, ist hier los?« raunte ich Bassington leise zu. »Ich lebe doch schon seit meinem sechzehnten Lebensjahr in den Staaten, besitze seit sieben Jahren einen amerikanischen Paß. Das weißt du doch!«

»Ja, und die Botschaft weiß das auch.« Bassingtons Stimme bekam einen drängenden Unterton. »Doch Munro wird mindestens drei Minuten brauchen, um das überprüfen zu lassen. Er scheint noch ziemlich neu auf dem diplomatischen Parkett zu sein. Du hast also jetzt ganze drei Minuten Zeit, mein Freund, um von hier zu verschwinden.«

Er zog das Notizbuch aus der Brusttasche und riß die letzte Seite heraus. »Jetzt ist nicht der richtige Moment für lange Erklärungen. Aber du darfst mir glauben, diese Sache ist viel schlimmer, als du ahnst. Du hast nur eine einzige Chance: Verschwinde sofort von hier und geh zu der Adresse, die ich dir aufgeschrieben habe. Das Haus liegt in Piräus, dort bist du vorerst sicher. Du kannst den Leuten vertrauen.

Warte dort auf mich, dann werde ich dir alles erklären. Aber jetzt verschwinde!«

Ich verstand überhaupt nichts mehr. Aber Bassington war der einzige Mensch in Athen, den ich kannte und dem ich vertraute. Jetzt, in diesem Moment, mußte ich mich entscheiden. Ich war auf seine Hilfe angewiesen. Wenn er sagte, er wisse Bescheid, glaubte ich ihm. Und viel mehr falsch machen als bisher konnte ich ohnehin nicht mehr.

Ich sprang auf und verschwand durch den Seitenausgang des Gartens in eine Gasse, die in Stufen zur Akropolis anstieg. Sicher würde niemand damit rechnen, daß ein Flüchtiger hügelaufwärts türmte.

Ich nahm meine einzige Chance wahr.

KAPITEL 5

Die Blonde mit den schwarzen Augen

Das beste Verkehrsmittel, nach Piräus zu gelangen, ohne aufzufallen, ist die Athener Untergrundbahn, die auf halber Strecke wieder ans Tageslicht kommt und in knapp zwanzig Minuten den Seehafen von Athen erreicht. In der U-Bahn würden es die Polizei oder eventuelle Verfolger schwerhaben, meine Spur aufzunehmen. Sicher wäre ich mit einem Taxi schneller am Ziel gewesen, doch hätte sich der Fahrer an mich erinnern können.

Während ich durch die Gassen der Plaka eilte, überlegte ich angestrengt, wo die nächste U-Bahn-Station sein mochte. Wenn ich mich recht erinnerte, gab es eine auf der anderen Seite des Akropolis-Hügels. Zu Fuß war der Weg dorthin viel zu weit. Statt dessen schlug ich einen weiten Bogen um das Lokal und wandte mich wieder dem Teil der Altstadt zu, aus dem wir gekommen waren. Hügelaufwärts verengten sich die kleinen Straßen zu verwinkelten Gassen, die in Stufen zur Akropolis anstiegen. Danach hielt ich mich rechts, bis ich hügelabwärts zum Agora-Viertel hinunterlaufen konnte. Die Straßen wurden hier wieder breiter. Rechter Hand erhoben sich Terrassen-Häuser, links erstreckte sich der alte Marktplatz. Auch von hier aus senkten sich die Sträßchen in Stufen den Abhang hinunter, trotzdem sah ich einige kleine Citroëns in diese Straßen einbiegen. Mit Munros Opel dagegen waren sie nicht zu befahren, und daher fühlte ich mich relativ sicher, selbst wenn er meine Fluchtrichtung erraten hatte und mir gefolgt war. Aber das war unwahrscheinlich.

Ich verlangsamte meine Schritte, um nicht aufzufallen, überquerte die Agora und entdeckte auf der Hauptstraße ein klappriges Taxi. Ich mußte mich zwingen, den Fahrpreis bis zum Omonia-Platz auszuhandeln, ehe ich einstieg, damit alles ganz normal aussah. In den meisten griechischen Taxis sind die Taxameter defekt, und hätte ich nicht um den Fahrpreis gefeilscht, wäre das dem Fahrer sofort aufgefallen. Fünf Minuten später stieg ich am Omonia-Platz aus dem Wagen. Ich sprang, drei Stufen auf einmal nehmend, die Treppe zur U-Bahn hinunter und löste eine Fahrkarte nach Piräus. Ich hatte es geschafft. Ich stand in der Ecke eines dichtbesetzten U-Bahn-Wagens und schaukelte kaum zwanzig Minuten nach meinem Verschwinden aus der Taverne in der Odos Diogenes in südlicher Richtung durch die Tunnel unter der Stadt. In weiteren zwanzig Minuten war ich in Piräus. Selbst wenn Munro Theodoropoulos sofort über meine Flucht informiert hatte, konnte der Captain kaum eine stadtweite Fahndung nach mir ankurbeln, bevor ich in Piräus ausgestiegen war.

Tatsächlich stand in Piräus ein Polizist auf dem Bahnsteig, doch er schenkte den Fahrgästen keine sonderliche Beachtung, und ich verließ ungehindert die Station.

Ich war in Freiheit. Mein Puls beruhigte sich, mein Atem ging leicht. Eine oder zwei Sekunden lang überkam mich ein unbändiges Verlangen, eine Fahrkarte für einen der alten, rostigen Fährdampfer mit den riesigen Schornsteinen zu lösen, die die weit abgelegenen Ägäischen Inseln anlaufen. Die modernen Schiffe bedienen nur die Routen zu den gefragteren Touristenzielen. Aber ich hatte mich nun mal auf Bassingtons Spiel eingelassen und mußte mich demnach auch an die Regeln halten. Jetzt galt es erst einmal, dieses Haus zu finden.

An einem Zeitungskiosk am Kai kaufte ich ein Päckchen Papastratos-Zigaretten sowie einen Stadtplan und folgte der Uferstraße in östlicher Richtung, zwängte mich durch die Pulks später Mittagsgäste der Straßencafés, an fahrbaren Erdnußröstereien und *Souvlakia*-Grillständen vorbei und verhielt mich, so hoffte ich, wie ein typischer Tourist. Zwar sah ich ungewaschen und ungepflegt aus mit meinem tagealten Bart, aber darin unterschied ich mich wohl kaum von den europäischen Hippies, die im Sommer durch Griechenland wandern. Etwa einen Kilometer von der Station entfernt setzte ich mich in eins der Straßencafés, bestellte ein Bier und studierte die Karte. Das war vielleicht nicht sehr vernünftig, doch nach meinem schweißtreibenden Eilmarsch durch die Plaka bei über dreißig Grad im Schatten brauchte mein Körper Flüssigkeit.

Das kalte Bier und einige Glimmstengel brachten mich wieder auf die Füße. Inzwischen war es früher Nachmittag. Für mich wurde es langsam Zeit. Die Straßen und Restaurants leerten sich allmählich, die Menschen hielten Siesta.

Bassingtons sicheres Haus lag etwa zehn bis zwölf Minuten von der Uferstraße entfernt in einer der Seitenstraßen, in denen um diese Zeit kaum ein Mensch zu sehen war. Es war ein neueres dreistöckiges Beton-Gebäude am Ende einer engen Gasse mit ansonst baufälligen, windschiefen Häusern. Die Fensterläden im Erdgeschoß waren geschlossen, Holzjalousien schützen die Fenster in den Obergeschossen vor den Sonnenstrahlen. Verrostete Eisenträger reckten sich auf dem Flachdach in den Himmel. Offenbar planten die hoffnungsvollen Bauherren die Errichtung eines weiteren Stockwerkes, sobald sie das Geld dafür beisammen hatten. An den Eisen war eine lange Wäscheleine befestigt, auf der Bettlaken und bunte Handtücher in der leichten Brise flatterten und dem weißgetünchten Haus beinahe das Aussehen eines zum Unabhängigkeitstag über die Toppen geflaggten südamerikanischen Schlachtschiffes verlieh. Ich klopfte erst zaghaft, dann lauter gegen die Holztür, von der bereits die Farbe abblätterte. Schließlich wurde sie einen Spaltbreit geöffnet. Von innen hatte man eine Sicherheitskette vorgelegt. Aus dem Dämmerlicht dahinter tauchte ein dunkelhäutiger Gesichtsausschnitt mit einem forschenden Auge auf.

»Bassington«, sagte ich nur und offerierte das Blatt Papier. Der Mann nickte nur, löste die Kette und zog mich rasch ins Haus, ohne dem Blatt Papier auch nur einen Blick zu schenken. Er war groß und schlank, etwa Ende dreißig. Sein Gesicht war völlig ausdruckslos. Sein zweites Auge war stumpf und ständig von einem hängendem Lid bedeckt, anscheinend verursacht durch eine alte Verletzung.

»Bar geschlossen«, murmelte er. »Sie wollen Zimmer, wie? Schlafen... hypnos...? Tausend Drachmes.«

Ich gab ihm das Geld. Eine Bar konnte ich nicht entdekken. Wahrscheinlich war ich durch den Hintereingang ins Haus gekommen. Der Mann führt mich zwei Treppen hinauf in ein kleines Zimmer, das lediglich mit einem breiten Bett mit verschlissenen Laken und einem Handwaschbekken mit Kaltwasserhahn ausgestattet war. Im Haus war es völlig still.

»Mädchen später kommen«, sagte der Einäugige und zog sich zur Tür zurück, »dann, wenn Bar offen.«

Mir dämmerte langsam, daß Bassington mir die Adresse eines Bordells gegeben hatte. Es war so gut und sicher wie jedes andere Haus.

Nur in Asien haben die billigeren Puffs Klimaanlage. Die Luft im Zimmer war abgestanden, und ich öffnete die Fenster hinter den geschlossenen äußeren Jalousien. Von der Straße drang ein leichter Abwassergeruch, vermischt mit dem Duft nach gegrilltem Fleisch, herein. Von der Uferstraße tönte gedämpfter Verkehrslärm herüber, doch die Gassen lagen in der staubigen Stille des heißen griechischen Nachmittags.

Ich fand auf dem Beckenrand ein Stück Seife, aber nirgends ein Handtuch. Ich wusch mich, so gut es ging, und trocknete mich mit meinem Hemd ab, das ich anschließend zum Trocknen an die Holzjalousie hängte. Danach blieb mir nichts mehr zu tun, als zu rauchen und auf Bassington zu warten.

Auf dem Bett ausgestreckt ließ ich die letzten Stunden nochmals Revue passieren. Es war beinahe unglaublich, wie rasch die Ereignisse außer Kontrolle geraten waren. Noch vierundzwanzig Stunden zuvor hatte ich am Steuer meines Schiffes gestanden, mit ordentlichen Papieren und einem ausreichenden Bankguthaben, und ein respektables und prestigeträchtiges Projekt verfolgt. Und jetzt fand ich mich mit einer Mordanklage am Hals und der Athener Polizei auf den Fersen in einem griechischen Bordell wieder, ohne Paß und ohne den diplomatischen Schutz meiner Botschaft. Die Angabe einer falschen Staatszugehörigkeit, zu der ich mich hatte überreden lassen, betrachtete ich inzwischen selbst als einen Akt geistiger Verwirrung. Vor allen Dingen mußte ich versuchen, die *Andromeda* aus Griechenland herauszubekommen. Irgendwie wurde mir dumpf bewußt, daß jeder, der seine Sinne beisammen hatte, den günstigsten Zeitpunkt abgewartet hätte, um das als erstes zu erledigen. Und trotzdem – ich vertraute auf Bassington.

Nach zwei Zigaretten schaffte mich die Hitze doch, ich tat es der Nachbarschaft gleich und schlief ein. Kurz bevor ich wegtrat, nahm ich mir vor, alles so schnell wie möglich wieder in normale Bahnen zu bringen.

Draußen wurde es schon dunkel, als der Einäugige mich weckte und mir zusammen mit einem Glas Eiswasser eine Tasse griechischen Kaffee servierte. Gleichzeitig brachte er ein zusammengefaltetes Handtuch, offenbar direkt von der Wäscheleine auf dem Dach. »Sie wollen Dusche?« fragte er, während ich mit dem Eiswasser meinen Durst löschte. Ich nickte, und er deutete mit einer Kopfbewegung zum Flur. Offenbar war das Haus luxuriöser als erwartet. Ich dankte ihm, trank einen Schluck Kaffee und zündete mir eine Zigarette an. Er trat zum Fenster und nahm mein inzwischen trockenes Hemd, um die ungefähre Größe festzustellen.

»Sie geben auch Hose«, sagte er. »*Kyrie* Bassington telefoniert und gesagt, Sie neue Kleider brauchen. Ich holen.«

Das war keine schlechte Idee. Die Läden hatten inzwischen sicher wieder geöffnet.

»Dreitausend Drachmes«, sagte der Einäugige. »Ich muß holen aus Geschäft. Sie nicht verlassen Haus, *Kyrie* Bassington sagen.«

»Schon gut«, antwortete ich müde. »Im Fluchtgeschäft ist der Stundenlohn aber ziemlich gepfeffert.«

Ich gab ihm das Geld und meine alte Hose. Er warf mir einen kurzen Blick zu und verschwand. Ich nahm das Handtuch und begab mich auf die Suche nach der Dusche.

Es gab nur kaltes Wasser, doch nach dem ersten Schock genoß ich diese Erfrischung wie ein Footballspieler nach einem schweren Spiel. Ich hatte das Gefühl, als würde ich mit dem Schweiß und Straßenstaub auch alle Probleme von mir abwaschen. Mir schien es, als sei jetzt alles wieder korrigierbar und in den Griff zu kriegen. Ich wurde fast schon ungeduldig: Beeil dich, Bassington, bringen wir diese verfahrene Kiste wieder in Gang!

Als ich schließlich in mein Zimmer zurückkehrte, wartete der Einäugige schon auf mich mit einem ganzen Stapel Handtüchern, einer Schere, einem altmodischen Rasiermesser, diversen Fläschchen und einigen Plastiktüten mit Kleidungsstücken. Ich suchte mir eine Hose heraus und zog sie an. Sie war aus schimmerndem französischen Leinen. Die Beine waren zwar ein wenig zu kurz, doch konnte ich sie tragen.

Der Einäugige legte das Rasiermesser und die Schere auf die Ablage über dem Becken. »Ich Sie jetzt rasieren und Haar wechseln«, verkündete er. »*Kyrie* Bassington sagen, Sie neues Haar. Anders.«

Irgendwie wirkte der ganze Ablauf auf mich sehr professionell. Auch der Einäugige verhielt sich mir gegenüber nun völlig anders. Offensichtlich bewegte er sich jetzt auf vertrautem Parkett. Und er verstand sein Handwerk ziemlich gut. Mit geschickten Bewegungen drapierte er ein Handtuch um meinen Nacken, bedeutete mir, mich auf die Bettkante zu setzen, seifte mein Gesicht mit einem Rasierpinsel ein und schabte mir mit seinem Kehlenschlitzer die Bartstoppeln ab. Danach entfernte er die Koteletten vor meinen Ohren. Ich war davon nicht sonderlich begeistert und gab ihm ein Zeichen, doch er ließ sich nicht beirren. Als er mir das Gesicht abtrocknete und nach der Schere griff, wußte ich auch warum. Mein Haar hing, noch feucht von der Dusche, in wirren Strähnen. Mit heftigen Schnitten begann der Grieche, meine Mähne zu stutzen, die mir in den letzten Wochen auf meinem Schiff gewachsen war. Er gab sich nicht eher zufrieden, bis er mir einen sauberen Bürstenschnitt verpaßt hatte, und gab der Frisur mit einer gezackten Schere den letzten Schliff.

Jetzt sah ich wirklich schon ganz verändert aus, doch gab mir der Einäugige zu verstehen, daß er mit mir noch nicht fertig sei. Ich mußte mich vor dem Waschbecken hinknien. Er massierte mir den Inhalt einer Flasche in die Kopfhaut, wobei ich mein Gesicht mit einem Handtuch bedeckte. Offensichtlich war es ein Haarfärbemittel. Ich ergab mich in mein Schicksal. Schon früher hatte ich mich manchmal gefragt, wie ich wohl mit schwarzen statt braunen Haaren aussehen mochte.

Die Prozedur schien ewig zu währen. Die erste Tönung blieb nur ein paar Minuten im Haar, dann folgte eine schärfer riechende Lösung, die später über dem Becken ausgewaschen wurde. Endlich durfte ich mich, ein Handtuch wie einen Turban um meinen Kopf gewickelt, wieder auf das Bett setzen.

Nach zwanzig Minuten entfernte der Einäugige das Handtuch und begutachtete das Ergebnis. »Gut«, sagte er nur, kämmte meine kurzen Haare zurecht und reichte mir einen Spiegel. »Gut«, wiederholte er. »Deutsch.«

Sprachlos musterte ich mein Spiegelbild. Die Dinge veränderten sich mitnichten wieder zum Normalen. Aus dem Spiegel starrte mich ein flüchtiger Kriegsgefangener vom Afrika-Korps an. Ich hatte jetzt aschblondes Haar.

»Sie jetzt anziehen andere Kleider.«

Die Tüten enthielten ein dunkelblaues Leinenhemd und eine hellbraune Jacke mit Reißverschluß, beides in meiner Größe. Die Jacke war von europäischem Schnitt und hatte steife, verstärkte Schultern.

»O ja«, murmelte der Einäugige, »richtig gut Deutsch jetzt.«

Ich hielt den Spiegel in Armeslänge von mir weg – und verstand sofort seine Bemerkung. Mit meinem weißblonden Haar und der steifen Jacke sah ich aus wie ein Kriegsverbrecher auf seinem Weg nach Nürnberg.

Inzwischen hatte der Grieche seine Utensilien eingesammelt. Von unten drangen gedämpfte Stimmen und das rhythmische Stampfen eines Basses zu uns herauf. Jemand hatte eine *Bouzouki*-Platte aufgelegt.

»Bar jetzt offen«, erklärte mein Friseur. »Sie dort richtig. Sie in Bar warten, nicht gehen draußen. *Kyrie* Bassington später am Abend kommen.«

Ich war nervös und unsicher, mich so zu zeigen, doch Bassingtons Mann hier war Experte. Mit Sicherheit bestand keinerlei Ähnlichkeit mehr mit meinem Paßfoto, das inzwischen vermutlich für die Fahndung der Polizei vervielfältigt worden war. Ich folgte dem Einäugigen die enge Treppe hinunter durch eine Hintertür in die Bar.

Wir betraten einen langen, schwach erleuchteten Raum mit Sitznischen auf einer Seite. An der anderen Seite befand sich die Bar mit einer Reihe hochbeiniger Barhocker davor. Aus der kleinen Musikbox unter dem Fenster ertönte die getragene Musik einer langsamen *Bouzouki*. Drei Barmädchen saßen davor, hatten die Gesichter der Musikbox zugewandt und wippten gedankenlos mit den Füßen zum Takt der Musik. Ein viertes, schon etwas älteres Mädchen, das hinter der Bar bediente, kam zu uns herüber. Der Einäugige gab ihr, während er seine Utensilien in einem Schrank verstaute, leise ein paar Anweisungen und ging danach hinaus. Ich bestellte mir einen Ouzo und setzte mich auf den hintersten Barhocker, von dem ich das Fenster und die Tür zur Straße gut beobachten konnte. Die kleinste der drei um die Musikbox gescharten Mädchen drehte sich um und schaute zur Bar herüber. Sie schaute mich nicht direkt an, sondern rutschte sofort von ihrem Hocker und kam mit der Geschmeidigkeit einer Katze, die sich lautlos ihrer Beute nähert, zu mir herüber, ehe die anderen merkten, daß der erste Kunde da war. Ihre Miene zeigte ein lebhafteres als das übliche geschäftliche Interesse, und ich bekam den Eindruck, daß aschblonde Männer in Piräus eine besondere Attraktion waren.

Tatsächlich hatten unsere Haare fast die gleiche Farbe. Unsere Blicke begegneten sich. Ohne die Augen von mir abzuwenden, zog sie den nächsten Barhocker dichter zu mir herüber. Insgeheim fragte ich mich, ob unsere Haarfarbe wohl aus der gleichen Flasche stammte. Möglich, daß der Einäugige in diesem Haus auch einen Teilzeit-Job als Friseur bekleidete. Ihr Haar, das ihr junges Gesicht – das Mädchen konnte kaum älter als neunzehn Jahre sein – wie ein Helm umrahmte, war fast ebenso hell gebleicht wie meines. Der große blaue Fleck unter ihrem linken Auge, mit Make-up nur schlecht kaschiert, tat der Jugendlichkeit und Frische dieses Gesichtes kaum Abbruch.

»Deutsch«, sagte sie lächelnd und wirbelte ihren weiten Rock über meine Beine hinweg, als sie auf den Hocker kletterte.

»Ja.« Es war ohnehin gleich, welche Nationalität ich mir zulegte.

Sie deutete lächelnd auf sich und sagte: »Ich nicht deutsch.«

Dies war anscheinend die ganze Konversation, deren die Kleine in dieser Sprache fähig war. Aber das schien sie nicht zu stören. Sie kuschelte sich an meine Schulter.

»Mögen Sie einen Drink?« fragte ich auf englisch und versuchte, meinen Worten einen gutturalen Akzent zu geben.

Doch sie sprach auch kein Englisch, nickte aber erfreut, als ich auf mein Glas und dann auf sie zeigte, und bestellte bei der Frau hinter der Bar eine Art griechischen Wermut. Die kleine Blonde nippte geziert an dem Glas, stellte es ab, lüftete den Saum ihres weiten Rockes ein paar Zentimeter und sah mich auffordernd an. Nach einem Moment der Verblüffung dämmerte mir, daß das eine Einladung war, sie intim zu berühren, doch offensichtlich zögerte ich zu lange. Sie öffnete die Knöpfe ihres Oberteils und zeigte mir ihre Brüste, wobei sie mir starr in die Augen sah. Selbst ein begriffstutziger und von Problemen geplagter Flüchtiger mußte nun begreifen, daß dies die in Piräus übliche Art des Kundenfangs war.

»Sehr hübsch«, murmelte ich. Mir stand – unter den momentanen Umständen – nicht gerade der Sinn nach solcher Zerstreuung. Ich mußte etwas tun, um die Situation zu klären.

»Ich bin nur hier, um der Musik zu lauschen«, sagte ich und vergaß dabei ganz meinen Akzent.

Die kleine Blonde schüttelte verständnislos ihren Kopf, verwirrt und anscheinend bestürzt.

»*Y musiki*«, versuchte ich es in Griechisch.

»Ah! *Y musiki*«, wiederholte sie, offensichtlich beruhigt.

Die Musikbox spielte ein langsames, trauriges Lied. Solche Stücke nennen die Athener die *schwere Bouzouki*. Diese Musik ist ziemlich verpönt, weil sie einen starken türkischen Einschlag hat und als typische Musik der Homosexuellen gilt. Ein Sänger mit unglaublich tiefer Baßstimme erzählte in dem Lied anscheinend eine Geschichte über das Meer: Das Wort *Y thalassa* geisterte monoton durch den Refrain – als besinge der Künstler eine große Seetragödie.

Plötzlich gefiel mir die Musik. Sie traf genau meine Stimmung, in die mich das Desaster der letzten vierundzwanzig Stunden versetzt hatte. Ich wollte das Mädchen nach dem Titel fragen. Zwar war mein Griechisch für eine Unterhaltung zu dürftig, aber offenbar wurde von mir eine Art Konversation erwartet.

»*Ti enai to aonoma tys musikis?*« fragte ich mehr oder weniger korrekt.

»*Y musiki*«, antwortete die Kleine und schien damit das Thema zu beenden. Mit meinem Griechisch schien es doch nicht weit her zu sein. Ich gab auf und entschloß mich im gleichen Augenblick, ihrer eindeutigen Aufforderung Folge zu leisten. Ich ließ meine Hand unter ihren Rock gleiten und streichelte ihre erstaunlich glatten und festen Oberschenkel. Ich bestellte ihr einen zweiten Wermut und einen Ouzo für mich. Während die Barfrau die Gläser füllte, beugte sich meine Blonde vor und sagte schnell etwas in Griechisch zu ihr. Die Barfrau wandte sich an mich: »Wollen Sie machen Liebe mit blonde Mädchen? Kostet achthundert Drachmes eine Stunde. Mädchen Künstlerin in Liebe.«

Offen gesagt, gewann ich allmählich Gefallen an diesem Vorschlag. Ich meine, wenn man mich hier schon zu einem wegen Mordes gesuchten flüchtigen Verbrecher machte, warum sollte ich dann nicht ein bißchen Spaß haben? Zwar wußte ich, daß ein Todeskandidat sich seine letzten Mahlzeiten selbst wählen konnte, doch bezweifelte ich, ob man ihm, selbst in Griechenland, nochmals gestattete, mit einer Frau zusammen zu sein. Aber ich durfte Bassington auf keinen Fall verpassen.

»Sag ihr – später ja. Ich warte hier auf jemand. Könnten wir in der Zwischenzeit was zu essen bekommen?«

Die kleine Blonde flippte fast aus vor Freude, als ihr meine Worte übersetzt wurden, hatte sie doch jetzt eine richtige Verabredung mit mir. Wir setzen uns in eine der Nischen. Sie öffnete das Oberteil noch weiter und gab keine Ruhe, bis ich hineinlangte und mit ihrer linken Brust spielte. Ihr Nippel richtete sich unter meiner Berührung auf und wurde hart. Sie beugte sich vor und küßte mich. Die Berührung ihrer Brust faßte sie anscheinend als Versprechen auf. Mit Handzeichen machte sie mir verständlich, daß sie Christina hieß.

Der Einäugige tauchte wieder auf und erbot sich, von einem Grillstand unten an der Straße etwas zu essen zu holen. Ich bestellte *Souvlakia* mit Auberginen. Was meine neue Flamme wünschte, konnte ich nicht verstehen. Als das Essen kam, sah ich, daß es Zucchini im Teigmantel und gebakkene Garnelen waren. Das Essen schmeckte überraschend gut. Wir tranken eine Flasche Wein dazu, und merkwürdigerweise begann mir meine ganze Situation langsam Spaß zu machen. Meine kleine Blonde fütterte mich mit Garnelen und schmiegte sich an mich, während ich das Fleisch von meinem Spieß pickte. Danach tranken wir Kaffee mit griechischem Weinbrand. Christina bat mich um weitere achthundert Drachmen als Bezahlung für die zusätzliche Zeit, die sie mit mir verbrachte. Ich überlegte, doch was sollte ich sonst machen?

Bassington kam erst nach zehn Uhr. »Tut mir leid, daß es so spät geworden ist.« Seine mächtige Gestalt füllte plötzlich die enge Nische. »Ich mußte mich erst vergewissern, daß mir keiner von Theodoropoulos' Leuten folgt.«

Er ließ sich ächzend auf die Sitzbank fallen und schob dabei eine große Zelttuch-Tasche unter den Tisch. »Es gab keinen Beschatter. Die Polizei hier arbeitet nicht sonderlich effizient.«

Von einem Moment auf den anderen hatte ich Christina vergessen.

»Jesus, Mike, erzähl mir doch, was hier eigentlich los ist...«

»Ja, sofort. Aber zuerst sollte sich die Kleine hier mal wieder für eine Weile an die Bar verziehen. Sicher ist sicher.«

Der Einäugige brachte Bassington ein Bier. Sie wechselten rasch ein paar Worte miteinander und der Grieche schickte die Kleine weg. Sie warf mir einen ärgerlichen Blick zu und setzte sich auf einen einsamen Hocker am Ende der Bar. »Später ist es okay«, rief Bassington hinter ihr her, »dann habt ihr noch genug Zeit.« Christinas Miene erhellte sich sofort, nachdem der Grieche ihr seine Worte übersetzt hatte. Bassington wandte sich mir zu.

»Hör zu«, sagte ich, »die Sache wächst mir langsam über den Kopf. Ich muß mich vor der Polizei verstecken, was natürlich Theodoropoulos in seinen Verdächtigungen gegen mich noch bestärkt. Meine Yacht liegt einsam und verlassen vor Andros, und zu allem Überfluß verpaßt mir dein einäugiger Galgenvogel hier einen Blondschopf. Schätze, dazu bist du mir ein paar Erklärungen schuldig.«

»Dein neuer Look steht dir ausgezeichnet.« Bassington grinste. »Genau richtig für deine neuen Papiere.« Er zog ein dunkles Heft aus der Innentasche seiner Jacke und reichte es mir. Es war ein westdeutscher Reisepaß. »Er ist echt. Deshalb wollen die Deutschen ihn auch zurückhaben, wenn das hier alles vorbei ist.«

Ich blätterte in dem Dokument. »Das Foto des Inhabers fehlt noch.«

»Nicht mehr lange. Ich habe eine Polaroid-Kamera hier in der Tasche. Morgen früh wirst du mit diesem Paß Griechenland verlassen.«

»Ich will mein Boot zurück, Mike. Was, zum Teufel, wird hier eigentlich gespielt?«

Bassingtons Miene wurde nachdenklich. Bedächtig nahm er einen tiefen Schluck aus seinem Glas. »Leider muß ich dir sagen, daß ich da selbst noch nicht ganz durchblicke.«

»Wie beruhigend.«

»Jedenfalls bist du da in eine Sache hineingestolpert, deren Tragweite weder du noch die Griechen abschätzen können. Das wurde mir klar, als ich erfuhr, unter welchen Umständen du auf Andros auftauchtest. Nun, hochrangige und einflußreiche Freunde von mir –« Er warf mir einen vielsagenden Blick zu, um sich zu vergewissern, daß ich ihn auch richtig verstand. »– sind schon seit längerem sehr daran interessiert, dieses spezielle Problem aus der Welt zu schaffen. Als du dann in der Taverne plötzlich vor mir gestanden bist, konnte ich gar nicht anders, als diese glückliche Fügung gleich zu nutzen. Du könntest uns helfen, und dafür helfen wir dir aus deiner ziemlich heiklen Lage. Geh ruhig mal davon aus, daß du dir sonst die nächsten zwölf Monate eine griechische Gefängniszelle von innen ansiehst.«

»Mein Gott, ich bin unschuldig. Würde es wirklich so lange dauern, um die Wahrheit nachzuweisen?«

»Wahrscheinlich. Das Problem ist, daß die Griechen im Moment nach keiner Seite Verhandlungsbereitschaft signalisieren. Sie reden nicht mit den Türken wegen der politischen Zweiteilung Zyperns. Sie reden nicht mit den Engländern wegen Meinungsverschiedenheiten in der NATO. Außerdem ist da noch die Sache mit den Elginschen Skulpturen. Du hast sicher davon gehört. Die Griechen stehen auf dem Standpunkt, daß England die Marmorskulpturen aus dem Parthenon, die der Earl of Elgin im vorigen Jahrhundert auf die Insel schaffen ließ, zurückgeben müsse. Nur deinen Leuten gegenüber geben sie sich freundlich, weil sie im Zypern-Konflikt auf die Unterstützung des Weißen Hauses hoffen. Dies ist auch der Grund, warum das griechische Außenministerium Theodoropoulos angewiesen hat, dich auf freien Fuß zu setzen. Aber man hätte dich wieder sehr schnell eingebuchtet, weil Washington sich nicht gegen den NATO-Partner Türkei auf ihre Seite schlagen kann. Ich weiß, diese Umstände machen die Geschichte sicher nicht einfacher. Also, was bedeutet das unter anderem? Für unseren Captain Theodoropoulos ist erst in zweiter Linie interessant, daß du mit einer vergewaltigten Archäologin und einer Schmuggelladung, von der wir alle glauben, daß es sich dabei um Drogen handelt, aufgetaucht bist. Für ihn zählt erst einmal nur, daß ein griechisches Schiff in die Sache verwickelt ist – und man verdächtigt dich, es gestohlen zu haben.«

Niedergeschlagen zündete ich mir meine letzte Papastratos an. Mir wurde immer deutlicher bewußt, wie tief ich in dieser unglaublichen Geschichte drinsteckte.

»Tatsache ist aber, daß dies alles nur Teil eines viel größeren Coups ist, der in der Türkei abgezogen wird und meiner Ansicht nach die griechische Polizei nicht die Bohne interessiert«, fuhr Bassington fort. »Du sagst, du hast ein Alibi – in England. Ich bin sicher, wir können dieses Alibi beibringen. Aber da die Griechen im Moment nicht gut auf uns zu sprechen sind, wissen wir immer noch nicht, ob sie dein Alibi überhaupt anerkennen. Was dich angeht – du hättest im günstigsten Fall mit einem Jahr Untersuchungshaft, im ungünstigsten Fall aber mit einer Verurteilung und einer langen Gefängnisstrafe rechnen müssen, wenn du meinem Vorschlag, Mr. Munro zu entwischen, nicht gefolgt wärest. Vergiß nicht, der einzige Augenzeuge hat dich eindeutig identifiziert. Selbst ein halbes Jahr in einem Athener Gefängnis wäre für dich im Moment ein ernstes Problem, habe ich recht?«

»Natürlich. Aber mein einziger Besitz, Mike, meine 130 000-Dollar-Ketsch, liegt im Hafen von Andros fest. Ich kann nicht einfach aus Griechenland verschwinden und meinen einzigen Besitz zurücklassen.«

»Du kannst eben nicht alles haben.«

»Okay, du hilfst mir, wo du kannst, Mike... Um Himmels willen, was soll ich tun? Was erwartest du von mir?«

»Geh in die Türkei, erzähl denen drüben deine Geschichte und kläre die Angelegenheit. Dort findest du auch die Beweise, die du brauchst, denn von dort aus operiert die Schmuggler-Bande. Je eher du das türkische Ende des Fadens in der Hand hältst, desto schneller lassen sich auch deine Probleme in Griechenland bereinigen – und um so rascher hast du dein Boot zurück. Haben wir erst handfeste Beweise, muß selbst Theodoropoulos sie akzeptieren. Was uns betrifft – wir müssen die Bande unbedingt zerschlagen. Verstehst du jetzt? Ich bin mir ziemlich sicher, daß zwischen oder in den Statuetten auf der Caique eine Ladung Rauschgift versteckt ist, mit deren Erlös Waffenkäufe für europäische Terroristen finanziert werden. Wir sind schon lange der Meinung, daß ein größerer Drogenring mit diesen kleinen Schiffen von der Türkei aus operiert. Mit Hilfe dieser Bande werden die größeren europäischen Terror-Vereinigungen mit Geld und Waffen versorgt. So zum Beispiel die IRA, die Roten Brigaden und die Baader-Meinhof-Bande in Deutschland. Da wir aber bis zu deinem Auftauchen nie wirkliche Beweise in der Hand hatten, weigerten sich die Türken bisher, in dieser Sache etwas zu unternehmen – das übliche Problem mit bürokratischen Politikern. Das türkische Rauschgift-Dezernat behauptet einfach, ein solcher Schmuggelring existiere nicht, und für Terrorismus seien seine Beamten nicht zuständig. Der typische mediterrane, in dem Fall osmanische Schlendrian, alter Knabe. Und da die Griechen mit den Türken nicht reden, wird Istanbul von deinem Fund auch keinerlei Notiz nehmen, es sei denn, wir präsentieren dich ihnen und sagen: Hier, der Mann war dort und kann nachweisen, daß zumindest eine Ladung in der von uns geschilderten Art und Weise auf den Weg gebracht worden ist. Das dürfte dann ihre osmanischen Hintern von den Stühlen reißen. Nur, aus diesem Grund war es mir möglich, den schönen, echten deutschen Paß für dich zu bekommen – den sie, wie ich schon sagte, hinterher zurückhaben wollen.«

Ich war wie erschlagen, das alles war zu komplex und riesig in seiner Dimension. »Hinterher – nach was?« fragte ich.

»Also, ich habe mir gedacht, dein Einverständnis vorausgesetzt, daß wir dich mit dem neuen Paß, der schon, wie du siehst, mit den nötigen Visa ausgestattet ist, auf den türkischen Passagier-Liner setzen, der morgen nachmittag nach Istanbul ausläuft. Dort nimmt dich dann einer meiner Kollegen in Empfang und kümmert sich um dich, bis ich in ein paar Tagen selbst herüberkomme und dich mit einem Beamten der türkischen Sicherheitspolizei, dem ich vertraue, zusammenbringe.«

Mir stand die Geschichte auf zu wackligen Beinen. »Da gibt's ein kleines Problem. Ich weiß nur, was Nina Millen mir erzählt hat. Die Türken habe ich selbst nie gesehen. Wie soll ich da etwas beweisen?«

»Du hast das Boot gesehen.«

»Es ist ein griechisches Schiff.«

»Du weißt, woher es kam.«

»Nur ungefähr – und das auch nur vom Hörensagen.«

Bassingtons rundliches Gesicht zeigte zum erstenmal Anzeichen von Besorgnis. »Du hast die Ladung gesehen.«

Ich glaube, auf diese Gelegenheit hatte ich seit einigen Minuten gewartet. »Ja, natürlich«, sagte ich langsam. »Und wie der Zufall will, befindet sich ein großer Teil davon inzwischen an Bord der *Andromeda*. Ich hielt das meiste für Kitsch aus dem Basar. Darunter befand sich auch ein größeres Objekt, das ich zuerst für eine Marmorbüste des Gottes Apollo hielt. Das Mädchen behauptete, sie sei wertvoll, also lud ich sie bei der ersten Gelegenheit, die sich nach unserer Landung bot, auf mein Schiff um. Dabei mußte ich leider feststellen, daß es eine Imitation war.«

»Vielleicht haben wir da den notwendigen Beweis.« Bassington betrachtete mich einen Moment, dann erhellte sich plötzlich seine Miene. »Scheiße, ja«, brüllte er plötzlich wie ein Spieß beim Drill seiner Kompanie. Die Taftröcke an der Bar raschelten, als sich die Mädchen zu ihm umdrehten. Mit normaler Stimme fuhr er fort: »Zum Henker, es war nur so ein Gedanke, dich aus der Betreuung deiner Botschaft loszueisen, aber ein verdammt guter.« Er nahm einen tiefen Schluck aus seinem Glas und musterte mich mit onkelhaftem Gönnerblick. »Das ist ein Uralt-Trick aus dem Handbuch der Schmuggelei«, bequemte er sich schließlich zu einer Erklärung. »Schon in den siebziger Jahren kam die Hälfte des Stoffs aus dem Goldenen Dreieck in Form von imitierten Antiquitäten – hauptsächlich Buddha-Köpfe aus Keramik. 1971 wurden zwei große Steinguttöpfe aus Thailand nach Australien verschifft. Die Schickeria von Sydney schwebte danach sechs Monate lang auf Wolke Sieben. Die Chancen stehen zehn zu eins, daß in den Bilgen kein Dope versteckt ist. Der Stoff steckt in den Antiquitäten. So läßt er sich risikolos transportieren, bis er sein Ziel erreicht hat.«

»Schön und gut, aber der Apollo-Kopf liegt auf der *Andromeda*, und die liegt beschlagnahmt im Hafen von Gavrion.«

Bassington dachte einen Moment nach. Dabei holte er seine Peterson-Pfeife hervor und stopfte ihren Kopf. »Das ist kein unlösbares Problem«, meinte er schließlich, während er den Tabak anzündete. »Ich könnte morgen früh die Fähre nach Andros nehmen und das Schiff für dich holen – vorausgesetzt, du machst bei unserem Spiel mit. Ist noch genügend Diesel in den Tanks? Das wäre gut.«

»Du denkst, du kannst so ohne weiteres mit dem Boot davonsegeln?«

»Wieso nicht?« Rauchschleier aus dem Pfeifenkopf waberten um Bassingtons Gesicht. »Theodoropoulos interessiert sich im Moment nur für die Caique. Übrigens hat er sie nach Piräus schleppen lassen, wußtest du das? Deine Ketsch dagegen ankert immer noch im Hafen von Gavrion. Und keiner kümmert sich darum, das kann ich dir versichern. Du weißt, wie ehrlich die Menschen auf den griechischen Inseln sind. Keiner dächte auch nur im Traum daran, den Motor zu klauen oder sonstwas. Wir können getrost davon ausgehen, daß das Schiff auch des Nachts nicht bewacht wird. Sollte aber doch jemand dumme Fragen stellen wollen, alter Junge, wäre das auch nicht weiter tragisch. Deine Ketsch ist in Hongkong registriert, also de facto ein britisches Schiff. Ich werde jede Menge hochoffizieller Dokumente mitnehmen und behaupten, daß ich es im Auftrag der wirklichen Eigner abholen und sonstwohin überführen soll.«

»Du gehst ein höllisches Risiko dabei ein.«

»Nicht wirklich.« Bassington hatte sich inzwischen alles zurechtgelegt. »Bin ich erst aus dem Hafen von Gavrion heraus, nehme ich Kurs nach Norden zur Halbinsel Athos und schwenke dann nach Osten auf die Dardanellen zu. Keiner wird dein Schiff da oben suchen, selbst wenn Gavrion sein Verschwinden nach Athen meldet. Zu dem Zeitpunkt bin ich schon hundert Meilen weit weg unterhalb von Skyros. Mit Motorkraft läuft das Boot sicher an die acht Knoten, würde ich vermuten.«

So konnte es gehen. Ich wußte, daß der Dieselvorrat in den Tanks der *Andromeda* noch für mindestens siebenhundert Meilen reichte, und sagte es ihm.

»Am besten, ich hole das Boot gleich morgen nacht. Ich möchte es nicht unbedingt noch länger hinausschieben. Also schön, Michaelis hier...« Er deutete auf den Einäugigen. »... wird dich morgen früh auf die *Samsun* bringen. Dann bist du übermorgen in Istanbul.«

»Und wieviel wird mich das wieder kosten? Die deutschen Kleider und diese Schwulenfrisur hier haben ein ganz nettes Loch in meine Barschaft gerissen.«

»Dieser gerissene Hurensohn.« Bassington lachte bewundernd. »Ich habe ihm gesagt, daß wir alles bezahlen. Macht nichts, du bekommst es von mir zurück. Du brauchst ohnehin ein paar Spargroschen.« Er zog einen dicken Umschlag aus der Jackentasche. Ein kurzer Blick hinein bestätigte mir, daß er mit Dollar-Noten gefüllt war. »Überaus freundlich.

Aber wie willst du mich auf das Schiff nach Istanbul schaffen?«

»Das ist nicht ganz einfach, aber immer noch leichter, als dich in ein Flugzeug zu setzen. Die Polizei überwacht alle Flug- und Seehäfen, besonders die Flüge und Schiffe, die in die Türkei gehen. Theodoropoulos ist sich anscheinend inzwischen sicher, daß du an den Verbrechen beteiligt bist. Es gibt verschiedenen Möglichkeiten, dich auf ein Linienschiff zu setzen. Die einfachste dürfte sein, daß Michaelis dir morgen früh zusammen mit einem Ticket von Athen nach Istanbul eine Bordkarte besorgt, wie sie die Transit-Passagiere für den Landgang in die Stadt bekommen, während das Schiff für einen Tag im Hafen liegt. Du brauchst dich dann nur unter die Ausflügler zu mischen, wenn sie wieder an Bord zurückkehren. Auf der *Samsun* gehst du mit deinem Ticket zum Schalter des Zahlmeisters und gibst dich als neuer Passagier aus, der in Piräus zugestiegen ist. Dein neuer Name – ach ja, du heißt ab sofort Horst Reinhardt – wird schon auf der Passagierliste stehen. Man wird dir eine Kabine zuteilen in der Annahme, daß du die Ausreiseformalitäten beim griechischen Zoll schon erledigt hast. Sobald du aus Piräus heraus bist, befindest du dich unter türkischer Oberhoheit.«

Inzwischen war ich überzeugt, daß der Plan funktionierte, und ich fühlte mich unendlich erleichtert. Ich bestellte noch eine Flasche *Demestica* und ein Päckchen Zigaretten.

»Ich bin dir überaus dankbar, Mike. Du tust soviel für mich und hast sicher auch schon Ärger wegen unseres Spielchens in der Taverne.«

»Nicht im geringsten«, beruhigte mich Bassington sofort. Aus der Peterson schwebten dicke Rauchwolken empor. Ich erinnerte mich, daß Bassington sich den Tabak extra aus London schicken ließ, denn der griechische Pfeifentabak war ein Knaster, der einem die Hosen auszog.

»Mal ganz abgesehen von der Tatsache, daß ich einem alten Freund helfen kann – wir nehmen diese ganze Geschichte sehr ernst, mußt du wissen. Durch dich haben wir zum erstenmal die Möglichkeit, den türkischen Behörden zu beweisen, daß es dieses Problem überhaupt gibt – und daß es in ihrem Machtbereich seinen Ursprung hat.«

»Trotzdem stehe ich in deiner Schuld.«

»Ach was, Theodoropoulos kann mir doch gar nicht ans Fell, weil ich keinerlei offiziellen Status und demzufolge auch keine Befugnis habe, Leute festzuhalten, die in aller Eile ein Lokal verlassen wollen. Er kam überhaupt nicht auf die Idee, daß ich ihn mit dem Hinweis auf deine britische Staatsangehörigkeit aufs Kreuz gelegt habe, denn er glaubt ohnehin, daß du den Trick mit den zwei Pässen anwendest, um unbehelligt kreuz und quer durch Europa reisen zu können.«

»Aber Munro von der amerikanischen Botschaft wird Ärger machen.«

»Munro ist ein junger, unerfahrener Bursche«, winkte Bassington ab. »Er war natürlich unheimlich wütend, als er dein Verschwinden bemerkte. Aber es gibt in deiner Botschaft ein oder zwei Leute, die rangmäßig weit über ihm stehen und unser Problem kennen. Sie sympathisieren mit unserem Plan. Doch selbst die hätten dich nicht länger als ein paar Tage auf freiem Fuß halten können. Wie ich schon sagte...« Bassington lehnte sich bequem zurück und sog zufrieden an seiner Pfeife. »... bin ich heute mittag der besten Eingebung gefolgt, die ich seit langem hatte. Istanbul – und Tom Pollock werden dir gefallen. So heißt mein Mann drüber – und es würde mich nicht wundern, wenn er auch euer Mann wäre.«

Christina saß immer noch an der Bar und beobachtete versonnen ihre Kolleginnen am anderen Ende, die sich ein paar norwegische Seeleute geangelt hatten. Aus den Augenwinkeln bemerkte sie, daß Bassington sich zurücklehnte und somit der ernste Teil der Unterhaltung abgeschlossen schien. Sie rutschte von ihrem Hocker und näherte sich mit fragendem Blick der Nische. Ich rückte auf der Bank ein wenig zur Seite und machte ihr Platz. Hocherfreut setze sie sich neben mich.

»Sieht so aus, als bekämst du noch etwas Schönes mit auf den Weg«, brummte Bassington amüsiert. »Gib bloß gut auf unser Geld acht.«

Ich versprach es ihm. Er bestellte noch ein Bier und, mit der jovialen Onkelhaftigkeit, mit der ein Clubgast in London dem Blumenmädchen einen Strauß abkauft, einen Wermut für meine schwarzäugige Blonde. Sie trank ihm mit einem artigen griechischen *Sygea sas* zu – und bedankte sich auf diese Weise mit der vornehmen Ernsthaftigkeit einer untadeligen Lady. Ich trank meinen Wein und versuchte, Ordnung in meine Gedanken zu bringen.

»Es muß dabei um Drogen gehen. Das Mädchen behauptete, die Antiquitäten seien wertvoll, doch für meine Begriffe waren es Fälschungen. Vielleicht ist die Frau auch nicht ganz sauber.«

»Doch, Nina Millen ist über jeden Zweifel erhaben.« Bassington paffte dicke Wolken. »Wir haben sie heute nachmittag überprüft. Aber es kann wirklich nur um Drogen oder Waffen gehen – eine solche Operation zieht man niemals nur für Antiquitäten durch. Ich denke, in Istanbul werden wir das herausfinden können.«

Christina begann wieder ungeniert mit ihren Annäherungsversuchen. Ich merkte das an der Art, wie ihre Hand über meine Schenkel streifte.

»Ich mache jetzt besser das Foto für den Paß, ehe du anderweitig zu beschäftigt bist«, knurrte Bassington. Er griff unter den Tisch und suchte in der Tasche nach der Polaroid-Kamera. Inzwischen war es meiner kleinen Blonden gelungen, den Reißverschluß meiner Hose zu öffnen, und sie begann, mein Glied zu streicheln. Dabei sah sie mich verträumt an. Bassington hob die Kamera und blickte durch den Sucher. Als Christina die Kamera bemerkte, tauchte sie blitzschnell unter den Tisch. So kam es, daß das Foto in meinem deutschen Paß, den man mir für eine gewisse Zeit überlassen hatte, den glücklichsten Harry Lancaster zeigte, den jemals ein Beamter bei der Paßkontrolle irgendwo auf der Welt zu sehen bekam. Denn als Bassington das Foto schoß, hockte Christina unter dem Tisch und saugte an meinem Glied.

Bassington schien bemerkt zu haben, daß ich nicht ganz bei der Sache war. »Ich lasse den Paß bei Michaelis, sobald ich den Stempel auf dem Bild habe. Pollock erwartet dich dann in Istanbul. Ich verschwinde, sobald der Paß fertig ist. Sieht ja ganz so aus, als hättest du für die Nacht eine hübsche Beschäftigung.«

Er lächelte unschuldig wie ein Engel, während ich Christina zu bewegen versuchte, mit mir ins Zimmer hinaufzugehen. Endlich begriff sie, was ich wollte, und ließ von mir ab. Als wir aufstanden, meinte Bassington: »Nur noch auf ein Wort, alter Junge. Sieh zu, daß sie Kondome dabei hat, denn Piräus is die Hochburg der Syphilis im westlichen Europa.«

Das ist nicht gerade eine Nachricht, die man gerne hört, wenn man sich mit einer neuen kleinen Freundin ins Bett begeben will. Christina war ein ausgesprochen hübsches Mädchen. Sie wusch sich sehr gründlich an dem Becken und zeigte mir damit, daß unsere Verabredung keine schnelle Sache von einer Stunde werden würde. Sie war eine sehr aufmerksame und erotische junge Frau, stöhnte lustvoll bei meinen Berührungen, ließ die Zunge über meinen ganzen Körper spielen, rieb mit meinen Händen ihre Brüste und spreizte schließlich weit ihre Schenkel für mich...

Ich bekam keine Erektion. Okay, es gibt Penicillin – aber die Vorstellung, die Bassington mit seinen letzten Worten in meinen Kopf gepflanzt hatte, raubte mir jede Anwandlung von Männlichkeit. Ich fühlte mich dann auch genauso, wie sich jeder Mann in einer solchen Situation fühlen würde, und – was noch schlimmer war – wußte nicht einmal, wie ich es der kleinen Griechin erklären sollte. Doch Christina hatte sich schon selbst eine Erklärung dafür zurechtgelegt. Sie dachte, ich wolle sie so nehmen, wie sich Männer lieben – im östlichen Mittelmeer eine verbreitete Beischlafvariante. Sie drehte sich lächelnd um und deutete auf ihren niedlichen Po. Das griechische Wort, das sie dafür benutzte, bedeutete wohl ›wie ein Mann‹ oder etwas Ähnliches. In Neugriechisch lautet das Wort für ›Mann‹ *andros*.

Das ist es, dachte ich. Zum Teufel mit Nina Millen. Irgendwie erregte mich die Vorstellung, auf diese Art mit Christina zu schlafen, und löste die Verkrampfung in meinen Lenden. Alle Vorbehalte schwanden dahin...

Ich glaube, es war das zweite Mal in den letzten drei Nächten, daß ich die Andros-Passage durchquerte.

KAPITEL 6

Ticket zur Flucht

In Piräus kann man nicht lange schlafen. Die Schiffswerften in aller Welt mögen in tiefster Rezession darniederliegen – im Hafen von Piräus beginnen die Niethämmer pünktlich jeden Morgen um sechs ihr rythmisches Stampfen. Ich erwachte von diesem Lärm. Christina lag da wie tot, ihr unterlaufenes Auge schillerte im Sonnenlicht, das durch die Schlitze der Jalousie fiel, in allen Farben. Ich sammelte meine Kleider ein und nahm eine kalte Dusche.

In der Bar klapperte der einäugige Michaelis mit Geschirr und brühte Kaffee auf. Er nickte mir zu und stellte eine zweite Tasse auf den Tresen. Während ich trank, zog er aus einer Schublade den brandneuen deutschen Paß hervor und gab ihn mir. Das Polaroid-Bild des weißblonden Individuums, das mir mit wildem Blick entgegenstarrte, trug jetzt einen amtlichen Stempel. Beides, der Stempel und das unpersönliche Foto, gaben dem Dokument erst wirklich sein authentisches Aussehen.

»Das Reederei-Kontor öffnet um acht«, sagte Michaelis, plötzlich in einwandfreiem Englisch. »Ich besorge Ihnen dann das Ticket. Aber verlassen Sie bitte nicht das Haus, bis wir heute nachmittag zum Schiff gehen, in Ordnung?«

»Wann läuft es aus?«

»Um siebzehn Uhr.«

Das bedeutete ein langes, nervenzermürbendes Warten. Christina tauchte verschlafen und blaß in der Bar auf und wurde trotz ihrer Proteste zum Bäcker geschickt. Nach dem Frühstück verschwand Michaelis und kehrte eine halbe Stunde später mit einem Ticket der Turkish Maritime Lines für eine einfache Passage Piräus-Istanbul und einer schmalen Karte aus imitiertem Leder mit zwei Zeilen in Griechisch und einer großen aufgedruckten Zahl zurück. Er schob die Karte in meinen deutschen Paß und bat mich, das Ticket in die Innentasche meiner Überjacke zu stecken.

»Wenn Sie an Bord gehen, zeigen Sie nur Ihren Paß und die Bordkarte vor, klar? An Bord gehen Sie dann mit dem Ticket gleich zum Zahlschalter.«

Der Morgen verging nur sehr langsam. Ich spielte mehrere Partien Backgammon mit Michaelis, wobei die Stille nur von dem heftigen Aufsetzen der Spielsteine unterbrochen wurde, mit dem mein Gegner in grimmigem Triumph meine Steine aus dem Rennen warf. Zwischendurch tranken wir Bier.

Die Barfrau kam mit der Morgenzeitung. Michaelis blätterte sie durch und ließ sie, als ein Lieferant in der Bar auftauchte, achtlos auf den Tisch in der nächsten Nische fallen. Ich holte sie mir und versuchte, die Überschriften zu entziffern. Auf einer der Innenseiten fiel mein Blick auf ein verschwommenes Foto von mir. Ich verstand den Begleittext nicht, aber offensichtlich handelte es sich um eine Meldung über meine Flucht. Das Foto hatte man aus meinem Paß kopiert. Irgendwie beruhigte mich, daß es meiner momentanen Erscheinung so wenig ähnelte wie diese meinem wirklichen Ich. Michaelis hatte das Bild in der Zeitung noch nicht gesehen. Er betrachtete mich offenbar eher als Auftrag, denn als Mensch. Wahrscheinlich kannte er die Hintergründe meiner Flucht nicht oder wollte sie nicht wissen.

Ich fragte mich, ob er sich anders verhalten würde, wenn er herausfand, daß mich die griechische Polizei wegen eines Verbrechens an einem Griechen suchte. Am besten war es, kein Risiko einzugehen, und ich wollte gerade die Zeitung zusammenfalten und sie unauffällig beiseite legen, als er wieder in der Nische auftauchte und mir die aufgeschlagene Zeitung aus der Hand nahm. Ein paar Sekunden betrachtete er mein Foto und zog dabei eine Augenbraue hoch. Er ließ seinen Blick mehrmals zwischen dem Foto und mir hin und her wandern und verzog den Mund zu einem sardonischen

Lächeln. Schließlich gab er mir die Zeitung mit einem kurzen *›Endaxi‹* zurück, was soviel bedeuten mochte wie: Alles läuft planmäßig. Jedenfalls wollte ich es in diesem Moment so interpretieren.

Der Nachmittag dehnte sich endlos. Kurz nach 15.30 Uhr, als der Schiffsbau- und Verkehrslärm zur mittäglichen Siesta abgeflaut war, sagte Michaelis, es sei Zeit zu gehen. Christina, die gerade eine Fischsuppe mit Brot aß und dabei dem Gedudel aus der Musikbox zuhörte, stand auf und verabschiedete sich überschwenglich von mir, nicht ohne mich, wie mir die Barfrau übersetzte, zu ermahnen, sie ja wieder zu besuchen, wenn ich das nächste Mal nach Piräus käme.

Michaelis, der neben uns stand und unserem Abschied zusah, begann plötzlich, heftig auf das Mädchen einzureden. Dann wandte er sich an mich: »Ich habe ihr gesagt, sie soll uns zum Schiff begleiten. Zu dritt fallen wir auf der Straße weniger auf.«

Niemand schien von uns überhaupt Notiz zu nehmen. Die Seitenstraßen zum Hafen hinunter waren fast ausgestorben. Selbst auf dem breiten Uferkai begegnete uns nur gelegentlich ein Träger, und die wenigen Menschen in den Straßencafés und -restaurants beschäftigten sich nur mit ihrem Essen. Michaelis achtete darauf, daß wir nicht zu schnell gingen und dadurch Aufmerksamkeit erregten. Wir überquerten die Uferstraße an einer Stelle, die in der prallen Mittagssonne lag und an der sich kein vernünftiger Polizist hinstellen würde, um den Nachmittagsverkehr zu überwachen, und bogen dann in Richtung der Anleger für die Linienschiffe ab. Christina hatte darauf bestanden, den billigen Pappkoffer zu tragen, den Michaelis am Morgen mitgebracht und mit alten Zeitungen und meinen frischgewaschenen Kleidern vollgepackt hatte.

Etwa einen Kilometer hinter der Biegung der Uferstraße erreichten wir den von Eisenbahn- und Kranschienen zerfurchten Betonkai, an dem das weiße türkische Linienschiff mit dem scharlachroten Ring um den Schonstein festgemacht hatte. Michaelis drängte uns in ein Straßencafé. Wir setzten uns an einen Tisch, von dem man den Kai gut überblicken konnte. Bei dem Schiff rührte sich nichts, nur gelegentlich zeigte sich an der Reling ein dunkler Haarschopf. An der Gangway standen ein Polizist und ein Zollbeamter und unterhielten sich. Sogar die griechischen Schauerleute hielten Siesta, und der fahrbare Kran ragte reglos über einer Ansammlung von Autos auf, die auf ihre Verschiffung warteten.

Michaelis ließ mich so Platz nehmen, daß ich mit dem Rücken zum Schiff saß. Er bestellte Kaffee und setzte sich in Blickrichtung zum Kai. Christina schob wie selbstverständlich ihren Stuhl an meine Seite und lehnte sich an meine Schulter. Ich legte meine Wange an ihr Haar, trank Kaffee und lauschte dem Verkehrslärm in meinem Rücken.

Hinter mir fuhren ein paar Wagen auf den Kai. Die Motorengeräusche waren kaum verklungen, als Michaelis murmelte: »Dort kommt der Bus mit den Passagieren.« Das tiefe Brummen eines Diesels näherte sich, und aus den Augenwinkeln sah ich einen weißblauen Bus mit getönten Scheiben auf den Kai einbiegen. »Gehen Sie jetzt«, sagte Michaelis. »Wir kommen später nach, um Ihren Koffer an Bord zu bringen. Ich spiele den Gepäckträger. Warten Sie auf mich, ehe Sie mit Ihrem Ticket zum Zahlschalter gehen.« Ich gab Christina einen flüchtigen Kuß, schüttelte Michaelis die Hand, verließ ohne Eile das Café und überquerte die Straße. Der Bus stand quer vor der Gangway, und ich achtete darauf, daß ich in seinem Sichtschatten blieb. Ich erreichte die hintere Tür in dem Augenblick, als die letzten Passagiere ausstiegen und sich in die Schlange vor der Gangway einreihten. Ich mischte mich, den Paß und die Bordkarte griffbereit in der Innentasche, unter sie und ging mit ihnen um den Bus herum.

An der Gangway stand Theodoropoulos und unterhielt sich mit einem seiner Beamten.

Ohne lange zu überlegen, blieb ich stehen und betastete beide Jackentaschen, als hätte ich etwas verloren. Dann wandte ich mich um und begab mich wieder in die Deckung des Busses. Ohne noch einmal zurückzublicken, ging ich wieder auf das Café zu. Michaelis kam mir auf halber Strekke entgegen. An sein Hemd hatte er ein großes Abzeichen aus Blech geheftet, das ihn als Gepäckträger kennzeichnete. Den Pappkoffer hielt er in der Hand. Seine Miene blieb ausdruckslos, während wir aufeinander zugingen. Theodoropoulos mußte mit einem der Wagen gekommen sein, die ich vorhin gehört hatte. Klar, dies war ein türkisches Schiff, und er hielt mich für das Mitglied einer türkischen Bande. Also war es nur logisch, daß er nicht nur die Flüge, sondern auch das Auslaufen eines türkischen Liners persönlich überwachte.

»Einer der Polizisten an der Gangway kennt mich«, klärte ich Michaelis auf.

»Ach ja, Theodoropoulos.« Er nickte.

»Er hat mich zweimal verhört, einmal länger als eine Stunde. Er wird mich erkennen.«

»Tun Sie so, als hätten Sie Ihre Brieftasche im Café liegenlassen.«

Michaelis machte kehrt. Ich begleitete ihn, wobei ich so tat, als durchwühlte ich meine Jackentaschen. Dabei vermied ich es, mich zur Gangway umzudrehen.

Derweil fluchte Michaelis leise vor sich hin – und legte plötzlich die Hand auf meinen Arm. »Machen Sie es nicht zu auffällig, sonst kommt die Polizei noch herüber, um uns ihre Hilfe anzubieten.«

»Was nun?«

Michaelis schwieg, bis wir wieder in den Schatten der Caféterrasse traten. Wir nahmen unsere alten Plätze ein. Michaelis schaute zum Schiff hinüber. »Vielleicht verschwindet Theodoropoulos gleich wieder.«

Der Kellner kam herbei, doch auch ohne Kaffee waren wir nervös genug. »Drei Ouzo«, sagte der Einäugige.

So verstrich eine halbe Stunde. Schließlich meinte Michaelis: »Er geht nicht. Wir brauchen einen Wagen, um Sie an Bord zu schaffen. Wir erledigen das jetzt sofort, ehe die Stauer wiederkommen.«

Rasch sagte er ein paar Worte zu Christina, die nickte und mir nochmals einen Abschiedskuß gab, ehe sie sich erhob, die Straße überquerte und auf den Liniendampfer zuging.

»Sie müssen sich in einem der Wagen verstecken, die auf das Schiff verladen werden. Sie heben die Wagen aufs Achterdeck. Haben Sie eine Uhr? Gut. Sie müssen bis zur Dunkelheit im Wagen bleiben, also bis etwa neunzehn Uhr. Das Schiff ist dann schon auf offener See, und keiner wird sich mehr an Deck aufhalten. Sie verlassen den Wagen, gehen zum Zahlschalter und geben Ihr Ticket ab. Sagen Sie, Sie hätten sich bis dahin in der hinteren Bar aufgehalten. Sobald Sie im Auto sind, bringe ich Ihren Koffer an Bord. Ich gebe ihn am Zahlschalter ab und sage, Sie befänden sich irgendwo auf dem Schiff. Nur keine Panik, so wird es gehen. Jedenfalls ist es so besser, als an Theodoropoulos vorbeizuspazieren.«

»Alles ist besser als das.«

»Genau.«

Er folgte Christina eine Zeitlang mit dem Blick. Auf sein Zeichen erhoben wir uns, ließen aber den Koffer am Tisch stehen. Langsam entfernten wir uns in entgegengesetzter Richtung von Christina, umrundeten in einem weiten Bogen den Kai und näherten uns dem Schiff in dem Moment von hinten, als das Mädchen von vorn auf den Dampfer zuging. Christina schlenderte gemächlich am Kai entlang und betrachtete dabei das Schiff mit offensichtlicher Bewunderung. Um diese Stunde wehte von See meist eine kräftige Brise herein. Sie packte Christinas weiten Rock und wirbelte ihn in die Höhe. Mit wachsendem Interesse beobachteten die beiden Polizisten an der Gangway, wie sich das Mädchen näherte. Dabei wandten sie uns den Rücken zu. Schnell ging Michaelis auf die Wagen bei dem Kran zu, behielt aber dabei die zwei Männer ständig im Auge. Vor einem Renault mit Pariser Kennzeichen blieb er stehen. Auf dem Rücksitz lagen ein paar Schlafsäcke und ein Paket aus Kunststoff, das aussah wie ein aufblasbares Kanu. »Verstekken Sie sich darunter«, knurrte er, während er ein Stück

Draht hervorzauberte. Kaum zwei Sekunden später hielt er mir die Fondtür auf und drückte sie hinter mir wieder leise ins Schloß.

Ziemlich beengt lag ich, nachdem ich die Vordersitze ein Stück vorgeschoben hatte, mit angezogenen Beinen im Heck des Renault auf dem Boden. Dafür verbargen mich die Schlafsäcke vor jedem Blick. Der Wagen hatte den ganzen Nachmittag in der prallen Sonne gestanden, und der Innenraum war aufgeheizt wie ein Backofen. Vorsichtig drehte ich die beiden Rückfenster einen Spaltbreit herunter und schälte mich mühsam aus meinen Kleidern, bis ich nur noch in Shorts unter den Schlafsäcken lag. Trotzdem rann mir der Schweiß wie in einer Sauna aus allen Poren. Ich wußte nicht, wie lange ich es in der sonnenbeheizten Blechbüchse aushalten konnte, ohne ohnmächtig zu werden. Mir schien es wie eine Ironie des Schicksals: Ich wollte an Bord eines türkischen Dampfers und nicht in ein türkisches Bad.

Aber Michaelis hatte den Zeitpunkt meines Einstiegs fast auf die Minute richtig gewählt. Ich war noch dabei, mir mein Versteck herzurichten, als der Kran draußen sich ratternd in Bewegung setzte. Stimmen ertönten, Ketten klirrten. Ein paar Rufe, dann wieder das Rattern des Krans. Die Stauer hatten ihre Mittagspause beendet und begannen mit der Verladung der Autos.

Wenig später war der Renault an der Reihe. Ich lag bewegungslos in meiner Schweißlache und lauschte dem Klirren des Tragegeschirres, das um die Vorderräder gelegt wurde. Ich wartete auf die gleichen Geräusche an den Hinterrädern. Statt dessen wurde plötzlich die Vordertür geöffnet. Mir blieb fast das Herz stehen. Unbeweglich lag ich auf dem Wagenboden und wartete darauf, daß Theodoropoulos mich unter dem Gepäck hervorzerrte. Jemand löste die Handbremse, der Renault rumpelte auf dem unebenen Kai ein Stück vor. Von Kühler und Heck ertönten Männerstimmen – und ich begriff schlagartig die Verladetechnik: Die Kettengeschirre wurden vor den Vorder- und Hinterrädern ausgelegt, und der Wagen dann darübergeschoben. Der Renault rollte noch ein paar Zentimeter, dann wurde die Handbremse wieder angezogen. Der Wagen kam zum Stillstand, und mit lautem Krachen flog die Vordertür ins Schloß. An den Seiten ertönte ein Schaben, als man das Hebegeschirr um die Karosserie legte, dann ein paar Rufe – und ich fühlte, wie der Wagen emporschwebte. Er schwankte leicht in der Luft hin und her. Ich konnte natürlich nichts sehen, aber nach einer Zeitspanne, die mir wie eine Ewigkeit vorkam, setzte der Renault sanft auf. Die Vordertür wurde wieder geöffnet, der Wagen rollte ein Stück zurück, jemand löste das Geschirr, und der Wagen wurde auf dem Deck in die richtige Position geschoben. Die Stimmen entfernten sich, die Stauer verluden die nächsten Autos. Ich war in Sicherheit, brauchte jetzt bloß noch die Dunkelheit abzuwarten.

Anscheinend war ich ein wenig eingedöst. Jedenfalls spürte ich plötzlich durch den Wagenboden das Vibrieren der Schiffsmotoren. Zu hören waren sie nicht. Steif und angespannt lag ich in meinem Versteck und lauschte den Rufen der Matrosen vom Heck und der hohlen Stimme des Brückenoffiziers, der über Lautsprecher offenbar die Anweisungen zum Loswerfen der Leinen gab. Vorsichtig lüftete ich den Schlafsack über meinem Kopf ein Stück und schaute aus dem Fenster. Das Hafenbecken von Piräus war so flach, daß man keine Wellenbewegungen spüren konnte, doch fielen die Sonnenstrahlen jetzt in einem anderen Winkel durch die Fenster über mir. Das Schiff machte Fahrt.

Die Hitze in dieser Blechbüchse wurde nun etwas erträglicher Wir dampften in eine steife Brise, durch die schmalen Fensterschlitze drang frische Seeluft ins Wageninnere, und die Sonne verfärbte sich langsam vom grellen Weiß des Tages zu einem gedämpften Gelb. Der Abend senkte sich rasch herab, und ich begann mich in meinem Versteck fast wohlzufühlen. Gegen 18.30 Uhr, etwa zweieinhalb Stunden, nachdem mich Michaelis in den Renault geschoben hatte, war es dunkel genug, um mein Versteck zu verlassen. Ich quälte mich wieder in meine Kleider und öffnete leise die dem Heck des Schiffes zugewandte Tür. Vorsichtig erhob ich mich auf die Knie. Draußen war niemand zu sehen. Ich huschte geduckt um den Wagen herum, als überprüfte ich die Haltekeile unter den Rädern. Dann richtete ich mich auf, ging eilig auf eine Lücke im Trenngitter des Ladedecks zu und verschwand mittschiffs im Trakt für die Fahrgäste.

Da ich an Land nicht die Paßkontrolle passiert hatte, fehlte in meinem Paß der Ausreisestempel. Doch den Angestellten am Zahlschalter schien das wenig zu kümmern. Sollten die Griechen doch sorgfältiger arbeiten! Er blätterte suchend den Paß durch und zuckte dann die Schultern. Wegen eines Stempels würde das Schiff nicht kehrtmachen. Auch schien ihn nicht zu verwundern, daß ich erst jetzt auftauchte und mein Ticket abgab. Ich hatte unterwegs einen Waschraum entdeckt und mir die schlimmsten Spuren meines Aufenthaltes in einem Backofen aus dem Gesicht und vom Körper gewaschen.

Den Mann ärgerte weit mehr, daß Michaelis' kurzfristige Buchung seinen ganzen Belegungsplan durcheinanderbrachte. Michaelis hatte eine preiswerte Kabine auf dem C-Deck gebucht. Die griechischen Reiseagenten hatten meinen Namen einfach irgendwo auf der Liste eingetragen, ohne zu prüfen, ob die Kabine auch wirklich frei war. In dieser Jahreszeit war die Touristenklasse natürlich immer voll ausgebucht. Mit säuerlichem Gesicht wies mir der Schaltermensch schließlich eine komfortable Einzelkabine auf dem A-Deck zu. Dafür erwartete er offenbar ein dickes Trinkgeld, bekam aber jetzt zum zweitenmal Grund, sich zu ärgern – über mein Geld. Ich besaß noch einen ausreichenden Vorrat an griechischen Drachmen, und da ich nicht wußte, was die Zukunft bringen würde, wollte ich lieber dieses Geld umtauschen als Bassingtons Dollar-Vorrat angreifen.

Mit Drachmen könne weder der Zahlmeister noch der Fahrgast auf einem türkischen Schiff etwas anfangen, wurde mir bedeutet. Zuletzt bot mir der Bursche widerstrebend einen unverschämten Wechselkurs an. Ich war einverstanden und gab ihm schließlich eine hübsche Anzahl der neuen türkischen Lira-Scheine als Trinkgeld.

Zu der Zeit, da ich mir dann endlich unter der Dusche meiner komfortablen Kabine erleichtert den Schweiß vom Körper wusch, passierte das Schiff Kap Sounion und schwenkte nach Nordosten in die Andros-Passage ein. Ihre Dünung rollte sacht in weißen Streifen heckwärts am Schiff vorbei. Später stieg ich auf das Vordeck und beobachtete, wie die dunkle Landmasse von Andros steuerbord hinter Kea aus dem Meer stieg. Mit jedem Luftholen in der milden Nacht atmete ich Freiheit. Nach einigen Minuten begab ich mich auf die Suche nach dem Speisesaal, wo ich zum Essen eine Flasche türkischen Wein leerte.

In dieser Nacht schlief ich tief und traumlos.

Die Minarette von Istanbul schälten sich am nächsten Nachmittag langsam aus dem Dunst über dem Marmara-Meer. Mit dem deutschen Paß gelangte ich völlig problemlos durch die Kontrollen, obwohl der Zöllner, der meinen Koffer inspizierte, leicht verwundert den spärlichen Inhalt musterte. Ich schaute mich im belebten Anleger-Terminal einmal rasch um, wie es wohl jeder Ankömmling tut, entdeckte aber niemand, der nach mir Ausschau hielt. Erst als ich meinen Koffer ergriff und auf den Vorplatz hinaustrat wo die Taxis standen, näherte sich mir eine schlanke Gestalt und sagte mit deutlichem New Yorker Akzent: »Tun Sie nicht allzu überrascht. Ich bin Pollock. Habe Sie schon erwartet.«

Er hatte eine drahtige Figur, trug nur ein Hemd und eine leichte Hose und war etwa 1,70 Meter groß. Dichte, braune Haarlocken umrahmten ein offenes, jungenhaftes Gesicht. Nur die Falten um die grauen Augen störten diesen Eindruck etwas. Pollocks Worte überschlugen sich fast, weil er so schnell sprach. Jemand, der nicht eine Zeitlang in New York gewesen war, hätte Schwierigkeiten gehabt, ihn zu verstehen. Als ich ihm die Hand schüttelte, meinte er: »Reden Sie hier oder im Taxi so wenig wie möglich. In dieser

Stadt weiß man nie, wer Englisch versteht. Ich bringe Sie erst mal zu mir.«

Er nahm mir den Koffer aus der Hand und ging zum Taxistand voraus. Dort setzte er sich auf die Rückbank eines zerbeulten, fast dreißig Jahre alten Buick. Der grauhaarige Fahrer startete, nachdem Pollock das Fahrtziel genannt hatte, wortlos den Wagen und steuerte ihn die steile Straße empor, die vom International-Quay in den neuen Teil der Stadt führt. Während wir uns in den starken Verkehr einfädelten, sagte Pollock: »Bassington wird heute nacht abfahren.«

»Gibt es Probleme? Er wollte doch am selben Tag wie ich abreisen.«

»Er wollte nur sicher sein, daß mit Ihrer Überfahrt alles glatt ging. Das sollte aber für jetzt genügen.«

Sein Apartment entpuppte sich als eine geräumige Drei-Zimmerwohnung im obersten Stock eines modernen Betonwohnblocks auf den Hügeln von Pera östlich einer der Hauptverkehrsadern, der *Istiklal Caddesi* oben im neuen Teil der Stadt, wo die Straßen breit wie Pariser Boulevards und von Bäumen gesäumt sind. Ein supermodernes Hotel und eine Reihe von Geschäftshäusern lagen in direkter Nachbarschaft. Man hätte kaum geglaubt, daß man in der Türkei war, wären da nicht der Duft von gut gewürztem Fleisch aus den Seitengassen und die leisen Klänge einer *Zaz*-Laute gewesen, die irgend jemand irgendwo hinter den modernen Hochhäusern im Sechsfünfteltakt schlug. Ein geschäftstüchtiger Koch, klärte mich Pollock auf, hatte im Hintergarten eines der Bürotürme ein Restaurant eingerichtet. Auf diese Weise triumphierte die Türkei wieder einmal über heimlich durch die Hintertür betriebene internationale Konformität.

Von Pollocks Wohnzimmer im vierundzwanzigsten Stock bot sich mir eine herrliche Aussicht auf den Bosporus. Von der Wohnung schaute man nach Südwesten hinaus, und die hohen französischen Fenster, die sich auf einen kleinen Balkon öffneten, gestatteten einen freien Blick über die ganze Stadt, die neue Brücke ausgenommen, die sich ganz links der Sicht entzog. Kleine Fährschiffe krochen in dunstiger

Ferne über den Bosporus nach Üsküdar und dem asiatischen Ufer hinüber. Rechts unter mir auf dem Fähranleger bei der Galata-Brücke unterhalb den Minaretten der Sultan-Ahmed-Moschee herrschte reges Treiben.

»Das schönste Panorama auf der ganzen Welt«, sagte Pollock und schloß die Wohnungstür hinter sich. Er lächelte, und alle unbewußten Vorbehalte, die ich im Taxi noch verspürt hatte, schmolzen dahin. Er kam zum Fenster herüber und nahm ein Fernglas von der Vitrine daneben. »Nicht schlecht für einen Jungen aus Queens, was? Wissen Sie, wenn man die Tür vom Badezimmer offenläßt, kann man auf den Bosporus schauen, während man auf der Schüssel hockt. Jeden Morgen sehe ich von da aus auf den schönsten Hafen der Welt und denke: Allein für das und allein für diesen Moment hat sich all die Mühe gelohnt.«

»Was treiben Sie hier so?«

»Ich habe einen Import-Export-Handel und eine Reisevertretung. Ich berate einige Unternehmen bei der touristischen Erschließung des Landes und vertreibe auf dem Handelssektor türkische Weine in Europa. Einige sind von verdammt guter Qualität, und sie sind preiswert. Außerdem exportiere ich natürlich Teppiche und Teppichbrücken.«

»Auch Antiquitäten?«

»Unmöglich. Das ist illegal.« Er machte diese Bemerkung völlig gelassen.

»Entschuldigung, war nur ein Scherz«, sagte ich. »Ich dachte, Bassington hätte Sie über die ganze Sache informiert.«

Pollock holte eine Literflasche türkisches Bier aus dem Kühlschrank in der Küche. »Nein.«

Er öffnete die Flasche. »Ich erhielt nur eine kurze verschlüsselte Nachricht, einen Deutschen namens Horst Reinhardt abzuholen, der in Wirklichkeit ein Amerikaner ist und Lancaster heißt, und mich so lange um ihn zu kümmern, bis Bassington mit einem Boot hier auftaucht. Sie können mir, wenn Sie wollen, den Rest erzählen. Wenn nicht – auch gut. Aber ein Bier wollen Sie doch sicher, oder?«

»Natürlich, gern.« Ich nahm das Bier und erzählte ihm die ganze Story bei ein paar weiteren Flaschen. Zum Schluß sagte ich: »Schätze, ich fühle mich erst dann sicher, wenn Bassington mit der *Andromeda* hier ist.«

»Bassington geht nicht leichtsinnig irgendwelche Risiken ein«, meinte Pollock. »Wenn er sagt, er tut etwas, dann hält er es auch wirklich für durchführbar. Und so, wie die polizeiliche Überwachung auf den kleinen ägäischen Inseln aussieht, sehe ich keinen Grund, wieso er es nicht schaffen sollte. In dem verschlüsselten Telex, das er mir schickte, sagt er, daß er heute nacht aufbrechen wird, und zwar mit dem Schiff – wie ich es verstehe. Darin steht nichts über einen eventuellen Funkkontakt. Also rechnet er auch nicht mit Schwierigkeiten.«

»Sind Sie auch der Ansicht, daß auf der Caique Drogen geschmuggelt wurden – oder Waffen?«

»Drogen natürlich. Was sonst gäbe es hier, das klein und doch von hohem Wert ist? Ich kann Ihnen verraten, die türkischen Nutten sind es nicht – weder das eine noch das andere. Aber warten Sie, bis ich Ihnen ein paar gezeigt habe – später, wenn Basso hier ist.«

Bis dahin sollte ich in der Wohnung bleiben, zumindest tagsüber. »Ich möchte erst hören, was Bassington dazu meint, ehe wir Sie auf die Straße lassen«, sagte Pollock. »Seine Instruktionen lassen diesen Punkt offen. Ich möchte aber lieber kein unnötiges Risiko eingehen.«

Er zeigte mir das Telex mit Datum vom Vortag, addressiert an seine Anschrift in Pera. In dem zweiten Schlafzimmer, in dem Pollock nun meinen Koffer deponierte, stand ein Philips-Fernschreiber. Im Klartext lautete die Nachricht:

POLLOCK COMMAGENT PERA ANKUENDIGE VERSCHICKUNG DEUTSCHER WARENSENDUNG UEBER FIRMA HORST REINHARDT MUTTERLAND USA HERSTELLER LANCASTER & CO STOP ANKUNFT TURKISH MARITIME LINES ISTANBUL DONNERSTAG LAGERN BIS ZU MEINER ANKUNFT STOP VORGESEHE-

NE ABREISE PER SCHIFF MORGEN NACHT WENN SENDUNG SICHER AUS PIRAEUS ABGEGANGEN STOP GRUESSE LUBBERLY

»Das ist sein Code-Name«, sagte Pollock. »Und natürlich wurde die Botschaft durch einen Mittelsmann von einem öffentlichen Fernschreiber abgeschickt – sie wurde nicht auf Bassos Fernschreiber durchgegeben. Warum, ist jedem klar, der unsere Arbeitsmethoden ein wenig kennt. Hätte Bassington auch nur die kleinste Notwendigkeit für einen direkte Funkkontakt gesehen, hätte er in dem Fernschreiben Datum und Uhrzeit dafür genannt. Die erste Zahl hätte mir die Funkfrequenz verraten, auf der er sendet, die zweite die Sendezeit, zu der ich ihn hier empfangen kann. Ich nehme an, Ihr Boot ist mit einem Zweiweg-Kurzwellengerät ausgestattet?«

»Diese Geräte gehören beim Langstrecken-Segeln zur vorgeschriebenen Standardausrüstung.«

»Sicher weiß er das, also rechnet er nicht mit Problemen. Das Fernschreiben gibt auch keinerlei Aufschluß darüber, welche Terror-Organisation er hinter dem Drogenschmuggel vermutet. Wenn es dabei überhaupt um Terroristen geht. Dies kursiert unter Bassos Leuten zwar als Theorie des Monats, doch ich bin mir da nicht so sicher.«

»Gehören Sie denn nicht zum britischen Geheimdienst?«

Er brach in ein lautes, schallendes Gelächter aus. »Großer Gott, nein. Mit einem solchen Namen – Benedikt Arnold Pollock? Der offizielle Geheimdienstmann hier ist ein Bursche beim Konsulat. Über ihn sind die Türken bestens im Bilde. Das ist vermutlich auch der Grund, warum Bassington Sie mir in Verwahrung gab. Der andere Bursche wird rund um die Uhr überwacht.«

»Dann gehören Sie zu unseren Leuten?«

»Ich gehöre auch nicht der CIA an, wenn Sie das meinen. Ich mache Ihnen einen Vorschlag. Nehmen Sie doch einfach an, ich komme bei meinen Geschäften viel herum, treibe Handel – und bin grundsätzlich auf Bassingtons Seite.«

Sein Lachen war verklungen, sein Blick wurde hart. Er führte mich aus dem kleinen Schlafzimmer. »Hier tummeln sich auch noch ein paar andere Leutchen außer den Briten und der CIA herum.«

Der MOSSAD zum Beispiel, dachte ich, drang aber nicht weiter in ihn.

Pollock holte noch ein Bier aus der Küche und ließ sich mir gegenüber vor dem Panoramafenster in einen Sessel fallen. »Das Problem ist, daß das alles irgendwie nicht richtig zusammenpaßt.« Er legte seine schmalen Füße auf den Tisch und betrachtete mich einen Moment lang. »Haben Sie schon mal was von Ockham gehört? Nach seiner mittelalterlichen Lehre sollten Mönche sich ausschließlich damit beschäftigen, die Engel im Himmel zu zählen. Ockhams Lehre war eigentlich recht vernünftig.«

»Ich kenne seine Lehre über die Trennung von Kirche und Staat«, konterte ich.

Offenbar hatte Pollock den amüsierten Unterton in meiner Stimme herausgehört, den er meinte fast entschuldigend: »Oh, hier in Istanbul habe ich viel Zeit zum Lesen, wissen Sie. Also, Ockhams These, auf einen einfachen Nenner gebracht, besagt, daß man keine Zeit mit der Suche nach komplizierten Erklärungen vergeuden soll, wenn die Antwort auf der Hand liegt. Hier in diesem Teil der Welt wurde und wird noch immer viel geschmuggelt. Das gehört zum Alltag. Ockhams These möchte ich in Ihrer Sache mal so auslegen, daß Sie getrost den Terroristen-Aspekt vergessen können, solange es dafür keinerlei konkrete Anhaltspunkte gibt. Dies ist nur eine von vielen Theorien, mit der Sie im Moment absolut nichts anfangen können.«

»Aber die große Apollo-Skulptur war eindeutig eine Fälschung.«

»Das bestätigt doch nur auf den ersten Blick, daß eine Bande von Türken dumm genug ist, zu versuchen, eine heiße Ladung mit einem gestohlenen griechischen Schiff durch griechische Gewässer zu schmuggeln. Aber schön, vielleicht ist der Kopf wirklich bis zum Rand voll mit Stoff, vielleicht befindet sich sogar noch mehr an Bord der Caique. Was mir mehr Kopfzerbrechen bereitet, ist die Aussage der Archäologin, daß dieser Trip von Europäern arrangiert worden sein soll, und daß Bassington daraus auf Kontakte der türkischen Unterwelt mit der europäischen Terror-Szene schließt. Diese Kontakte gibt es, zugegeben. Aber bis auf eine Ausnahme haben die Terrorvereinigungen bisher nie was mit harten Drogen zu tun gehabt. Uns sind zwei Gruppen bekannt, die Verbindungen zu den Palästinensern haben, und mindestens zwei weitere müssen dem Kreis der moslemischen Fundamentalisten und Pro-Iraner zugerechnet werden. Dann gibt es noch die einheimische Gruppe, die türkischen Grauen Wölfe, die sich je zur Hälfte aus der radikalen Stadtguerilla und ganz gewöhnlichen Gangstern rekrutiert. Auf ihr Konto gehen Banküberfälle, Mordanschläge und Erpressung. Dabei ist es nicht immer leicht, politische Motive und einfache Profitgier klar zu trennen. Was die Palästinenser betrifft, so haben sie hier keine sonderlich guten Verbindungen, und abgesehen von kleinen Mengen Haschisch, mit denen sie hier dealen, spielen sie in der Drogenszene keine Rolle. Daher glaube ich nicht, daß sie hinter dieser Geschichte stecken. Die Gruppe Jihad Heiliger Krieg und die anderen Fundamentalisten sind religiöse Fanatiker, die für die Sache des Ayatollah kämpfen, und es ist äußerst unwahrscheinlich, daß sie überhaupt was mit Drogen zu tun haben.

Blieben noch die Grauen Wölfe. Schön, es sind zur Hälfte Verbrecher, die sicher ein Interesse am Drogengeschäft haben könnten. Außerdem stehen sie in Verbindung mit den Roten Brigaden, der IRA und den deutschen Untergrund-Zellen. Die Grauen Wölfe brauchen aber nicht ihr Zeug auf kleinen Schiffen durch die Ägäis zu transportieren; sie können auf starke Unterstützung durch die Sowjets zählen und transportieren alles, was sie in Europa einsetzen wollen, auf direktem Wege durch Bulgarien. Auf diese Art kam auch Ali Agca nach Rom, um den Papst zu erschießen.«

Ich wollte Pollocks Zweifel einfach nicht akzeptieren,

schon weil sie Bassingtons Theorie in Frage stellten. Ich brauchte einfach etwas, an das ich mich klammern konnte, und in diesem Fall war es der Glaube an Bassingtons Omnipotenz. Außerdem hatte er meine Ketsch. »Bassington hat mir erzählt, die Engländer hätten den Verdacht, daß türkische Banden schon seit längerer Zeit Drogen durch die Ägäis schmuggeln.«

»Das mögen die Engländer glauben«, erwiderte Pollock. »Sie wissen doch, wie sie sind. Haben sie sich erst mal selbst was eingeredet, halten sie es für ein göttliches Gebot. Natürlich wird Dope über See transportiert das weiß ich auch, aber nach meinem Kenntnisstand ohne jede Verbindung zur Terror-Szene. Doch vielleicht verfolgt Bassington inzwischen eine neue Spur. Sie bleiben jedenfalls in der Wohnung, bis ich Näheres weiß.«

»Warum?«

»Weil wir nicht wissen, wer die Leute sind, die uns auf der anderen Seite gegenüberstehen. Wir können nur vermuten, vor wem oder was wir uns in acht nehmen müssen. Vorsicht ist die Mutter der Porzellankiste – das ist schon immer meine Devise gewesen. Ich lasse uns das Essen aus dem Gartenlokal bringen. Es ist genießbar.«

Die Konturen der Galata-Brücke wurden dunkler, und die Schatten der Hügel am anderen Ufer des Goldenen Horns krochen langsam auf die belebten Uferstraßen zu. Ich entschloß mich zu einem Glas Raki, dem türkischen Pendant des arabischen Arak und des griechischen Ouzo. Bis zu Bassingtons Eintreffen gab es ohnehin keine andere Entspannung.

»Ich gebe zu, es gibt immer ein erstes Mal«, sagte Pollock abschließend. »Vielleicht benutzen die Grauen Wölfe neuerdings doch kleinere Schiffe für ihre wie immer gearteten Zwecke. Für unser Geschäft ist es prekär, wenn etwas nicht in das bekannte Schema paßt. Man hat dann sehr schnell das Gefühl, daß es da etwas gibt, was man nicht weiß. Und in diesem Gewerbe ist es manchmal lebenswichtig, möglichst alles zu wissen.«

Die nächsten beiden Tage vertrödelte ich in Pollocks Apartment. Ich konnte nichts tun als warten, und darin hatte ich Übung. Tagelanges Warten vor Polizeistationen oder Armeegefechtsständen auf Nachrichten oder Neuigkeiten, die nie eintreffen, läßt einen langsam aber sicher zum Fatalisten werden. Nach einer kurzen Eingewöhnungszeit wird das Ganze dann erträglich; man entwickelt eine seltsame Gleichgültigkeit gegenüber der Gewißheit, daß kostbare, unwiederbringliche Zeit ungenutzt verstreicht. Gleichzeitig gehört dazu aber ein großes Maß meist unerfüllter Hoffnung. Der Journalist lebt ständig jenseits der Verzweiflung, um es frei nach Sartre zu sagen, denn in solchen Situationen muß er sich stets sagen: »Das Warten auf mehr oder weniger wertlose Dinge ist mein Beruf. Für Details unwichtiger Morde und kurzlebiger Trivialitäten opfere ich meine kostbare Zeit und nehme das langweilige Warten in Kauf. Geduld und Ausdauer sind der Maßstab meiner Arbeit.«

Aber wenn man darauf wartet, daß etwas geschieht – nein, falsch, wenn man sich verzweifelt wünscht, daß es geschieht, ist die buddhistische Tugend der Geduld nur schwer zu wahren. Immerhin stellte das Schiff meinen einzigen Besitz dar.

Pollock war kein Dummkopf, ihm entging meine Nervosität und innere Anspannung nicht. »Ziemlich hart, hier untätig herumzuhängen, wie? Aber denken Sie immer daran – Bassington würde uns auf jeden Fall eine Nachricht zukommen lassen, wenn er Schwierigkeiten hätte. Er würde einen Funkspruch an seine Leute in Athen absetzen mit der Bitte, uns zu informieren. Keine Neuigkeiten sind gute Neuigkeiten«, versuchte er mich zu beruhigen.

Und es gab tatsächlich nichts Neues. Zwar hatten die türkischen Zeitungen ein paar Zeilen über die Bergung der Caique und meine anschließende Verhaftung gebracht, doch danach herrschte Flaute.

Wenn Pollock zu Hause war, lenkte er mich mit ziemlichem Erfolg durch lange Gespräche von meinen Problemen ab. Unter anderem schilderte er mir ausführlich seinen Werdegang. Trotzdem wußte ich hinterher immer noch nicht, was er mit den Geheimdiensten zu tun hatte, oder wer seine Auftraggeber waren. Vielleicht war er tatsächlich nur der An- und Verkäufer, der er zu sein vorgab.

Er erzählte mir, daß er ursprünglich Baseball-Spieler werden und bei den Dodgers mitspielen wollte. Nach Ableistung seiner Wehrpflicht in der Army in Deutschland arbeitete er sich durch die unteren Spielklassen bis ins Frühjahrs-Trainingslager der Dodgers empor. Zu dieser Zeit mochte er ein schlanker, drahtiger Werfer gewesen sein. Offenbar war er heute noch stolz auf seinen harten Wurf. Leider verstand er sich nach eigenem Bekunden nicht mit dem Trainer, der von ihm Bogenwürfe forderte. Ich hatte den Verdacht, daß Pollock mit zwanzig dreist und arrogant bis zur Unerträglichkeit gewesen sein mußte. Jedenfalls endete seine Baseball-Karriere abrupt in der zweiten Woche im Trainingscamp. Als der Star-Schlagmann der Dodgers die Keule in die Hand nahm, wies der Trainer Pollock an, Bogen- und Flachwürfe zu trainieren, da dies die Schwächen im Spiel des Aufschlägers waren. Statt dessen zog es der Aufsteiger aus den unteren Ligen vor, einen harten Direktwurf zu probieren. Und wie das Leben so spielt – Pollock verzog den Ball und traf den Aufschläger genau am Kopf. Der Hoffnungsträger der Dodgers mußte mit der Bahre vom Platz getragen werden. Dafür verbannte der Trainer den Werfer wieder in die unterste Liga. Aber der Junge aus Queens zog es vor, das nächste Schiff zurück nach Deutschland zu nehmen.

»Das war für mich das Aus im Baseball«, meinte Pollock. »Ich sagte mir: Wenn die sich wegen eines Fehlers so haben, lohnt es sich nicht, nochmals drei Jahre in der Provinz dranzuhängen, um dann bei der nächsten Kleinigkeit wieder gefeuert zu werden. Also ging ich nach Deutschland zurück und verkaufte Computerprogramme, Autos und so ziemlich alles, was sich mit amerikanischem Akzent besser verkauft. Ich hatte schon immer ein gewisses Talent für Sprachen, und während der nächsten achtzehn Monate, in denen ich den deutschen Fräuleins einen Blick auf Elvis Presley in der Kaserne versprach, lernte ich Deutsch fast perfekt zu sprechen.«

Auch danach hielt es ihn nicht lange in den Staaten. »Als Repräsentant amerikanischer Fluglinien war ich viel unterwegs und arbeitete auch eine Zeitlang für ein deutsches Touristik-Unternehmen, das dabei war, Spanien für den Tourismus zu erschließen. Das Reisegeschäft ist eine gute Sache. Jedesmal, wenn man seinen Namen schreibt, regnet es Flugtickets.

Auf diese Weise kam ich schließlich in die Türkei. Pauschalreisen sind die Zukunft für den Tourismus in der Türkei. Zwar wissen das die Türken schon seit zwanzig Jahren, haben aber bisher nichts dafür getan. Istanbul kann man inzwischen doch vergessen, weil die meisten Touristen, die in die Türkei fahren, hierher kommen. Sobald sie mal die Düfte des Orients geschnuppert und das Topkapi-Museum, die Hagia Sofia und die Stadtmauern des Theodosius besichtigt haben, fahren sie heim und kommen nie wieder. Leider hat Istanbul kaum mehr zu bieten, wenn man's richtig bedenkt. Es ist keine Stadt mit Lebensart. Wegen des Islam gibt's keine Straßencafés, kein buntes Treiben wie in Paris oder Athen, und die Bevölkerung verachtet die Besucher aus dem Westen als Ungläubige. Die Luft ist so verdreckt vom Ruß der Braunkohle, die sie auf den Bosporus-Fähren verfeuern, daß man sich hier im Sommer eher eine Bronchitis holt als in Nordeuropa im Winter. Der Dreck bleibt über der Stadt hängen, weil ringsum Berge sind. Istanbul hat kaum Kulinarisches noch Antikes zu bieten, und das Vorhandene kann den Besucher gerade mal für eine halbe Woche beschäftigen. Die Türken können nur wirklich einen guten Dollar am Tourismus vedienen, wenn sie sich auf Pauschalreisen unten an der Türkischen Riviera konzentrieren – an der ägäischen Küste. Dort gibt es alles, was das Herz begehrt: Superstrände zum Baden oder Schnorcheln, fast das ganze Jahr über Sonne – und jede Menge griechischer Ruinen. Das Essen ist besser als in Griechenland, der Wein ausgezeichnet. Wenn die Türken sich nur entschließen könnten, ihren idiotischen Wechselkurs abzuschaffen, wo jeder Händler im Basar einem sogar für American Express-Schecks das doppelte des amtlichen Kurses auszahlt, wäre ihr Land ein Paradies auf Erden – zum erschwinglichen Preis. Aber zuerst muß jemand die Hotels bauen. Und hier kommen meine Freunde aus München ins Spiel. Ihrer Meinung nach ist die Türkische Riviera für Europa bald das zweite Spanien. Und Pollock bringt die beiden Parteien an einen Tisch, verstehen Sie?«

»Wenn Sie so beschäftigt sind, wieso haben Sie dann noch Zeit für Ihre Arbeit beim Geheimdienst?«

Pollock quittierte diese von mir häufiger gestellte Frage immer nur mit einem Lachen. »Machen Sie sich mal darüber keine Gedanken.«

Seine Lebensgeschichte präsentierte er mir nach und nach in Bruchstücken meist beim nachmittäglichen Raki oder bei den ausgedehnten Mahlzeiten, die er aus dem Gartenrestaurant kommen ließ. Große Portionen *Döner Kebab*, Lammfleisch mit Auberginen, Fisch aus dem Bosporus oder *Borek*, dreieckige Pastetchen, gefüllt mit Eiern, Käse und Kräutern. Ich begann mich auf diese Unterbrechungen zu freuen, mit denen mich Pollock aus meiner Besorgnis um den Verbleib von Bassington und meinem Boot in seine schillernde Vergangenheit entführte. Doch blieb er auch oft viele Stunden weg und kümmerte sich um seine Geschäfte in und um Istanbul. Am zweiten Abend verschwand er mehrere Stunden zu einem Treffen des Ausländer-Presseklubs im Park Hotel. Offensichtlich hielt er es für nützlich, gelegentlich Artikel für den *National Inquirer* zu schreiben. »Die Türkei ist voll bizarrer Geschichten«, meinte er dazu. »Zum Beispiel die hier: BÜRGERMEISTER UND GEMEINDERAT VON WÖLFEN ZERFLEISCHT – eine absolut authentische Geschichte. Man braucht hier nichts dazuzudichten, selbst nicht für die amerikanischen Bela Lugosi-Zeitungen. Und ein internationaler Presseausweis verschafft einem zudem so manchen Vorteil, beispielsweise ein Erster Klasse-Ticket für die Eisenbahn.«

Dann verbrachte er wieder Stunden vor seinem Fernschreiber und tippte seitenlange, engzeilige Berichte in Deutsch für irgendwelche mysteriösen Korrespondenten in München.

Am zweiten Nachmittag weckte mich sein Fluchen aus meiner Siesta. »Diese verdammten Hornochsen«, schimpfte er. In der Hand hielt er ein Telex, offensichtlich in Französisch, denn er fragte mich, ob ich den Unterschied zwischen *immeublement* und *ameublement* wüßte. »Ich habe natürlich prompt angenommen, sie wollten den gesamten Block als Immobilie erwerben, und jetzt scheint es, als wollten diese Arschlöcher nur ein Kontingent möblierter Hotelzimmer für die Saison reservieren.«

In seiner Freizeit bemühte er sich immer, mir meine tristen Gedanken auszutreiben, und ich war ihm dankbar dafür. An meinem dritten Tag in Pera hatte er mich voll auf seiner Linie. Wenn man mit Pollock zusammen war, schien eben alles möglich und wahrscheinlich. Wenn er am späten Vormittag das Haus verließ, um seine Termine wahrzunehmen, trank ich ein paar Biere, genoß die Aussicht auf den Bosporus und meinen Gemütszustand, den man als beinahe friedvoll hätte bezeichnen können. Pollock hatte völlig recht: In seinem Apartment stand das Klo mit der schönsten Aussicht der Welt. Am dritten Abend befand ich mich gerade unter der Dusche und grölte zusammen mit Pollock, der in der Küche herumhantierte, ein schmutziges Lied, als plötzlich die massige Gestalt von Bassington mir den Blick auf das Lichtermeer am Bosporus versperrte. Verschwitzt und salzverkrustet begann er sich die Kleider vom Leib zu schälen und wollte offenbar so schnell wie möglich unter die Dusche. »Kinderleichter Trip«, dröhnte er, »siebenunddreißig Stunden, an Skyros vorbei, und ab in die Dardanellen. Habe keine Menschenseele gesehen – Theodoropoulos weiß wahrscheinlich noch gar nicht, daß ich mit deinem Schiff verschwunden bin. Läuft sehr gut, der Kahn. Ich habe ihn in Karabuga, einem kleinen Fischernest auf halber Strecke zum Marmara-Meer, vor Anker gelegt. Hielt es für besser, das Boot nicht ganz nach Istanbul heraufzubringen. Der Dorfbulle gab sich mit deinen türkischen Einreisepapieren aus Izmir und einer Handvoll Dollar zufrieden.«

Bassington war jetzt nackt und zog mich aus der Dusche. Ich begann mich abzutrocknen. »Dafür ist das eingetreten, was wir befürchtet hatten.« Er stand halb unter der Dusche, halb draußen. »Dein Schiff ist in Sicherheit, wenigstens im Moment. Dafür säuft uns aber vielleicht der Rest unseres Plans ab – bildlich gesprochen.«

KAPITEL 7

Bassington auf Andros

Nach reiflicher Überlegung hatte sich Bassington entschlossen, die Ketsch nicht sofort von Andros abzuholen, denn damit war nichts gewonnen. Während er erzählte, saß er, in ein Badetuch gehüllt, vor Pollocks Panoramafenster. Sein Haar war von der Dusche noch tropfnaß.

Natürlich wäre es viel risikoloser gewesen, die Ketsch noch am gleichen Tag, an dem ich Munro in der Plaka entwischt war, zu holen. Aber die Überfahrt mit der Fähre nach Andros dauerte acht Stunden, und noch während er in Piräus die Sache mit dem deutschen Paß regelte, erkannte Bassington immer klarer, daß sich die Sachlage bei seiner Ankunft völlig verändert haben könnte, selbst wenn er das nächste Schiff zur Insel nahm. Bis dahin konnte Athen längst eine Bewachung der *Andromeda* rund um die Uhr angeordnet haben, um zu verhindern, daß sich der geflohene Eigner sein Boot holte. Konsequent, wie er war, beschloß Bassington, einen weiteren Tag zu warten und sich zu vergewissern, daß Lancasters Einschiffung auf die *Samsun* auch geglückt war. Sobald er wußte, daß dieser Teil des Planes geklappt hatte, konnte er nach Andros aufbrechen. Seine Geschichte, daß die Britische Botschaft sich für die Ketsch interessiere, würde die Inselpolizei zumindest für eine gewisse Zeitspanne beschäftigen und ablenken. Fuhr er aber gleich, und die Sache auf der *Samsun* ging schief, bestand die große Gefahr, daß Theodoropoulos nach fünfminütigem Verhör auf dem Linienschiff davon erfuhr und Gegenmaßnahmen traf. Für Bassington wäre es mehr als nur ärgerlich gewesen, wenn ihn auf der Insel die Polizei schon erwartet hätte.

Doch die Tarnung war sehr löchrig. Bassington hatte seine Kontakte zur Britischen Botschaft spielen lassen und ein paar leere Briefbogen mit Botschaftskopf abgestaubt. Damit setzte er sich an die Schreibmaschine und tippte sich einige beeindruckende Beglaubigungsschreiben. Dann schrieb er eine formelle Anweisung an ›Captain‹ Bassington, die Ketsch *Andromeda*, zur Zeit im Hafen von Gavrion ankernd, wegen einiger anhängender Untersuchungen in Hongkong zu beschlagnahmen. Er schrieb sogar auf seiner Telex-Maschine ein Amtshilfeersuchen aus Hongkong, das Schiff wegen nicht näher benannter Schuldforderungen vor Ort vorläufig an die Kette zu legen. Bassington war ziemlich optimistisch, daß diese getürkten Papiere die Inselpolizisten, sollten sie Fragen stellen wollen, einschüchterten und ihm den Weg auf die Yacht frei machten. Einen Kriminalbeamten aus Athen, wie Theodoropoulos, konnten solche Papiere dagegen nicht eine Sekunde lang beeindrucken, erst recht nicht mehr dann, wenn Bassington mit dem Schiff auslief und Kurs nach Norden nahm. Ein Konsularbeamter der Botschaft in Athen würde wohl kaum in Richtung Thessaloniki und Türkei steuern, wenn er den Auftrag hatte, das Schiff für ein paar Gläubiger in Hongkong zu beschlagnahmen. Piräus lag genau in entgegengesetzter Richtung.

Trotzdem war Bassington ziemlich optimistisch, nachdem die *Samsun* ausgelaufen war. Die Tarnung war so weit wie möglich wasserfest und mochte im Ernstfall ihre Wirkung tun. Doch der rundliche Engländer glaubte nicht, daß er darauf zurückgreifen mußte. Die Inselpolizei würde am Fähranleger nur nach einem großen, jüngeren Amerikaner Ausschau halten und einem untersetzten Engländer mit beginnender Glatze kaum Beachtung schenken. Natürlich würde sie auch ein Auge auf die Ketsch haben, doch erledigte sich dieses Problem von selbst, weil Bassington erst gegen Mitternacht an Bord gehen wollte. Es war unwahrscheinlich, daß die zweiköpfige Inselpolizei eine Rund-um-die-Uhr-Bewachung durchführte, besonders da die Beamten sicher jede Fähre beobachtet hatten, seit der Besitzer des

Schiffes der Polizei in Athen entwischt war, und wußten, daß er nicht auf der Insel sein konnte.

Bassington schätzte, daß Theodoropoulos frühestens gegen zehn Uhr am nächsten Tag die Suche aus der Luft nach dem verschwundenen Boot anleiern konnte. Um diese Zeit würde er irgendwo nördlich von Skyros sein, immer vorausgesetzt, daß er gegen Mitternacht aus Gavrion wegkam. Damit wäre er etwa 150 Meilen von dem Gebiet, das der Athener Polizeicaptain wahrscheinlich absuchen ließ, entfernt. Theodoropoulos würde natürlich alle verfügbaren Piloten in die Nähe der türkischen Küste südlich von Chios beordern, weil das der direkte Fluchtweg in einen türkischen Hafen war. Eine Yacht mit einem starken Dieselmotor konnte die Strecke in dieser Zeit durchaus schaffen. Auch Bassington hätte diese Route gewählt und dann versucht, entlang der türkischen Küste nach Izmir zu segeln, wenn er nicht genau gewußt hätte, daß in diesem Seegebiet massierte Einheiten der griechischen Kriegsmarine operierten. Eine Festnahme auf See wäre fast unausweichlich die Folge.

Auf der nördlichen Route dagegen erwartete Bassington keinerlei Probleme. Hatte er Skyros hinter sich, würde er quer durch die nördliche Ägäis auf direktem Weg über die offene See die Dardanellen anlaufen. Auf dieser Route gab es nur wenig Verkehr. Limnos, die größte Insel auf dieser Strecke, würde er im Abstand von fünfzehn Meilen passieren. Von Land aus war die *Andromeda* dann nur noch ein winziger Punkt am Horizont. Der Plan ist gut, dachte Bassington. Gemessen an der Bedeutung, die der Transport des Apollo-Kopfes nach Istanbul für ihn hatte, war der Risikofaktor dabei verhältnismäßig gering und kalkulierbar.

Es gehörte nicht zu Bassingtons Gewohnheiten, sich weiter über eine Situation den Kopf zu zerbrechen, wenn er sie sorgfältig von allen Seiten beleuchtet hatte. Nachdem der einäugige Michaelis ihm die erfolgreiche Flucht Lancasters auf der *Samsun* gemeldet hatte, schlief er ruhig und bestieg am nächsten Morgen den Fährdampfer nach Andros mit einem Gefühl, als mache er Urlaub. Schön, mal nicht im Büro zu hocken, dachte er. Er war gekleidet wie irgendein mittelalter männlicher Alleinreisender, trug ein dünnes Hemd und eine leichte Segeltuchhose. Segeljacke, Pullover, Jeans und Deckschuhe hatte er in einen Rucksack gepackt.

Die Fähre gehörte nicht zu den modernen Motorschiffen, die die Routen zu den gefragteren Touristenzielen auf den schöneren Inseln bedienen. Ein riesiger altmodischer Schornstein zeugte von ihrer Blütezeit auf einer nördlicher gelegenen Seefahrtstraße Europas in den zwanziger Jahren. Der dichte schwarze Rauch, der herausquoll, bewies weiterhin, daß die neuen Eigner, seit sie den Kahn auf dem üppig bestückten Nachkriegs-Schiffsmarkt kauften, um ihn in der Ägäis einzusetzen, kaum Geld auf eine regelmäßige Überholung der Maschinen verschwendet hatten.

Bis zur Abfahrt blieben noch dreißig Minuten. Ein paar ältere griechische Frauen in schwarzen Kleidern hatten sich auf den Bänken der Deck-Klasse am Heck lang ausgestreckt und zerdrückten leise stöhnend geschnittene Zitronenscheiben, ein altes Hausmittel gegen die Seekrankheit, das sie auf jeder Überfahrt zurück zur Insel aufs neue vergeblich ausprobierten. Eine lag fast regungslos auf den Planken, das Gesicht neben einer Lache Erbrochenem. Sie hatte ihren Tribut an den Meeresgott schon entrichtet, als das Schiff noch fest vertäut am Kai lag. Bassington steckte sich eine Pfeife an und bahnte sich, dicke Rauchwolken paffend, wie ein männliches Pendant von Florence Nightingale bei ihren Rundgängen zwischen den Frauen einen Weg. Die Seekrankheit existierte nur im Kopf – daran glaubte er fest.

Er reiste in der Deck-Klasse, um weiterhin wie ein normaler Tourist zu wirken, einer jener Nordeuropäer, die jeden Sommer wie ein Fliegenschwarm in die Ägäis einfielen und bis in ihre äußersten Winkel vordrangen, mit Wanderstiefeln und Rucksäcken. Ein weiterer Vorteil bei einem Ticket der Deck-Klasse war, daß keiner nach dem Namen des Passagiers fragte. Bassington hatte zudem darauf verzichtet, sich etwas zu essen und zu trinken einzupacken. Er wußte, daß nach dem Ablegen auch ausländische Touristen der

Deck-Klasse Zutritt zur Bar und dem Speisesaal in der teureren Klasse hatten.

Die alte Fähre begann zu schlingern und zu rollen, kaum daß sie die Hafenmolen von Piräus hinter sich gelassen hatte, und hinter Kap Sounion stampfte sie mühsam durch die offene See. In der Deck-Klasse ging das Elend um. Gelegentlich erhielten die Seekranken eine kalte Dusche aus Gischt, die über die Reling sprühte. Es ging eine steife Brise, doch Bassington wußte, daß der *Meltemi* nach Einbruch der Dunkelheit abflaute, also für sein Vorhaben kein Problem darstellte. Er begab sich in die Bar und trank vor dem Mittagessen noch einige Fix-Biere. Er hatte eine achtstündige Überfahrt vor sich.

Aufgrund des heftigen Schlingerns des Schiffes war die Bar fast leer. Der Keeper schien froh zu sein, daß er etwas zu tun bekam. Die anderen vier Gäste bevorzugten offensichtlich keine Drinks, sondern die bequemen Ledersessel der Bar. Bassington trank zwei Flaschen Bier und beschloß, nochmals nach dem Wetter zu sehen. Nach seiner Schätzung hatte der Wind nur die Stärke fünf oder sechs. Der verdammte Pott war eben nur für die Irische See oder die Ostsee konstruiert worden. Mit seinem geringen Tiefgang und dem platten Rumpf würde er sogar noch auf einem Mühlenteich schlingern. Als Bassington das fette Mittagessen, bestehend aus Huhn und öligen Tomaten, zu sich nahm, befanden sich im Speisesaal ganze drei Fahrgäste. Ein alter, bärtiger Pope saß mit seiner gedrungenen Frau in einer Ecke und aß schweigend, und ein Athener Geschäftsmann versteckte sich in der anderen Ecke hinter seiner Zeitung.

Die Überfahrt würde noch einige Stunden dauern. In der Bar machte Bassington es sich in einem der Ledersessel, dessen früherer Inhaber sich wohl in die tröstliche Enge einer Koje zurückgezogen hatte, bequem und schlief ein.

Der dumpfe Ton der Schiffssirene weckte ihn kurz vor der Einfahrt des Dampfers in den Hafen von Gavrion. Etwa eineinhalb Stunden würde es noch hell bleiben. Die Schlingerbewegungen des Schiffes waren auf der wettergeschützten Seite der Insel sanfter geworden. Einige Passagiere machten sich schon bereit, von Bord zu gehen. Bassington ging nach hinten, holte seinen Rucksack und gesellte sich dann zu der Gruppe der Passagiere, die bei der Gangway warteten. Das Brummen der Maschinen wurde tiefer und verstummte fast ganz, als die Fähre in das flache Wasser des Hafens einlief. Während die Matrosen die Leinen festzurrten, musterte Bassington beiläufig die Boote im Hafen. Schließlich entdeckte er die Ketsch, die dicht beim Ufer an einer Boje vertäut lag. Er betrachtete zufrieden ihren schwarzen Rumpf und das traditionell steile Bugspriet. Aus weiter Entfernung gesehen, konnte man das Schiff durchaus für eine alte Caique halten.

Sein Blick wanderte zum Anleger zurück – und ihm war, als bohre sich eine Faust in seinen Magen. Neben dem Hafenmeister und einer Gruppe von Stauern in grauen Hemden entdeckte er eine vertraute Gestalt in Uniformhemd und -hose: Theodoropoulos. Bassington zog sich sofort in einen schmalen Spalt zwischen den Decksaufbauten zurück. Einen Moment lang glaubte er, daß auf der *Samsun* etwas schiefgegangen war. Doch dann arbeitete sein Verstand wieder klar. Wenn Theodoropoulos von ihrem Plan Wind bekommen hätte, würde er irgendwo außer Sichtweite abwarten, bis Bassington den ihn belastenden Versuch unternahm, an Bord der Ketsch zu gehen, und nicht am Kai die Fähre überwachen. Bassingtons Fahrt nach Andros besagte noch gar nichts, und es gab keinen Grund, ihn zu verhaften, solange er nicht versuchte, die Ketsch zu stehlen.

Der Engländer überlegte, was er tun sollte. Er mußte unbedingt ein Zusammentreffen mit Theodoropoulos vermeiden. Es war auf jeden Fall besser, mit der Fähre bis Andros-Stadt weiterzufahren und sich gegenüber der Mannschaft als dummer Tourist auszugeben, der ein falsches Reiseziel gebucht hatte. Andererseits war Theodoropulos' offenes Auftreten am Kai verführerisch. Zu gern hätte Bassington erfahren, was er auf der Insel wollte. Und von Andros-Stadt müßte er ohnehin quer durch die Berge wieder nach Gavrion zurück. Wenn es eine Möglichkeit gab, die Begegnung mit dem Polizeioffizier aus Athen zu vermeiden, wollte er an Land gehen.

Theodoropoulos wartete, bis die Stauer die Gangway zurechtgeschoben hatten. Bassington ließ ihn nicht aus den Augen. Plötzlich schien der Polizist jemand an Bord entdeckt zu haben, denn er hob die rechte Hand zum Gruß – halb Salut, halb Winken. Die Passagiere drängten sich die Gangway hinunter, allen voran die Frauen in Schwarz, die infolge der ruhigen Gewässer im Hafen und der Aussicht, wieder festen Boden unter die Füße zu bekommen, auf wundersame Weise und überaus rasch genesen waren. Ihnen folgten drei oder vier schmuddelige Rucksack-Touristen, dann kamen die Passagiere der ersten Klasse: zwei Armee-Offiziere, der bärtige Pope mit seiner Frau – und ein dunkelhaariges Mädchen, das eine neue blaue Zelttuch-Tasche in einer Hand trug. Sie mußte Amerikanerin sein, überlegte Bassington, denn keine Europäerin trug solche Bermuda-Shorts, die dazu noch glatt und sauber gebügelt waren.

Das Mädchen ging geradewegs auf Theodoropoulos zu, der sich durch die Landgänger zu ihr drängte. Das mußte Nina Millen sein, so viel war Bassington klar. Aber wieso kam sie hierher? Theodoropoulos schüttelte ihr lächelnd die Hand und führte sie zu einem Wagen, der am Ende des Anlegers wartete.

Bassington mischte sich, kaum daß der Captain dem Schiff den Rücken gewandt hatte, unter die letzten Landgänger und verließ das Schiff. Rasch ging er links den Kai hinunter auf das Dorf zu, weg vom Hafen. Der Wagen war nach rechts abgebogen. Der Engländer überlegte fieberhaft, was die Frau hier wollte. Hatte man sie geholt, um die Leichen der türkischen Besatzung der Caique zu identifizieren? Wohl kaum, denn die Strömung hätte die Körper nicht an dieser Seite der Insel angespült. Wahrscheinlicher war da schon die Möglichkeit, daß man sie um ihre Expertenmeinung zu den Antiquitäten auf der Caique gebeten hatte. Aber die Caique sollte doch in Piräus liegen. Jedenfalls konnte Bassington sie auf dem Weg ins Dorf nirgends entdecken. Kurz vor dem weiten Platz am Ende des Hafenbekkens bog er in eine Seitengasse und suchte sich ein abgelegenes Café außer Sichtweite der Uferpromenade, die sich mit abendlichen Spaziergängern füllte.

Bassington nahm an einem Tisch im Inneren Platz, bestellte sich einen Ouzo und *Mezzes* und musterte die Anwesenden. Zwei ältere Männer mit Fischermützen auf dem Kopf spielten Backgammon, ein dritter ohne Mütze schaute ihnen zu. Während die matronenhafte Wirtin seinen Drink und die Snacks hinter der Bar zubereitete, hörte Bassington unten vom Kai her das laute Schwirren eines startenden Hubschraubers. Wahrscheinlich ein Polizeihubschrauber, überlegte er. Aber warum, zum Teufel, ließ Theodoropoulos, wenn er ein solches Fluggerät zur Verfügung hatte, das Mädchen mit der viel zu langsamen Fähre herüberkommen? Das Rotorengeräusch schwoll an, rauschte in extrem niedriger Höhe über das Dorf hinweg und verklang allmählich weit im Westen.

Als die Wirtin seinen Drink servierte, fragte Bassington in dem schwerfälligen, gebrochenen Griechisch der Touristen: »Gibt es auf Andros jetzt auch Lufttaxis zum Festland?«

Das sei der Polizeihubschrauber gewesen, erklärte die Frau. Die Polizei untersuche gerade das sensationelle Verbrechen von letzter Woche. Eine türkische Caique mit Waffen und Drogen von unermeßlichem Wert sei beschlagnahmt worden, nachdem der amerikanische Skipper die meuternde Besatzung umgebracht habe, weil die Männer seine Frau vergewaltigt hätten. Der Wert der Ware auf der Caique ginge in die Milionen.

Die Backgammon-Spieler lächelten.

Aber was sollte dann der Helikopter? fragte Bassington. War man immer noch hinter den Gangstern her?

Nein, die Caique sei verlorengegangen. Die Polizei habe das Boot gestern mit einem großen Fischkutter nach Piräus schleppen wollen. Aber die Caique nahm in der rauhen See zuviel Wasser und sei schließlich im Kafireus-Kanal gesunken.

Ob das Boot von der Polizei gehoben werden könne, wollte Bassington wissen. Die Wirtin bejahte dies. Deshalb habe man ja den Hubschrauber angefordert.

Das glaube die Polizei auch nur, mischte sich jetzt der Mann bei den Backgammon-Spielern in das Gespräch und begann zu kichern. Die beiden anderen Männer grinsten.

Die Wirtin fuhr auf: »Natürlich können sie es bergen«, rief sie schrill und entfachte damit ein verbales griechisches Wortgefecht, das im Maschinengewehrtempo ausgetragen wurde. Die Griechen stritten sich nun zur eigenen Unterhaltung, nicht zur Erbauung des Touristen. Die Wirtin, von Natur aus offenbar eine anständige, bescheidene Person, schlug sich vehement auf die Seite von Recht und Gesetz. Dagegen verfügten die alten Fischer über Informationen, die wohl auf neuerem Stand waren als die Argumente der Frau.

Die Polizei-Taucher hätten am Morgen ihre Versuche aufgegeben, das Schiff vom Meeresgrund zu heben, erklärte der Kiebitz am Backgammon-Tisch triumphierend. Das Meer sei an dieser Stelle zu tief. Jetzt warteten sie angeblich auf einen amerikanischen Experten aus Athen, der ihnen erklären sollte, wie sie es am besten nach oben schaffen könnten.

Schnaubend ging die Wirtin hinter ihren Tresen zurück. Bassington, der so tat, als habe er dem im Eiltempo durchgeführten Rededuell nicht folgen können, drehte und wendete in Gedanken diese Information, bis sie Sinn machte.

Da das Mädchen mit der Fähre gekommen war, die in Piräus am Vormittag auslief, mußte sie an Bord gegangen sein, ehe Theodoropoulos von den Problemen bei der Bergung der Caique erfahren hatte. Zu dem Zeitpunkt schienen diese Probleme noch nicht drängend zu sein.

Natürlich hätte Theodoropoulos es besser wissen müssen, überlegte Bassington. Er bezweifelte, daß die Kafireus-Straße überhaupt irgendwo flacher war als neunzig Meter. Noch schlechter sah es in ihrer Mitte aus, wo die stärkste Strömung in der ganzen südlichen Ägäis sich durch eine

Erdspalte zwängte, die an der weitesten Stelle gerade sieben Meilen breit war. Die Tatsache, daß die Taucher überhaupt ins Wasser gegangen waren, konnte nur bedeuten, daß die Schleppmannschaft versucht hatte, die Caique in Küstennähe zu verholen, als sie zu sinken begann. Wie auch immer, der Festlandsschelf in der Straße lag in großer Tiefe. Selbst wenn das Schiff in nur fünfzig Metern auf Grund lag, war dies zu tief für einen Taucher, um anschließend ohne Dekompressionsphase wieder auftauchen zu können. Auch wenn es möglich gewesen wäre, hätten die Taucher höchstens fünf oder zehn Minuten unten bleiben können, um das Wrack zu zerlegen und zu versuchen, die Bilgen zu öffnen, in denen die Drogenfracht vermutlich versteckt war. Dazu benötigte man ein richtiges Bergungsschiff mit Kompressoren und Arbeitsgerät. Bassington verstand nun, warum Theodoropoulos so ungeduldig auf das Mädchen gewartet hatte und sie gleich mit dem Helikopter zu der Stelle geflogen hatte, an der die Caique gesunken war. Die Vorsehung hatte ihm in ihr eine voll ausgebildete Unterwasser-Archäologin beschert, die nach einer kurzen Pause der Ruhe und Erholung in Athen auf dem Weg zurück zur Insel war. Da war es nur logisch, sie in einem Tauchanzug hinunterzuschicken und die wertvollen Antiquitäten auszusondern. Die Taucher konnten so Zeit sparen und den Rest der Ladung einfach über Bord werfen, ehe sie die Decksplanken abhoben, um an die Bilgen heranzukommen.

Während Bassington seinen Ouzo trank und zusah, wie die Dämmerung hereinbrach, erkannte er die Dringlichkeit eines weiteren Problems. Er mußte unbedingt in dieser Nacht mit der *Andromeda* von der Insel verschwinden, ehe das Mädchen zu dem Wrack tauchte und feststellte, daß der Apollo-Kopf fehlte.

In der Ferne ertönte das Brummen des Helikopters, wurde lauter und verlor sich in östlicher Richtung, aus der es vorher aufgeklungen war. Die Wirtin schaltete die Beleuchtung ein – eine Reihe nackter Birnen, die von der Decke herabbaumelten.

Sobald es dunkel war, zahlte Bassington und verließ das Dorf in westlicher Richtung. Auf einer staubigen Straße ging er etwa eine Meile in die Hügel hinein, wo er seine Kleider ablegte. Er schlüpfte in die Jeans und zog die dunkelblaue Segeljacke über. Dann bog er in einen Seitenpfad und wanderte durch offenes Gelände bis zum Fuß der Berge, wo er die Bucht von Gavrion überblicken konnte. Alle zwei Sekunden blitzte der Strahl des Leuchtturms an ihrem westlichen Ende auf und schickte sein Licht über das Wasser und die Hügel ringsum. Obwohl keine Menschenseele zu sehen war, hielt sich Bassington im Schatten der Felsen und Erhebungen. Er schlug einen weiten Halbkreis um den Ort und erreichte die Küste knapp eine Meile unterhalb des Dorfes. Er brauchte noch weitere zwanzig Minuten bis zum Ufer und fand eine Mulde, die ihn vor den Blicken der Spaziergänger auf der Uferpromenade verbarg, ihm selbst aber eine gute Aussicht auf das Dorf und die Ankerplätze bot, die kaum neunhundert Meter von ihm entfernt waren. Er nahm ein Zeiss-Fernglas aus seinem Rucksack und beobachtete die Promenade und die *Andromeda*. Zufrieden stellte er fest, daß sich niemand an Bord befand. Die Tür zur Kajüte schien verschlossen, das Schiff hatte keine Lichter gesetzt, und auch ein Beiboot konnte er nirgends entdecken. Vermutlich begnügte sich die Ortspolizei damit, das Schiff von Land aus im Auge zu behalten. Tatsächlich saß, nach der Mütze zu urteilen, ein Polizist in einem der hellerleuchteten Cafés an der Uferpromenade.

Über das Wasser dröhnten wieder Rotorgeräusche herüber. Bassington suchte mit dem Fernglas den Himmel hinter dem Dorf ab, bis er die zuckenden Positionslichter der Maschine einfing. Sie stieg empor und rauschte auf ihn zu, über ihn hinweg, nahm Kurs auf die offene See. Bassington hoffte inbrünstig, daß Theodoropoulos nach Athen zurückgeflogen war. Er nahm den Uferstreifen näher unter die Lupe und bemerkte, daß zwischen seinem Standort und dem Liegeplatz der Ketsch einige kleine Fischerboote auf dem Strand lagen. So brauchte er nicht mal mehr ins Dorf zurück, um einen Weg zu finden, an Bord zu gelangen.

Bis Mitternacht gab es für ihn nichts mehr zu tun. Er stellte das Wecksignal seiner Armbanduhr, legte sich ins Gras und schob sich den Rucksack unter den Kopf.

Als er aufwachte lag das Dorf im Dunkeln. Nur vom Kai und dem Marktplatz schimmerten zwei vereinzelte Lichter herüber, einsame Anzeichen der Zivilisation.

Mit dem Fernglas überzeugte sich Bassington davon, daß die Cafés und Restaurants geschlossen waren. Auch der Polizist war nirgends mehr zu sehen. Doch als er auf die Bucht hinaussah, fluchte er heftig. Ein Schwarm von Fischerbooten glitt lautlos über die glatten dunklen Wasser; im Bug eines jeden saß geduckt ein Mann unter den Zwillingslaternen, die die Fische anlocken sollten, und im Heck sein Begleiter, leise die Riemen eintauchend. Der Schwarm kroch auf den Ufersaum unterhalb von Bassingtons Standort zu und wendete aufreizend langsam. Zwanzig Minuten später drehten die Boote am anderen Ende der tiefen Bucht und kamen zurück.

Bassington fluchte wie ein Berserker. Es gab keine Möglichkeit, unentdeckt auf die *Andromeda* zu gelangen, solange die Boote draußen waren. Er verfluchte die Fischer und wünschte ihnen einen armseligen Fang. So ging es eine gute Stunde, und Bassington hatte schon beinahe alle Hoffnung aufgegeben, als das Führungsboot schließlich um die Landzunge in die nächste Bucht verschwand. Die anderen folgten ihm.

Bassington erhob sich steif und stieg eilig zum Ufer herunter. Ihm blieb für sein Vorhaben nur wenig Zeit. Die Fischer arbeiteten nicht die ganze Nacht. Er mußte verschwunden sein, ehe sie zurückkehrten.

In wenigen Minuten war er am Strand, wo noch ein paar Boote im Sand lagen. Gemäß der Einsicht, daß ein völlig normales Verhalten kaum Aufsehen erregt, ging Bassington offen auf das nächste Boot zu, warf seinen Rucksack hinein und zog es ins Wasser. Er kletterte über das Heck hinein und nahm die Ruder, wobei er sorgfältig darauf achtete, auf griechische Weise zu rudern, also die Ruder mehr zu stoßen als zu ziehen. Klopfenden Herzens fuhr er über das dunkle Wasser auf die Boje zu, an der die *Andromeda* vertäut lag.

Lautlos glitt das Boot über das Wasser. Bassington lauschte angestrengt. Vom Ort her war nichts zu hören. Vorsichtig machte er das Boot an der Boje fest und kletterte auf die Ketsch. Der Schlüssel lag noch an der Stelle, die Lancaster ihm genannt hatte – in einem Spind im Cockpit. Er schloß die Kajüte auf und stellte die Zündung an, um die Kontrollanzeigen für den Dieselmotor zu überprüfen, startete den Motor aber nicht. Dann suchte er sich den Klüver aus dem Stauraum für die Segel und stieg damit nach vorn zum Bug.

Im stillen gratulierte er sich zu seinem zweifachen Glück: Das dreieckige Vorsegel der *Andromeda* hatte die traditionelle braune Farbe, passend zum Rumpf, und war dadurch in der Dunkelheit kaum zu sehen. Des weiteren hatten die Polizisten das Schiff nur an der Boje vertäut, ohne Anker zu werfen. Dadurch wurde Bassington der Sorge enthoben, durch das laute Rattern beim Einholen der Kette möglicherweise die Bewohner der Häuser an der Promenade zu wekken. Er zog den Klüver auf und beobachtete, wie sich das Segel in der leichten Nachtbrise, die von Land herüberwehte, nur leicht blähte. Zum Glück, dachte er, denn der Wind war nicht stark genug, um das Tuch knallend zu entfalten. Mit dem Messer durchschnitt Bassington das Haltetau zur Boje und begab sich ins Cockpit, um das Segel festzuzurren und das Ruder zu übernehmen. Langsam glitt die Ketsch zurück, der Abstand zwischen ihrem Bug und der Boje wuchs. Bassington ließ den Klüverbaum herunter. Der Wind straffte das Segel, das Boot drehte die Nase auf die dunkle See hinaus. Vor dem Bug bildete sich ein leichter Saum weißer Gischt. Völlig lautlos glitt die *Andromeda* aufs offene Meer hinaus.

Als er etwa eine Meile von der Küste entfernt war, bemerkte Bassington aus den Augenwinkeln in der Ferne die Lichter der Fischerboote. Sie entfernten sich in östlicher

Richtung von Gavrion und der Ketsch. Bassington wendete nach Steuerbord und hielt auf die Kafireus-Straße zu. Zwanzig Minuten später startete er den Diesel. Es war jetzt 1.40 Uhr; er lag ziemlich hinter dem Zeitplan zurück, glaubte aber, daß er es trotzdem schaffte.

Hinter Kap Kakogremi und seinem achthundert Meter hohen Vorgebirge drehte er den Motor auf volle Kraft voraus und nahm Kurs nach Nordwesten. Da er Verspätung hatte, beschloß er, seinen ursprünglichen Plan, so schnell wie möglich die Küste von Euböa anzulaufen, um die Gefahr einer Entdeckung zu verringern, aufzugeben. Als der Leuchtturm von Kap Fassa steuerbord aufblitzte, legte er die *Andromeda* auf Nordkurs, um die Straße in einem weiten Bogen zu überqueren, wobei die Strömung das Boot auf Euböa zutrieb und eine direkte Anfahrt auf Skyros möglich machte.

Die Strömung war stärker, als Bassington erwartet hatte. Er arretierte das Ruder und stieg in die Kajüte, um den Handkompaß zu suchen. Schließlich fand er ihn in einem Schrank am Kartentisch und begab sich wieder ins Cockpit, um die Feuer von Fassa und der Insel Manhili anzupeilen. Als er seine Position auf die Karte übertrug, fluchte er laut. Die Strömung drückte die Fahrt der *Andromeda* auf unter vier Knoten. Mit diesem Tempo würde er bei Tagesanbruch kaum aus der Kafireus-Straße heraus sein.

Dagegen konnte er kaum etwas unternehmen. Die nächste halbe Stunde verbrachte er damit, den Klüverbaum einzuholen. Die hiesigen Händlerboote benutzten den Klüver kaum, und bei Tag konnte das jemand an Land auffallen. Dann setzte er den Besan als Hauptsegel. Zu dem Zeitpunkt befand er sich nicht weit unterhalb von Kap Nikolaos an der Küste von Andros. Bassington beschloß, alles auf eine Karte zu setzen, und drehte die Ketsch auf Westkurs nach Euböa.

Eine Stunde später, in den flacheren Gewässern der Westküste, bemerkte er, daß die Strömung nicht mehr so stark war. Nach der Peilung am Fassa-Feuer zu urteilen, machte die *Andromeda* fünf und wenig später sechs Knoten Fahrt.

Endlich kam das starke Leuchtfeuer von Kap Kafireus am nördlichen Ende der Straße in Sicht. Die *Andromeda* wurde jetzt immer schneller. Bassington atmete erleichtert auf. Gegen fünf Uhr morgens stand das Boot nördlich des Feuers von Kafireus und schoß mit acht Knoten Fahrt in die offene Ägäis hinaus. Gegen zehn Uhr befand es sich neun Meilen westlich von Skyros. Bassington atmete tief durch. Die Straße lag hinter ihm. Jetzt hatte er endlich genügend Zeit, um den im Heckstauraum hinter dem Motor und unter den Reservesegeln versteckten Apollo-Kopf einmal näher in Augenschein zu nehmen.

KAPITEL 8

Nächtliche Spiele

Die warme Brise, die durch das offene Panoramafenster hereindrang, hatte Bassingtons Haare inzwischen trotz der erhöhten nachmittäglichen Luftfeuchtigkeit getrocknet. Die Wasser des Bosporus schimmerten kupfer- und purpurfarben, und es würde nicht mehr lange dauern, bis es dunkel wurde.

»Von Skyros aus ging dann alles planmäßig«, berichtete Bassington heiter. Er empfand seinen Erfolg wie eine sportliche Auszeichnung. »Ich blieb bis unterhalb von Piperi auf nördlichem Kurs. Unterwegs begegneten mir nur ein paar Fischerboote. Dann schwenkte ich gegen drei Uhr nachmittags nach Osten und passierte Limnos gegen neun Uhr abends. Bei Einbruch der Morgendämmerung hatte ich schon die halbe Tour zu den Dardanellen geschafft. Ich fürchtete zu viele und zu intensive Rückfragen der Behörden, wenn ich das Boot ganz bis Istanbul heraufgebracht hätte, Harry. Deshalb habe ich es in Karabuga gelassen, einem Fischernest auf dieser Seite der Dardanellen. Die Ketsch ankert in ruhigem Wasser nordöstlich des Felsens, der mitten im Hafen aus dem Wasser ragt. Der Dorfpolizist hat mir versprochen, ein Auge darauf zu haben.«

»Und was ist mit dem Apollo-Kopf?« fragte ich. »Und warum sagst du, unser Plan sei abgesoffen, wenn doch alles bis jetzt bestens gelaufen ist?«

»Nun, das ist es eben nicht.« Bassington erhob sich, um sein Bierglas nachzufüllen.

»Die Flasche ist leer«, sagte Pollock. »Aber ich habe noch Raki im Haus.«

»Ausgezeichnet.«

Pollock holte die Flasche, frische Gläser und eine Karaffe Wasser. Bassington kaute nachdenklich auf der Unterlippe herum und schaute zu, wie der klare Alkohol bei der Zugabe von Wasser und Eis milchig trüb wurde. »Aus einem Grund bin ich mir fast sicher, daß wir mit dem Apollo-Kopf falsch liegen. Wenn du damit gerechnet hast, daß es sich dabei nur um eine hohle Gipsform handelt, die man mit Heroin gefüllt hat, muß ich dich enttäuschen. Ich vermute, der Kopf ist tatsächlich aus massivem Stein. Das hätte dir schon sein Gewicht sagen müssen. Zugegeben, ich habe ihn nicht genauer untersuchen können, weil er zu schwer ist, um ihn auf See aus dem Cockpit-Stauraum herauszuholen, und später hatte ich dazu keine Zeit mehr. Aber das beschädigte Stück am Kopf, wo das Ohr gesessen hat, habe ich mir etwas genauer angesehen. Tatsächlich ist ein größerer Teil des Kopfes an dieser Stelle mit Hilfe von Polyester restauriert worden. Aber unter dem Epoxydharz stößt man auf harten Marmor, Harry. Ich habe einen deiner Meißel ruiniert bei dem Versuch, das herauszufinden. Ich bin mir zwar nicht hundertprozentig sicher, aber ich glaube, im großen und ganzen hatte das Mädchen recht, alter Junge. Bei dem Kopf handelt es sich um eine echte Bildhauer-Arbeit aus der hellenistischen Zeit – allerdings schon öfter restauriert. Also sitzen wir, was unsere Beweise angeht, wieder auf dem Trockenen.«

»Wie schön«, zischte Pollock. »Wir schwimmen also mitten auf dem Bosporus ohne Paddel.«

»Nur mit der Ruhe«, meinte Bassington gleichmütig.

»Hat sich was mit Ruhe, Mike.« Pollock geriet nun erst recht in Fahrt. »Denk doch mal richtig nach. Dieser Knabe hier steht in Athen auf der Fahndungsliste, und du selbst klaust eine beschlagnahmte Yacht aus griechischen Gewässern. Und das alles, um eine Bande von Terroristen zu entlarven und sie den dankbaren Türken auf einem silbernen Tablett zu präsentieren. Und was habt ihr in den Händen? Überhaupt nichts, verdammt noch mal! Eine heiße Yacht und eine schwer beschädigte, schlecht restaurierte, antike Kuriosität.«

Bassington musterte ihn starr. »Du redest manchmal wirklich dummes Zeug.« Die Zurechtweisung verursachte ein sekundenlanges, kaltes Schweigen. »Also schön, die Skulptur ist nicht das, wofür wir sie gehalten haben, und die Drogen befinden sich offensichtlich immer noch in den Bilgen der Caique. Die griechische Polizei wird sie früher oder später finden, und inzwischen können wir nachweisen, daß hier zumindest versucht wurde, Drogen zu schmuggeln.«

»Wenn es den Stoff überhaupt gibt«, hielt Pollock dagegen. »Nicht nur, daß du keinerlei Anhaltspunkte dafür hast, daß irgendeine Terror-Organisation hinter der Sache steckt – du weißt nicht mal genau, ob sich überhaupt Drogen an Bord der Caique befinden. Ist dir eigentlich schon mal der Gedanke gekommen, daß da irgendwelche Gelegenheitsschmuggler vielleicht nur Souvenirs aus Keramik und alte Teppiche verschieben wollten?«

»Augenblick mal«, mischte ich mich ein. »Ich stimme da eher Mike zu.« Vielleicht nur, um mich selbst zu beruhigen – aber ich sah hier in seiner Denkweise eine gewisse Logik, die die ganze Geschichte wenigstens in etwa erklärte. »Wenn wir mal genau die vorliegenden Fakten betrachten, geht es bei dieser Sache sicher nicht um Kleingeld. Aus dem Verhör durch Theodoropoulos in Athen wissen wir, daß die Caique in Griechenland von einer Bande unter der Führung eines Europäers gestohlen wurde. Auch bei der Verladung des Schmuggelgutes waren Europäer dabei. Wir können durchaus davon ausgehen, daß es sich hier um dieselbe Bande handelt. Die Wahrscheinlichkeit, daß es zwei Gangs sind, beide angeführt von Europäern, beide außerhalb der Türkei operierend, beide in dieselbe Sache verwickelt – diese Wahrscheinlichkeit ist doch sehr gering. Okay, sehen wir mal weiter. Warum macht sich diese Bande die Mühe, eine griechische Yacht zu stehlen? An der türkischen Küste gibt es jede Menge alter Caiques, die die Gangster für ihre Zwecke benutzen konnten. Dafür gibt es nur ein stichhaltiges Argument: Sie nahmen das Risiko, beim Diebstahl erwischt zu werden, in Kauf, um aufgrund des Bootes Rückschlüsse auf ihre Identität zu vermeiden, sollte ihr Vorhaben schiefgehen. Hätten sie in der Türkei eine Caique gekauft, hätte die Polizei über das Schiff leicht die Spur zu ihnen zurückverfolgen können. Hätten sie das Schiff gestohlen, würde in der Türkei danach gefahndet. Dagegen war der Diebstahl eines griechischen Schiffes für sie, so wie die Dinge zwischen den beiden Ländern im Moment stehen, völlig risikolos. So weit, so gut. Die Verbrecher müssen also schon etwas ziemlich Großes vorgehabt haben – etwas, das eine lange Haftstrafe nach sich zog, sollten sie erwischt werden. Erschwerend kommt noch ein Argument von Theodoropoulos hinzu: Die Caique war anscheinend die einzige Yacht im ganzen Mittelmeer, deren Besitzer ein Thailänder ist. Vielleicht war sie schon Teil des Schmuggelplans; sie sollte vielleicht eine Lieferung an Bord nehmen. Vielleicht war der Stoff auch schon an Bord, ehe das Schiff gestohlen wurde. Wie auch immer, ich denke, Bassington ist auf der richtigen Spur. Es spricht alles dafür, daß hier ein Drogenschmuggel größeren Ausmaßes ablaufen sollte.«

Pollock wurde, während ich sprach, zusehends nachdenklicher. Bassington schaute unbewegt in sein Glas. Schließlich sagte Pollock: »Okay, die Schmuggelstory schlucke ich. Von da eine Verbindung zu Terroristen zu ziehen, halte ich immer noch für weit hergeholt. Und darum schwimmen wir immer noch ohne Paddel mitten auf dem Bosporus.«

»Himmel noch mal, wieso denn?« rief Bassington. »Wieso ändert das was? Der Kopf, egal, was nun mit ihm ist, reicht doch als Beweis für die Geschichte des Mädchens, um ihn zu Hderim zu bringen, bis die griechische Polizei die Drogen aus der Caique heraufgeholt hat.« Bassington beugte sich zu mir herüber. »Colonel Hderim leitet die Anti-Terror-Truppe der Militärpolizei in Istanbul.«

Pollock knöpfte sich umständlich das Hemd auf. »Ihr habt nicht genug in der Hand.«

»Immerhin ist auf türkischem Gebiet ein Mord geschehen, als sie sich das Mädchen griffen und aufs Boot schleppten.«

»Was meinen Sie, wie viele Morde es in der Türkei jedes Jahr gibt?« erwiderte Pollock. »Oder wollen Sie zu Hderim gehen und sagen: Hören Sie, in irgendeiner Bucht der anatolischen Küste, die wir leider nicht näher kennen, wurde vor ein paar Wochen ein Bursche umgebracht, und wir denken, Sie sollten fünfhundert Meilen Küste umbuddeln, um seine Leiche zu finden. – Aber natürlich, sofort, wird Hderim sagen und wieder zu seiner Limonade zurückkehren – oder womit er sich sonst den Nachmittag versüßt.Das ist der eigentliche Punkt. Hderim ist, soviel wir wissen, ein aufrechter Kerl, aber kein Mensch, der leicht zu beeinflussen wäre. Sobald er entscheidet, daß die ganze Sache keinen terroristischen Hintergrund hat, geht der Fall gleich an die Rauschgift-Abteilung der regulären Polizei im *Polis Karagah*. Und das können wir nicht riskieren, weil wir von diesem Moment an keinerlei Kontrolle mehr darüber hätten. Und außerdem setzen wir damit die Chance aufs Spiel, daß Basso an seine Terroristen herankommt – sollte es sie tatsächlich geben.«

Bassington stand auf und begann, im Zimmer umherzuwandern, wobei er den Raki in seinem Glas schwenkte. »Ich denke, wir sollten es mit Hderim versuchen«, meinte er schließlich.

»Hör zu, wir haben jetzt deine Version gehört«, sagte Pollock. »Gib mir eine Minute für eine andere, okay?

Egal, ob du Hderim davon überzeugst oder nicht, daß hier der internationale Terrorismus am Werk ist – mich hast du jedenfalls nicht davon überzeugt. Weil das Mädchen sagte, es habe, als man es an Bord schleppte, jemand Englisch sprechen hören, und weil ein Europäer an dem Überfall vor Samos beteiligt war, witterst du dahinter gleich die Roten Brigaden oder die Baader-Meinhof-Bande. Du darfst mir glauben, Mike, du mußt nicht erst nach Terroristen suchen, um in der Türkei jede Menge europäisches Gesindel zu finden, das Dope schmuggelt und jedes Verbrechen begeht, das du dir vorstellen kannst – ohne dabei die IRA von Irgun Zvei Leumi unterscheiden zu können. Nicht nur, daß du keinerlei Anzeichen für einen Terrorakt zu bieten hast – bei logischer Betrachtung sieht alles nur nach einem ganz ordinären Verbrechen aus. Wann hätten denn die Terrorbanden das letzte Mal eine Schmuggelfahrt durch die Ägäis organisiert?«

»Die Franzosen ließen vor sechs Monaten einen Waffenschmuggel zehn Meilen vor Marseille auffliegen«, sagte Bassington, in die Enge getrieben.

»Der vom Libanon aus organisiert worden war.«

»Man berichtet, daß die türkischen Grauen Wölfe tief im Heroingeschäft drinstecken.«

»Wobei sie den Stoff durch Bulgarien auf den Weg bringen. Wer sollte sonst schon die Route über die Ägäis benutzen außer ein paar Verbrecherbanden, die mit Politik nichts, aber auch gar nichts im Sinn haben?« Pollock erhob sich erschöpft. »Ich sage dir, als was sich das Ganze im Endeffekt herausstellt: als schlichter, ordinärer Drogenschmuggel. Und ich rate dir, laß Hderim mit dieser Scheiße in Ruhe, bis du dir deiner Sache ganz sicher bist.«

»Warum?« fragte ich.

»Sie sind in der Türkei, mein Junge. Hier geht man nicht einfach zur Polizei, hier muß man, will man was erreichen, zu den richtigen Polizisten gehen. Hderim ist nur für die Verfolgung der Stadtguerilla zuständig. Wenn er den Fall an die reguläre Polizei weitergibt, könnten wir ernsthafte Sicherheitsprobleme kriegen – und bewirken möglicherweise nicht das geringste.«

»Für die Polizei bei der Drogenfahndung übernimmst du also keine Garantie?« fragte Bassington gepreßt.

»Auf gar keinen Fall.« Pollock schüttelte energisch den Kopf. Bassington dachte eine Weile nach. »In Wirklichkeit meinst du also, daß wir das Mädchen und den Apollo-Kopf herholen müssen, wenn wir sichergehen wollen, daß Hderim etwas unternimmt.«

»Jedenfalls wären die Chancen dafür dann schon wesentlich besser. Das Mädchen könnte die Stelle finden, wo das Schmuggelgut verladen wurde. Außerdem hat sie die europäischen Anführer gesehen.«

»Also schön, ich werde morgen alles Menschenmögliche versuchen, daß sie herüberkommt.« Und mit fester Stimme fügte Bassington hinzu: »Aber inzwischen müssen wir, so leid es mir tut, Hderim die ganze Sache zumindest andeutungsweise mitteilen, um jeden Trumpf, den wir haben, auszuspielen. Ich habe ja nur mal eben ein Schiff aus dem Polizeigewahrsam entwendet und damit meine Aufenthaltserlaubnis in Griechenland für alle Zeiten in den Wind gehängt. Und dafür will ich, verdammt, ein paar Resultate sehen.

Morgen früh fliege ich – mit meinem hübschen deutschen Paß übrigens – über Belgrad nach Athen zurück, um Miß Millen irgendwie zu überreden, in die Türkei zurückzukehren. Ich werde vielleicht sagen, daß schließlich ihr türkischer Kollege bei dem Versuch, ihr zu helfen, ermordet wurde und sie es ihm schuldig ist, etwas in der Sache zu unternehmen.

Auf irgendeine Weise werde ich Nina Millen schon hierherschaffen. Vorher muß ich Harry aber noch mit Hderim bekannt machen. Könnte sein, daß ich für eine Zeit nicht nach Istanbul kommen kann. Theodoropoulos dürfte inzwischen auch bezüglich meiner Person argwöhnisch geworden sein.«

Pollock zuckte die Schultern und deutete damit an, daß er sich geschlagen gab. »Dann tu mir wenigstens einen Gefallen«, meinte er. »Erzähl Hderim nicht die ganze Geschichte, damit – wenn es nicht so läuft, wie du dir das vorstellst – der Fall nicht doch auf irgendeinem anderen Schreibtisch landet. Sag ihm nicht, daß du die Statue hast. Sag ihm nur, daß wir vielleicht etwas für ihn hätten und ihm die Beweise dafür später liefern würden.«

Auch darüber dachte Bassington einen Moment nach, schüttelte dann den Kopf: »Wir müssen ihm den Apollo-Kopf geben, um sein Interesse zu wecken.«

Pollock beobachtete schweigend, wie Bassington zum Telefon ging, um sich das Flugticket zu bestellen. Es dauerte etwas, bis die Verbindung zustande kam, und danach eine endlose Weile, bis man einen Angestellten gefunden hatte, der Englisch sprach.

Pollock blinzelte mir zu und quetschte ein paar Worte aus dem Mundwinkel. »Ein guter Soldat achtet darauf, daß er genug Raum hat, um sich abzusetzen, wenn es notwendig sein sollte.« Der Amerikaner vernichtete den letzten Rest Raki, als Bassington sein Gespräch beendete. »Da ich jetzt weiß, worum es geht, können wir uns ruhig auf der Straße zeigen«, meinte er. »Wie wär's mit einer kleinen nächtlichen Fleischbeschau?«

Bassington strahlte. »Eine ausgezeichnete Idee. Schlafen kann ich auch noch morgen im Flugzeug.« Der Engländer schlüpfte in seine Shorts und zog ein sauberes Hemd über. Dann verließen wir das Haus und bestiegen Pollocks zerbeulten Opel. Pollock lenkte den Wagen zur Istiklal Caddesi. »Zuerst essen wir was, um uns für hinterher mit Servietten zu versorgen.«

Er brachte uns in ein Lokal in der Nähe vom Taksim-Platz und bestellte eine riesige Mahlzeit aus Fleischspießen, Salaten und *Imam Biyaldi*. Der Name bedeutet: Der Priester ist in Ohnmacht gefallen. Es besteht aus einer Schüssel Auberginen mit Tomaten und Kräutern, mit Öl angemacht und so auf den Teller gelegt, daß es aussieht wie ein auf dem Rükken liegender Imam in einer altmodischen schwarzen Robe. Pollock behauptete, das sei die beste Unterlage für eine ausgedehnte Sauftour durch die Stadt.

Draußen vorm Fenster bildeten die Menschen plötzlich eine Gasse. Aus der Ferne näherten sich laute Marschtritte, die im Gleichschritt auf den Straßenbelag hämmerten.

»Schaut euch das mal an«, sagte Pollock.

Am oberen, leicht ansteigenden Ende der Istiklal Caddesi wurde eine Gruppe von Riesen sichtbar: sechs athletisch gebaute Militärpolizisten. Die weißen Gurte, die schweren Stiefel und Helme gaben ihnen ein martialisches Aussehen.

Sie wirkten furchteinflößend, wie sie da in ihren abgehackten Marschbewegungen die Straße herunterkamen, dabei starr geradeaus blickend wie anatolische Automaten.

»Sie trampeln dich glatt nieder, wenn du ihnen in den Weg kommst«, meinte Pollock vergnügt. »Wollen hoffen, daß keiner von uns je in die Hände der Militärpolizei gerät. Sie verprügeln einen aus Prinzip, selbst wenn man nur Zeuge ist.«

»Was, zum Teufel, wollen die hier?« fragte Bassington.

»Es sind die Posten für den Rotlicht-Bezirk. Sie beginnen jetzt ihren Dienst. Man hat den Bezirk von der Stadt durch eine Mauer abgeteilt, und die Burschen da kontrollieren jeden, der hinein will. Wir sollten uns das ansehen. Es ist wirklich einen Blick wert.«

Nach dem Essen fuhr er uns zu der Mauer, die das Vergnügungsviertel abriegelte. Die Eingänge wurden von den anatolischen Riesen überwacht.

»Ich habe schon einiges darüber gehört«, meinte Bassington, »es aber nie für so erbärmlich gehalten.«

Die Puffs waren in niedrigen Gebäuden zu beiden Seiten einiger Gassen, die für den Autoverkehr gesperrt waren, untergebracht. Die Natrium-Dampflampen tauchten die Straßen in grelles Licht. Jedes Haus besaß zur Straße hin ein breites Fenster, hinter dem jeweils fünfzehn oder zwanzig meist übergewichtige Prostituierte in ihren Dessous herumsaßen, lasen oder umherstolzierten und versuchten, die Aufmerksamkeit der Männer draußen auf sich zu lenken. Bassington bemerkte, dies sei wie eine Parade der Geschmacklosigkeiten bei einer Weltmesse der Obszönitäten. »Fehlt nur noch jemand, der ruft: Kommt her, kommt her, hier kostet's nur die Hälfte«, brummte er.

Keiner schien auf das Angebot einzugehen. In acht, neun Reihen standen die Männer Schulter an Schulter und starrten mit unerfüllter Gier auf die unerreichbaren weiblichen Körper hinter der Scheibe. Nur einmal während der zehn Minuten, die wir die Szene beobachteten, faßte sich einer der Gaffer ein Herz und verschwand schnell durch den Seiteneingang im Innern des Hauses, während er beim Gehen das Geld aus der Hüfttasche zog. Er ging mit der leicht gebückten Haltung eines Mannes, der seine Erregung nicht mehr verbergen kann.

»Faszinierend, wie?« meinte Pollock anzüglich. »Könnt ihr euch vorstellen, für so ein Riesenweib noch zahlen zu müssen? Sie machen's auch für einen Dollar.«

Ein Türke in der Menge hörte seine Worte und drehte sich grinsend um. Dabei sagte er ein paar Worte zu Pollock und deutete ermutigend auf das Fenster. Pollock hob das Kinn – im östlichen Mittelmeerraum die traditionelle Geste der Verneinung – und grinste zurück. Der Mann widmete sich wieder seinen konzentrierten Betrachtungen. Bassington ging weiter. Am Ende der Gasse stand ein Militärpolizist und beobachtete gleichgültig das Treiben.

»Er ist der einzige, den das hier nicht anmacht«, bemerkte Pollock.

»Irrtum, er ist nicht der einzige«, sagte Bassington.

»Keine Sorge. Ich zeige euch gleich ein paar Klubs, die angenehmere Unterhaltung zu bieten haben.« Pollock zwinkerte mir erneut zu, während Bassington vor uns die Kontrolle in der Mauer passierte und auf den Opel zuging. Ich hatte das Gefühl, er wollte mir damit eine Botschaft zukommen lassen, die ich nicht recht verstand – als ob ich vor einem Zweiweg-Funkgerät säße, dessen Empfänger statt einer Stimme nur unverständliche Laute von sich gab.

»Tut mir leid«, meinte Pollock, während er den Wagen startete. »Das hier sind die einzigen vom Gesetz tolerierten Prostituierten in Istanbul. Und, wie ihr so richtig bemerkt habt, weit unter unserem Niveau. Unterste Stufe, keine Klasse. Aber in den besseren Clubs, die sich Polizeischutz erkaufen können, gibt's viel hübschere Mädchen. Schauen wir uns dort mal um.«

Er fuhr zurück in Richtung Pera. In einer der neuen Straßen hinter der *Istiklal* führte er uns in eine Diskothek. An den Tischen gab es ein auffälliges Mißverhältnis zwischen Männern und Frauen. Wir tranken Raki und schauten einem drallen Mädchen zu, das unter dem anfeuernden Gejohle der Gäste einen Bauchtanz vorführte.

»Sie wollen, daß sie das Oberteil ablegt«, übersetzte Pollock. »An manchen Abenden tut sie's. Kommt ganz drauf an, in welcher Stimmung sie ist.«

»Ist ja nicht gerade wie in Bangkok«, knurrte Bassington. »Aber ich will mich nicht beschweren.«

Ich versuchte, Pollock zu versichern, daß wir diese Art Unterhaltung zu schätzen wüßten. »Mir genügt es, meinen Raki zu trinken und zuzuschauen.«

»Nur keine Hektik, die heißesten Sachen heben wir uns für später auf«, erwiderte Pollock. »Ihr werdet noch Augen machen.«

Etwa fünf Häuserblocks entfernt am Ende einer Seitenstraße verbreitete eine riesige Leuchtreklame ein grellrotes Licht. Pollock parkte den Wagen und ließ uns Zeit, die Neonschrift zu entziffern: THE SOUTHERN CROSS CLUB.

»Großer Gott«, stöhnte Bassington.

»Du hast es erraten.« Pollock begann zu kichern. »Aussies. Erst waren es Griechen, die die Bordelle betrieben, dann Libanesen. Jetzt sind's Australier. Zuerst sind sie in Manila auf den Geschmack gekommen und haben dann halb Bangkok übernommen, bis die Thais dem einen Riegel vorgeschoben haben. Inzwischen haben sie Sex-Schuppen in der ganzen Welt laufen, einschließlich Istanbul.«

»Verkaufen sie auch australisches Bier?«

»Wenn sie auch sonst fast alles geregelt haben, was möglich ist – das haben sie noch nicht geschafft.«

Pollock stieg aus und ging voran. Das Innere des Southern Cross ähnelte verdammt den einschlägigen Bars in der Pat Pong Road von Bangkok, nur war es hier sauberer. Der längliche, schwach erleuchtete Raum war gegenüber der Bar in niedrige Sitznischen aufgeteilt. Die Wände zierten ein bunter Mischmasch aus australischen Football-Postern und Handarbeiten türkischer Bauern. Die wenigen männlichen Gäste umschwärmte eine ganze Schar junger Mädchen in kurzen seidenen Cocktail-Kleidern. Aus der Musikbox in der Ecke dröhnte harter Beat, und ein paar Mädchen in Bikinis produzierten sich auf einer erhöhten Fläche hinter der Bar als Disko-Tänzerinnen.

»Fehlt nur noch die Sex-Life-Show«, sagte ich zu Pollock.

»Das kommt später«, klärte er mich auf, »im Privat-Klub.«

»In so einem Schuppen war ich seit Jahren nicht mehr«, schrie Bassington uns zu, um die Musik zu übertönen, ging zur Bar und bestellte die Drinks.

»Ist 'ne Neuheit für Istanbul. Wurde erst nach deinem letzten Besuch eröffnet. Muß die Besitzer Unsummen an Schmiergeldern gekostet haben.«

»Wem gehört der Laden?« wollte Bassington wissen.

»Einem großgewachsenen Australier. Heißt Murray Tyler. Ich glaube, er hat auf den Philippinen angefangen. Sein Partner hat ihn wohl zum Schluß aus dem Geschäft gedrängt. So viel ich weiß, hat er dann fast ganz Asien abgeklappert, ehe er hier hängenblieb, um das zu machen, was er am besten kann – Touristen ausnehmen.«

»Ist er für dich von Interesse?«

Pollock schüttelte den Kopf. »Der Bursche ist zu smart, um sich in eine Sache reinzuhängen, an der er sich die Pfoten verbrennen könnte. Und meine Touristik-Investoren sind an dieser Art Attraktion nicht interessiert. Ab und zu bringe ich mal ein paar deutsche Gäste hierher. Das ist alles.«

Drei Mädchen stellten unsere Drinks eilfertig auf den Tisch in einer Nische. Bassington, jetzt sichtlich aufgeräumter und gelöster als zuvor, bestellte auch eine Runde für sie. Eine schlanke Brünette schob sich neben mich. Ihr Kleid saß besser als das ihrer Kollegin. Sie lächelte und drückte mit der Hand meinen Oberschenkel. Wie ich schon vermutete, stammte sie aus einer der griechischen Familien, die nach dem Zypern-Konflikt in den Armenvierteln von Istanbul hängengeblieben waren. Wahrscheinlich hatte der Southern Cross-Club aufgrund der mohammedanischen Lehre Schwierigkeiten, genug einheimische Mädchen für diese Art Arbeit zu finden.

»Die üblichen Präliminarien kann man doch auch noch auf später verschieben, oder?« fragte Bassington.

»Aber natürlich.«

»Ich bin mir fast sicher, daß ich im Flugzeug gut schlafen werde.«

Die nächste Runde – wir waren aus Vorsicht bei Raki geblieben – ging an mich. Sie würde ein erhebliches Loch in meinen auf dem Schiff eingetauschten Lira-Vorrat reißen. Während ich noch den Betrag überschlug, fühlte ich außer der Hand meiner griechischen Freundin auf meinem rechten Bein eine leichte Berührung an meinem linken. Verwundert sah ich Pollock an. Er blinzelte mir zu und deutete leicht mit dem Kopf nach unten.

»Ich krieg's von Basso morgen früh zurück«, raunte er. Ich schob die Hand unter den Tisch und berührte seine, die mir einen Packen großer Scheine aufdrängte – vermutlich Tausend-Lira-Scheine. Ich schob sie verstohlen in meine Hosentasche und sah dem Abend nun unbeschwerter entgegen.

Bassingtons Mädchen war ebenfalls Griechin. Er begann, von Griechenland zu erzählen, und sofort erklärten die zwei Mädchen wehmütig, wie gerne sie in der Heimat sein würden. Aber ihre Eltern lebten in Istanbul. Sie zuckten ergeben die Schultern – zwei Gefangene in einem türkischen Bordell, dorthin verschlagen durch die Machenschaften eines unbegreiflichen Nationalismus. Das dritte Mädchen unterhielt sich zwar mit Pollock leise auf türkisch, aber auch es schien einer der vielen ethnischen Minderheiten in der Türkei anzugehören.

Die Bar füllte sich langsam mit gutgekleideten Touristen und jungen türkischen Geschäftsleuten. Durch die Musik drang gelegentlich ein Lachen, doch die einzigen Gäste, die wirklich laut waren, gehörten zu einer Gruppe deutscher Touristen in der Ecke beim Eingang. Im großen und ganzen machte die Bar einen gepflegten Eindruck, und als Pollock mir den Inhaber zeigte, wußte ich auch den Grund.

Der Bursche war ein Hüne von fast zwei Metern. Er gehörte zu den Aussies, deren Vorliebe für den Bierhumpen ihrer schon von Natur aus ungeschlachten Gestalt eine ziemliche Wampe bescherte, ohne dabei den Eindruck physischer Stärke zu schmälern. Das graue, wellige Haar, das er zurückgekämmt trug, stand im krassen Gegensatz zu dem Gesicht, das es in weichen Locken umrahmte. Engstehende Augen und ungleich hohe Wangenknochen vermittelten einem nicht den Eindruck eines gutsituierten Mannes in mittleren Jahren. Der Barbesitzer unterhielt sich mit einem jüngeren breitschultrigen Mann mit strohblondem Haar, der fast ebenso groß und wuchtig aussah.

»Ein ziemlich nützliches Duo, wenn Muskelpakete benötigt werden«, meinte Pollock. »Der ältere ist Murray Tyler, der andere sein australischer Rausschmeißer.«

Bassington unterhielt sich zwar in Griechisch mit seiner neuen Freundin, verfolgte offenbar aber auch das Geschehen ringsum, denn er schaute jetzt kurz auf und nickte.

Pollock warf mir erneut einen Blick zu, den ich aber wiederum nicht zu deuten wußte.

An der Bar gab Murray Tyler dem dienstältesten Mädchen ein unauffälliges Zeichen und verschwand mit seinem Adlatus in den hinteren Räumlichkeiten. Das Mädchen ging langsam an den Nischen entlang und blieb hier und da auf ein paar geflüsterte Worte einen Moment lang stehen. Als sie unsere Nische passierte, nickte sie den Mädchen nur kurz zu. Poppeia, meine Gesellschafterin, überlegte eine Sekunde und nickte ebenfalls.

»Die hintere Bar wird gleich geöffnet«, klärte sie mich auf. »Hätten Sie Lust, sich eine Show anzusehen?«

»Und da sind die Drinks dann wirklich teuer«, fügte Pollock hinzu. »Aber das sollten wir uns trotzdem nicht entgehen lassen.«

Auf ein Zeichen der Mädchen verdrückten wir uns unauffällig nach hinten und ließen die Nichterwählten in ihrer ahnungslosen Unschuld in der vorderen Bar zurück.

Hier im hinteren Teil waren die Sitznischen kreisförmig um eine schwach erhellte Bühne angeordnet. Sie waren kleiner, die Trennwände höher als vorne. Pollock und ich saßen mit unseren Mädchen in einer, Bassington mit seinem Schwarm in der nächsten Nische, die fünfzig oder sechzig Zentimeter höher als unsere auf einer Art Plattform stand.

Nachdem wir unsere Drinks bestellt hatten und uns, wegen des schummrigen Lichtes blinzelnd, über die Beträge des herausgegebenen Wechselgeldes klar zu werden versuchten, erfüllte plötzlich der harte Rhythmus türkischer Musik aus einer Musikanlage den Raum. Poppeia zog eine Zigarette aus ihrer Packung, krümelte den Tabak aus dem Papier, mischte ihn mit etwas aus ihrer Tasche und füllte die Mischung wieder sorgfältig in das Zigarettenpapier. Sie zündete die Zigarette an, nahm einen tiefen Zug und ließ sie herumgehen.

»Schon in Ordnung«, meinte Pollock. »Das ist nur Hasch.« Als der Joint zu Bassington kam, nahm er einen solch langen Zug, daß die Mädchen ihn einen Geizhals nannten und ihn im Scherz auszankten. Sofort bereitete Poppeia einen zweiten Joint. Dann verstummte die gedämpfte Unterhaltung plötzlich. Ein Mädchen trat auf die Bühne und begann einen Bauchtanz.

Wie wir feststellen konnten, nahmen die Mädchen im Southern Cross ihr Oberteil ab, ebenso das Höschen. Und sie beendeten die Vorstellung mit einer langsamen, lasziv vorgeführten Show, bei der eine Champagnerflasche eine gewisse Rolle spielte.

Weitere Nummern wurden angesagt. Poppeia rückte nun ganz nah an mich heran, zog meine Hände an ihre Brüste und streichelte sanft über meine Lenden, wurde nur eine Sekunde lang gestört durch einen Kellner, der plötzlich aus dem Dämmerlicht auftauchte, um ein exorbitantes Eintrittsgeld für uns sechs zu kassieren. Kaum hatte er seine stygische Runde beendet, tauchten zwei neue Mädchen auf der Bühne auf. Sie strippten zu der

Musik, die immer schneller wurde und mit wimmerndem Zaz und harten Rhythmen in die wilden Kadenzen des Orients verfiel. Eines der Mädchen band sich, während sie langsam weitertanzte, einen monströsen Dildo um die Hüften. Das andere Mädchen ging rhythmisch in die Hokke und bot ihren Körper dar.

Poppeia öffnete den Reißverschluß und fand mit zielsicherem Griff mein Glied. Das Mädchen mit dem Dildo begann sich im Rhythmus der Musik zu bewegen. Sie führte ihn kaum tiefer ein als zehn oder zwölf Zentimeter, doch der Anblick war umwerfend.

Über uns begann Bassington zu stöhnen.

»Meine Güte, du spritzt doch nicht schon etwa?« flüsterte Pollock ihm zu.

»Was tust du, wenn dir ein Mädchen deinen Schwanz wie eine Dreschmaschine bearbeitet, während ein zweites vor deinen Augen eine andere mit einem Dildo beglückt? Natürlich ist es mir gekommen, du Idiot.«

»Hoffentlich stehst du dann noch die zweite Runde durch«, brummte Pollock und bestellte erneut Raki.

Poppeia, die mich mit ihren sanften Fingern streichelte, fühlte, daß mir bald ähnliches bevorstand, und verlangsamte ihre Bewegungen. »Warte bis gleich«, flüsterte sie mir zärtlich ins Ohr.

Die Show hier war nicht annähernd vergleichbar mit dem Standard in Bangkok vor der großen Säuberungskampagne in den achtziger Jahren. Was die Thaimädchen dort alles mit ihren durchtrainierten Vaginal-Muskeln anstellten, war unglaublich. Sie feuerten Pingpongbälle ab, rauchten Zigaretten oder ›tranken‹ eine Flasche Wasser. Dafür hatte diese Show hier eine erotischere Wirkung, die zusammen mit Hasch und Alkohol im Kopf sanfte Fantasien zum Aufkeimen brachte. Als Poppeia mir vorschlug, nach oben zu gehen, war ich nur allzugern dazu bereit. Eine schmale Stiege führte in die oberen beiden Stockwerke, in denen die Apartments lagen. Die Räume hatten kleine Badezimmer, deren vier Wände rundum verspiegelt waren. Auch über dem Bett und an der seitlichen Wand waren große Spiegel angebracht.

Im ersten Stock gab es ein kleines Foyer mit den im Metier üblichen roten Plüschmöbeln und -dekorationen. Hinter einem Pult hielt ein schlanker Angestellter die Zimmerreservierungen in einem Register fest und kassierte den Mietzins.

Pollock und Bassington waren mir gefolgt und verschwanden mit ihren Mädchen auf den Zimmern. In mir kämpfte die Lust gegen die Wirkung des Raki, doch packte das beruhigende Haschisch die widerstreitenden Empfindungen in einen sanften Schleier. *Inshallah*, dachte ich und benutzte in Gedanken das türkische Wort für die persönliche Fügung in den Willen Gottes. Doch hatte Allah mit dem, was sie vorschlug, eigentlich wenig zu tun.

»Zuerst ein Bad, und dann eine richtige türkische Massage«, sagte Poppeia. »Wenn du willst – hinterher.« Sie ließ Wasser in die Wanne laufen und zog mir mit geschickten Bewegungen Hemd und Hose aus. In das Wasser gab sie eine duftende Essenz, die stark schäumte. Dann drehte sie sich zu mir um und begann sich zu entkleiden.

Poppeia war bei weitem schöner als die Mädchen unten im Sex-Theater. Obwohl man in einer solchen Situation ja kaum etwas anderes machen kann, als auf dem Bettrand zu sitzen, leichte Konversation zu treiben und so zu tun, als sei die bevorstehende körperliche Begegnung die beiläufigste Sache der Welt – was ja eigentlich auch stimmt, wenn man es recht überlegt –, konnte ich doch nicht übersehen, daß ihr Körper wunderbar schlank und mit kleinen Brüsten ausgestattet war, deren rosafarbene Warzen steil nach oben ragten. Viele Griechinnen haben solche Brüste, und ich deute das als Merkmal ungewöhnlicher Sinnlichkeit. In ihrer Heimat Griechenland legen sie meist einige Pfunde zu, sobald sie sich den Dreißigern nähern. Poppeia dagegen lebte unter den äußerst harten Bedingungen der Slums von Istanbul und zeigte vermutlich deswegen keine solche Veranlagung. Für türkische Begriffe war sie eigentlich zu dünn. Trotz des Raki begriff ich doch, daß sie eigentlich nur von Ausländern für schön gehalten wurde, nicht aber von den Türken mit ihrer Vorliebe für dralle, fleischige Frauen.

Sie beobachtete mich, während sie sich auszog, und daß ich ihre Show so beiläufig wie möglich verfolgte, schien sie zu erleichtern. Die leichte Spannung, die zwischen uns hing, als wir das Zimmer betraten, war verflogen. Sie bedeutete mir, in die Wanne zu steigen, hockte sich über meine Schenkel, seifte und wusch jeden Zentimeter meines Körpers mit großer Sorgfalt. Zwischendurch betätigte sie einen Schalter an der Wand, und aus einem Lautsprecher, den ich vorher übersehen hatte, drang die leise Musik eines türkischen Senders. Poppeia summte die Kadenzen mit, während sie sich mit mir beschäftigte. Sie beherrschte die orientalische Abfolge der Töne perfekt.

»Türkische Musik«, sagte sie weich und massierte leicht meine eingeseiften Schenkel.

Nachdem sie mir mit der Handbrause den Schaum vom Körper geduscht hatte, ließ sie mich aus der Wanne steigen und rieb mich mit einem Badetuch trocken. Ich mußte mich auf das harte Bett legen und wurde mit Talkum, nicht mit Öl, auf die Massage vorbereitet. Poppeia verstand ihre Arbeit. Sie begann mit den Extremitäten, lokkerte Zehen und Finger durch Druck und ließ danach alle Gelenke an Händen und Füßen knacken. Von unten arbeitete sie sich langsam wieder höher und schien jeden Muskel im Körper einzeln zu behandeln. Dann mußte ich mich umdrehen, und sie massierte Po und Rücken bis zum Nacken hinauf. Die Massage trennte irgendwie den Geist vom Körper und verwischte die Begriffe Vergangenheit und Zukunft. Ich lag da, ganz in der Gegenwart, lebte, wie der Buddhismus es lehrt, nur dem Jetzt, dem Augenblick, war unfähig zu Ärger oder Freude, unfähig zu einer der sogenannten roten Leidenschaften. Ich fühlte eine tiefe Ruhe in mir.

»Möchtest du jetzt Liebe machen«, fragte Poppeia sehr weich. Ich glaube, ich wollte überhaupt nichts, außer daß der Moment andauerte, für immer in mir blieb. Sie mußte mir das von den Augen abgelesen haben. Was sie mir vorschlug, erschien mir als natürliche Ausweitung der Massage, obwohl ein solches Angebot für den östlichen Mittelmeerraum ungewöhnlich ist. Sie deutete auf ihren Mund. Der Gedanke schoß mir durch den Kopf, daß auf diese Weise kosmopolitische Erkenntnisse jetzt auch schon die Türkei erreicht hatten – möglicherweise über die Basen der U.S. Airforce in Anatolien.

Ich bin überzeugt, daß ich von mir aus in dieser Nacht nichts weiter unternommen hätte. Das klingt zwar unlogisch, aber in mir schlummerte immer noch eine, wenn auch stark strapazierte Art Zuneigung für Nina. Die meiste Zeit war ich mir dessen zwar nicht bewußt, aber irgendwie hatte ich das Gefühl, Nina zu lieben, und obwohl dieses Gefühl durch das, was ich hier trieb und was man vielleicht als eine Art Verrat ansehen konnte, getrübt wurde, hielt sich hartnäckig der Gedanke in meinem Hinterkopf, daß sie meine nächste große Liebe sein könnte.

Es war schon eine seltsame Art von Treue, diese Bordellmoral von mir. Andererseits wollte ich es auch mit dieser tragisch schönen, leichthändigen Griechin treiben. Ich signalisierte ihr also mein Interesse, wir handelten ihren astronomischen Preis auf die Hälfte herunter, und sie erhob sich mit einem scheuen Lächeln, das ich bis jetzt noch nicht bei ihr gesehen hatte, um die Wanne wieder mit heißem Wasser zu füllen. Sie winkte mich zu sich, und ich legte mich wieder in das heiße Wasser. Meine Pobacken lagen auf Poppeias Oberschenkeln, sie beugte sich über mich. Es war schön. Die Wanne war zwar nicht für eine Person meiner Größe konzipiert, und ich stemmte die Füße gegen die Wand am unteren Ende. Mein Körper spannte sich vor Lust. Der Raki verlangsamte meine Gefühle, und Poppeia verdoppelte ihre Anstrengungen. Ich legte die linke Hand auf ihre Brust.

Ohne es selbst rechtzeitig zu bemerken, war das Mädchen sehr erfolgreich. Die Katastrophe wurde komplett durch die Tatsache, daß ich in meiner Jugend mit der Football-Mannschaft nicht nur im Umkleideraum gepokert hatte. Ich begann meine Lehrjahre als Liebhaber noch in den harten Zeiten vor der Erfindung der Pille.

Ich war völlig weggetreten, schwebte irgendwo in dem Nirwana aus Raki, Hasch und saugenden Lippen und verriet mit keinem Laut das bevorstehende Crescendo. Poppeia war tief in ihre Arbeit versunken, um es mal so auszudrükken, als jene Jahre wieder aus meiner Erinnerung hervorbrachen – als perfekter, lautloser Orgasmus hinter einem Poker-Face.

Das Kreischen, Keuchen und Gurgeln des Mädchens läßt sich nicht beschreiben. Später trockneten wir uns schweigend ab und schlüpften in die Kleider. Mit entschuldigender Geste reichte ich ihr das Geld, doch ihre Miene blieb verschlossen.

Pollock und Bassington warteten schon im Foyer, als Poppeia und ich die Treppe herunterkamen. Poppeia hielt mich in der üblichen Weise an der Hand, Pollock konnte sich einen bissigen Kommentar über meinen glückseligen Gesichtsausdruck natürlich nicht verkneifen. Doch Poppeia spielte nicht mehr die verliebte Partnerin wie zuvor beim Heraufkommen.

Hinter dem Pult im Foyer stand der massige Murray Tyler. Er überschlug die Einnahmen und verabschiedete die Gäste mit einem kurzen Nicken. Poppeia sagte in bitterem Tonfall ein paar griechische Worte zu ihm und verschwand grußlos durch eine Seitentür.

Tyler wandte mir sein kantiges Gesicht zu. »Ich weiß nicht, was du angestellt hast, du Bastard. Aber die Lady schien es nicht sonderlich zu mögen.«

»Sie werden ja auch nicht für das, was sie mögen, bezahlt«, meinte Pollock mit unglücklicher und unbeabsichtigter Deutlichkeit und nahm meinen Arm.

»Ein Freund von dir, Pollock?« fragte Tyler sanft. »Ich sage dir was, mein Freund, für den Fall, daß er nochmals ein

Mädchen von mir will. Ich möchte, daß die Leute, die sich hier treffen, miteinander auskommen. War das klar und deutlich?«

»Ganz und gar. Kein Zoff, Murray, okay?« Pollock schob uns vor sich her zur Tür. Tyler lächelte, aber seine Augen waren kalt und drohend. Ich glaubte zu wissen, was er gemeint hatte. Wir gingen durch die vordere Bar, die sich inzwischen geleert hatte, und traten auf die Straße. Die Stadt schlief, es war kein Mensch zu sehen. Pollock erinnerte sich nach kurzer Besinnung, wo er den Opel abgestellt hatte, und fuhr uns zu seiner Wohnung zurück, ohne allzu oft die Gänge krachen zu lassen.

Als ich am nächsten Morgen erwachte, saß Pollock wie ein bleiches Gespenst vor den heruntergelassenen Jalousien. Sein Morgengruß war eher ein klägliches Stöhnen. Er zeigte auf den türkischen Kaffeetopf und bedeutete mir wortlos, mir selbst zu helfen. »Raki-Kater«, sagte er schließlich, »sind die schlimmsten, die es gibt. Man wacht auf und glaubt vergiftet worden zu sein, bis einem dann der Raki wieder einfällt. Ich glaube, das Zeug hat mehr als zehn Prozent Methylalkohol.«

»Ich habe mich auch schon mal besser gefühlt«, versuchte ich ihn zu beruhigen.

Er schwieg eine Weile. Ich nahm einen Schluck von dem dickflüssigen süßen Kaffee und fühlte mich gleich etwas besser.

»Bassington ist schon zum Flughafen unterwegs«, sagte Pollock plötzlich. »Er hat für Sie eine Verabredung mit Hderim arrangiert, ehe er losfuhr. Sie sollen um elf Uhr bei ihm sein. Nehmen Sie besser ein Taxi, denn ich glaube nicht, daß ich fahren kann.«

Pollock versank wieder in Schweigen. Ein paar Sekunden lang glaubte ich, er würde ohnmächtig. Er hatte nicht die kräftige Konstitution von Bassington und mir, und der Raki forderte seinen Tribut. Schließlich faßte er sich etwas. Ich trank meinen Kaffee.

»Hören Sie, Basso hat unseren Plan heute morgen geändert, ist schließlich doch auf meinen Vorschlag eingegangen und hat Hderim nur erzählt, Sie seien hier, um ihn vor einem möglichen Drogenschmuggel mit terroristischem Hintergrund zu warnen. Anhaltspunkte dafür biete der Bericht des Mädchens über den Mord, die Entführung und die Schmuggelfahrt. Die Beweise würden wir liefern, sobald das Mädchen hier ist.

Sie werden ihm also nur das Nötigste erzählen. Die letzte Nacht war also doch nicht vergebens, weil Basso meine Einwände schließlich akzeptiert hat.«

»Dann habe ich doch richtig bemerkt, daß Sie ihn bearbeiteten. Ich wußte nur nicht, wie.«

»Ich wollte ihm klarmachen, daß in dieser Stadt noch vieles läuft, das Londoner Bobbies und sogar die Athener Cops längst unterbunden hätten. Schließlich hat er das auch eingesehen, wie ich es erwartet habe. Sie müssen also genau achtgeben, was Sie Hderim sagen. Zuerst werden wir Sie mal im Park Hotel unten an der Straße einquartieren, damit Sie eine offizielle Adresse angeben können, ohne gleich meine Deckadresse auffliegen zu lassen. Wenn Sie dort sind, könnten Sie sich beim Schneider in der Halle ein paar neue Kleider besorgen, denn in Ihrer augenblicklichen Verkleidung als deutscher Seemann sehen Sie nicht sonderlich vertrauenerweckend aus. Danach gehen Sie zu Hderim und sagen ihm die Wahrheit, ohne ihm aber auf die Nase zu binden, daß Ihr Schiff in der Türkei und der Apollo-Kopf an Bord ist. Bassington meint, Sie sollten Hderim nur sagen, daß Sie ihm zu gegebener Zeit ein antikes Stück aus der Ladung der Caique übergeben würden.«

Sofort kamen mir Zweifel. Ich vertraute Bassington, und Bassington vertraute Hderim. Ich konnte Pollocks Vorsicht nicht verstehen.

»Was ist los, wo liegt das Problem?« fragte ich.

»Das habe ich Ihnen letzte Nacht erklärt. Wenn Basso nicht das Mädchen oder einen anderen handfesten Beweis nach Istanbul bringen kann, ist dies kein Fall für die Anti-Terror-Abteilung. Wird der Fall aber an eine andere Abteilung weitergereicht, kann weiß Gott was damit geschehen. Wenn sie erst mal über das Boot Bescheid wissen, und der Fall landet auf dem Tisch eines anderen Bullen, den wir nicht kennen, dauert es keine fünf Minuten, und Sie haben mal ein Boot gehabt, das versichere ich Ihnen. Und Basso hat keine historische griechische Skulptur mehr. Also, kein Wort davon, klar? Sagen Sie Hderim nur, Sie würden ihn zu der Statue bringen, sobald das Mädchen hier ist.«

»Wird er sich damit zufrieden geben?«

»Er ist Türke, und Türken haben keine Eile. Sollte wirklich alles schiefgehen, haben Sie wenigstens noch Ihr Schiff. Sie könnten es nachts aus den türkischen Hoheitsgewässern durch die Ägäis rüber nach Ägypten segeln und dabei die Abfertigungspapiere aus Izmir verwenden. Ehe Sie verschwinden, versenken Sie den Kopf in der Bucht und spielen Hderim eine Botschaft zu, wo er ihn finden kann. Von Ägypten aus könnten Sie an der nordafrikanischen Küste entlang nach Italien segeln und sind aller Probleme ledig.«

»Jesus, Pollock, die Griechen könnten in jedem westeuropäischen Land das Boot an die Kette legen lassen und für mich einen Auslieferungsantrag stellen.«

»Darum soll sich dann die U.S.-Botschaft kümmern, sobald Bassington die Geschichte des Mädchens erst bewiesen hat. Zur Hölle, Sie können doch Stück für Stück Ihre Fahrt von Hongkong nachweisen, wenn man Ihnen genug Zeit dazu läßt. Glauben Sie mir, die Sache in Griechenland verfolgt Sie niemals bis über die Landesgrenzen hinaus. Wenn Sie aber hier die Karten aus der Hand geben, ehe wir wissen, was weiter geschieht, können Sie eine Menge verlieren.«

Ich trank meinen Kaffee und dachte nach. Durch die Schlitze der Jalousie wirkte die Aussicht auf den Bosporus an diesem Morgen irgendwie obskur.

KAPITEL 9

Hderim

Pollock machte mir Sorgen. Das einzige, was ich wirklich von ihm wußte, war die Tatsache, daß er mir ein sehr angenehmer und freundlicher Gastgeber gewesen war.

Bassington hatte mir gesagt, ich könne Vertrauen zu ihm haben. Doch wenn ich jetzt so über Pollock nachdachte, schien er es von Anfang an darauf abgesehen zu haben, mir Zweifel an Bassington und seinen Vorschlägen einzuimpfen. Ich wußte nicht einmal, für wen Pollock wirklich arbeitete, mal abgesehen von dem Umstand, daß die Interessen dieser mysteriösen Organisation – was immer für Ziele sie auch verfolgen mochte – sich kaum mit unseren decken konnten. Durfte ich diesem undurchsichtigen New Yorker wirklich glauben, daß Bassington unser ganzes Vorgehen umgekrempelt hatte, und das in der letzten Minute vor seinem Abflug, ohne mit mir darüber zu sprechen?

Ich fühlte mich irgendwie nackt und ungeschützt in dieser Situation. Der massige Engländer hatte auf mich wie ein Fels gewirkt in dieser Brandung unerwartet auftretender Ereignisse und ihrer Folgen während der letzten zweiundsiebzig Stunden. Ich kannte Bassington und wußte aus unserer gemeinsamen Zeit in Asien, daß man sich auf ihn verlassen konnte. Jetzt begriff ich auch, daß er sich in den zwielichtigen Zonen der Unterwelt, in die ich so überraschend schnell abgerutscht war, auskannte. Für Bassington waren sie die vertraute Umgebung. Wenn man aber so plötzlich wie ich unerwarteten Risiken und Gefahren gegenübersteht, ist es nur natürlich, daß man die nächsten Schritte mit größter Vorsicht tut, und zumindest waren Pollocks Anweisungen und Ratschläge zum Teil tatsächlich sinnvoll. Vorhandenes

Wissen ist wirklich eine Art Macht, und ein sensibler Mensch hält sich diese Macht in Reserve, wenn die Umstände zweifelhaft werden sollten.

Ich mahnte mich zur Vorsicht und sprudelte nicht gleich die ganze Geschichte heraus, als ich in Colonel Hderims Büro geführt wurde. Wie es sich im Laufe des Gesprächs herausstellte, war dies eine sehr kluge Entscheidung.

Ich bemühte mich, wie ein Mensch aufzutreten, dem nur das Gemeinwohl am Herzen lag. Zu diesem Eindruck trug sicherlich auch die neue Kleidung bei, die ich mir am Morgen beim Hotelschneider in der Halle zugelegt hatte. Ich trug einen weißen Baumwollanzug, wie ihn häufig levantinische Geschäftsleute tragen. Lächelnd ging ich auf Mustafa Hderim zu. Aber der Mann mit dem breiten Unterkiefer war weiß Gott nicht der Typ, den man sich landläufig als den freundlichen Polizisten von nebenan vorstellte. Er war frisch rasiert und trug das Haar millimeterkurz. Sein Uniform-Hemd wies messerscharfe Bügelfalten auf, und von seinem glatten Gesicht wehte der herbe Duft eines teuren Rasierwassers über den Schreibtisch herüber. Er bog spielerisch ein helles Plastiklineal zwischen seinen Händen und gab mir durch sein Verhalten nur zu deutlich zu verstehen, daß er über Bassingtons Anruf kaum sonderlich erfreut war.

»Mr. Bassington hat mich sehr früh am Morgen angerufen und mich von Ihrem Besuch informiert. Sie hätten sehr interessante Informationen für mich. Ihren Worten nach zu urteilen, behaupten Sie dasselbe, wenn ich richtig verstehe. Sie sind also der Ansicht, mir eventuell einige wichtige Informationen geben zu können.«

Im ersten Augenblick drängte es mich, die Sache etwas zu beschleunigen. Doch ich mahnte mich zur Ruhe und wartete ab, worauf diese einleitenden Worte hinausliefen.

Nach einer halben Minute zuckte Hderim die Schultern. Wenn ein Grieche die Schultern hebt, bedeutet das: Du und ich, oder zumindest unsere gemeinsamen Ahnen in der langen und weitreichenden Menschheitsentwicklung, verstehen und verstanden sich von Anbeginn an, und aus dem

Grund solltest auch du, so wie ich, einsehen, daß zumindest in diesem Fall die Dinge gegen uns sind. Zuckt dagegen ein Türke die Schultern, heißt das: Du bist doch nur ein beschissener Ungläubiger mehr, weniger wert als ein bißchen Scheiße von meinem toten Esel. Der Alkohol in meinem Blut inspirierte mich noch genügend, um die Sache ohne zerstörerische Emotionen und mit viel Fingerspitzengefühl anzugehen. Schon in den frühen Jahren des Tennis pflegten die Spieler aus genau diesem Grund in der Nacht vor einem wichtigen Turnier mit einer Frau zu schlafen. Wenn die nervöse Anspannung in einem erst mal überwunden ist, spielt man meist sehr geschickt – aufgrund motorischer Reaktionen oder was sonst immer –, und manchmal macht die leichte Müdigkeit das eigene Spiel bissiger. Die Tennisspieler sprechen dabei vom ›Auge‹ des Spielers: Die – in Grenzen – ausschweifende Nacht gibt dem Spieler angeblich am nächsten Tag ein gutes ›Auge‹.

In ähnlicher Weise hatte mir die vergangene Nacht soviel innere Ruhe und Ausgeglichenheit beschert, daß ich diese halbe Minute schweigend ausharrte. Schließlich begann Hderim wieder zu sprechen. »*Bey* Bassington sagte mir, daß es dabei um ein schweres Verbrechen ginge, das im Zusammenhang mit einer gescheiterten Schmuggelfahrt, bei der eventuell Drogen eine Rolle spielen, geschehen sei. Sie könnten mir die Beweise dazu liefern.«

›Bey‹ ist in der modernen Türkei die formelle Anrede für den Mann. Atatürk hatte sie eingeführt, um den Gleichheitsgrundsatz seiner Regierung zu unterstreichen, doch fand diese Form in keine andere Sprache Eingang. Ich empfand Hderims Überbetonung dieser Anrede als Ironie. »Sie erzählen mir ebenfalls, daß ein ernstes Verbrechen vorliegt und das Mädchen mir dazu Beweise liefern wird.

Schön und gut. Aber wo ist die Frau? Offensichtlich müssen wir noch etwas auf sie warten. Ich hoffe doch sehr, daß sie dann nicht erzählt, eine dritte Person würde die Beweise liefern. Aber selbst dann wäre es immer noch erst eine Geschichte. Die Geschichte der Frau.«

»Könnte Sie ein Drogenschmuggel mit terroristischem Hintergrund interessieren?«

»Selbstverständlich. Zeigen Sie mir, wo die Sache gelaufen ist. Können Sie mir zeigen, wo das war?«

»Nein, die Frau meinte, irgendwo an der ägäischen Küste südlich von Canakkale. Im Osten des Golfs von Syme.«

»Haben Sie eine Vorstellung, wie viele Kilometer Küste das sind?«

Hderim senkte den Blick und unterdrückte ein kleines Lächeln. Dann musterte er mich unter gesenkten Lidern. »Leider kann ich da kaum etwas tun.« Er gab sein Spielchen auf, wie er mich am besten reizen konnte, um mich aus der Reserve zu locken. Ich glaube, ich tat ihm in diesem Moment sogar etwas leid. Als ob er es mit einem Dummkopf zu tun hätte, der sich Anteile einer Goldmine in Südamerika gekauft hatte.

Vielleicht war es dieser kleine Funken Sympathie, der mich sagen ließ: »Selbst ohne die Frau haben wir sichere Beweise.«

»Tatsächlich.« Dies war eher eine Feststellung als eine Frage.

»Es gibt da eine große hellenistische Büste. Sie gehörte zum Schmuggelgut.«

»Und wo ist die?« Seine Stimme klang beinahe überrascht.

»Diese Informationen kann ich Ihnen im Moment noch nicht geben. Ich weiß aber, daß sie nicht von der griechischen Polizei beschlagnahmt wurde. Wir werden Ihnen den Ort, an dem sie sich befindet, rechtzeitig mitteilen. Vielleicht dann, wenn Sie mit der Frau gesprochen haben.«

»Wenn es wirklich Beweise gibt«, sagte Hderim nun sehr ernst, »brauchen wir nicht erst auf die Frau zu warten. Was ist das für eine Statue?«

»Eine große Büste von Apollo – also ein Apollo-Kopf.«

»Ah ja.« Hderim dachte eine Weile nach. Er legte das Plastiklineal auf die Schreibtischplatte, zog aus der linken Schublade einen Kranz bernsteinfarbener Koran-Perlen und ließ ihn durch die Finger gleiten, während er abwesend auf die entfernte Bürowand starrte. »Vermutlich stammt die Statue von einer archäologischen Ausgrabung in der Türkei.«

»Das wäre eine mögliche Erklärung. Eine andere wäre, daß es sich dabei um eine Imitation handelt, die irgendwelches Schmuggelgut enthält.«

»Wie kommen Sie darauf?«

»Weil die Büste in meinen Augen so aussah.«

»Also haben Sie sie von der Caique geholt. Wo?«

»Auf Andros.«

»Und Sie dann dort versteckt – oder auf Ihrem Boot?«

Ich gab ihm noch ein wenig mehr Futter. »Sie befindet sich auf meinem Boot – oder war zumindest dort. Ich kann zur Zeit nicht an mein Schiff heran. Doch wenn Sie mit dem Mädchen gesprochen haben und unbedingt einen Beweis für ihre Geschichte sehen wollen, könnte ich ihn vielleicht liefern.«

»Nun, das ändert natürlich die Sache.«

»Trotzdem wissen wir dann immer noch nicht, wo der Mord geschah, und wer dafür verantwortlich ist.«

»Nein, das stimmt.« Hderim stand auf und ließ dabei die Perlen in seiner Hand klicken. »Wieso glaubten Sie, die Statue sei eine Fälschung?«

»Ich weiß nicht, ob sie eine ist. Bassington hielt sie für echt, und er hatte mehr Zeit als ich, sie sich anzusehen. Ich beschädigte den Kopf leider etwas, als ich ihn mit der Winsch auf meine Ketsch umlud. Die Oberfläche sah aus wie Epoxydharz mit aufgetragener Steinoberfläche. Bassington meinte, es sei nur eine restaurierte Stelle gewesen.«

»Was glauben Sie, steckt in dem Kopf?«

»Möglicherweise Drogen.«

»Drogen«, wiederholte Hderim. »Höchstwahrscheinlich sogar.« Er drehte sich zu mir um. »Sie müssen den Kopf herschaffen.«

»Das kann ich nicht.«

»Es wäre aber besser.«

»Ich komme im Augenblick nicht an ihn heran«, beharrte ich. Technisch gesehen stimmte das sogar. Hderim betrachtete mich lange und schien dann plötzlich meine Weigerung zu akzeptieren. Er trat zum Fenster und schaute eine Zeitlang hinaus.

»Die Statue ist Ihr Freifahrtschein aus diesem ganzen Dilemma, Mr. Lancaster.«

»Den ich auch benutzen werde, Colonel. Sobald ich an die Statue herankomme, übergebe ich sie Ihnen – wenn Sie mir versichern, daß Sie persönlich sich des Falles annehmen, damit ich die Sache mit den Griechen bereinigen kann.«

»Ach ja, die Griechen. Sind sie für Sie wichtig?«

»Ich möchte drüben einen Film drehen.«

»In Ordnung. Sobald das Mädchen in die Türkei kommt und mit uns spricht, liefern Sie die Statue.«

»Ja, so ähnlich.«

Hderim vertiefte sich wieder in die Betrachtung der Menschenmassen auf dem Taksim-Platz.

»Vielleicht kann Bassington das Mädchen nicht zur Rückkehr in die Türkei bewegen«, meinte er schließlich. »Nehmen wir mal an, die Statue ist keine Fälschung, denn auch Bassington hält sie für echt. Wir könnten dann auch die Geschichte ohne Miß Millens Aussage zurückverfolgen. Doch die Archäologie ist nicht mein Ressort. Ich möchte, daß Sie nach Ankara fahren und Ihre Geschichte meinen Kollegen erzählen. Sie haben dort Spezialisten für archäologische Kriminalität. Beschreiben Sie ihnen die Statue, schildern Sie ihnen jedes Detail. Vielleicht ergeben sich aufgrund Ihrer Schilderung Rückschlüsse auf eine Bande, die die bekannten Ausgrabungsstätten ausplündert. Sind alles Experten dort drüben. Selbst wenn die Statue eine Imitation ist, wissen sie vielleicht, wer in der Türkei solche Fälschungen herstellt. Auch die Sache mit dem Epoxydharz, wenn es das ist, können die Jungs drüben herausfinden. Nehmen Sie den Mittagszug, Mr. Lancaster. Es ist eine schöne Fahrt. Ich besorge Ihnen eine Fahrkarte und lasse Ihnen ein Hotelzimmer reservieren – wenn Sie fahren wollen.«

»Aber natürlich fahre ich.« Meiner Meinung nach blieb mir doch keine andere Wahl.

Jetzt, wo ich Kontakt mit der Polizei aufgenommen hatte, schien es mir ratsam, Pollock nicht persönlich zu treffen. Ich rief ihn von einem öffentlichen Fernsprecher in der Hotelhalle an, nachdem ich meine wenigen Kleider in den Koffer geworfen hatte. Es fiel Pollock nicht schwer, seine Begeisterung über die Fahrt nach Ankara zu verbergen. »Warum eigentlich nicht«, sagte er nur. »Schauen Sie sich Ankara ruhig auf Kosten der türkischen Regierung an. Vielleicht liefert uns die Archäologische Sektion der Polizei sogar ein paar neue Anhaltspunkte. Wer weiß?«

»Ich habe nichts über das Versteck des Kopfes gesagt.«

»Das war sehr klug von Ihnen. Behalten Sie es weiterhin für sich. Wir sollten selbst erst mal alle Konsequenzen durchdenken, ehe wir damit herausrücken.«

Ein dunkles Polizeifahrzeug brachte mich zum Üsküdar-Bahnhof, wo der Sergeant, der mich begleitete, mir ein Erster-Klasse-Billett überreichte. Er wünschte mir eine gute Reise, ohne sich dabei zu einem Lächeln hinreißen zu lassen.

Trotzdem konnte er mir mit seinem dunklen starren Gesicht nicht das aufkeimende Gefühl nehmen, eine Urlaubsreise anzutreten. Kaum saß ich am Abteilfenster des altmodischen Reisezugwaggons, betätigte der Lokführer vorn auf der Diesellok die Signalpfeife, und der staubige Bahnsteig begann wegzugleiten. Ich saß allein in dem Abteil mit den verblaßten Samtsitzen und den bunten Vorhängen und sah mich beinahe als einer der Akteure in einem der frühen Sherlock-Holmes-Filme. Der Zug ratterte über einige Weichen und wand sich durch die Randbezirke von Üsküdar. Ich fühlte mich eher wie ein Tourist als wie jemand, der sich auf der Flucht befand.

Was natürlich völliger Unsinn war. In Wirklichkeit war ich ja nur ein Mann, der zu einem zweiten Polizeiverhör fuhr und ein paar schwerwiegende Geheimnisse mit sich herumtrug. Doch die Tatsache, daß ich fuhr, daß kein Posten die Tür bewachte, um meine Anwesenheit zu verbergen oder mir das Ausgehen zu verbieten, erweckte in mir nun mal die Vorstellung, daß ich auf Sightseeing-Tour war.

Die Landschaft veränderte sich, nachdem sich der Zug aus der Küstenbucht von Istanbul emporgearbeitet hatte. Nach etwa einer Stunde Fahrt umrundete die eingleisige Schmalspur-Strecke in engen Bogen einige schmale Täler und wand sich zu den inneranatolischen Bergen hinauf.

Ich begab mich in den Speisewagen und verzehrte in Ruhe ein ausgedehntes türkisches Mahl, bestehend aus Roastbeef, Salat und Auberginen. Dazu trank ich einen roten Marmara. Durch die weiten Lichtungen der Wälder blickte ich auf üppige Felder. Hier in den Bergen war die Luft anders. Alle Fenster in dem langen Waggon waren geöffnet, und von draußen drang während des langsamen Anstiegs des Zuges warme, saubere Luft ins Innere und trocknete den leichten Schweißfilm – im Smog von Istanbul ein ständiger Begleiter – von der Haut. Gelegentlich konnte man vorne die schwer arbeitende Lokomotive sehen, die den Zug in immer neue Kehren der mäandernden Täler hineinzog. Im Speisewagen saßen verstreut ein halbes Dutzend Fahrgäste, die von drei oder vier weißgeschürzten Kellnern bedient wurden. Ich beachtete sie kaum, sondern schaute mir die vorbeiziehende Landschaft an. Gelegentlich sah man arbeitende Frauen auf den Feldern an den steilen Hängen, die Wein pflückten oder Gemüse ernteten. Alle trugen die landesüblichen Schleier. Schließlich kehrte ich in mein Abteil zurück. Die ausgedehnte Mahlzeit und der Wein hatten mich schläfrig gemacht.

Als ich am späten Nachmittag erwachte, hatte der Zug die Berge hinter sich gelassen und fuhr auf die große anatolische Hochebene hinaus. So weit das Auge reichte, sah man nur verkrüppelte Bäume und flache Hügel. Sonst war das Land so platt wie eine riesige Sandebene, nur hier und da unterbrochen von den Spuren eines Ochsenkarrens. Hier metzelten Tamerlans mongolische Horden im Jahr 1402 die Streitmacht der Türken nieder und nahmen den Sultan Bajasid gefangen. Die Karrenfurchen im Sand wirkten beinahe so alt und verloren wie diese längst vergessene Niederlage.

Zwei Stunden, nachdem die Sonne in bernsteinfarbenem Glanz über der Ebene untergegangen war, ratterte der Diesel-Expreß nach Ankara hinein.

Tamerlans Einzug in Ankara war sicher spektakulärer gewesen als meine Ankunft. Die Sicherheitskräfte des Landes hatten mich in einem modernen Hotelturm in den Außenbezirken der Stadt einquartiert. Das Gebäude schien ebensowenig in die Türkei zu passen wie die anderen rechteckigen Monolithen in der Stadt. Die Botschafts- und Bürogebäude hocken wie riesige Eidechsen in der Ebene und starren über die menschenleeren breiten Boulevards gegenseitig auf ihre Mussolinischen Fassaden, die Fensteraugen halb geschlossen durch die Jalousien gegen die Sonne.

Am nächsten Morgen meldete sich im Hotel ein Lieutenant Saklasun von der Archäologischen Sektion des Polizeipräsidiums und verschwand wieder nach einem kurzen, oberflächlichen Gespräch, das kaum zwanzig Minuten währte. Eineinhalb Tage wartete ich danach auf das Klingeln des Telefons.

In Ankara gibt's jede Menge zu sehen, zum Beispiel das Hethiter-Museum mit seinen zahlreichen Überbleibseln einer Zivilisation, die mit dem alten Ägypten wetteiferte, und einer Historie der Jungsteinzeit, die die restliche Welt nur in Bruchstücken kennt. Oder das Grabmal von Atatürk, ein weiteres Beispiel monströser Mussolini-Architektur. Sechsunddreißig Stunden reichen einem Touristen, sich all dies anzuschauen. Ankara hat auch ein paar kleine Restaurants, die nur türkisch und preiswert kochen, und ein paar größere Lokalitäten, die international und extrem teuer kochen.

Da die türkische Polizei die ganze Hotelrechnung bezahlte, aß ich nur im Haus und erlaubte mir einige längere Besuche in der Hotelbar. Und natürlich klapperte ich nicht die Sehenswürdigkeiten ab. Wofür hatte ich denn die Telefonnummer von Rosemary Bulltine?

KAPITEL 10

Rosemarys Neuigkeiten

Ihre Stimme klang kühl und distanziert, als das Mädchen sie ans Telefon holte.

»Du bist in der Türkei, Harry?«

»Ja, ich bin zurück. Entschuldige, daß ich unsere Verabredung in Izmir nicht einhalten konnte.«

»Eine Zeitlang war ich ganz schön böse auf dich.«

»Das tut mir leid, aber ich mußte weg. Die Zeit lief mir davon.«

»Anscheinend auch das Glück, was ich so gehört habe. Es gab da einige Aufregung um deine Person im Zusammenhang mit einer gestohlenen Caique.«

»Du weißt davon?« Das überraschte mich wirklich, denn die Istanbuler Zeitungen hatten darüber nur einen oder zwei kleine Artikel gebracht.

»Nicht viel. Wir erfuhren, daß du aus Griechenland verschwunden bist. Vermutlich bist du deswegen hier. Trotzdem verstehe ich nicht ganz, weshalb du mich anrufst.«

»Ich will der türkischen Polizei helfen, Rosemary – wenn sie meine Hilfe annehmen will. Wollen wir nicht irgendwo zusammen essen? Dann erzähle ich dir alles.«

Ihre abweisende Haltung schien plötzlich dahinzuschmelzen. »Also schön, aber komm nicht hierher. Wo wohnst du?«

Ich nannte ihr das Hotel. »Um sieben Uhr unten in der Bar«, sagte die praktische Miß Bulltine. »Ich lasse uns einen Tisch reservieren, wenn du willst. Da gibt es ein ganz neues Lokal in den Hügeln, das zur Zeit der Geheimtip von Ankara ist.«

Damit legte sie auf. Ich gratulierte mir selbst, daß ich diese

Sache hingebogen hatte. Ich mochte Rosemary schon seit langem, und sie wußte das. Meine Bewunderung für sie hatte ich ihr schon Jahre zuvor durch eine plötzliche Umarmung vor irgendeinem Londoner Haus offenbart. Die hübsche Bulltine war damals die kühle Intellektuelle in einer gemischten internationalen Clique aus jungen Agentur-Journalisten, der zweiten Garde von Korrespondenten der großen englischen Zeitungen und jungen aufstrebenden Karriere-Mädchen, die sich alle – außer Bulltine – in kaleidoskopartiger Vergnügungssucht durch sämtliche Betten, italienische Restaurants in Soho und alte Biergärten an der Westseite des Hyde Park arbeiteten. Rosemary, frisch gebackener Magister für Sprachen, hatte ihr Studium in Cambridge mit Auszeichnung beendet und war auf dem Sprung in den diplomatischen Dienst ihres Landes. Sie war die einzige, die dieses bunte Treiben nicht mitmachte. Sie war eine hochgewachsene Blondine mit langen Beinen und stand in den Pubs, in denen wir uns trafen, meist wie ein gewöhnlicher Arbeiter mit einem Humpen Bitter-Bier in der Hand, aber mit der geraden Haltung, die sie an den höheren Töchterschulen des Landes den Schülerinnen beibringen. Die verrückten Launen dieses zweitklassigen Völkchens von Bohemiens schienen bei ihr stets an einer unsichtbaren Rüstung abzuprallen. Ihre Klasse und Herkunft, ihre Intelligenz und – seltsamerweise – ihre studentische Unerfahrenheit und Naivität im Berufsleben schützten sie. Niemand war so ungehobelt, einen direkten Annäherungsversuch bei ihr zu wagen – weil jeder sich unbewußt vor der Abweisung fürchtete oder das Gefühl hatte, sich ihr gegenüber unfair zu verhalten. Wenn sie mit der *Sunday Times* unterm Arm sonntagmorgens in einem Pub in Kensington auftauchte, pflegte sie die politischen Ereignisse klarer und schärfer zu analysieren als die meisten politischen Kommentatoren in der Clique. Jeder wußte, ihre Logik war so zwingend, daß sie den Einfluß menschlicher Reaktionen dabei völlig außer acht lassen konnte. Kurz gesagt, auch ich gehörte zu denen, die keinen gezielten Vorstoß wagten, weil ich nicht absehen konnte, wohin uns ihre Logik bringen würde, wenn ich es versuchte. Hielt Rosemary etwas für sinnvoll, würde sie es tun, egal, wie extrem es in den Augen der anderen sein mochte.

Ich wußte zum Beispiel, daß sich die junge Rosemary ein Jahr zuvor leidenschaftlich in einen gutaussehenden, reichen Italiener verliebt hatte, der aus einer alten Adelsfamilie stammte. In diesem Sommer in Rom hatte sich der Italiener – gefügiges Werkzeug seiner idiotischen Konventionen – geweigert, mit der durchaus willigen Rosemary zu schlafen, weil sie zu dieser Zeit noch Jungfrau war. Prompt tat das Mädchen genau das, was in ihren Augen notwendig war. Sie fuhr nach London, ließ sich von einem jungen Maler, der sie schon seit längerem verehrte, aber zu dümmlich war, um ihr wirklich gefährlich werden zu können, entjungfern. Danach kehrte sie nach Rom zurück und erklärte ihrem jungen Adligen: »Alles in Ordnung, ich habe das Problem gelöst.« Sie würde niemals verstehen, warum der Italiener, verdorben von zweitausendjährigem Patriarchat, nie mehr ein Wort mit ihr sprach.

Zum Teil war es das Wissen um diese Episode, daß mich die Vorstellung, mit Rosemary eine Affäre zu beginnen, zu einem seltsamen Vergleich drängte. Ich hätte dabei das Gefühl gehabt, als sollte ich in den Sattel eines untrainierten Rennpferdes steigen. Ich hätte nie voraussehen können, welche Bocksprünge dieses unberechenbare Vollblut mit mir probieren würde.

Im Lauf der Jahre neigte ich aber immer mehr dazu, diese Zurückhaltung zu bedauern. Während der Stunden, die ich auf sie in Ankara wartete, wurde mir klar, daß das, was wir in jenen Londoner Tagen bei ihr als neurotisch ansahen, in Wirklichkeit eine Art ungebundener Stärke war. Doch mir sollte noch vieles mehr klar werden.

Kurz vor ihrem Eintreffen duschte ich und klatschte mir ein paar Handvoll italienischen Rasierwassers, das ich mir in der Hotelparfümerie gekauft hatte, ins Gesicht. Die Flasche hatte die Form einer Tanne und roch nach dem Auftragen wie der ganze Schwarzwald.

»Jesus«, rief Rosemary sofort, als sie wenige Minuten später die Bar betrat, »ich konnte deinen Duft schon vor der Tür riechen. Er hebt jeden Türken in zehn Schritt Umkreis aus den Schuhen. Und was, in Gottes Namen, hast du mit deinem Haar angestellt?«

»Ich vergaß, dir zu sagen, daß ich mein Äußeres ein wenig verändern mußte.«

»Du siehst aus wie ein Idiot. Zwar kann man den Haarschnitt noch gerade verkraften, aber dieses Blond ist wie ein Schlag in den Magen. Wo bist du da bloß hineingeraten, Harry?«

»Eigentlich war es einer deiner Leute, der mir dazu geraten hat.« Ich bestellte ihr einen Drink.

»Was soll das heißen – einer meiner Leute?«

»Vom britischen Geheimdienst«, murmelte ich leise und drehte mich dabei vom Tresen weg, »in Athen.«

Rosemary ging zu einem Tisch am entferntesten Ende der Bar. Ich ließ ihr den Vortritt und setzte mich zu ihr. Mit fester Stimme wiederholte sie: »Vom britischen Geheimdienst?«

»Natürlich niemand, den ein respektabler Diplomat kennen müßte. Trotzdem – einer eurer Leute hat mich aus dem Land herausgeschmuggelt.«

»Hier ist nicht der geeignete Ort, solche Dinge zu besprechen. Erzähl's mir später.«

Wir sprachen noch zwei oder drei Minuten über belanglose Dinge und leerten dabei unsere Drinks. Plötzlich fragte sie unvermittelt: »Hättest du was dagegen, mir mal dein Zimmer zu zeigen? Ich muß öfter kurzfristig Zimmer für irgendwelche eiligen Besucher bestellen, und wir bringen sie häufig hier unter. Ich habe mir die Zimmer aber noch nie angesehen.«

Oben im elften Stock schaute sich Rosemary kurz in meiner Klosterzelle mit Teppichboden um, hob den Telefonhörer ab, schob das Bild an der Wand zur Seite und meinte dann, das Zimmer sei ganz passabel. »In etwa der Standard der preiswerteren Hilton-Hotels. Wie ist das Bad?«

Schon stand sie im Badezimmer und drehte die Wasserhähne auf. »So, jetzt kannst du reden. Was ist geschehen?«

In knappen Worten erzählte ich ihr meine Geschichte, während das Wasser aus dem Brausekopf gegen die Glaswände der Dusche prasselte. Beinahe schon aus Gewohnheit verschwieg ich, daß sich die Apollo-Büste an Bord der *Andromeda* befand. Ebenso ließ ich meine amourösen Erlebnisse unter den Tisch fallen.

Rosemary blickte sehr nachdenklich drein. »Das muß ich erst überdenken. Komm, es wird Zeit für unser Essen.«

Wir bestiegen ihren kleinen englischen Wagen – »Hier sehr preiswert zu kriegen mit den Vergünstigungen für Diplomaten...« –, und sie fuhr gemächlich über die breiten Straßen. Dabei stellte sie mir wieder einige Fragen. Ich nannte ihr Bassingtons Namen, da ich wußte, daß Rosemary sauber war, erwähnte aber Pollock mit keinem Wort.

Wieder schwieg sie eine Weile und sagte dann: »Den Griechen zu entwischen, war sicher ein großes Risiko für dich, aber ich sehe die Logik darin. Dein Mann in Athen hatte in seiner Beurteilung völlig recht. In der gegenwärtigen politischen Lage, den Zypern-Konflikt betreffend, säßest du mindestens für ein Jahr, wenn nicht länger, im Gefängnis, ehe der Fall geklärt wäre. Die Griechen machen den Amerikanern momentan keinerlei Zugeständnisse – und den Türken erst recht nicht. Uns mögen sie auch nicht besondes. Bassington könnte auch mit dem terroristischen Hintergrund dieser Sache recht haben, obwohl ich an Bord der Caique eher Waffen als Drogen vermute.«

»Wir sind da genau entgegengesetzter Meinung.«

»Nein. Ich glaube, einige unserer europäischen Kollegen haben die Verbindung zum Terrorismus in die Erwägungen eingebracht. Das französische Deuxième Bureau hat ein Dossier darüber angelegt, und auch die Leute in Bonn sind ziemlich auf diese Version fixiert. Wir sind diesem Gedanken aber nachgegangen und zu der Überzeugung gelangt, daß Waffen, keine Drogen, geschmuggelt werden.«

»Ich habe es so verstanden, als glaubten die Briten ebenfalls an einen Drogenschmuggel mit terroristischem Hintergrund.«

»Genau das Gegenteil ist der Fall«, klärte mich Rosemary auf. »Vergiß nicht, wir haben in Nordirland, wo die IRA Nutznießer solcher Aktionen ist, alle Hände voll zu tun. Seit Jahren ist uns bekannt, daß die radikale Moslem-Guerilla im Libanon Waffen an westeuropäische Terroristen liefern. Bisher verschifften sie sie von Tyrus oder anderen libanesischen Häfen, doch neuerdings patrouillieren israelische Kanonenboote in diesen Gewässern, und diese Route ist versperrt. Also gingen die Moslems dazu über, Waffen und Munition in die Türkei zu bringen und sie von der Küste nördlich des israelischen Überwachungskordons aus zu verschiffen. Wir wußten davon, aber die Türken haben Probleme, den ganzen anatolischen Küstensaum zu überwachen.«

»Nun, Bassington schien sich ziemlich sicher zu sein, daß die Caique Drogen geladen hatte.«

»Das ist in der Tat etwas merkwürdig. Aber egal, ob die Griechen herausfinden, was an Bord ist – deine Chance, die Tatsachen nachzuweisen, liegt ausschließlich in der Türkei – wenn du die Türken zur Mithilfe bewegen kannst. Etwas macht mir jedoch Kopfzerbrechen, mein Lieber. Wir haben keinen Mann namens Bassington in Athen sitzen. Und wir erhielten keinerlei Vorwarnung in Form eines Berichtes, daß wir in dieser Geschichte drinhängen.«

»Aber du mußt doch nicht zwangsläufig alle Leute vom Geheimdienst kennen, oder?«

»Glaub mir«, meinte Rosemary, »ich kenne sie alle. Wieso, brauche ich dir doch nicht noch haarklein zu erklären, oder?«

»Was willst du damit sagen?«

»Wirklich, Harry, nun sei nicht so naiv.«

Natürlich wußte ich schließlich, was sie meinte. Mir dämmerte nur etwas zu langsam die Erkenntnis, daß die niedliche Rosemary Bulltine die Kontaktfrau des britischen M 16 in der Türkei war.

Das Restaurant lag auf einer Terrasse, die man in eine Hügelkuppe hoch über der Hauptstadt geschnitten hatte. Erst wenn sich am Abend das Lichtermeer der Stadt bis zum Horizont dehnte, machte Ankara wirklich den Eindruck einer lebendigen Stadt. Der Kellner servierte uns große Scheiben Kalbfleisch mit Spargel. Als er verschwand, fragte ich Rosemary: »Wenn mein Freund in Athen nicht zu euch gehört, wer ist er dann deiner Meinung nach?«

»Sei vorsichtig mit dem, was du sagst«, wies mich Rosemary sanft zurecht. »Du liegst zwar richtig, aber du sitzt in einem Lokal des Landes, das der größte Tummelplatz für Geheimdienste in Europa ist.«

»Ich hab's begriffen. Also, wer ist der Mann?«

Rosemary kaute geistesabwesend auf dem Fleisch herum. »Eine Art Freiberufler, würde ich sagen. Vielleicht hat er irgendwann wirklich mal was für uns erledigt. Ich werde das überprüfen lassen. Ich bezweifle sehr, daß er zur Gegenseite gehört. Was dich betrifft, ist nur wichtig, daß du den Burschen nicht für einen ganz ordinären Gauner hältst.«

»Dessen bin ich mir sicher. Und wie gehts jetzt weiter? Ich weiß immer ganz gern, mit wem ich es zu tun habe.«

»Also schön, nenn mir die Kontaktperson in Istanbul. Halt, sag's nicht, schreib es hier auf.« Sie griff in ihre Tasche und gab mir eine Visitenkarte von sich und einen Kugelschreiber.

»Ist das sicher genug?«

»Man kann die Karte zerreißen und in die Tasche stecken oder sie essen, wenn man will. Die Tische sind nicht verwanzt, man sollte nur auf die Tischnachbarn und die Kellner achten.«

Ich dachte angestrengt nach. Bis jetzt hatte ich Pollocks Namen nicht erwähnt, doch infolge der aufkommenden Zweifel an Bassingtons Person wurden meine Zukunftsaussichten immer düsterer. Ich schrieb Pollocks Namen auf die Karte und dahinter: Mossad?

Meine gewandte Dritte Botschaftssekretärin begann plötzlich vor unterdrücktem Gelächter zu prusten wie ein

Schulmädchen und spuckte dabei kleine Fleischbrocken über den Tisch. Ich nahm die Karte an mich, während sie die Spuren ihrer Erheiterung wegputzte.

»Gütiger Himmel«, sagte sie glucksend. »Entschuldige bitte. Ich mußte so lachen, weil wir die regulären Leute dieser Organisation in Istanbul – na, sagen wir mal – recht gut kennen. Sie haben weiß Gott wenig gemein mit dem Mann aus deiner Erzählung. Es sind sehr respektable, ernsthafte Juden in mittleren Jahren und keine Säufer.«

»Und wer ist dann er?«

»Noch ein Freiberufler vermutlich.« Sie hatte sich wieder gefaßt und schaute mich ernst an. »Hör zu, du sagst, du kennst deinen Athener Freund seit Jahren und vertraust ihm.« Sie unterbrach das Gespräch, bis der Kellner die Gläser nachgefüllt hatte. Dann fuhr sie fort: »Du kennst ihn also. Sicher hat er in deinem Fall bis jetzt alles richtig gemacht. Wahrscheinlich war dies sogar das Beste, was überhaupt zu tun möglich war. Ich bezweifle, daß wir es so gut geschafft hätten, wenn das Ganze hier passiert wäre. So weit, so gut; aber dir bleibt offenbar kaum eine andere Wahl, als an Plan A festzuhalten, was, Harry? Ich kann mich zwar in die Sache einklinken, weil die Regierung Ihrer Majestät nach wie vor auf dem Grundsatz beharrt, daß es unwichtig ist, welchen Paß jemand, der in England geboren wurde, inzwischen hat – er bleibt einer der unseren. Doch darf ich nur im äußersten Notfall eingreifen. Theoretisch müßtest du auf der Stelle zu deiner eigenen Botschaft gehen, doch glaube ich, daß man dort nicht sonderlich erbaut über dein Auftauchen wäre. Schließlich haben die Amerikaner den Griechen dein Erscheinen vor einem griechischen Gericht in die Hand zugesagt und mußten dann eingestehen, daß sie ihr Versprechen nicht halten konnten. Wenn sie dir dann plötzlich in Ankara Hilfestellung leisten, sieht die ganze Geschichte kaum noch nach einem Zufall aus, oder? Ich bin sicher, sie halten sich lieber aus allem heraus, bis die Sache ein glückliches Ende genommen hat. Also, deine einzige Chance besteht darin, die Türken zur Mitarbeit zu bewegen. Du wirst feststellen, daß Hderim sehr energisch vorgeht, wenn er davon überzeugt ist, es mit Terroristen zu tun zu haben.«

»Vielleicht sollte ich ihm handfestere Beweise liefern.«

»Hast du welche?«

»Offen gesagt: ja. Ich habe ein Stück der Antiquitätenladung auf mein Boot umgeladen.«

»Ich glaube kaum, daß das einen Unterschied macht«, meinte Rosemary. »Ich vermute, die Gangster betrieben den Antiquitätenschmuggel als kleines profitables Nebengeschäft. Die wertvollere Ladung sind wohl die Waffen und Granaten in den Bilgen der Caique. Du kannst nur hoffen, daß die Griechen diese Fracht bald finden. Dann hätte Hderim wenigstens etwas in der Hand, um die Sache voranzutreiben.«

Sie dachte eine Minute nach. »Vielleicht kann ich den Griechen etwas Dampf machen, wenn ich unsere Leute in Athen einschalte. Die offiziellen Stellen, wohlgemerkt, nicht deinen Freund. Wenn ich mir überlege, wie wichtig das Auffinden der Ladung für unsere Seite sein kann, wird sich London möglicherweise sogar bereit erklären, ein Bergungsteam der Marine von Malta herüberzuschicken. Wir beide sollten in Verbindung bleiben. Aber ruf mich nicht in der Botschaft an. Rede mit Jack Terragen vom Istanbuler Konsulat. Aber sei vorsichtig mit dem, was du am Telefon sagst.«

Wir beendeten gemächlich unser Essen und unterhielten uns dabei über gemeinsame Bekannte. Die Lichter von Ankara funkelten wie Diamanten zu uns herauf. Als wir dann zu ihrem Wagen gingen, war die Luft im Gegensatz zu Istanbul angenehm frisch. Selbst die Frage nach Bassingtons wahrer Identität schien nach dem Essen und in der kühlen Luft nicht mehr so wichtig. Hderim würde schon eine Antwort darauf finden.

»Ich fahre dich zum Hotel zurück«, sagte Rosemary.

»Wir gehen also nicht auf einen Kaffee zu dir?«

»O nein, mein Herz.« Rosemarys Stimme klang fest. »Du kannst dir nicht vorstellen, wie sehr das diplomatische

Völkchen noch den Traditionen des 19. Jahrhunderts anhängt, besonders in einem islamischen Land. Ich dürfte dich nicht einmal nach Einbruch der Dunkelheit nach Hause bringen. Diese Neuigkeit würde wie ein Blitz die Runde machen.«

»Aber ich darf dich doch noch zu einem Drink ins Hotel einladen, oder?« Ich rückte an sie heran und legte ihr mit gewinnendem Lächeln den Arm um die Schulter.

Rosemary gab mir einen sanften Kuß. Sie trug ein französisches Parfüm, dessen Duft mir eine Rückkehr aus der bedrückenden Unterwelt, in der ich mich zur Zeit bewegte, in ein gesundes, normales Leben versprach.

»Tut mir leid, aber auch dort kann ich keinen Gute-Nacht-Drink mit dir nehmen«, klärte sie mich auf. »Wenn ich mit auf dein Zimmer ginge, würde das sicher bemerkt und weitergetragen.« Sie rückte von mir weg. »Nein, heute nachmittag wäre der richtigere Zeipunkt für so etwas gewesen. Eine Affäre wird gerne ausspioniert, besonders bei einer Person in meiner Stellung. Dein Zimmer ist vollgestopft mit Wanzen. Aber ich wundere mich, daß du mir dieses Angebot nicht heute nachmittag gemacht hast.«

Ich lag voller Verlangen in meinem Bett und verfluchte meine Begriffsstutzigkeit, als Lieutenant Saklasun am nächsten Morgen anrief. Er wollte mich abholen, um das Gespräch in seinem Büro fortzusetzen. Ich war noch etwas vom Raki benebelt, fühlte mich aber nach einer Dusche der Befragung gewachsen. Doch es wurde mehr ein Bericht als eine Befragung. Saklasun übersetzte für seinen Vorgesetzten die Erkenntnisse, die sie inzwischen gewonnen hatten. Die Sektion hatte Nina Millens Spur bis zu einer archäologischen Ausgrabung in der Nähe von Trabzon an der östlichen Schwarzmeer-Küste zurückverfolgt. Sie wurde schon vermißt, aber ihre Arbeit dort gab keinerlei Aufschluß darüber, was sie während ihres Urlaubs siebenhundert Meilen entfernt an der ägäischen Küste gemacht hatte. Den Türken in ihrer Begleitung hatte man als Student aus Istanbul identifiziert, der einen Forschungsurlaub bei der amerikanischen Expedition durchführte. Von ihm hatte man länger nichts mehr gehört, er galt als vermißt. An welchem Teil der ägäischen Küste der gemeldete Mord geschehen war, blieb bis jetzt ungeklärt.

Es gab eine Menge Antiquitäten-Fälscherringe und weitere Banden, die die Fälschungen wie auch Original-Antiquitäten aus der Türkei schmuggelten. Die Untersuchungskommission war nicht in der Lage gewesen, die Bande zu orten, die ich, ohne Beweise vorzulegen, angezeigt hatte. Vielleicht half da ein Blick auf die Schmuggelware der Caique weiter. Wenn nicht... Die Beamten zuckten uninteressiert die Schultern. Dann könnte ich ja nach Istanbul zurückkehren. Man würde mit Colonel Hderim in Verbindung bleiben.

Vom Polizeipräsidium nahm ich ein Taxi zum Hethitischen Museum, bestieg dort ein anderes, um sicher zu sein, daß niemand mir folgte, und rief Pollock vom Hauptpostamt aus an.

»So kommen Sie nicht weiter«, schrie Pollock über das Krachen der Leitung hinweg. »Von Bassington und dem Mädchen habe ich bis jetzt auch nichts gehört.«

»Das ist eine andere Sache. Die Briten behaupten, Bassington gehöre nicht zu ihnen.«

»Die Briten kennen nicht mal ihre eigenen Hühneraugen«, rief Pollock. »Haben Sie schon mal was von linken und rechten Händen in diesem Geschäft gehört?«

»Der Engländer, mit dem ich gesprochen habe, schien aber sehr gut informiert zu sein. Nicht nur, daß sie unseren Freund nicht kennen – sie vertreten auch eine völlig andere Theorie in der ganzen Angelegenheit. Sie sind der Meinung, die Ladung auf dem Boot produziert Knalleffekte, ist nicht das Zeug, das einen zum Kichern bringt. Alles klar?«

»Verstanden. Hören Sie, Basso ist vielleicht nicht das, was Sie denken, aber machen Sie sich deswegen keine Gedanken, okay? Ich erkläre es Ihnen, wenn Sie zurück sind – zumindest in etwa. Ich kann verstehen, daß die ganze Sache für Sie ziemlich verwirrend und unüberschaubar wird. Vielleicht sollten Sie wirklich den Kopf in der Bucht versenken und sich nach Ägypten davonmachen.«

»Nein, Pollock, dafür habe ich zuviel in mein Vorhaben investiert. Ich muß mit einem sauberen Namen nach Griechenland zurückkehren können. Ich habe vor, Hderim die Statue als Zeichen meines Vertrauens zu geben, und kann nur hoffen, daß die britischen Marinetaucher die Ladung aus der Ägäis bergen. Schätze, daß meine eigenen Leute im Moment nicht gut auf mich zu sprechen sind.«

»Aus welchem Interesse sollten die Briten die Ladung heben, zum Teufel?«

»Sie scheinen zu denken, daß die Knallbonbons letztendlich gegen sie eingesetzt werden sollten. Nordirland – Sie verstehen?«

»Das ist ein Argument«, räumte Pollock ein. »Ich denke, Sie sollten so schnell wie möglich nach Istanbul zurückkehren. Wir werden uns den Kopf mal genauer ansehen, ehe wir ihn weitergeben. Mal sehen, was wir aus seiner Mitte herausholen.«

KAPITEL 11

Eine merkwürdige Bekanntschaft

Für eine Reservierung im Nachtzug war es inzwischen zu spät geworden, und ich begab mich wieder in die Bar, um ein paar Raki auf Kosten der Polizei zu kippen. Nach dem dritten betrachtete ich die Welt etwas philosophischer. Bürokratien waren fast überall gleich.

Die einzige Polizei, die bei der Verbrechensbekämpfung eine Aufklärungsrate von über fünfzig Prozent aufzuweisen hat, ist die von Westdeutschland, wo, wie sie selbst delikaterweise behauptet, die Polizeiarbeit eine gewisse Tradition hat. Irgendwo sonst auf der Welt bestand kaum die Chance, daß ein durchschnittlicher Polizist mit der wirren Story, die ich erzählte, etwas anzufangen wußte. Wie Pollock schon vorgeschlagen hatte, sollten wir beide vielleicht selbst den Fall in die Hand nehmen und ihn bis zur Aufklärung vorantreiben. Aber konnte ich Pollock trauen?

Ein schlanker Mann, der drei Hocker weiter ein Bier trank, machte in perfektem Englisch eine Bemerkung über meinen zufriedenen Gesichtsausdruck. Wir waren, so kurz nach Einbruch der Dämmerung, die einzigen Gäste. Der Grund, erklärte ich ihm, sei mein Entschluß, mich in mein Schicksal zu fügen.

»Sind Sie geschäftlich in Ankara?« fragte der Mann. »Und wie läuft es so?«

»Nein, ich habe hier nur einen Ringkampf mit der Bürokratie veranstaltet – und verloren. Oder, besser ausgedrückt, es war ein ergebnisloser Kampf.«

Mein Gesprächspartner machte ein bedauerndes Gesicht.

»*Inshallah*, wie wir hier in der Türkei sagen. Wie es Gott gefällt.«

»Gott wollte nicht so, wie ich wollte. Also werde ich morgen nach Istanbul zurückkehren und von vorn beginnen.«

Der Mann nickte teilnahmsvoll. »Ich auch. Mit dem Zug?«

»Ja.«

»Vielleicht sehen wir uns dann. Aber Sie fahren nicht sehr oft mit dem Zug, denn dafür sind Sie zu braungebrannt. Haben Sie einen Strandurlaub gemacht?«

»Nein. Ich bin die letzten Monate viel gesegelt. Durch den Indischen Ozean und das Rote Meer bis zur Türkei.«

Das interessierte den dünnen Türken außerordentlich. Er sei Ingenieur, erzähle er, aber sein Vater und seine Onkel seien Skipper von Fracht-Caiques in der Küstenschiffahrt gewesen. Er selbst segele, wann immer es ihm seine Zeit erlaube, mit einem kleinen Boot auf dem Marmara-Meer. Er rutschte auf den Hocker neben meinem und bestellte mir einen Raki. Seine Augen leuchteten wie üblich bei Yachtkapitänen, wenn sie von ihren Reisen erzählen. Berufsmäßige Seeleute reden nie mit solcher Intensität von ihren Fahrten. Bei ihren Erzählungen kommen die Freizeit-Skipper irgendwann immer auf die Schlechtwetterfahrten zu sprechen. Segler, die nie einen wirklich schweren Sturm mitgemacht haben, leben mit dem Zweifel im Herzen, wie sie im Ernstfall damit zurechtkommen. Selim Kasadar, wie er sich mir vorstellte, war nur bei leichtem Schlechtwetter im Marmara-Meer und an der nördlichen Ägäis-Küste unterwegs gewesen. Er wolle von mir wissen, wie man einen schweren Sturm auf hoher See mit einem kleinen Schiff am besten übersteht.

Ich mußte ihm gestehen, daß der Indische Ozean bei meiner Überfahrt ausgesprochen zahm geblieben war. Eine Schlechtwetterzone hätte ich erst in der Ägäis erlebt.

»Ja, ja, das Wetter kann dort sehr ungemütlich werden. Die Wellenberge sind ziemlich steil. Erzählen Sie mir davon.«

Aber ich war ganz und gar nicht geneigt, ihm von Ninas Rettung und dieser verdammten Caique zu erzählen. Statt dessen schilderte ich ihm die Probleme in der Straße von

Malakka, wo sich die Yachtfahrer mit Maschinengewehren gegen die Piraten von den Langkawi Islands und den Andamanen verteidigen. Er zog erstaunt die Augenbrauen hoch. »Sie haben ein Maschinengewehr an Bord?«

Trotz des Raki wurde ich noch vorsichtiger und zuckte nur mit den Schultern. »Ist nicht leicht dranzukommen«, sagte ich. »Aber wir hatten wenigstens etwas Schutz.«

Er nickte ernst. »Hier bekämen Sie große Schwierigkeiten, wenn die Polizei eine Waffe bei Ihnen fände.«

»Ich habe nicht einmal mein Schiff hier.«

»Es liegt in Grichenland?«

»Hm.«

»Dann bekommen Sie auch mit unserer Polizei keinen Ärger«, stellte Kasadar entschieden fest.

»Wir haben ohnehin beschlossen, uns gegenseitig in Ruhe zu lassen«, bemerkte ich geringschätzig.

Er stellte sein Glas ab und schlug eine Runde von mir aus. Beim Gehen sagte er: »Vielleicht sehe ich Sie morgen im Zug. Er ist selten voll besetzt.«

Ich dachte eine Zeitlang über dieses merkwürdige Gespräch nach. Dann kaufte ich mir am Zeitschriftenstand in der Halle ein Taschenbuch und ging zum Essen. Kasadars Neugier erschien völlig normal bei einem Menschen, der mit einem anderen die Leidenschaft fürs Segeln teilt. Mir war aber aufgefallen, wie schnell er die *Andromeda* in Griechenland vermutete, obwohl ich ihm über das Ziel meiner Reise kein Wort gesagt hatte. Aber möglicherweise hatte ihn meine Bemerkung über den Sturm in der Ägäis zu dieser Annahme gebracht.

Ich war nicht sonderlich überrascht, ihm am nächsten Morgen auf dem Bahnsteig zu begegnen, von dem der Zug nach Istanbul abfuhr. Wie schon bei der Hinfahrt gab es nur eine Handvoll Reisender in der Ersten Klasse. Wir nickten uns zu und bestiegen verschiedene Waggons. Ich sah ihn nicht wieder, bis ich mittags durch die Waggons zum Speisewagen ging. Kasadar saß allein an einem Tisch am anderen Ende des Wagens. Er winkte mir zu, und ich setzte mich zu ihm.

»Wir haben viel Zeit, in der wir, außer zu speisen, kaum etwas tun können«, meinte er. »Ist das nicht herrlich? Seien Sie mein Gast.«

Ich protestierte, aber Kasadar war zu aufgeräumt, um meine Ablehnung zu akzeptieren. »Meine Firma ist sehr großzügig«, erklärte er. »Gastfreundschaft ist bei Geschäften in der Türkei ein wichtiges Element. Meine Kollegen würden Sie ebenfalls einladen. Zuerst trinken wir ein Bier zu türkischen Hors d'œuvres. Danach gibt es Steaks und ein Glas Wein. Das Essen in den Zügen ist recht gut.«

Wenn man schon zu etwas verführt wird, soll man es auch genießen. Ich machte es mir auf dem Polstersitz bequem und versuchte, dem Wohlbehagen in mir Raum zu geben, während Kasadar mit dem Kellner ein Menü zusammenstellte und eine wahre Flut von Getränken kommen ließ. Das Essen war, wie er behauptet hatte, ausgezeichnet.

»Welche Art Geschäfte betreiben Sie?« fragte er beiläufig zwischen Vorspeise und erstem Gang bei der zweiten Flasche Marmara.

»Ich war früher Journalist. Jetzt bereite ich ein paar TV-Programme vor.«

»In der Türkei?«

»Nein. Vielleicht in Griechenland.«

»Ah ja.« Er füllte die Gläser. »Und wo in Griechenland?«

»Auf einigen der Inseln.«

Er nickte, als habe ich damit erneut etwas bestätigt, das ich ihm schon vorher erzählt hatte.

Das Essen wurde nach und nach auf kleinen Tellern aufgetragen, und die Mahlzeit dehnte sich bis in den Nachmittag. Wir konnten uns Zeit lassen. Für die übrigen Mittagsgäste gab es genügend Tische.

Die Bahnlinie hatte das anatolische Hochplateau verlassen, als wir mit dem Mittagessen begannen. Der Zug durchfuhr jetzt das Flußtal des Porsuk, das sich in Windungen zur Küste hinunterzog. Als wir am späten Nachmittag unseren Kaffee tranken, bremste die Lok für den Zwischenaufenthalt in Eskischir, einer großen Provinzstadt auf halber Höhe des Porsuk-Tales. Auf dem Bahnsteig warteten nur wenige Menschen. Eine Handvoll Reisender verließ den Zug, andere stiegen ohne sonderliche Eile ein. Plötzlich sah ich einen Jungen, der mit einem handgeschriebenen Schild am Zug entlangging und laut etwas in jedes Zugabteil hineinrief.

Die Botschaft auf dem Schild lautete: ›Lancaster – Telefon‹.

»Jesus, wie soll ich denn hier ein Telefonat annehmen?« fragte ich Kasadar.

Er beugte sich aus dem Fenster und rief dem Jungen eine Frage zu.

»Ein Anruf aus Istanbul für Sie, offensichtlich dringend. Sie können vom Büro des Bahnhofvorstehers aus telefonieren. Der Zug hat hier eine halbe Stunde Aufenthalt.«

»Sind Sie sicher?«

»Ganz bestimmt.«

»Mist.« Ich haßte es, unterwegs aus Zügen auszusteigen – trotz allen Vertrauens, das ausländische Reisende in die unveränderlichen Fahrpläne der Touristenländer zu haben schienen, die immer einen Aufenthalt zum Kauf eines Sandwich, zum Beschenken der Bettler mit Geld, zum Kauf einer Zeitung und ähnlichem von vornherein miteinkalkuliert haben. In Thailand hatte ich mal einen Korrespondenten kennengelernt, der behauptete, während eines Zwischenhaltes des Chiangmai-Expreß die Kellnerin des Bahnhofsbüfetts von Phitsanulok gebumst zu haben. Diese Art Gleichmut geht mir völlig ab. Im Geist sehe ich dann immer mein Transportmittel mit einem letzten Pfiff in der Ferne entschwinden, mich wie einen Gestrandeten in drohender Wildnis zurücklassend.

Hinzu kam, daß ich, als ich aufstand, nach all den verschiedenen Drinks ein dringendes Bedürfnis empfand. Dafür mußte einfach Zeit sein, sagte ich mir, kletterte aus dem Zug und schaute mich suchend nach einer Toilette um. Ich hatte Glück: Genau gegenüber der Wagentür lag eine. Beim Gehen wurde der Drang stärker. Ich schaffte es gerade noch rechtzeitig. Erleichtert lehnte ich mich gegen die Seitenwand und ließ den Dingen freien Lauf.

Als ich schließlich mit zufriedenem Seufzen meinen Reißverschluß hochzog, hörte ich draußen des Quietschen der Räder. Mit halboffener Hose stürzte ich zur Tür. Der Zug rollte an und setzte sich in Bewegung – wie ich es schon immer befürchtet hatte.

Ich sprintete auf die Wagentür zu, sprang mit einem Satz auf das Trittbrett und riß die Tür auf. Verdammt, Kasadar würde ich ein paar nette Worte flüstern! Der Zug wurde immer schneller. Ich lehnte völlig außer Atem, noch von Panik erfüllt, am Fenser – und entdeckte meinen Tischgenossen plötzlich vor mir auf dem Bahnsteig. Er ging zielstrebig auf das Büro des Bahnhofsvorstehers zu. Sein Gesichtsausdruck hatte jegliche Jovialität verloren.

Der Bahnsteig blieb zurück, der Zug gewann an Fahrt und wand sich ins Land hinaus. Ich rief den Oberkellner zu mir, der besser Englisch sprach als seine Kollegen.

»Hat der Zug in Eskischir normalerweise nicht eine halbe Stunde Aufenthalt?«

»Nein, noch nie.«

Es gibt nichts Ernüchternderes als die plötzliche Erkenntnis, daß man mit viel Glück einem Mordanschlag entronnen ist.

Es war schon dunkel, als der Zug durch die Außenbezirke von Üsküdar kroch und schließlich in den Hauptbahnhof einfuhr. In einer solchen Situation sollte man es sich zur Gewohnheit machen, nie als erster durch die Sperre zu gehen oder das erste Taxi zu nehmen. Ich ließ die Mehrzahl der Fahrgäste aussteigen und ging langsam hinter ihnen her, wobei ich meinen Koffer alle zehn bis zwölf Schritte abstellte und in die andere Hand nahm, als sei er zu schwer. Auf dem Bahnhofsvorplatz schien jedenfalls kein verdächtiges Empfangskomitee auf mich zu warten. Ich ließ drei *Dolmus*-Taxis abfahren. Das nächste wollte ich nehmen. Der Vorplatz hatte sich fast geleert, und ich wollte nicht der einzige Fahrgast am Taxistand sein. Vor mir rollte das nächste Taxi aus.

»Beyoglu«, sagte ich zum Fahrer. »Taksim-Platz.«

Er deutete mit dem Kopf zur Hintertür. Ich wollte nicht ganz bis zum Park-Hotel fahren. Vom Taksim-Platz war es nur ein kurzer Fußmarsch zum Hotel. Ich stellte den Koffer auf die Ablage und stieg ein. Zwei weitere Fahrgäste saßen schon im Wagen – für ein *Dolmus,* das nur Gewinn einfährt, wenn es wie eine Sardinenbüchse besetzt ist, schon ungewöhnlich. Einer der beiden saß vorn beim Fahrer, der andere in der entgegengesetzten Ecke der Rückbank.

Das Taxi verließ in rascher Fahrt den Bahnhofsvorplatz und schwenkte auf den breiten Boulevard zur Bosporus-Brücke ein. Auch das war nicht normal. Der Fahrer spart Benzin, wenn er den kürzeren Weg mit der Autofähre nimmt. Der Wagen fuhr in raschem Tempo die Brückenrampe hinauf. Durch die offenen Fenster blies warm der Wind von der See herein. Plötzlich wurde mir schlagartig bewußt, daß der Fahrer unterwegs nicht einmal angehalten hatte, um weitere Fahrgäste aufzunehmen. Auf der Autofähre hätte ich aussteigen und am Galata-Anleger an Land gehen können. Doch hier auf der Brücke wurde die Sache schon kitzliger. Die Schnellstraße mündete auf der anderen Seite in eine kaum belebte Vorstadt. Wenn die Türken im Wagen nichts Gutes im Sinn hatten mit meiner Zukunft, waren sie auf jeden Fall im Vorteil.

Ich blieb ruhig sitzen und ließ mir meine Besorgnis nicht anmerken. Hinter der Brücke blieb der Fahrer in der mittleren Spur und folgte der langgezogenen Linkskurve nach Pera und Beyoglu. Das beruhigte mich etwas, und ich atmete tief durch. Als wir aber ins Zentrum des modernen Stadtteils kamen, bremste der Fahrer plötzlich und bog rechts in die Seitenstraßen ein.

»He, zum Taksim«, rief ich. Im gleichen Moment zog der Mann zu meiner Rechten einen kurzläufigen schweren Revolver aus seinem Mantel und brachte mich durch eine drohende Bewegung zum Schweigen. Zum erstenmal drehte sich der Mann auf dem Beifahrersitz herum, sah mir spöttisch lächelnd ins Gesicht und forderte mich mit einer Geste der linken Hand ebenfalls auf, den Mund zu halten.

Ich preßte mich in den Rücksitz. Sie hatten mich also erwischt. Die Luft entwich in einem langen Atemzug aus meinen Lungen. Ich legte die Hände auf die Knie. Dann zeigte ich auf mich und fragte den Mann mit der Waffe: »Zigarette?«

Er zögerte einen Moment und nickte, bedeutete mir durch Zeichen, nur langsame, vorsichtige Bewegungen zu machen. Ich zog ein Paket türkischer Zigaretten aus meiner Brusttasche und streckte mir eine an. Ich hatte gehofft, den Einstellring für die Flamme zu öffnen und meinem Nebenmann das brennende Feuerzeug ins Gesicht werfen zu können. Der Mann vorne schien nicht bewaffnet zu sein. Doch der Plan funktionierte nicht, das Feuerzeug enthielt nicht mehr genug Gas.

Der Wagen rollte in rascher Fahrt eine abschüssige Seitenstraße hinunter. Weiter vorne bemerkte ich eine Kreuzung. Ich mußte etwas tun – und das schnell. Offensichtlich war jemand hinter dem Apollo-Kopf her, mußte seiner um jeden Preis habhaft werden – oder, besser gesagt, dessen, was darin steckte. Ich ahnte, daß mir einige schmerzerfüllte Minuten bevorstanden, bis sie überzeugt sein würden, daß ich ihnen die Wahrheit über sein Versteck sagte. Und danach mein schnelles Ende!

Als das *Dolmus* vor der Kreuzung abbremste, machte ich mehrere schnelle Züge an der Zigarette, bis die Spitze hell glühte, und schleuderte sie dem Bewaffneten mit der rechten Hand in die Augen, während ich mit der linken nach dem Revolver griff. Der Mann zuckte vor den sprühenden Funken zurück – Zeit genug für mich, seine Hand mit der Waffe zur Seite zu schlagen. Gleichzeitig hieb ich ihm meinen linken Ellbogen in die Halspartie unterhalb seines Ohres. Im selben Moment riß er den Abzug der Waffe durch. Der Fahrer vorne schrie laut auf und sackte zusammen. Das großkalibrige Geschoß war von hinten durch den Sitz in seinen Rücken gedrungen.

Der Wagen schoß mit kreischenden Pneus auf die andere Straßenseite hinüber, holperte über den Bordstein und krachte gegen eine Hauswand. Der sterbende Fahrer und sein Nebenmann wirbelten durch die Frontscheibe und betteten ihre Häupter wie zwei gottgläubige Moslems, die sie sicher gewesen waren, auf einen Gebetsteppich aus zersplittertem Glas.

Mein Aufprall wurde durch den Vordersitz gebremst. Der Revolvermann hatte nicht so viel Glück. Er hatte schon vor dem Aufprall den Kopf nach vorn gebeugt, um meinem Schlag auszuweichen. Als der Wagen gegen die Mauer krachte, brach er sich an dem Vordersitz das Genick. Der Beifahrer hing blutüberströmt und stöhnend in der Windschutzscheibe.

Ich tastete nach der Waffe, konnte sie aber nicht finden, weil die gesamte Rückbank nach vorn geflogen war. Ich ließ sie, wo sie war.

Die Polizei hatte den Tod eines *Dolmus*-Fahrers aufzuklären. Sollte sie doch den Beweis für die Todesursache haben! Geistesgegenwärtig riß ich meinen Koffer von der Ablage und warf einen Blick auf den Beifahrer. Der Bursche würde mir nicht so schnell hinterherrennen. Trotzdem sprintete ich in die nächste Seitenstraße und lief durch die Gassen in Richtung Taksim. Der Schweiß rann mir in Strömen am Körper herab. Ich eilte zu Pollocks Apartment, denn ich hatte inzwischen eine ungefähre Vorstellung, wie die Bande, die hinter dem Apollo-Kopf her war, auf meine Spur gestoßen war.

Zum Glück funktionierte der Aufzug zum elften Stock. Nach dem Vier-Meilen-Sprint durch die Seitenstraßen zum Taksim und den Boulevard nach Pera herunter war ich nicht mehr in der Lage, Treppen zu steigen. Zum Glück war Pollock daheim. Wie hätte ich sonst in seine Wohnung kommen sollen?

Sein Gesicht drückte Überraschung und Verwunderung aus, als er mich verschwitzt, in meinem schmutzigen, an der Schulter eingerissenen hellen Anzug im Türrahmen stehen sah.

»Die netten Polizisten hier sind aber keine guten Beschützer«, keuchte ich. »Auf der Rückfahrt von Ankara bin ich mit knapper Not zwei Mordanschlägen entkommen.«

»Großer Gott – aber wie sind sie Ihnen auf die Spur gekommen?«

»Das ist eine interessante Frage, über die ich mir schon den halben Nachmittag den Kopf zerbreche. Die Antwort dürfte Ihnen gefallen.«

»Setzen Sie sich. Ich hole Ihnen ein Bier.«

Nachdem ich wieder zu Atem gekommen war, tat ich zuerst mal einen tiefen Zug aus dem Glas. Dann war ich bereit zu erzählen.

»Es gibt nur einen Grund, warum mich jemand aus dem Weg räumen möchte«, begann ich. »Der Apollo-Kopf. Was sonst könnten sie von mir wollen? Daraus folgt aber: Wer auch immer mich entführen wollte, muß wissen, daß ich ihn habe. Klar ist aber auch, daß sie nicht wissen, wo er ist. Schön – denken wir mal weiter. Wie viele Leute wissen von dem Kopf? Erstens Bassington. Okay, offiziell gehört er nicht zur britischen M 16. Aber er hatte den Kopf zwei Tage ganz für sich, als er das Boot herüberbrachte, braucht mich also nicht dazu, um an ihn heranzukomen.

Zweitens – Sie, Pollock. Von Ihnen weiß ich auch nicht, zu wem Sie gehören. Aber Sie wissen seit dem Eintreffen Bassingtons ebenfalls, wo der Apollo-Kopf ist. Sie hätten ihn sich jederzeit holen können, während ich in Ankara war.

Drittens – meiner Kontaktperson bei den Engländern ist

bekannt, daß ich den Kopf habe. Doch hätte sie mich ohne jede Mühe überreden können, ihr den Kopf zu übergeben. Statt dessen war sie damit einverstanden, daß ich ihn den Türken aushändige. Auffällig an den Burschen, die auf mich angesetzt waren, ist also nur die Tatsache, daß sie zwar wissen, daß ich den Kopf habe, aber nicht, wo. Auch Colonel Hderim weiß das nicht.«

»Meine Güte!« rief Pollock ungläubig. »Hderim!«

»Entweder er oder die Bullen in Ankara. Jemand muß der Bande einen Hinweis auf mich, meinen Aufenthaltsort und meine heutige Abreise mit dem Zug gegeben haben. Aber ich kann mir irgendwie nicht vorstellen, daß es die schludrigen Cops in Ankara gewesen sein sollen. Ich denke, als einzige logische Antwort auf diese Frage bleibt nur Hderim.«

»Denkbar wäre es allerdings«, meinte Pollock. »Und ausgerechnet ihm wollten Sie die Statue übergeben. Was nun?«

»Ich weiß es nicht. Ich muß diesen Punkt schnellstens klären. Die Gangster wissen jetzt, daß ihr Apollo-Kopf nicht mit der Caique versunken ist.«

Pollock nickte und durchquerte den Raum in Richtung Balkon. »Das wissen sie schon länger. Sie haben es schon vor einigen Tagen herausgefunden. Sehen Sie mal, wer hier ist – und hören Sie zu, was sie zu sagen hat.«

Draußen in der warmen Nacht saß Nina in einem weißen Hemdkleid und schaute verträumt auf den Bosporus. Als sich unsere Blicke trafen, sprang sie auf, eilte in meine Arme und küßte mich innig.

»Bassington muß wohl überzeugender sein, als ich dachte«, murmelte ich in ihre Haare. »Ich hatte nie wirklich damit gerechnet, daß du jemals wieder einen Fuß auf türkischen Boden setzen würdest.«

»Das wollte ich auch nie mehr – zumindest eine Zeitlang.« Nina schob mich auf Armeslänge von sich weg und suchte meinen Blick, mich dabei immer noch an den Schultern festhaltend. »Doch dann wurde mir bewußt, daß ich hierherkommen mußte, um euch zu helfen. Ich habe den richtigen Engländer von der Caique wiedergesehen.«

KAPITEL 12

Nina auf Andros

Nina war bei den besten Ärzten gewesen, die die amerikanische Botschaft ihr empfehlen konnte. Man sagte ihr, daß sie durch das, was ihr widerfahren war, keinen körperlichen Schaden genommen hatte, und sie beruhigte sich ein wenig. Bis zu dem Anruf von Theodoropoulos aus Andros hatte sie sich mit Einkäufen von neuen Kleidern, die sie mit einem Vorschuß von American Express, für den die Botschaft bürgte, bezahlt hatte, die Zeit vertrieben.

Als sie ans Telefon kam, überschüttete Theodoropoulos sie sofort mit Worttiraden über den Unverstand der Inselfischer, die glaubten, man brauche ein mit Wasser halbvolles Boot nur mit den Pumpen zu lenzen, um es an einem Tau über die rauhesten Gewässer der Äägis schleppen zu können. Dann bat er Nina um ihre Hilfe.

»Hätten die Idioten vorher wenigstens daran gedacht, mal in die Bilgen zu schauen, ehe sie das Boot aufs Meer schleppten, bräuchte ich Sie nicht zu behelligen«, sagte er. »Doch jetzt liegt die Caique auf dem Grund der Andros-Passage. Ich brauche Ihren Rat bei der Bergung der Ladung!«

»Ziemlich tief da draußen, nicht wahr?« meinte Nina.

Theodoropoulos' Stimme kam verzerrt durch das Seekabel von der Insel. Er sagte etwas über gleichmäßige Strömung und fuhr fort: »Ich habe einen Marinetaucher hier, der behauptet, es sei zwar nicht leicht, aber ein erfahrener Taucher könne den Abstieg schaffen. Ich brauche Sie hier drüben, damit Sie ihm sagen, was er heraufholen soll.«

Die Nebengeräusche in der Leitung verstummten.

»Natürlich würde ich Sie gerne mit dem Helikopter abholen lassen, aber er ist im Moment hier in Gavrion, und ich kann ihn heute nicht mehr herüberschicken. Wir bezahlen Ihnen ein Erster-Klasse-Ticket auf der Fähre morgen und erstatten Ihnen alle Kosten, wenn Sie herüberkommen.«

Nina hatte keine Eile, in die Türkei zurückzukehren. Sie mochte über diesen Punkt auch gar nicht lange nachdenken. Nach dem Alptraum auf der Caique war sie sich nicht sicher, ob sie überhaupt jemals wieder einen Türken zu sehen wünschte. Was Theodoropoulos da vorschlug, erschien ihr wie ein kostenloser Taucherurlaub in der Ägäis. Deshalb erklärte sie sich sofort einverstanden.

Die Überfahrt mit der Fähre am nächsten Tag war ziemlich rauh. Nina nippte in der Bar der Ersten Klasse an einem Longdrink und beobachtete, wie die anderen Mitreisenden langsam grünliche Gesichter bekamen. Als das alte Schiff dann Kap Sounion passierte, ging Nina auf das Oberdeck und lehnte sich dicht bei der Brücke an die Reling. Der heftige Wind brachte ihren Rock zum Flattern und füllte ihre Lungen mit der frischen Seeluft. Allmählich begann sie sich wieder sauber zu fühlen. Die tanzenden Wogen hatten weiße Kämme. Das Mädchen überlegte genüßlich, daß es einige Zeit dauern konnte, bis das Wetter das Abtauchen zur Caique zuließ. Dann ging sie in ihre Kabine hinunter und las ein wenig. Als sie später darüber nachdachte, konnte sie sich nicht erinnern, Bassington auf dem Schiff gesehen zu haben. Zur Zeit der Überfahrt kannte sie ihn natürlich noch nicht.

Als die Fähre am Nachmittag in die ruhigeren Gewässer der Bucht von Gavrion einlief, ging Nina wieder an Deck und sah Theodoropoulos sofort am Kai. Er wartete beim Wagen auf sie. Ihre neue Rolle als archäologische Marinesachverständige war von einem Hauch Luxus umgeben, dachte sie und stieg die Gangway zum Kai hinab.

»Ich bringe Sie im Wagen sofort zum Hubschrauber«, sagte Theodoropoulos. »Es ist gerade noch hell genug, um Ihnen die Stelle zu zeigen, an der das Wrack liegt. Morgen früh muß ich schon wieder zurück in Athen sein.«

Milo, der Marinetaucher, saß auf dem Rücksitz des Wagens. Nina bemerkte sofort seine für den griechischen Mann typische Irritation bei der Vorstellung, von einer Frau Anweisungen entgegennehmen zu müssen. Sie setzte sich neben ihn, während Theodoropoulos auf dem Beifahrersitz Platz nahm, und probierte eine taktvolle Annäherung. »Glauben Sie, es ist ein schwieriger Tauchgang?« fragte sie ihn wie eine Schülerin den Lehrer. »Wie tief liegt die Caique?«

Milo zuckte die Schultern. Theodoropoulos drehte sich nach hinten um, ehe der Taucher antworten konnte. »Das Fischerboot drehte um, als die Caique zu sinken begann, um sie in niedrigerem Gewässer auf Grund zu setzen«, sagte er. »Die Burschen schafften es fast bis zur Bucht von Aghios Nikolaos. Das Boot liegt etwa in dreißig Metern Tiefe.«

Also in einer Tiefe, in der ein geübter Taucher mit Preßluft gerade noch arbeiten konnte, dachte Nina.

»Das heißt, man kann nur stufenweise tauchen«, sagte sie zu Milo gewandt. Bei jedem Auftauchen mußten die Taucher in Abschnitten pausieren, um den Druck, der sich in den Lungen gebildet hatte, langsam wieder abzubauen. »Das dürfte nicht einfach werden für Sie.«

Wieder hob Milo die Schultern. *»Diskolos«*, meinte er. »Schwierig.«

»Captain Theodoropoulos, in einem Marinetaucher haben Sie doch einen viel kompetenteren Bergungsfachmann als mich. Und Sie werden ihn für ein Wrack in solcher Tiefe auch brauchen. Was soll ich also hier?« fragte Nina.

»Ich hoffe, an Bord Drogen zu finden«, antwortete Theodoropoulos. »Möglicherweise sind sie im Kiel des Schiffes versteckt. Das heißt, wir müssen an die – wie nennen Sie das? – Bilgen heran, also unter die zusammengewürfelte Ladung in der Kabine. Und das muß schnell geschehen. Heben können wir die Caique ohnehin nicht mehr, und Milo sagt, es dauert einige Zeit, die Ladung heraufzuholen. Ich brauche Sie, um mit ihm zu dem Schiff zu tauchen und ihm zu sagen, was wertvoll ist, was wir also nach oben bringen müssen, und in welchen Gegenständen man etwas verstekken könnte. Den Rest kann er dann getrost über Bord werfen.«

»Der Apollo-Kopf ist wertvoll«, überlegte Nina. »Aber er wiegt mindestens hundertfünfzig Kilo, vielleicht auch mehr.«

Milo sprach seinen ersten vollständigen Satz. »Wir benutzen aufblasbare Hebetaschen.«

Nina kannte das System. Der Taucher nimmt wasserdichte Säcke mit nach unten, befestigt sie an dem Gegenstand, den er heben möchte, und bläst sie mit Preßluft aus seinen Flaschen auf, um ihnen Auftrieb zu geben. Doch das war mit einfachem Tauchgerät kaum durchführbar. Das Mädchen wandte sich an Milo.

»Heißt das, Sie haben eine Pumpe und Luftschläuche?«

»Ich muß sie vom Festland anfordern«, sagte der Taucher.

»Captain Theodoropoulos, dann möchte ich Ihnen raten, sich in Geduld zu üben«, meinte Nina trocken. »Die ganze Aktion dürfte eine ziemliche Zeit dauern.«

Milo warf ihr einen raschen Seitenblick zu. Seine Augen blinzelten ihr zu, dann ließ er seinen Blick nach vorn zu seinem Vorgesetzten wandern. Theodoropoulos sah starr geradeaus, während der Wagen sich durch die Gassen des Ortes quälte. Milo gab Nina ein rasches Zeichen. Er hatte sich wieder gefaßt.

»Sie brauchen nur die wertvollen historischen Stücke zu kennzeichnen«, brummte Theodoropoulos. »Das dürfte in ein paar Tagen erledigt sein.«

Der Wagen kurvte auf ein Feld am Rande des Ortes, auf dem der Polizeihubschrauber wartete. Seine Positionslichter blitzten tiefrot in der beginnenden Dämmerung. Sie sprangen aus dem Wagen, und Theodoropoulos nahm Ninas Arm, um ihr beim Einstieg behilflich zu sein.

»Wir müssen uns beeilen«, drängte er. »Ich möchte Ihnen noch heute abend die Stelle zeigen, an der das Wrack liegt. Danach wird Milo Ihnen helfen. Ich muß morgen früh sofort nach Athen zurück. Nicht nur, daß Lancaster, seit er dem amerikanischen Botschaftssekretär entwischt ist, wie vom

Erdboden verschluckt zu sein scheint. Meine Leute haben mir gemeldet, daß sie auch Bassington nicht mehr auftreiben können – Sie wissen, dieser Engländer, der Lancaster aus dem Restaurant entkommen ließ. Jetzt ist er selbst verschwunden. Zweifellos gibt's da einen Zusammenhang.«

Der Hubschraubermotor erwachte laut röhrend zum Leben; dreißig Sekunden später hob die Maschine fast senkrecht ab und donnerte über das Dorf. Nina betrachtete die Häuser und die Hügel hinter dem Ort und versuchte, einen Eindruck von den Küstengewässern zu bekommen. Hinter Aghios Nikolaos flogen sie noch vier Meilen an der Küste entlang. Die Sonne stand schon ziemlich tief. Bei ruhigem Wetter hätte Nina durch das klare Wasser bis auf den Grund der Bucht sehen können. Doch im Moment furchten grobe Wellen die Oberfläche, reflektierten die Strahlen der untergehenden Sonne und blendeten sie.

»Da liegt die Caique«, schrie Theodoropoulos plötzlich, unbeeindruckt von diesem Umstand. Nina schaute suchend aus dem Steuerbord-Fenster, konnte aber nichts sehen. Plötzlich fühlte sie Milos Hand auf ihrer Schulter. Er reichte ihr sein Polaroid-Fernglas. Nina lächelte dankbar. Durch die getönten Linsen suchte sie die Wasseroberfläche ab und fand schließlich den langen Rumpf der Caique, die etwa dreihundert Meter vom flacheren Schelf der Insel entfernt im klaren Wasser lag. Nina nickte und überschlug rasch die Entfernung der Stelle von der äußersten Landspitze. An den Kreuzseen und sich brechenden Wellenkämmen konnte sie erkennen, daß an der Stelle, an der das Wrack gesunken war, die Strömung der Andros-Passage besonders stark sein mußte. Theodoropoulos berührte den Piloten am Arm und gab ihm ein Zeichen. Der Vogel drehte wieder Richtung Gavrion ab.

»Was meinen Sie?« schrie Theodoropoulos, um den Lärm der Rotoren zu übertönen. »Können Sie runtergehen und sich umschauen?«

»Natürlich«, schrie Nina zurück. »Scheint so, als ob das Licht ausreicht, selbst in dieser Tiefe. Ein Spaziergang wird's trotzdem nicht, und bestimmt kein leichtes Stück Arbeit für Ihren Mann hier, Captain.« Sie deutete auf Milo.

Theodoropoulos nickte grimmig und drehte sich wieder nach vorn. Milo zog eine Grimasse.

Wie Nina erwartet hatte, drängte Theodoropoulos sich ihr als Gastgeber auf. Er begleitete sie bis zum Hotel, wo sie ein größeres Zimmer zugewiesen bekam als beim letztenmal, und verschwand, um sich etwas frisch zu machen und zu rasieren. Eine halbe Stunde später holte er sie wieder ab und geleitete sie feierlich zum Restaurant am Kai. Der Tisch war vorher mit Bedacht ausgewählt und reserviert worden, das erkannte Nina sofort. Er war weiß gedeckt, und eine gekühlte Flasche Samos stand schon bereit. In der Nähe warteten der Restaurantbesitzer und sein Kellner devot, bis die Gäste Platz genommen hatten. Dann brachte der Kellner einen Teller voll geeister und schon halbierter Seeigel.

Nina hatte sie zuvor noch nie gegessen. Theodoropoulos zeigte ihr, wie man sie am besten hielt, um sich nicht die Finger zu verletzen, während man das gelbliche Fleisch aus dem Innern löffelte. Die Seeigel schmeckten wie Langusten, fand das Mädchen. Wie zufällig berührte Theodoropoulos' Hand die ihre, als er ihr die nächste Meeresfrucht reichte. Er umwarb sie, machte ihr den Hof, das war klar.

Am anderen Ende der Restaurant-Terrasse saß der Taucher Milo an einem schlechteren Tisch. Ihre Blicke trafen sich, als Nina beim Eintreffen von zwei Musikanten, einem *Bouzouki*-Spieler und einem Geiger, den Kopf hob. Milo hob sein Glas und prostete ihr mit einem ernsten Lächeln zu.

Gelegentlich streiften sich die Knie unter Ninas Ehrentisch. Der Captain, wie aus dem Ei gepellt und von der angenehmen Gesellschaft offenbar äußerst angeregt, lehnte sich zurück, lächelte ihr breit zu und winkte die Musiker heran. Gleichzeitig preßte er seinen rechten Schenkel gegen ihren. Jeden Moment mußte die Hand folgen. Nina spannte sich. Doch der Schenkeldruck ließ nach. Theodoropoulos umschmeichelte sie in der Art eines aufmerksamen, wenn auch nicht gleich zu vertraulichen griechischen Bewunderers. Nina wußte nicht, wann dem der erste direkte Vorstoß folgen würde. Wahrscheinlich nicht in dieser Nacht, aber sicher bei nächster Gelegenheit.

All dies begriff das Mädchen sofort, und weil jeder Annäherung gleich ein ruhiger Rückzug folgte, entspannte sie sich wieder. Die *Bouzouki* erklang, während Nina noch dachte, daß sie den Captain nicht sonderlich mochte. Einen Moment lang fragte sie sich, warum. Normalerweise hatte sie gegen eine solche Inselromanze nichts einzuwenden, und eigentlich sah er sehr gut aus, mochte in seiner dunklen intensiven Art auf viele Frauen anziehend wirken. Aber wie schon an Bord der *Andromeda* merkte sie rasch, daß es noch zu früh war, wieder an Sex zu denken.

Theodoropoulos entging nicht, daß sie plötzlich sehr schweigsam und in sich gekehrt war. Sie fragte sich, ob er nicht wußte, was in ihrem Kopf vorging. Sie hielt ihn nicht für einen der seltenen Männer, die Nuancen auch ohne Worte zu deuten wußten. Aber vielleicht gehörte er doch zu ihnen. Plötzlich lächelte er, rief dem Taucher quer durch das Restaurant etwas zu, stand auf und zog ein Taschentuch hervor. Theodoropoulos stammte aus Athen. Dort kannte man bei den langsamen Formationen der griechischen Volkstänze keinen unterschiedlichen Rang oder Dienstgrad.

Milo erhob sich sofort, trat wortlos zu dem Captain und packte das andere Ende des Taschentuchs.

Sie gingen in die Hocke und erhoben sich, setzten die Füße in die wohlvertrauten Positionen, einer sprang auf, während der andere wieder in die Hocke ging. Jeder wartete die Darbietung des anderen ab, um sie dann durch die eigene zu überbieten – in einem Wettstreit vorgegebener Tanzfiguren, während die *Bouzouki* und die Geige durch die Abendluft klangen.

Danach rief Theodoropoulos nach einem großen Glas Ouzo und reichte es feierlich dem Taucher, der sich ebenfalls feierlich vor dem Captain und dann vor Nina tief verneigte und zu seinem Platz zurückging. Theodoropoulos' Atem ging kaum schneller, als er sich setzte.

»Ich zeige Ihnen später, wie der Tanz geht – vielleicht«, sagte er und widmete sich der roten Meeräsche, die der Kellner servierte. Nina begann sich langsam wohlig und sicher zu fühlen. Und vielleicht bemerkte sie nur aus diesem Gefühl heraus im Verhalten des Captains etwas, das ihr vorher entgangen war. Er schauspielerte, gab sich vor ihr und vor den Bewohnern von Gavrion als der weltgewandte Charmeur aus Athen. Doch war seine Selbstsicherheit nur vorgetäuscht. Schon ehe er seine Rückkehr nach Athen erwähnte, hatte sie das gespürt. Vielleicht liefen seine Ermittlungen in dem Fall doch nicht so glatt, wie er vorgab. Das Boot – und mit ihm die Beweise – dem Zugriff entzogen, die Verdächtigen entwischt und auf der Flucht...

»Sie glauben doch nicht ernsthaft, daß Lancaster noch in Athen ist, oder?« fragte sie vorsichtig.

Theodoropoulos' Unterlippe wurde zu einem harten, geraden Strich. »Mit Sicherheit ist er noch in Griechenland – mit hundertprozentiger Sicherheit. Denn alle Ausreisemöglichkeiten wurden rund um die Uhr überwacht, und um oben im Norden über die Landesgrenze zu gehen, fehlte ihm die Zeit. Vielleicht ist er sogar noch in Athen.

Was mich viel mehr beschäftigt, ist das Verhalten dieses Bassington. Der Engländer, der Lancaster entwischen ließ. Er lebt schon seit Jahren in Athen, sein Dossier ist sauber. Er scheint sehr gute Kontakte zur Britischen Botschaft zu unterhalten.« Theodoropoulos warf ihr einen Seitenblick zu. »Sie verstehen, wovon ich rede, wie? In unserer Hauptstadt hat jeder seine Agenten sitzen. Wir glauben, daß Bassington für die Engländer arbeitet. Aber warum sympathisiert er dann mit einem amerikanischen Drogenschmuggler, zum Henker? Das ist doch sehr merkwürdig. Und außerdem ist er seit gestern wie vom Erdboden verschluckt.«

»Vielleicht hängen die Engländer irgendwie in dieser Geschichte drin«, meinte Nina.

Theodoropoulos zuckte mit den Schultern und machte ein hilfloses Gesicht.

Gott, er weiß es wirklich nicht, dachte Nina. Das ist sein

eigentliches Problem: Nicht nur das Wrack, alles liegt für ihn in unerreichbarer Tiefe.

Aus den Augenwinkeln bemerkte sie rechts eine Bewegung. Milo war neben sie getreten und hielt ein sauberes weißes Taschentuch in der Hand. Er verbeugte sich korrekt vor dem Captain, wartete einen Augenblick und sagte zögernd zu Nina: »Sie gestatten, daß ich Ihnen den Tanz zeige?«

Die Musiker spielten ein sehr langsames Stück, und Nina schien es, als schauten sie erwartungsvoll zum Tisch des Captains hinüber. Theodoropoulos nickte unwillig.

»Gern«, sagte Nina, irgendwie erleichtert. »Einen langsamen Walzer werde ich wohl noch schaffen.«

Milo hielt ihr das andere Ende des Taschentuchs hin. »Ist einfach«, meinte er. »Ich zeige Ihnen.«

»Erwarten Sie ja nicht zuviel von meiner Tanzkunst.« Nina beobachtete seine Tanzschritte, die ihr einen der langsamen Volkstänze von den Inseln vorführten. Plötzlich begriff sie die Geste des Tauchers: Er zeigte ihr mit dieser Zeremonie, daß er sie akzeptierte. Nach wenigen Augenblicken konnte Nina dem Schrittmuster folgen. Der Taucher lächelte ihr zu und führte sie am Taschentuch über die ganze Veranda, bis die Musik endete.

Die Musiker klatschten Beifall. »Sehr gut.« Milo verbeugte sich lächelnd. »Jetzt läuft alles gut.« Nina verstand nicht ganz, was er meinte. Der Taucher bemerkte ihre Verwirrung und sagte leise, während er sie zum Tisch des Captains zurückgeleitete: »Der Captain macht am liebsten alles sehr schnell. Aber wir wissen, daß der beste Tanz langsam ist – vorsichtig, sorgfältig.«

Milo blinzelte ihr zu und zog sich zurück. Theodoropoulos füllte ihr Glas und prostete ihr zu. Nina fühlte, daß er es aufgegeben hatte, sie zu bedrängen. Sie hob ihr Glas. »Viel Erfolg in Athen.« Vielleicht empfand er diese Bemerkung als nicht ganz fair. Jedenfalls verlief der Rückzug in ihr Schlafzimmer am Ende des Abends völlig problemlos. Der Captain verhielt sich zurückhaltend.

Gegen 8.30 Uhr am nächsten Morgen bemerkte irgend jemand das Verschwinden der *Andromeda*. Nina saß gerade mit Theodoropoulos auf der kleinen Hotelterrasse beim Frühstück. Plötzlich ertönte lautes Stimmengewirr, und der Sergeant der Ortspolizei stolperte, einen Schwall griechischer Worte von sich gebend, die Stufen zur Terrasse hinauf. Ihm folgte Milo mit unbeteiligtem Gesicht.

Theodoropoulos bellte den Sergeanten an und stürzte zur Veranda, von der er den Hafen überblicken konnte. Der Sergeant eilte ihm nach. Milo klärte Nina auf. »Die Ketsch ist verschwunden.«

»Jesus!«

Theodoropoulos eilte zum Tisch zurück und ergriff seine Uniformjacke, wobei er dem Sergeant pausenlos Anweisungen erteilte.

»Lancaster muß nach seiner Flucht sofort herübergekommen sein«, sagte er zu Nina. »In der Nacht hat er sich dann die Ketsch geholt. Wahrscheinlich ist er auf dem Rückweg in die Türkei. Ich werde mit dem Hubschrauber die Suche aufnehmen und über Funk die Marine alarmieren.«

»Vielleicht ist der Engländer bei ihm«, meinte Nina.

»Unmöglich.« Theodoropoulos schlüpfte in seine Jacke und schickte den Sergeant voraus. »Gestern morgen war Bassington noch in Athen. Den Fähranleger hier auf der Insel überwachen wir schon seit Tagen. Nein, es muß Lancaster sein. Vielleicht schnappen wir ihn, ehe er die Türkei erreicht.«

Mit diesen Worten stürzte der Polizeicaptain davon. Milo setzte sich lächelnd Nina gegenüber an den Tisch und bestellte sich einen Kaffee.

»Wie ist Lancaster dann hergekommen, wenn sie jede Fähre überwacht haben?« überlegte Nina laut.

Milo zuckte die Schultern. »Vielleicht, ehe die Inselpolizei über seine Flucht informiert wurde. Vielleicht auf einem Fischerboot.« Doch seine braunen Augen blickten nicht überzeugt. Nina schürzte die Lippen, forderte ihn so auf weiterzusprechen.

»Der Sergeant sagt, sie hätten nur Anweisung gehabt, nach dem Amerikaner Ausschau zu halten«, fuhr Milo fort, hob das Kinn und zeigte Nina damit deutlich, was er von seinen Vorgesetzten hielt. Dabei beobachtete er sie, ob sie den Hintersinn seiner Worte verstand.

»Hat vielleicht der andere Mann...?« Nina ließ die Frage in der Luft hängen.

»Keiner weiß, wie der aussieht«, sagte Milo. »Sie hatten nur ein Bild von dem Amerikaner, suchten nach einem flüchtigen Mann ohne Geld und Papiere. Jetzt sind es plötzlich zwei Männer. Vielleicht haben sie eine Caique gemietet und sich herüberbringen lassen.«

»Wird die Polizei sie schnappen?«

Wieder hob Milo das Kinn. »Ist die Yacht ein schnelles Schiff?«

»Ziemlich schnell.«

»Man weiß nicht, wann in der Nacht sie auslief. Gavrion lag im Schlaf. Das Boot könnte jetzt irgendwo unterhalb von Ikaria sein – auf halber Strecke nach Izmir. Wenn die Polizei es nicht innerhalb von drei Stunden findet, erreicht es die türkischen Gewässer.«

Milo trank seinen Kaffee und schaute zu, wie die Morgenbrise an den alten Fensterläden des Hotels rüttelte und die Bougainvillea-Ranken gegen die Mauern drückte.

»Kein Wetter zum Tauchen heute«, sagte er. »Wahrscheinlich auch morgen nicht. Die See in der Meeresstraße ist rauh. Ich werde die Fähre nach Athen nehmen und mich um die Pumpen und Luftkissen kümmern. Das Tauchgerät lasse ich hier. Wenn Sie wollen, können Sie sich ja schon mal umsehen. Die Polizei hat einen Motorkutter für uns organisiert. Aber tauchen Sie nicht zur Caique, ehe ich zurück bin.«

»Sicher nicht – bei dieser Tiefe.«

»Also dann.«

Es dauerte zwei volle Tage, bis die Sommerflaute zurückkehrte. Nina freute sich darüber und nutzte die Zeit, um sich ein wenig auf der Insel umzuschauen. Sie fuhr mit dem Bus die vier Kilometer zu dem kleinen Dorf Batsi, schwamm in einer windgeschützten Bucht und besichtigte mit einem klapprigen Taxi die Ruinen von Paläopolis. Von der antiken Hauptstadt der Insel waren nur noch einige Grundmauern, ein restaurierter Torbogen und einige Meter der alten Hafenanlage übrig, deutlich sichtbar in dem glasklaren Wasser. Nina wanderte umher, sinnierte vor dem alten Tor über die Mysterien der Zeit und ging dann wieder schwimmen. Während sie sich in dem flachen Wasser vor der Mole auf dem Rücken liegend treiben ließ, überlegte sie, warum die Andrioten ihren Hauptort von der verhältnismäßig geschützen Südküste in den sturmzerrissenen Norden der Insel verlegt haben mochten. Die Beweggründe für solche Fakten in der Geschichte der Kykladen blieben immer verschwommen. In bestimmten Perioden des Jahrtausends vor Christus und schon früher in grauer Vorzeit verlegten die Bewohner einiger Inseln – wahrscheinlich aus Furcht vor Piraten – ihre Hauptsiedlungen tiefer ins Landesinnere, während andere in genau der gleichen Situation offenbar dieses Risiko ignorierten. Auf Andros zogen die Bewohner von einem künstlichen Hafen an der Südküste – im Sommer gut zu erreichen, aber im Winter ungeschützt den Stürmen aus dem Süden ausgeliefert – um in einen anderen, von ihnen errichteten Hafen im Norden der Insel, der wiederum den starken nördlichen Sommerstürmen ausgesetzt war.

Nina konnte sich den Grund dafür nicht vorstellen. Sie planschte im ruhigen Wasser, und es kam ihr so vor, als gipfele ihre ganze Karriere als Archäologin in einem von vornherein verlorenen Wettstreit zwischen ihrem Wissen und der Logik der Menschen dreißig Generationen zuvor. In der geologischen Zeitrechnung war dies kein großer Zeitsprung, und doch enthielt er für einen Historiker eine mystifizierende Barriere von Ungereimtheiten. Aber wie hätte sie auch die Antike begreifen sollen, wenn sie schon keine Antworten auf Fragen ihrer Zeit fand – zum Beispiel auf die Frage, wer wirklich die *Andromeda* geholt hatte. Inzwischen stand sie diesem ganzen Puzzlespiel hilfloser gegenüber als wahrscheinlich Theodoropoulos. Wenn sie nicht einmal eine solch einfache Frage beantworten konnte, wie sollte sie da die Rätsel der Antike klären können, obwohl diese, historisch gesehen, nur mehrere Dutzend Generationen zurücklag?

Ninas Zweifel an geschichtlichen Fakten waren ihr inzwischen zur zweiten Natur geworden. Dagegen fühlte sie sich den gegenwärtigen Problemen nicht gewachsen. Das Grübeln darüber weckte ihre Ungeduld. Sie wünschte, Milo käme endlich aus Athen zurück. Die See war an diesem Nachmittag so glatt, daß ihr selbst ein Tauchgang in der Andros-Passage gegenüber von Aghios Nikolaos möglich schien.

Am nächsten Morgen war die See ebenfalls spiegelglatt, doch war der Taucher nicht mit der Abendfähre herübergekommen. Auch Theodoropoulos war nach seiner vergeblichen Suche nach der *Andromeda* auf der südlichen Route zur Türkei in Athen geblieben. Nina brannte darauf, etwas Sinnvolles zu unternehmen. Sie trank an der Promenade eine Tasse Kaffee und verfrachtete Milos Tauchgerät in das Boot, das der Polizei-Sergeant zur Verfügung gestellt hatte. Zwar hatte sie versprochen, nicht zur Caique hinunterzutauchen, aber in den Gewässern darüber ein wenig zu schnorcheln, konnte nicht schaden. Mit einer Taucherbrille konnte sie sich schließlich einen viel deutlicheren Überblick über die Lage des Wracks und seinen Zustand verschaffen.

Das bereitgestellte Boot war eine kleine Fischerbark, knapp fünf Meter lang, bei günstigem Wind von einem Dreieck-Segel vorwärtsgetrieben, ansonsten nur zu rudern in der typischen Art der Mittelmeerfischer: stehend. Doch bei diesem Boot hatte dem Besitzer der korrumpierende Einfluß seines Sohnes, der nach Amerika ausgewandert war, den Luxus eines netten kleinen Evinrude-Außenbordmotors beschert, der nach Ninas Einschätzung für die Größe des Bootes mehr als ausreichte.

Normalerweise mißtraute sie aufgrund ihrer Erfahrungen den hiesigen Außenbordern, doch dieser erwachte ohne größere Qualmwolke fast augenblicklich zum Leben und zerriß mit seinem Tuckern die morgendliche Stille.

Nina steuerte das Boot auf die Ausfahrt der Bucht von Gavrion zu. Die See lag glatt wie ein Spiegel, und innerlich verfluchte sie Milo, daß er noch nicht zurück war. Vor ihr im Boot lag ihr Tauchanzug, die Taucherbrille und eine von Milos Preßluftflaschen bereit – für den Fall, daß es ihr nicht gelang, ihr Versprechen zu halten. Sie wußte, daß der Inselschelf südlich des Kaps Aghios Nikolaos steil abfiel. Es bestand durchaus die Möglichkeit, daß man sich bezüglich der Tiefe, in der das Wrack lag, geirrt hatte. Vielleicht konnte sie den Anker der Bark so dicht bei dem Wrack setzen, daß sie mit der Luftflasche sicher hinunterkam. Wenn nicht, würde sie sich mit ein wenig Schnorcheln begnügen. Die Nordküsten der meisten Kykladen-Inseln waren übersät mit Amphoren und anderen Relikten aus den in den Sommerstürmen der vergangenen dreitausend Jahre untergegangenen Schiffen. Es bestand immer die Möglichkeit, etwas Interessantes zu finden.

Nachdem sie die Bucht hinter sich gelassen hatte, mußte sie noch etwa zwei Seemeilen am Kap von Aghia Kakogremi vorbei zurücklegen. Sie befand sich nun in tiefen Gewässern: Die Seekarte zeigte über achtzig Meter Tiefe an. Doch das Meer war immer noch spiegelglatt, und Nina zweifelte nicht, daß auch in Aghios Nikolaos die Tauchbedingungen so günstig sein würden wie am vorherigen Tag. Sie ärgerte sich über diese unnötige Verzögerung und erhöhte die Drehzahl des Motors. Zu ihrer Rechten tauchte die flache, etwa drei Kilometer breite Bucht auf, die zwischen dem Kap Aghia Kakogremi und der zerklüfteten Küste unterhalb von Nikolaos lag, vor der die Caique gesunken war. Die kleine Bark brauchte keine zwanzig Minuten, um die kleine Halbinsel am südlichen Ende der Bucht von Nikolaos zu erreichen.

Nina war auf das, was sich ihren Augen dort bot, nicht vorbereitet. Verblüfft betrachtete sie die Szene. Über der Stelle, an der die Caique lag, ankerte ein großer weißer

Trawler. Sein Herkunftsland war nicht zu bestimmen, denn die Besatzung hatte keine Flagge gesetzt. Die Brücke befand sich fast am Bug des Schiffes, so daß im Heck genug Platz für einen großen Tauchschacht blieb. Vier oder fünf dunkelhaarige Männer standen bei einem gedrungenen Schiffskran und schauten zu Nina herüber. Am Rande der Gruppe schälte sich ein Europäer mit blonden Haaren gerade aus seinem Taucheranzug. Er war viel größer als die anderen Männer. Taucherbrille und Luftflaschen lagen neben ihm an Deck.

Ninas Herz schlug plötzlich heftig. Sie zweifelte keine Sekunde an dem Grund für die Anwesenheit des Schiffes und der Männer. Geistesgegenwärtig winkte sie mit der Hand, rief: »Guten Fang!« und steuerte die Bark an dem Trawler vorbei auf das Kap von Aghios Nikolaos zu.

Fast im gleichen Moment begannen die Männer am Tauchschacht wie wild auf den Blonden einzureden. Sie sprachen Türkisch. Der Blonde schaute zu Nina herüber und rief ihr in Englisch etwas zu.

Doch Nina wußte schon, ehe sie seine Stimme hörte, wer er war. Sie hatte diesen Mann nur einmal schemenhaft durch die Augenbinde an Bord der Caique gesehen, die jetzt unter ihnen auf dem Grund des Meeres lag.

Die gleiche mitleidlose Stimme, die den beiden Türken damals geraten hatte, sie ins Meer zu werfen, drang nun über das Wasser zu ihr herüber. »Hallo, warten Sie! Kommen Sie an Bord – wir möchten Ihnen etwas zeigen.«

Die Türken hatten sie also wiedererkannt. Sie selbst konnte sie nicht auseinanderhalten, doch einige der Männer drüben mußten bei ihrer Entführung damals dabeigewesen sein. Der Engländer erteilte rasch einige Befehle, und die Männer liefen nach vorn zum Ankertau. Nina drehte den Gashebel des Evinrude voll auf und steuerte auf die Landspitze von Aghios Nikolaos zu. Als man sie erkannte, hatte sie den Trawler beinahe schon passiert. Eine Rückkehr nach Gavrion war nicht mehr möglich. Trotzdem hatte sie eine Chance: Der Trawler lag an mindestens fünfzig Metern Ankertau, und ehe die Gangster das eingeholt hatten, konnte sie hinter dem nächsten Kap verschwunden sein. Nina hockte geduckt im Heck der Bark. Sie wandte den Kopf und sah, wie der Engländer im Bug die Türken an der Handwinsch zur Eile trieb, während er zu ihr herüberschaute. Er würde sie jagen.

Die Bark war quälend langsam. Nina schätzte die Entfernung bis zum Kap auf knapp zwei Kilometer. Sie war etwa siebenhundert Meter von dem Trawler entfernt, als der Anker über die niedrige Reling am Bug polterte. Das Aufröhren der beiden Diesel kündigte ihr an, daß der blonde Europäer ihre Verfolgung aufgenommen hatte.

Das Kap lag immer noch eine Seemeile von ihr entfernt. Beinahe wie eine Antwort auf ihren Wunsch hustete der Evinrude einmal kurz und erhöhte leicht die Drehzahl. Da der Trawler mit dem Bug in der falschen Richtung lag und erst eine enge Kehre vollführen mußte, um der Bark nachzusetzen, glaubte Nina, es schaffen zu können. Mit der freien Hand zog sie die Preßluftflasche und den Taucheranzug zu sich heran.

Sie wandte den Kopf. Der Trawler durchpflügte das Kielwasser ihrer Bark und holte immer weiter auf – kein Wunder bei seinen starken Motoren. Als Nina das Kap erreichte, lag er keine fünfhundert Meter hinter ihr.

Nina wußte, was sie zu tun hatte. Das Kap bildete eine hohe, felsige Landzunge, die etwa siebenhundert Meter in die Meeresstraße hineinragte und nur ein paar hundert Meter breit war. Kaum hatte sie das Kap umrundet, legte Nina das Ruder zwei Grad steuerbord auf den Kurs zur nächsten Bucht, rammte mit der Preßluftflasche den Gashebel des Motors in seiner Position fest und drapierte darüber den Tauchanzug so, daß er von weitem wie eine geduckte Gestalt wirkte. Dann zog sie die Taucherbrille auf und ließ sich rasch, aber vorsichtig, um den Kurs des Bootes nicht zu verändern, über die Seite gleiten. Dort hing sie einen Moment, stieß sich dann, um der Schraube nicht zu nahe zu kommen, so weit wie möglich ab und schwamm sofort auf das Ufer zu. Etwa eine Minute blieb sie an der Oberfläche, tauchte dann, als sie die Diesel des Trawlers am Kap hörte, tief unter und blieb so lange unter Wasser, bis der Trawler vorbei war. Keuchend tauchte sie auf und sah mit Erleichterung ihre Verfolger in fast sechshundert Metern Entfernung hinter der kleinen Bark herjagen.

Nachdem sich ihre Atmung etwas beruhigt hatte, strebte sie mit kräftigen Schwimmstößen der Küste zu. Dabei schwamm sie möglichst unter der Wasseroberfläche, um die Chance, gesehen zu werden, zu verringern. Eine Minute später sah sie die Buckel des Inselschelfs im Wasser und stellte erfreut fest, daß das Wasser nördlich von ihr auf eine lange Strecke ziemlich flach war. Die Wassertiefe betrug nach ihrer Einschätzung nicht einmal zwei Meter, und Nina war immer noch fast hundert Meter vom Land entfernt. Es würde schwer sein, den Trawler nahe genug an die Küste heranzubringen. Sie schöpfte neuen Mut.

Sie hielt weiter auf die Küste zu. Es gab keine Brandung, die Strömungswellen der Andros-Passage verliefen sich in sanftem Schlag. Nina spürte Grund unter den Füßen und erreichte schließlich hundert Meter weiter eine kleine Bucht. Der Trawler jagte eine Meile entfernt von ihr immer noch der kleinen Bark hinterher.

Nina blieben jetzt noch ein oder zwei Minuten, bis ihre Verfolger das kleine Boot eingeholt hatten und bemerkten, daß sie auf einen Trick hereingefallen waren. Sie duckte sich und hastete zum Grat der Landzunge empor. Auf halber Höhe gaben ihr einige Felsen Deckung, und vom Grat führte ein enger Hohlweg zur Spitze der Landzunge. Dankbar ließ sich Nina hineinrollen und schnappte ein paar Sekunden nach Luft, ehe sie sich zur Spitze der Landzunge aufmachte. Dort hob sie vorsichtig den Kopf über den Grat und schaute auf die Bucht hinaus. Der Trawler hatte gestoppt, an seinem Bug tanzte die Bark mit tuckerndem Motor auf den Wogen. Die Gestalten der Männer an Deck bewegten sich nicht. Wahrscheinlich suchten sie die Küste ab. Einen Augenblick überlegte Nina, ob sie sich hier versteckt halten sollte. Doch jetzt brummte der Trawler langsam in spitzem Winkel auf die Küste zu, und das Mädchen wußte, daß sie hier nicht bleiben konnte. Sicher würden sie sie nicht sofort finden, aber mit ein wenig Überlegung würden sie ihre Suche auf die Landspitze konzentrieren. Sie kroch über den Grat hinweg. Jetzt konnte man sie nicht mehr sehen, und sie lief, so schnell es der unebene Boden zuließ, auf das Festland zu. Der Grat senkte sich langsam, und nach einer Minute erkannte sie den Grund. Die lange Landzunge zum Kap wurde auf halbem Wege zum Festland durch einen schmalen Kanal getrennt, der die nördliche mit der südlichen Bucht verband. Wenn sie ihn überqueren wollte, geriet sie zwangsläufig ins Blickfeld ihrer Verfolger auf dem Trawler in der nördlichen Bucht.

Doch ihr blieb keine andere Wahl. Nina sammelte ihre Kräfte, verließ die Deckung des abfallenden Grates und lief durch das seichte Wasser zur östlichen Seite hinüber. Als Antwort hörte sie von links das entfernte Aufröhren der Diesel. Man hatte sie entdeckt.

Nach etwa dreihundert Metern erreichte sie die Hauptinsel, hielt sich nach rechts und verschwand in der Deckung des Grates, der hier wieder anstieg. Als sie die Landspitze hinter sich hatte und rechts die Küste sah, kletterte sie die wenigen Meter zum Kamm hinauf und beobachtete die Bewegungen ihrer Verfolger. Auch diesmal hatte Nina Glück. Wie erwartet, war der Trawler, um ihr den Weg abzuschneiden, von Norden in die Untiefen geraten; er mußte umkehren und versuchte nun etwa eine Meile weiter unterhalb, die Türken in der nördlichen Bucht an Land zu setzen.

Nina überlegte schnell, in welche Richtung sie sich wenden sollte. Im Nordwest-Zipfel der Insel gab es keine Straßen, nur Ziegenpfade und ausgetrocknete Gräben. Bis zum nächsten Dorf Ano Gavrion gab es keinerlei Anwesen. Das Dorf lag etwa fünf Kilometer entfernt an den unteren Hängen des Oros Aghioi Saranda, des höchsten Inselberges. Die Strecke dorthin, wie jede ins Inselinnere, bedeutete einen Dauerlauf bergauf durch unwegsames Gelände und das Risiko, daß die Türken, die entlang der Küste wesentlich besser und schneller vorankamen, ihr den Weg abschnitten. Trotzdem hatte sie keine Wahl. Blieb sie an der Küste, erwischten sie ihre Verfolger mit dem Trawler noch schneller. Die Strecke landeinwärts bot ihr immer noch die größte Chance. Durch die schweren Ausgrabungsarbeiten in der sommerlichen Hitze fühlte sie sich stark und fit. Sie sprintete die ersten Ausläufer des Inselberges empor, verlangsamte das Tempo und folgte schließlich einem einigermaßen ebenen ausgetrockneten Flußbett bis zu einem Punkt etwa einhundertfünfzig Meter über der Bucht. Völlig außer Atem ließ sie sich zu Boden sinken und kroch zu einer Stelle, von der sie die Bucht überblicken konnte. Weit unter ihr suchten ein paar Türken die Küste ab. Der Rest kletterte die Hügel am Inselende der Landzunge empor.

Ihre Verfolger hatten Ninas Schnelligkeit unterschätzt. Das gab ihr neue Energie, und sie lief weiter das Flußbett hinauf. Wenig später erreichte sie einen Pfad, der in nordöstlicher Richtung zwischen dem Hauptbuckel des Oros Aghioi Saranda und einem nur halb so hohen Bergrücken vor der Meeresstraße entlangführte. Aus einem Impuls heraus folgte Nina dem Pfad. Sie hatte jetzt den Berg zwischen sich und dem Trawler und war gleichzeitig den Türken ausgewichen, die nach Südosten die Küste und niedrigen Vorhügel absuchten, während sie sie in nordöstlicher Richtung ungesehen in ihrem Bergtal passierte.

Sie hatte ihre Verfolger endgültig abgehängt. Gegen Mittag erreichte Nina völlig erschöpft eine leere Schäferhütte nördlich des niedrigeren Berges und ruhte sich dort bis zum späten Nachmittag aus, ohne daß sie jemand störte. Doch um jedes Risiko zu vermeiden, nahm sie den Weg in östlicher Richtung um den Berg herum nach Ano Gavrion – einen Umweg von fast sieben Kilometern.

Es wurde schon dunkel, als die Dorfbewohner sie schließlich nach Gavrion brachten, wo sie dem Polizeisergeant sofort Bericht erstattete.

Theodoropoulos kam noch am Abend mit Milo im Hubschrauber von Athen herüber, kaum daß er von dem Trawler erfahren hatte. Er mußte zugeben, daß Ninas berichtigte Identifizierung des Engländers von der Caique seine Theorie bezüglich Lancaster und Bassington erschütterte.

Am nächsten Morgen, als Nina und Milo unter seinem bewaffneten Schutz zur Caique hinuntertauchten, vertieften sich die Falten um seine Mundwinkel noch mehr. Wie Nina erwartet hatte, lag ein Großteil der wertlosen Ladung um das Boot verstreut auf dem Meeresgrund. In der Kajüte waren die Bodenplanken herausgerissen und die Bilgen lagen frei.

Außerdem war der Kopf des Apollo verschwunden.

»Hat Bassington dir nicht erzählt, daß wir ihn haben?« fragte ich Nina.

»Ich habe mit Bassington nie gesprochen«, antwortete sie. »Ich war kaum in Athen zurück, als zwei Burschen in abgetragenen CIA-Anzügen von der amerikanischen Botschaft herüberkamen und mir taktvoll erklärten, daß die ganze Untersuchung ein Schlag ins Wasser gewesen sei. Sie schlugen mir vor, nach Istanbul zurückzukehren und den Türken in der Angelegenheit zu helfen. Ich erhielt ein Ticket mit dem Hinweis, daß ich erwartet würde.«

»Ich erhielt aus Belgrad ein Telex von Bassington, sie am Flughafen abzuholen«, sagte Pollock. »Er hat die Sache mit den Amerikanern arrangiert, ohne aber, wie es scheint, den Apollo-Kopf zu erwähnen. Wie Sie wissen, hielt er ihn nicht für so wichtig, als er hier wegfuhr.«

Während Ninas Bericht hatten wir den Raki geleert. Sie saß jetzt mit dem Rücken zum Fenster, und ihr Gesicht zeigte einen leicht erstaunten Ausdruck. Pollock sah sehr ernst drein. Ich hatte das Gefühl, dem Geheimnis endlich auf die Spur gekommen zu sein.

»Die Lösung ist doch wirklich ganz klar.« Ich sprang auf, ging im Zimmer umher und überdachte nochmals die Zusammenhänge.

»Bassington hatte mit seiner ersten Vermutung recht und

lag mit seiner zweiten falsch. Der einzig wichtige Gegenstand an Bord der verdammten Caique war der Apollo-Kopf.«

Ich wandte mich an Nina. »Wie wertvoll ist er wirklich? Auf dem Schiff hast du von fünfzig Riesen gesprochen.«

»Ich bin kein Experte in Sachen Schwarzmarkt. Vielleicht habe ich seinen Wert zu hoch geschätzt. Griechische Statuen sind nicht gerade selten, die meisten Museen haben etwas in der Art. Trotzdem würde ich sagen, daß ein Sammler dafür mindestens zwischen dreißig- und vierzigtausend bezahlt.«

»Das ist zu wenig, um den ganzen Wirbel zu erklären«, meinte Pollock.

Dieser Ansicht war ich auch. »Trotzdem, das wertvollste Stück unter der Ladung war der Kopf. Vielleicht gab's noch anderes von einigem Wert, doch der Kopf brachte die große Kasse. Also liegen die Briten falsch. Es geht nicht um Waffen. Bassington hatte recht – und unrecht. Es geht um Drogen, aber sie befinden sich in dem gefälschten Kopf. Es dürfte kaum schwierig sein, darin Heroin im Wert von einer Million Dollar zu verstecken. Nachdem die Gangster zur Caique getaucht waren, glaubten sie sicher, Theodoropoulos und die griechische Polizei hätten ihn gehoben. Und als Nina herausfand, daß er verschwunden war, glaubte Theodoropoulos, die Türken hätten ihn sich zurückgeholt. Keiner wußte also Bescheid – bis vor wenigen Tagen. Solange die Bande den Kopf auf der Caique und – später – in den Händen der griechischen Polizei vermutete, hatten wir keine Probleme. Die bekamen wir erst, nachdem ich mich mit Hderim getroffen hatte.«

»Wären Sie nicht schlau genug gewesen«, unterbrach mich Pollock, »würden Sie seine Fragen nach dem Kopf jetzt mit Elektroden an den Eiern beantworten. Aber können wir sicher sein, daß die undichte Stelle nicht in Ankara ist?«

»Nicht hundertprozentig. Meiner Meinung nach war die Polizei dort aber nicht sonderlich an dem Fall interessiert. Es ist wahrscheinlicher, daß es Hderim war. Im Polizeipräsidium konnte er mich ja kaum aus dem Weg räumen, und im Park Hotel gibt's zuviel Publikum. Schickte er mich aber nach Ankara, tat er ganz offiziell den richtigen polizeilichen Schritt und schaffte mich so von seiner Haustür weg, so daß es nicht auf ihn zurückfiel, wenn man mich aus dem Weg räumte. Hinzu kommt, daß Ankara die Geschichte ohnehin nicht interessierte. Also hätte sich die Aufregung in Grenzen gehalten.«

»Hm.« Pollock war nachdenklich geworden. »Das deckt sich zwar nicht mit unserer Meinung über Hderim als aufrechten Polizisten, aber vielleicht ist er das nur, sofern es den Terrorismus betrifft. Hier geht's aber, wie Bassington vermutete, um Drogen.«

»Ganz sicher werden wir feststellen, daß der Kopf bis zum Rand mit Heroin gefüllt ist. Haben Sie eine Vorstellung, was hundert Kilo von dem Stoff auf der Straße wert sind?«

»Millionen«, antwortete Pollock. »Aber was machen wir jetzt?«

»Auf keinen Fall gehe ich hier noch mal zur Polizei«, erklärte ich. Pollocks Miene zeigte Mißbilligung. »Nein, kommt nicht in Frage«, beharrte ich. »Denken Sie daran, daß Sie schon vorher Bedenken gegenüber der Drogenfahndung hatten, und es besteht durchaus die Möglichkeit, daß außer Hderim noch andere Beamte in der Sache drinhängen.«

Pollock stand auf, entfernte sich von mir und dachte eine Weile nach. »Ja, ich gebe zu, das macht einigen Sinn. Vermutlich könnte ich unter diesen Umständen nicht für Ihre Sicherheit garantieren. Doch was bleibt uns übrig?«

»Nur eins«, sagte ich fest. »Ich hole mir diese Nacht die *Andromeda* und bringe den Kopf zu Theodoropoulos zurück.«

»Blödsinn!« Pollock lachte.

»Wieso? Da Hderim aller Wahrscheinlichkeit nach hinter all dem steckt, kann ich in Istanbul keinem Polizisten mehr trauen. Dagegen weiß Theodoropoulos inzwischen aus Ninas Bericht, daß ich nicht zu der Bande gehöre. Wenn ich also den einzig stichhaltigen Beweis zu ihm bringe, entlaste ich mich, und zwar in dem Land, in dem es mir darauf ankommt. Bassington kann sich ja dann um Hderim kümmern.«

»Eigentlich haben Sie recht«, meinte Pollock. »Ihr beide müßt ohnehin heute nacht von hier verschwinden. Glauben Sie, daß das Boot noch genug Treibstoff hat, um Griechenland zu erreichen?«

»Bassington sagte, es wären noch einige Liter im Tank. Wenn das reicht, um durch die Dardanellen zu kommen, ist das schon okay. Draußen in der Straße herrscht eine östliche Strömung von drei Knoten. Das hilft uns zusätzlich. Wir brauchen dann nur nach Lesbos zu segeln und Theodoropoulos ans Funkgerät zu holen. Ich möchte die *Andromeda* heute nacht noch holen.«

»In Ordnung. Ich bringe Sie hin.«

»Schön, aber zuerst möchte ich noch einen Punkt klären. Ich will wissen, für wen Sie und Bassington arbeiten.«

Pollocks Gesicht blieb unbewegt. »Kennen Sie das Sprichwort vom geschenkten Gaul, dem man nicht ins Maul schaut? Wenn Ihnen Ihr britischer Gewährsmann in Ankara Bassingtons Hintergrund nicht aufgedeckt hat, werde ich es auch nicht tun. Für Sie zählt einzig und allein, daß er und ich auf Ihrer Seite sind, und Hderim nicht.«

»Ich muß es aber wissen.«

»Sie brauchen einen Fahrer, der Sie zur *Andromeda* bringt. Sie haben einen. Mehr können Sie nicht verlangen. Doch zunächst einmal brauchen die junge Dame und ich etwas zu essen. Sie haben ja nach dem opulenten Mahl im Zug sicher noch keinen Hunger. Wir aber haben die ganze Nacht auf Sie warten müssen. Ich rufe eben im Restaurant an und lasse uns etwas heraufschicken.«

Ich machte keinen weiteren Versuch. Im Moment war es wichtiger, auf die *Andromeda* zu kommen. Pollock gab telefonisch seine Bestellung auf. Nina begann laut zu überlegen, ob sie so rasch nach Griechenland zurückwollte. Anscheinend hätte sie es vorgezogen, so schnell wie möglich ihr Gepäck an der Ausgrabungsstätte einzusammeln und die ganze Angelegenheit zu vergessen. Doch ich schlug vor, daß es ungefährlicher war mitzukommen, bis der Apollo-Kopf in sichere Hände gelangt war. Jedenfalls glaubte ich das. Im Unterbewußtsein aber wollte ich sie nur bei mir behalten.

Pollock teilte uns mit, daß das Essen in wenigen Augenblicken käme.

Nachdem die Entscheidung gefallen war, war die Stimmung merklich gelöster. Pollock öffnete eine Flasche Wein. Ich bemerkte, daß Nina sich allmählich mit dem Gedanken, mich zu begleiten, anfreundete.

Die Türglocke ertönte, und ich erhob mich, um dem Kellner von dem Gartenrestaurant hinter dem Haus die Tür zu öffnen.

Draußen stand nicht der Kellner. Vor der Tür standen vier massige Türken. Ihre Revolver zeigten unmißverständlich auf unsere Bäuche.

KAPITEL 13

Nachtfahrt

Nina und ich lagen im Fond des Wagens auf dem Boden. Man hatte uns eine Plane über den Kopf gestülpt und die Hände gefesselt. Pollock befand sich im zweiten Wagen hinter uns. Wenn ich mich rührte, wurde mir ein Revolerlauf zwischen die Rippen gestoßen. Die Hitze unter der Plane war zum Ersticken.

Ich versuchte herauszufinden, wohin man uns brachte. Der Wagen rollte über langgezogene Straßen. Nur wenig Verkehrslärm war zu hören. Nach etwa zwanzig Minuten hörte ich in regelmäßigen Abständen den Widerhall des Motors von einer pfeilerartigen Konstruktion. Vermutlich fuhren wir über die Bosporus-Brücke. Anschließend spürte ich, wie der Wagen nach rechts abbog. Danach fuhren wir mit langsamerer Geschwindigkeit noch etwa eine dreiviertel Stunde.

Schließlich zog der Gangster im Fond die Plane beiseite und musterte uns grunzend. Er überzeugte sich davon, daß wir die Waffe in seiner Hand auch nicht übersahen. Meiner Meinung nach wollte er uns eher nur beobachten als uns etwas Frischluft zu gönnen, doch brachte der Fahrtwind, der durch die geöffneten Fenster hereinströmte, uns etwas Erleichterung. Ich lag auf der rechten Fondseite des Wagens und konnte über meinem Kopf die Sterne am wolkenlosen Himmel sehen. Wir hatten offensichtlich das Stadtzentrum verlassen und fuhren durch die Vororte. Die Sternenkonstellation über mir gehörte zum südlichen Himmel, also fuhren wir vermutlich in südöstlicher Richtung an der asiatischen Küste des Marmara-Meeres entlang. Ab und zu glaubte ich die salzige Seeluft riechen zu können, während der Wagen wieder schneller fuhr.

Trotz intensiven Grübelns kam ich nicht dahinter, wie sie uns gefunden hatten. Ich war sicher, daß mir von dem verunglückten Taxi in Beyoglu keiner gefolgt war. Bassington konnte Hderim auch nicht erzählt haben, daß ich bei Pollock wohnte – und doch waren die vier Gangster mit einer solchen Selbstverständlichkeit vorgegangen, als hätten sie genau gewußt, wen sie in der Wohnung antreffen würden. Ich konnte mir die ganze Sache nur so erklären, daß Hderim doch mehr über Bassingtons Kontakte wußte, als dieser geglaubt hatte. Als ich mit Nina darüber redete, bedeutete uns unser Bewacher mit barscher Stimme zu schweigen.

Jedesmal, wenn wir durch eine Ortschaft fuhren, deckte er die Plane über uns, ließ uns aber wieder frei atmen, wenn wir hindurch waren. Drei weitere Orte passierten wir, dann steuerte der Fahrer den Wagen nach rechts. Nach dem Stand der Sterne fuhren wir jetzt in westlicher Richtung – was sich schließlich eineinhalb Stunden später bestätigte, als wir den Rand einer Küstenstadt erreichten, die ich, ehe die Plane über unsere Köpfe gezogen wurde, zu erkennen glaubte: Karamursel. Das schien eine außerordentlich lange Fahrt zu werden. Der Wagen fuhr wieder landeinwärts, und für die nächsten drei Stunden verlor ich die Orientierung. Wir kamen durch Dörfer und Städte – eine wesentlich größer als die anderen, möglicherweise Bursa –, rollten durch bewaldete Landstriche und erreichten nach endloser Fahrt wieder die Küste. Der Wagen bog von der Schnellstraße auf eine schlechte Nebenstraße ab. Eine Zeitlang schimmerte zu beiden Seiten Wasser, dann steuerte der Fahrer den Wagen auf einen holprigen Weg, der schließlich vor einer großen, baufälligen Villa endete, die, auf einer schmalen Landzunge errichtet, eine kleine Bucht überblickte. Die beiden Sedans hielten, und die Burschen mit den Revolvern zerrten uns ins Freie. Taschenlampen flammten auf, und wir wurden zum Eingang des Hauses geführt.

Nina stolperte plötzlich gegen mich. Als sich unsere Blikke trafen, nickte sie unmerklich mit dem Kopf zur See hinaus. Ich folgte ihrem Blick und bemerkte das Objekt, das hinter einem Felsen sichtbar wurde. Es war eine ankernde Trawler-Yacht, deren Kabine schwach erleuchtet war. Ich konnte sie im Mondlicht nur kurz sehen, doch war sie anscheinend weiß gestrichen.

Wir wurden in einen großen, muffig riechenden Raum im Kellergeschoß gestoßen, und einer der Türken zündete mit Streichhölzern ein paar Petroleumlampen auf dem Tisch in der Mitte des Zimmers an. Die beiden Fahrer hockten sich, offensichtlich von der langen Fahrt ermüdet, auf den Boden und starrten uns ausdruckslos an. Die Männer mit den Pistolen schienen in der Abgeschlossenheit der Villa nun ein wenig entspannter. Der eine verließ das Zimmer, der andere deutete, den Revolver immer noch in der Hand, auf den langen Diwan an der inneren Zimmerwand.

Der Zeitpunkt schien geeignet, mit Pollock zu sprechen. Ich wagte es einfach. »Wo, zum Teufel, sind wir eigentlich?« fragte ich ihn.

»Auf der Halbinsel Kapidagi vermutlich, auf halber Strekke zum Marmara-Meer.«

»Ziemlich weit weg von Istanbul.«

»Übers Meer kaum mehr als hundert Kilometer«, brummte Pollock. Ich schaute zu Nina hinüber. Sie schien nach fünf Stunden Fahrt auf dem Boden des Wagens am Ende ihrer Kräfte, sah blaß und krank aus.

Für eine Weile sagte niemand ein Wort. Schließlich erhob sich einer der Fahrer und ging hinaus. Ich konnte hören, wie er sich an der Außenwand des Hauses erleichterte. Noch andere Geräusche nahm ich deutlich wahr: In der Ferne blökten Rinder, gelegentlich zirpten Zikaden in der Nacht. Die Villa stand wahrscheinlich auf einer alten Oliven-Pflanzung dicht bei der Küste, vermutete ich. Dann näherte sich das Tuckern eines Außenbordmotors.

»Ein idealer Platz für Schmuggler«, meinte Pollock plötzlich. Seine Stimme klang beinahe bewundernd. »Denken Sie mal drüber nach. Eigentlich vermutet man ihren Stützpunkt irgendwo an der anatolischen Küste, mit direktem Zugang zum offenen Meer. Statt dessen fahren diese Burschen bei jedem Trip durch die Dardanellen. Unsere Freunde hier sind nicht dumm, sie tun nicht, was anderen naheliegend erscheint.«

Von der Tür ertönte ein Geräusch. Ich wandte den Kopf – und alle Unklarheiten waren auf einen Schlag ausgeräumt. Die massige Gestalt von Murray Tyler füllte die Türöffnung fast völlig aus. Hinter dem australischen Barbesitzer stand sein Muskelmann mit dem sandfarbenen Haar. Jetzt wußte ich, wie die Türken mich bei Pollock aufgespürt hatten. Tyler hatte uns ja alle zusammen im Southern Cross Club gesehen – in jener Nacht, als ich Ärger mit meiner Dame hatte.

Mir dämmerten die Zusammenhänge. »Jetzt weiß ich auch, warum die griechische Polizei mich für Ihren großen Freund hielt«, sagte ich zu Tyler. »Zwei Zeugen, ein Thai und eine Amerikanerin. Die Thais können kaum einen Europäer vom anderen unterscheiden, und kein Amerikaner hört einen Unterschied zwischen britischer und australischer Aussprache.«

Die beiden Männer betraten den Raum, und der mit den Sandhaaren lachte. »Die Vorstellung, daß jemand mich mit dir verwechseln könnte, Freundchen, ist eine Beleidigung für mich. Ich bin zehn Jahre jünger und sehe viel besser aus als du.«

Nina starrte ihn mit schmalen Augen an. Ihre verkrampfte Haltung verriet ihre Anspannung.

»Stimmt, Schätzchen«, fuhr der Bursche, an sie gewandt, fort. »Wir sind uns schon früher begegnet – einige Male.«

Murray Tyler ging zu dem Diwan an der gegenüberliegenden Wand und setzte sich. Seine vier türkischen Handlanger waren jetzt auch wieder vollzählig anwesend. Er nickte einem von ihnen zu, und der Mann verschwand. Ich hörte Gläserklirren aus der Diele.

»Ich denke, ich trinke ein Bier, während wir uns freundschaftlich unterhalten«, sagte Tyler. »Danach spendieren wir euch dreien auch ein Glas – wenn ihr dann noch in der

Lage seid, es genießen zu können. Kommen wir zur Sache. Ihr habt etwas, das mir gehört.«

»Nicht mehr. Hat Hderim es Ihnen nicht erzählt?« Ich versuchte, Zeit zu gewinnen, doch Tyler lachte nur. »Nein, hat er nicht. Ein hübsches Täuschungsmanöver, das du da abziehst, Sportsfreund. Aber versuch nicht, zu clever zu sein. Du kannst die Sache nicht auf meinen lieben Freund Hderim abwälzen. Erstens könnte er mit meinem Eigentum ohne mich kaum etwas anfangen. Hderim wüßte nicht, wo er das Zeug verkaufen könnte. Er wäre nicht mal in der Lage, so etwas außer Landes zu schaffen. Sicher will er es haben, aber gemeinsam mit mir. Und bei mir wirst du's abliefern, noch ehe die Nacht um ist.«

Der Türke brachte ein Tablett mit Gläsern und zwei großen Flaschen Bier. Der aschblonde Muskelmann füllte zwei Gläser. »Danke, Shane«, sagte Tyler, ohne hinzuschauen, und fuhr, an mich gewandt, fort: »Du hast uns wirklich einen netten Tanz beschert, mein Freund. Gestern hast du zwei meiner besten Leute umgebracht, einer meiner Wagen ist nur noch Schrott, ein paar andere von meinen Freunden sitzen mitten in Anatolien fest. Wenn diese vier hier euch gestern abend nicht geschnappt hätten, müßte ich bald neue Leute anheuern.

Zwar sind wir dir eigentlich zu Dank verpflichtet, denn du hast die Caique gerettet. Dann sorgtest du aber für allgemeine Verwirrung. Als Shane die Ladung nicht mehr vorfand, dachten wir erst, die Griechen hätten sie, konnten aber nicht verstehen, warum sie nichts darüber veröffentlichten. Da war irgend was faul. Zur gleichen Zeit, als Shane von seinem Tauchgang zur Caique mit leeren Händen zurückkam, hörten wir, daß du dich freundlicherweise hierherbegeben hattest, um dem netten Colonel Hderim zu beichten, daß du die ganze Zeit unsere Ware hattest.«

»Dann muß sie verdammt wertvoll sein«, sagte Pollock. »Wenn du dafür ein solches Risiko eingehst.«

»O ja, das ist sie in der Tat. Doch gehe ich kein Risiko ein, Pollock. Das ist nicht meine Art.«

»Schmuggel, Kidnapping und wahrscheinlich zu guter Letzt noch drei Morde – also, wenn das nicht jede Menge Risiken sind...« Pollock schaute zu mir hin. Mir wurde klar, daß er diese Worte eigentlich an mich richtete, doch ich brauchte diese Warnung nicht. Ich wußte, daß wir drei in dem Moment erledigt waren, in dem Tyler die Statue in die Hände bekam.

»Vergiß nicht, Pollock, ich brauche dich nicht«, zischte Tyler grimmig. »Wie wär's, wenn ich an dir vorführen ließe, wie man Leuten die Zunge löst?«

»Da sind einige Punkte, die du übersehen hast.« Pollock ließ sich nicht beirren. »Wer hat uns denn zu Hderim geschickt? Doch sicher Leute, die ein offizielles Interesse haben, die Sache zu klären, meinst du nicht? Wenn wir verschwinden, wird diese Gruppe sich erst mal deinen korrupten Colonel vorknöpfen. Wie lange, meinst du, hält er dicht, wenn die Türken ihn in die Mangel nehmen?«

Tyler nickte Shane kurz zu. Aufreizend lässig ging der Gangster zu Pollock hinüber und schlug ihm mit dem Handrücken auf den Mund. Pollock fiel rücklings auf den Diwan und starrte ihn an.

»Da ist noch etwas, das ihr bedenken solltet«, sagte er schnell.

»Spar dir die Komödie, mein Freund«, brummte Tyler. »Wir sind hier nicht in Saigon. Dein Hinweis auf die CIA zieht bei mir nicht.« Er heftete seinen Blick wieder auf mich. »Kommen wir mal zu meiner Version. Du hast die Statue sofort von der Caique auf dein Boot umgeladen und als smartes Bürschchen, das du zu sein glaubst, den Griechen nichts davon gesagt. Die Amerikanische Botschaft holt dich aus dem Gefängnis, und zum Dank dafür läufst du Bastard ihnen davon. Danach holst du irgendwie dein Schiff von Andros, versteckst es irgendwo und marschierst nach Istanbul, um die Belohnung zu kassieren. Sehr gemeinnützig für einen, der in einem anderen Land gerade seine Kaution verspielt hat. Also – die Statue kann nur auf deiner Yacht sein, stimmt's? Nun sag schon, wo sie liegt.«

»Dann bringen Sie uns um.«

»Vielleicht könnte man sich ja arrangieren«, meinte Tyler. »Wir geben dir vielleicht dein Boot zurück, du segelst los und versuchst, an den griechischen Suchmannschaften vorbeizukommen.«

»Glauben Sie ihm nicht«, rief Pollock. »Wenn Sie ihm die Statue geben, sind wir tot.«

Blitzschnell war Shane bei ihm, schlug ihm zweimal gegen den Kopf. Pollock krachte gegen die Wand und war still.

»Vielleicht war er sich doch nicht so sicher, ob Hderim unseren Fall an die türkischen Cops weitergibt. Was meinst du, Lancaster?« fragte Tyler.

»Ich habe die Ketsch nicht von der Insel geholt. Ein Freund hat es für mich getan. Ich weiß nicht genau, wo das Boot jetzt liegt.«

»Hderim hast du gesagt, es läge irgendwo in Griechenland. Doch das glaube ich dir nicht. Du bist hier, und in Griechenland schauen sich Tausende von Cops die Augen nach dir aus. Wieso solltest du das Boot also dort lassen? Es ist irgendwo in der Türkei – und du weißt, wo.«

»Ich weiß es nicht! Ich müßte erst mit dem Freund Kontakt aufnehmen, der es hergesegelt hat. Sie kennen ihn. Es ist Bassington, der Engländer, der mit uns zusammen in Ihrem Klub war. Zur Zeit befindet er sich in Belgrad.«

Jetzt ergriff Shane das Wort. »Du weißt genau, wo das Schiff ist, Sportsfreund. Es ist gut und gerne seine hundertzwanzig Riesen wert. Ich habe das Boot auf Andros gesehen. Ein solches Wertobjekt läßt man nicht aus den Augen.«

»Ich habe Vertrauen zu Bassington.«

»Wie schön«, knurrte Tyler. »Du hast sicher schon gehört, daß wir in meiner Heimat eine hübsche Art haben, Leute anzuspornen, das, was ihnen nicht gehört, zurückzugeben. Wir nehmen einen Bolzenschneider und schnippeln ihnen einen Zeh nach dem anderen ab. Beim zweiten Fuß ist dann selbst der hartgesottenste Räuber bereit, alles auszuspukken. Unglücklicherweise haben wir hier im Hinterland nicht immer gleich einen Bolzenschneider zur Hand. Oder sollte ich besser sagen – am Fuß?« Shane lachte lauthals. Die Türken lächelten verständnislos, aber bereitwillig. Tyler zündete sich eine Zigarette an.

»Aber ich weiß einen Ersatz, der fast ebenso gut ist«, sagte er und gab den beiden Fahrern einen kurzen Befehl. Sie traten zu Nina und packten ihre Arme.

Tyler stand auf und ging langsam zu ihr hinüber. Mit einem heftigen Ruck riß er ihr Kleid über der Brust auf. Sie trug keinen Büstenhalter. Ihre nackten Brüste schimmerten weiß und verletzlich.

Tyler nahm die Zigarette vom Mund, betrachtete ihre Spitze, zog ein paarmal daran und drückte sie dann blitzschnell oberhalb der Warze auf Ninas linke Brust.

Nina schrie gellend auf. Die Türken packten sie fester. Nach einer endlosen Sekunde nahm Tyler die Zigarette weg und schaute mich an.

»Okay, okay, das Boot ist in Izmir.« Ich schrie ihm die Worte ins Gesicht.

»Schon besser.« Tyler fixierte mich scharf. »Du willst doch nicht, daß ich weitermache, oder?«

»Um Gottes willen, Sie können das Boot haben.«

»Ja, das Boot liegt ganz bestimmt in Izmir«, brummte Tyler. »Der nächste Hafen bei den Kykladen. Schön, morgen fahren wir hin, und du zeigst mir dein Schiff. Bis dahin bleibt ihr drei hier im Keller und könnt darüber nachdenken.«

Er sagte ein paar kurze Worte zu den Türken. »Sie werden sich um euch kümmern.«

Shane, der Ninas Folterung mit offensichtlichem Vergnügen verfolgt hatte, trat zu ihr und drückte die gebrandmarkte Brust. Nina stöhnte auf.

»Ich hoffe für sie, daß die Ketsch wirklich in Izmir ist«, fuhr Tyler fort. »Ich habe noch jede Menge Zigaretten.«

Sie fesselten uns mit den Handgelenken an ein schweres Regal im Keller. Nina und ich lagen am anderen Ende des Raumes auf dem schmutzigen Boden. Pollock hatte man an das andere Ende des Weinregals, oder was es immer sein mochte, angebunden, dicht neben den vier Treppenstufen, die von draußen herunterführten. Ich bat um eine Kleinigkeit zu essen und zu trinken. Pollock übersetzte. In zwei irdenen Krügen mit Spundlöchern an Bauch und Oberseite – Krüge, die Bauern im Sommer auf den Feldern benutzen, um ihre Getränke kühl zu halten – brachte man uns Wasser. Nina nahm den Krug, und ich zeigte ihr, wie man aus dem kleineren Loch an der Oberseite trank, ohne zuviel zu vergießen. Etwas zu essen gab es im Haus nicht, erfuhr Pollock von unserem Bewacher.

Die anderen Türken verschwanden, während der Bursche eine Ölfunzel in die Mitte des Raumes stellte. Dann wartete er, bis Shane herunterkam und unsere Fesseln überprüfte. Der Australier nickte zustimmend, und die zwei Männer gingen hinaus, warfen die Tür hinter sich zu und sicherten sie, deutlich hörbar, von draußen mit einem Vorhängeschloß.

Wir blieben allein im trüben Licht der niedrig brennenden Lampe. Pollock hockte schweigend bei der Tür. Nina und ich tranken abwechselnd aus dem Wasserkrug.

»Alles in Ordnung mit dir?« fragte ich Nina.

»Im Moment ja. Aber was wird in Izmir geschehen?« flüsterte sie.

»Ich weiß es nicht. Wir werden sehen.«

Von draußen drangen Männerstimmen gedämpft zu uns herein, dann röhrte plötzlich wieder der Außenbordmotor auf.

»Die Australier schlafen auf dem Schiff«, sagte Pollock. »Sie fahren wohl gerade hinaus.«

Das Motorgeräusch entfernte sich und verklang im nächsten Moment.

»Ziemlich schlau von Ihnen zu sagen, Ihr Schiff sei in Izmir«, meinte Pollock. »Das bringt uns einen zusätzlichen Tag, wenn wir herunterfahren.«

»Es sei denn, Tyler hat dort jemand, den er anrufen kann.«

»Daran habe ich noch gar nicht gedacht«, räumte Pollock ein.

»Ist denn das Boot nicht in Izmir?« fragte Nina plötzlich.

»Nein.«

»Großer Gott!« Ihre Stimme klang erstickt. Aus dem Flur des Hauses drangen die Stimmen der vier Türken nur gedämpft zu uns herein, und Pollock konnte nicht verstehen, was gesprochen wurde. Der Keller lag am nördlichen Ende der Villa, und das Zimmer, in dem wir mit Tyler gesprochen hatten, im südlichen Trakt. Drei Türken schienen jetzt diesen Raum zu betreten. Den vierten hörten wir näherkommen. Er setzte sich und lehnte sich mit dem Rücken gegen die Tür.

»Also, was machen wir jetzt?« fragte Pollock. »Ich wüßte nicht, wie wir aus dem Wagen entkommen könnten. Morgen sind die beiden Aussies wieder da, außerdem die vier Ganoven hier.«

»Vielleicht gelingt es uns, in Izmir irgendwie Aufmerksamkeit zu erregen.«

Trotz des Halbdunkels sah ich, daß Pollock den Kopf schüttelte. »Sie werden uns nicht aus den Augen lassen und nur einen losschicken, das Boot ausfindig zu machen. Die anderen werden bei uns bleiben. Wie sind Ihre Handschellen?«

»Solide Armeeanfertigung. Von diesem Regal komme ich nicht los.«

»Ich auch nicht.« Danach schwieg er für eine Weile. Nina schluchzte leise, versuchte, ihre Tränen zu unterdrücken. Ich rutschte näher zu ihr und legte meinen freien Arm um sie. Sie sank schwer gegen meine Schulter und weinte haltlos.

»Wird höchste Zeit für eine Verzweiflungstat«, knurrte Pollock. »Verdeutlichen wir uns nochmals unsere Situation: Wir haben einen Türken draußen vor der Tür, und drei andere, die sich irgendwo im Haus nach einem langen, harten

Tag ausruhen. Was haltet ihr davon, wenn wir sie in Ruhe einschlafen lassen und dann etwas unternehmen. Eine bessere Gelegenheit kriegen wir nicht mehr.«

»Einverstanden – aber was?«

»Ich habe da eine Idee. Aber ich möchte nicht, daß man Ihnen Ihre Gespanntheit anmerkt. Bleiben Sie nur einfach eine halbe Stunde ruhig liegen.«

Die Minuten auf Ninas Taschenuhr dehnten sich ins Endlose. Ich war so erschöpft, daß ich fast eingeschlafen wäre, als Pollock schließlich flüsterte: »Okay, versuchen wir's. Nina soll Lärm machen; ich möchte, daß der Wächter zu euch kommt. Sie soll so tun, als habe sie einen Herzanfall, okay? Stöhnen, Keuchen – ihr wißt schon. Aber nicht zu laut, damit die drei anderen nicht wach werden.«

Nina begann zu stöhnen, aber nicht überzeugend genug.

»Tut mir leid, Kleines«, sagte ich. »Das ist nicht gut genug.« Damit packte ich ihre Taille und quetschte ihr Fleisch. Nina keuchte und schluchzte lauter – und echter. Gleichzeitig erhob sich Pollock, klopfte in Höhe des Kopfes des sitzenden Postens gegen die Tür über der kleinen Treppe und rief gedämpft auf türkisch um Hilfe.

Wir hörten, wie der Mann sich bewegte und aufstand. Wenig später klirrten Schlüssel, und er öffnete das Vorhängeschloß. Als die Tür aufschwang, trat Pollock zur Seite. Der Wächter kam die Stufen herunter und spähte blinzelnd zu der Ecke hinüber, in der ich Nina stöhnend im Arm hielt. »Sie ist krank«, sagte ich, »sie hat einen Anfall oder was Ähnliches.«

Offenbar verstand er den Sinn meiner Worte und kam auf uns zu. Hinter ihm richtete sich Pollock auf. Ich vermied es, in seine Richtung zu schauen und den Türken durch meinen Blick zu warnen. Aus dem Augenwinkel bekam ich mit, wie Pollock mit seiner freien Rechten den Wasserkrug hob und ihn auf den Hinterkopf des Türken herabsausen ließ. Der Krug zerbarst, und der Mann brach auf der Stelle zusammen. Er war im gleichen Moment tot, in dem ihm der Krug den Schädel zerschmetterte.

»Jesus«, zischte Pollock, »das war der beste Wurfball, den ich je gemacht habe.«

Ich ließ Nina los und streckte den freien Arm nach der Schulter des Toten aus. Sie war blutverschmiert, der ganze Kopf nur noch eine einzige Wunde. Der Tote hatte ein ziemliches Gewicht, ich konnte ihn kaum von der Stelle bewegen.

»Ruhe«, wisperte Pollock und lauschte. Von oben war nichts zu hören. Nach einem Moment bedeutete er mir weiterzumachen. »Seht nach, ob er die Schlüssel für die Handschellen hat!«

Ich vergrößerte meine Anstrengungen. Nina krallte ihre freie Hand in den Hemdkragen des Toten und versuchte, mir zu helfen. Schließlich hatten wir ihn ans Regal herangezogen, und ich durchwühlte seine Taschen. »Es ist einer der Fahrer. Hat nur den Schlüssel für das Vorhängeschloß. Nicht mal 'ne Waffe.«

»Aber ein Messer hat er bestimmt«, knurrte Pollock. »Oder noch besser – zieht ihm den Gürtel ab und werft ihn zu mir herüber.«

»Den Gürtel?«

»Ja, schnell!«

Es war ein sehr breiter, grober Ledergurt, der lose über den Gurtschlaufen der Hose getragen wurde. Ich öffnete die Schnalle und warf ihn Pollock zu. Er fing ihn auf, packte mit der freien Hand die Schnalle und begann mit ihrem Metalldorn an seinen Handschellen herumzustochern.

»Man lernt in der Armee 'ne Menge nützlicher Dinge«, brummte er, »unter anderem auch das Öffnen von Handschellen.«

In weniger als einer Minute hatte er sich befreit und bearbeitete meine Metallfessel. »Sie zuerst – für den Fall, daß die anderen wach werden, und wir kämpfen müssen.«

Doch im anderen Teil des Hauses blieb alles ruhig. Pollock befreite Nina, während ich von der Tür aus den Gang beobachtete. Pollock verließ als letzter den Keller und verriegelte die Tür sorgfältig mit dem Vorhängeschloß. Dann führte er uns zu den beiden Sedans, die in einiger Entfernung vom Eingang hintereinander auf dem schmalen Pfad standen.

»Wir müssen den zweiten nehmen, denn ich weiß nicht, wo wir den ersten wenden können«, flüsterte er.

Behutsam glitt er hinters Steuer und machte sich an den Drähten unterm Armaturenbrett zu schaffen.

»Möchte wissen, wo der Bastard seine Wagenschlüssel gelassen hat, aber der hier wird gleich anspringen. Versuchen Sie, aus dem anderen den Verteilerkopf zu entfernen.«

Ich ließ Nina bei Pollock und huschte zu dem ersten Wagen zurück. Das verbeulte Vehikel besaß keine Haubenverriegelung mehr, nur ein verrosteter Draht hielt die Motorhaube geschlossen. Es blieb keine Zeit, lange daran herumzubasteln, also entfernte ich die Ventile aus den Vorderrädern und ging zu Pollock zurück.

»Seid ihr bereit?« flüsterte er. Nina kroch in den Fond, und ich setzte mich auf den Beifahrersitz. Pollock hielt die beiden Drähte aneinander, und der Motor erwachte hustend zum Leben. »Auf geht's!« Pollock brachte den Motor auf Touren, setzte unter einem alten Olivenbaum zurück, wendete den Wagen und steuerte ihn auf den Weg zurück, der vom Haus wegführte. »Da sitzt noch etwas mehr unter der Haube«, rief er, »wir werden es schaffen.«

Hinter uns flammten im Haus Lichter auf, und die drei Türken stürzten heraus. Hintereinander bellten zwei Schüsse, doch Pollock war schon fast hundert Meter weiter, und die Kugeln erreichten uns nicht.

»Haben Sie den Verteilerkopf?« fragte er.

»Nein, aber die Vorderräder sind platt.«

»Dann bleiben uns nur ein paar Minuten Vorsprung, bis sie einen anderen Wagen haben.«

Er verlangsamte das Tempo, um auf dem unebenen Weg kein Risiko einzugehen. Erst auf der befestigten Straße trat er das Gaspedal durch. Von den Verfolgern war noch nichts zu sehen. Wenige Augenblicke später überquerten wir die Landenge, die die Halbinsel mit dem anatolischen Festland verband. Wir hatten es geschafft. Ich drehte mich um und zog Nina zu mir. Ich glaube, sie küßte mich. Tränen der Erleichterung rannen ihr über die Wangen.

»Hier müssen wir uns jetzt entscheiden«, machte sich Pollock bemerkbar. Vor uns gabelte sich die Straße, geradeaus führte sie tiefer ins Festland. Pollock bremste den Wagen vor der Gabelung. »Links geht's nach Istanbul. Wir könnten das Militär alarmieren und Hderim und der Gang Dampf unterm Hintern machen. Doch dauert die Fahrt fünf Stunden, und außerdem rechnet Tyler wohl damit, daß wir uns in diese Richtung wenden. Diese Burschen hinter uns dürften ziemlich schnell einen anderen Wagen finden. Tyler könnte uns überholen oder Hderim telefonisch vorwarnen. Dann stünde uns ein heißer Empfang bevor, möglicherweise sogar durch Straßensperren. Halten wir uns nach links, ist es nur eine Fahrt von eineinhalb Stunden nach Karabuga – und zum Boot.«

»Es bleibt bei Plan A«, entschied ich. »Auf zum Boot. Es wird sicher noch genug Diesel im Tank haben, um an den Dardanellen vorbeizurutschen. Sind wir erst in griechischen Gewässern, können wir über Funk Theodoropoulos verständigen.«

Pollock machte ein zufriedenes Gesicht. »Yeah, genau so würde ich es auch machen.«

Er beschleunigte den Wagen wieder und steuerte den Wagen an der Abzweigung nach rechts. Dann schaltete er die Scheinwerfer auf Standlicht, bremste den Wagen ab und löschte sie schließlich ganz. Das Mondlicht war hell genug, um ohne Licht weiterfahren zu können.

»Früher oder später haben wir die Burschen auf den Fersen«, erklärte er. »Behaltet rechts die Straße zur Halbinsel im Auge. Wenn sie irgendwo zwei Ersatzreifen auftreiben, haben wir vielleicht zehn Minuten Vorsprung.«

Eine Zeitlang verlief die Abzweigung parallel zur Küste. Der Meeresarm zwischen Halbinsel und Festland war gerade einen Kilometer breit. Deutlich sah ich nach ein oder zwei Minuten ein paar Scheinwerfer aufblitzen und in hohem Tempo die Straße zum Festland hinüberjagen. Als sie gerade den Isthmus passierten, erreichten wir die Außenbezirke einer kleinen Stadt. Pollock bremste und hielt an. »Jetzt sind wir einigermaßen sicher«, meinte er. »Selbst wenn Tyler denkt, wir führen nach Izmir, müßte er bei unserer Verfolgung die linke Abzweigung nehmen. Aber haltet die Augen auf.«

»Könnten wir hier nicht zur Polizei gehen?« fragte Nina.

»Nur, wenn es nicht anders geht«, antwortete ich. »Hderim hat einen hohen Rang und könnte uns immer noch beseitigen. Vergiß nicht, die belastende Statue befindet sich auf meinem Boot. Hderim könnte uns dafür einen Aufenthalt in einem türkischen Gefängnis verschaffen, und das dürfte nicht sonderlich erholsam sein für uns.«

Angestrengt spähten wir durch das staubverschmierte Rückfenster. Erleichtert verfolgten wir, wie der andere Wagen in rascher Fahrt den Isthmus überquerte und an der Gabelung in Richtung Istanbul davonraste. Pollock legte den Gang ein und fuhr nach Karabuga.

Die Dämmerung kroch über die Hügel der Umgebung, als wir auf der engen Straße in das Fischerdorf rollten, wo Bassington meine Ketsch geankert hatte. Wir sahen ein paar Leute, die uns aber keine Beachtung schenkten, als wir den alten Sedan außerhalb der mittelalterlichen Stadtmauer abstellten. Leise gingen wir durch die Straßen mit den ebenerdigen Häusern zur Promenade und suchten uns ein kleines Fischerboot. Bis zur *Andromeda* war es ein gutes Stück zu rudern. Wie Bassington mir erzählt hatte, lag die Ketsch im Schutz der nördlichen Landspitze einige hundert Meter vom Ort selbst an der Seeseite eines in der Mitte des Hafens aufragenden Felsens, so daß sie Spaziergängern auf der Promenade nicht sofort ins Auge fiel. Meine Erleichterung war nicht zu beschreiben, als ich mein Schiff endlich wiedersah; seine vertrauten Konturen und der breite schwarze Rumpf versprachen Sicherheit und Ruhe.

Pollock und Nina kletterten an Bord, während ich das Ruderboot am eigenen Anker festlegte. Dann folgte ich den beiden.

»Ich glaube, ich möchte nie mehr von diesem Schiff herunter«, sagte Nina. »Es ist zum zweitenmal meine Rettung.«

Ich durchwühlte den Heckschrank nach den Schlüsseln und hatte sie gerade gefunden, als Pollock sagte: »Sie hätten nicht danach zu suchen brauchen.« Dabei schaute er zur Tür des Niederganges. Jemand hatte die Halterung des Schlosses herausgebrochen.

»Verdammt!«

Pollock öffnete die Tür, und wir schauten in die Kajüte. Unten herrschte kaum Unordnung. Ein oder zwei Schnapsflaschen aus dem Barfach fehlten, und vom Kühlschrank, der nicht arbeitet, wenn die Batterien abgeschaltet sind, drang der Geruch verdorbener Lebensmittel zu uns. Außer dem Schnaps waren die hiesigen Fischer offenbar nur auf einen Gegenstand an Bord scharf gewesen.

Mein Seefunkgerät war verschwunden. Nur die leere Halterung ragte mir über den Kartentisch entgegen.

KAPITEL 14

Auf See

Die Diebe mußten es ziemlich eilig gehabt haben, denn sonst hätten sie mehr Schaden angerichtet. Sie hatten nur das Funkgerät samt Verstärker aus der Halterung entfernt. Andere Dinge, ebenso brauchbar, aber nicht so leicht zu demontieren, befanden sich am gewohnten Platz. Auch die Seekarten waren noch vorhanden, und die Radaranlage war sicher unberührt, weil sie ohne die rotierende Richtantenne oben am Mast wertlos war. Es hätte zuviel Aufmerksamkeit erregen können, die Antenne abzumontieren. Sogar die Batterien waren noch vorhanden. Vielleicht waren sie für die elektrischen Systeme der einfachen Fischerboote zu stark gewesen.

Ich fand die Schlüssel im Cockpit-Fach, wo Bassington sie deponiert hatte, und schaltete die Zündung ein. Die Kontrollgeräte zeigten noch genug Treibstoff für eine Fahrt von sechs oder sieben Stunden an. Mit dem üblichen Husten sprang der Motor an. Ich übergab Nina das Steuer und half Pollock beim Einholen des Ankers. Dann übernahm ich wieder das Ruder und steuerte die *Andromeda* aus der kleinen Bucht. Es war jetzt kurz nach fünf Uhr früh und wurde langsam hell.

Nina begab sich in die Kabine, um uns ein Frühstück zu bereiten, denn wir hatten seit dem Vortag nichts mehr gegessen. Bis wir Griechenland erreichten, würden wir uns mit den Vorräten an Bord begnügen müssen. Die Lebensmittel im Kühlfach waren verdorben, und Nina warf sie kurzerhand über Bord. Ich drehte die Nase der *Andromeda* nach Norden auf die Dardanellen zu. Die See war bewegt, aus Nordwest wehte eine gute Brise, und mit jedem Moment wurde das Tageslicht stärker.

Pollock holte jedem aus der Kajüte einen Sweater; wir hockten uns auf die Leeseite ins Cockpit und hielten nach der scharfen Landkehre an Steuerbord Ausschau, die in die Meeresenge und hinaus auf die offene See führte.

Nina hatte eine Flasche Milch, Büchsenfleisch und ein paar Eier aufgestöbert, die sie uns gebraten zum Kaffee servierte. Heißhungrig verschlangen wir die kleine Mahlzeit, die sie uns ins Cockpit reichte, obwohl es kein Brot dazu gab. Auch ein paar Zigaretten waren noch vorhanden, und ich rauchte zwei hintereinander zum Kaffee. Danach konnte ich langsam wieder klar denken.

»Wir haben eine Entscheidung zu treffen. Unser Treibstoffvorrat reicht gerade, um uns durch die Dardanellen zu bringen. Nach zwei Dritteln der Strecke passieren wir den Hafen Canakkale, wo ich nachtanken könnte. Dies wäre die letzte Möglichkeit, bis wir eine der Inseln erreichen. Doch kontrolliert Canakkale leider auch die Einfahrt in die Dardanellen, und der türkische Hafenmeister will sicher die Schiffspapiere sehen, wenn ich auftanke. Die sind aber nicht in Ordnung.«

»Wieso?« fragte Pollock.

»Nach den Papieren hat dieses Schiff vor drei Wochen Izmir in Richtung Griechenland verlassen; und sie tragen keinen neuerlichen Einreisestempel. Bassington ließ sich dadurch nicht stören, denn er brachte das Boot ja nur ein paar Tage nach meinem Auslaufen aus Izmir hierher. Er sagte nur, er habe seine Absicht geändert und sei in die Türkei zurückgekommen. Dem Hafenmeister eines kleinen Fischerhafens wie Karabuga mochte diese Story genügen; außerdem hat Bassington ihm ein großzügiges Trinkgeld gegeben, damit er auf das Boot aufpassen würde. Doch in Canakkale könnte eine Menge Fragen gestellt werden. Wir müßten uns auf einen längeren Aufenthalt dort einstellen.«

»Außerdem habe ich keinen Paß bei mir. Der ist noch in meiner Handtasche in Istanbul«, warf Nina ein.

»Da haben wir's«, brummte Pollock. »Sie sind von uns der einzige mit Reisepapieren, Harry.«

»Also gut, damit ist Canakkale indiskutabel. Wir laufen mit Motorkraft durch die Dardanellen und segeln dann weiter. Wir können nur beten, daß wir genug Wind haben, um innerhalb von ein paar Stunden in griechische Gewässer zu gelangen.«

Nina erkannte das Risiko einen Sekundenbruchteil vor Pollock.

»Lieber Himmel, rechnest du mit Verfolgern?«

»Wäre doch durchaus möglich, oder?«

»Woher sollten sie wissen, wo sie suchen müssen?« gab Pollock zu bedenken. »Zumal sie die Ketsch noch nie gesehen haben und sie kaum von einem anderen Schiff unterscheiden können.«

»Der liebe Shane war auf Andros, erinnern Sie sich? Außerdem kann man sich leicht ausrechnen, wo wir zu finden sind, wenn man darüber nachdenkt. Tyler mag alles mögliche sein, aber dumm ist er nicht. Das sollten Sie nie vergessen.«

Auf Steuerbord kam die Nase der Landkehre oberhalb von Karabuga in Sicht. Das Kap leuchtete golden im Licht der Morgensonne. Ich drehte das Ruder und legte die *Andromeda* auf den richtigen Kurs in die Meeresstraße. Die asiatische Küste lag linker Hand fast greifbar nahe, die europäische auf der anderen Seite war nur als dunkler Strich am Horizont auszumachen.

»Versetzen Sie sich doch mal in Tylers Lage«, fuhr ich fort. »Früher oder später mußte ihm klar werden, daß er uns auf der Straße nach Istanbul nicht kriegt – oder auf der nach Izmir. Ich wage zu behaupten, daß ihm das schon an der Gabelung der beiden Straßen klar geworden ist, spätestens aber, nachdem das Telefon an seinem Bett Hderim in Istanbul aus dem Schlaf geklingelt hat. Der dürfte, kaum in seinem Büro eingetroffen, zwei oder drei Polizisten damit beauftragt haben, die Hafenmeister sämtlicher Häfen an der Küste anzurufen. Daß wir das Boot in einer abgelegenen Bucht allein gelassen hätten, war kaum anzunehmen. Das Risiko wäre zu groß. Also bleiben logischerweise nur die

Häfen. In der ganzen westlichen Türkei gibt's aber nur zwanzig oder dreißig Häfen, in die man mit einer größeren Yacht einfahren kann. Irgendwann werden sie dann also den Hafenmeister von Karabuga an die Strippe bekommen haben. ›Wir suchen eine große europäische Yacht, eine Ketsch namens *Andromeda* mit schwarzem Rumpf und weißen Seitenstreifen.‹ Bedenkt, daß Shane gestern nacht erwähnte, er habe das Boot in Gavrion gesehen. Also wissen sie, wie es aussieht. ›O ja, Effendi, ein solches Schiff hat hier seit etwa zehn Tagen gelegen, aber heute morgen ist es ausgelaufen.‹ Und wohin wendet man sich von Karabuga aus? Istanbul ist für uns indiskutabel, also wohin segelt man? Durch die Dardanellen in Richtung Griechenland, um die Statue zurückzubringen.«

»Wenn das Schiff so einfach zu finden ist, wieso hat Hderim es dann nicht schon früher so gemacht?« wandte Nina ein.

»Weil er die *Andromeda* in Griechenland vermutete, wie ich es ihm auch erzählt hatte. Erst Tyler kam darauf, daß sie nur in der Türkei sein konnte, und das erst gestern. Außerdem hätte Hderim versucht, seine Weste sauberzuhalten. Unangenehme Fragen im Zusammenhang mit einer landesweiten Fahndung nach dem Boot wollte er sicherlich vermeiden. Doch durch unsere Flucht hängt er in der Sache mit drin, ob er will oder nicht. Tyler braucht doch bloß zu sagen: ›Hör zu, sie sind uns entwischt. Sie kennen deine Rolle in der ganzen Affäre genau. Du mußt sie also um jeden Preis finden, Colonel.‹«

»Warum laufen wir dann nicht einfach Canakkale an und melden die ganze vermaledeite Angelegenheit den Behörden?« fragte Nina.

»Das können wir nicht«, antwortete Pollock. »Damit würden wir Hderim alle Vorteile in die Hand geben. Bedenken Sie, daß wir eine heiße griechische Statue an Bord haben, die wie ein Truthahn zum Erntedankfest vollgestopft ist mit Drogen im Wert von zig Millionen Dollar. Was sollen wir sagen? Das ist alles nur ein Versehen? Und ein ranghoher Polizist in Istanbul ist der wahre Schuldige? Ich möchte nicht unbedingt in einem türkischen Gefängnis sitzen, eine solche Geschichte erzählen und die Fragen beantworten müssen, die Hderim übers Telefon von Istanbul aus diktiert.«

»Das können wir einfach nicht riskieren«, pflichtete ich Pollock bei. »Zu vieles könnte schiefgehen. Wir wären dann in einer noch schlechteren Situation als bei Theodoropoulos in Athen: ein langer Gefängnisaufenthalt und keine Gelegenheit, vor ein oder zwei Jahren die Wahrheit unserer Aussage zu beweisen.«

»Und in dieser Zeit würde Hderim oder Tyler schon dafür sorgen, daß wir bei einem Fluchtversuch erschossen werden«, ergänzte Pollock.

Nina seufzte und sah zu der kleiner werdenden Küste hinüber. Nach einem Augenblick fragte sie: »Okay, wie stehen also die Chancen, daß wir durchkommen?«

»Das hängt davon ab, wann Tyler uns ausfindig gemacht hat. In den Dardanellen können sie uns nicht stellen. Die *Andromeda* macht mit Motor mehr als acht Knoten, und sobald wir in der Meeresstraße sind, haben wir zusätzlich noch eine Strömung von zwei Knoten in unserer Richtung unter dem Kiel. Ich bezweifle, daß Tylers Trawler-Yacht mehr als zwölf Knoten läuft. Außerdem muß er erst dreißig Meilen hinter sich bringen, ehe er die östliche Einfahrt in die Straße erreicht. In der Zwischenzeit haben wir mit fast gleicher Geschwindigkeit schon das offene Meer erreicht. Erst wenn wir am anderen Ende der Straße keinen Treibstoff mehr haben, wird die Sache pikant. Er ist dann schneller als wir, und wir brauchen von dort aus immer noch zwei oder drei Stunden bis in griechische Hoheitsgewässer. Ich glaube, wir haben eine gute Chance, es zu schaffen. Das hängt auch vom Wetter ab – und davon, ob Tyler uns so weit verfolgt.«

»Sie sind der Seemann«, knurrte Pollock. »Ich bin Ihrer Meinung. Flucht ist die einzige Möglichkeit. Hoffen wir, daß Sie recht behalten.«

»Wir haben die Einfahrt in die Dardanellen schon hinter

uns«, sagte ich. Der Kompaß zeigte west-südwestlichen Kurs. Zumindest fuhren wir auf Griechenland zu.

Gedankenverloren blickte Nina zu den schwindenden Küstenlinien von Anatolien hinüber. Dann fragte sie mich: »Glaubst du wirklich, daß wir ihnen entwischen?«

»Ich denke schon. Die Winde in der nördlichen Ägäis drehen in der Regel sehr häufig, doch zu dieser Jahreszeit dürften wir eine stete Brise haben, sobald wir aus dem Windschatten des Landes an der Mündung der Straße heraus sind. Erinnerst du dich noch an die Reise von Byron, die ich nachzustellen versuchte, als ich dich fand? Die britische Fregatte mit Byron an Bord brauchte einen Tag, um das Marmara-Meer zu überqueren, und einen weiteren, um durch die Dardanellen die offene Ägäis zu erreichen. Doch kaum blies ihr der *Meltemi* in die Segel, rauschte sie in einem einzigen Tag hinüber nach Griechenland. Noch früh am Morgen befand sie sich zwischen Limnos und Tenedos, direkt unterhalb der Dardanellen – und schon am gleichen Abend lief sie in Piräus ein. Wenn es in der Ägäis kräftig bläst, ist es gleich, ob man eine britische Fregatte oder eine taiwanesische Ketsch segelt. Man ist ebensoschnell wie ein dieselgetriebener Trawler.«

Das stimmte zwar nicht hundertprozentig, doch versuchten wir, unsere einzige Chance wahrzunehmen, und Nina brauchte dringend ein wenig Aufmunterung.

Kurz nach sieben Uhr früh spürte ich zum erstenmal die Strömung der Dardanellen. Zu dieser Zeit standen wir drei Meilen unterhalb von Kap Boz, wo sich die Straße allmählich verengt. Die europäische Küste liegt hier etwa zehn Meilen entfernt. Mir fiel plötzlich auf, daß die braunen Hügel am asiatischen Ufer an Steuerbord ein wenig schneller vorbeizogen, obwohl das Schiffslog immer noch eine Geschwindigkeit unter acht Knoten anzeigte. Ich kalkulierte, daß uns die stärkere Strömung auf eine Fahrt von knapp unter neun Knoten beschleunigte.

Ich bat Pollock, mir die Karte vom Navigationstisch zu holen. Die Strömung der Dardanellen hat natürlich ihren Ursprung in Rußland. Die großen russischen Flüsse, die ins Schwarze Meer münden, ersetzen das verdunstete Wasser im östlichen Mittelmeer. Ihre Fluten wälzen sich durch den Bosporus zuerst ins Marmara-Meer und dann durch die Dardanellen in die Ägäis. Aus irgendeinem Grund ist die Strömung in der Nähe der Küste am stärksten, doch ist die Straße hier nicht ungefährlich. An ihrem östlichen Ende gibt es jede Menge Unterwasser-Riffs und überflutete Felsen. Weiter unterhalb liegen die Wracks der alliierten Schlachtschiffe, die die Dardanellen in ihre Gewalt bringen sollen – einer der größten taktischen Fehler im Ersten Weltkrieg. Die türkischen Batterien versenkten sie an der südlichen Küste, wo sie immer noch im Wasser vor sich hinrosten und für jedes kleinere Boot, das unvorsichtigerweise in die Strömung gerät, zu einer ernsten Gefahr werden.

Ich hatte jetzt achtzehn Faden Wasser unter dem Kiel, doch auf der Karte sah ich, daß die *Andromeda* nach der Umrundung von Kap Boz eine Strecke von zwölf Meilen mit gefährlichen Hindernissen hinter sich bringen mußte. Den Auftakt machte ein Unterwasser-Riff etwa eine Meile hinter dem Kap, dann folgten eine ganze Reihe von überspülten Felsen, die von der asiatischen Küste in die Straße hineinwuchsen. Danach konnten wir ein wenig Zeit einsparen: Ein Kurswechsel würde uns durch die enge Fahrrinne zwischen den Felsnasen des Küstenschelfs und einem zweiten Unterwasser-Riff bringen, das etwa auf eineinhalb Kilometer Länge in die Meerenge hereinragte. Für mich bedeutete das in der nächsten Stunde höchste Aufmerksamkeit, bis wir die kleine Stadt Cardak an der Südküste passierten. Ich schickte Nina zum Schlafen in die Kajüte hinunter. Später sollte sie mich dann am Ruder ablösen.

»Sie sehen ziemlich fertig aus«, sagte Pollock. »Ich hole Ihnen noch einen Kaffee, und dann bringen Sie mir bei, wie man ein Schiff steuert.«

Er hatte die Sache schnell im Griff. Ich hätte ihm das Ruder sicher nicht unter vollen Segeln und bei gutem Wind überlassen, doch für das unter Motorkraft fahrende Schiff entwickelte er rasch das richtige Gefühl. Ich hockte mich auf die Sitzbank im Cockpit, trank meinen Kaffee und nannte ihm die Orientierungspunke, auf die er zusteuern sollte.

Als wir uns dem zweiten Riff näherten, übernahm ich selbst wieder das Ruder. Auf der Karte wirkte das gedrungene Riff wenig bedrohlich, doch war hier die Strömung deutlich stärker, und ich schätzte, daß wir die von mir erhofften zehn Knoten tatsächlich liefen. Trotzdem war Vorsicht geboten. Wenn wir in die Mitte des Kanals kamen, drückte uns die Strömung seitlich auf die Felsen zu. Ich steuerte die *Andromeda* deshalb so dicht wie möglich unterhalb des vorspringenden Riffs an Steuerbord entlang, etwa eine halbe Meile von der Südküste entfernt, und hielt den Bug etwas rechts versetzt zu der kleinen Stadt Gallipoli auf der gegenüberliegenden Seite der Meerenge. Damit brachte ich uns etwas aus der Strömung heraus, die uns in direkter Linie auf die Stadt zugetrieben hätte. Der kleine Leuchtturm auf der Nordspitze des Riffs blieb konstant auf der Steuerbordseite. Das Riff selbst erstreckte sich eine halbe Meile südlich des Leuchtfeuers. Obwohl wir dort laut Karte über vier Meter Wasser unter dem Kiel hatten, zog ich es vor, den Kanal, der hier knapp dreihundert Meter breit war, in der Mitte zu passieren. Innerhalb von sechs Minuten schlüpfte die *Andromeda* durch die Enge, und ich legte das Ruder voll auf Südwest-Kurs. Kurz vor acht Uhr erreichten wir das Feuer von Cardak, das backbord aufleuchtete, und eine gute Meile weiter bat ich Pollock, Nina zu wecken.

»Halte sie bis zur nächsten Landzunge konstant auf etwa einem Kilometer Abstand zur Küste«, riet ich ihr. »Sobald ihr die Meerenge erreicht, weckt mich.«

Kaum hatte ich mich unten auf der Backbordkoje lang gemacht, fielen mir vor Erschöpfung die Augen zu.

Kurz nach zehn weckte mich Nina. Mein Kopf fühlte sich an wie mit Watte ausgestopft. »Scheint so, als erreichten wir bald die Enge«, sagte sie. »Ich sollte dich wecken.«

In der Kombüse spritzte ich mir kaltes Wasser ins Gesicht

und folgte ihr an Deck. Wir befanden uns jetzt im letzten Drittel der Straße. Die europäische und asiatische Küste lagen hier nur wenige Meilen auseinander. Der Eingang der Meerenge war noch etwa drei Meilen entfernt. Meine Steuerleute hatten eine ereignislose Wache gefahren, wobei nach Ninas Worten Pollock die meiste Zeit am Ruder gestanden hatte, weil ihn das ›Fahren‹ wie er es nannte, nicht anstrengte. Jedenfalls behauptete er das. Links schauten die niedrigen Berge der asiatischen Küste auf die hügelige Halbinsel von Gallipoli jenseits der Straße herüber. Die beiden hatten das leichtere Stück der Passage bewältigt, während ich schlief.

Pollock sagte, er wolle weiter ›fahren‹, und ich ließ ihn.

Vor uns lagen keine nennenswerten Hindernisse, sah man mal von dem freiragenden, gut gekennzeichneten Felsen ab. Südlich davon lag eines der Wracks aus dem Ersten Weltkrieg dicht vor dem Eingang der Meerenge, dort wo die Straße sich im Winkel von 90 Grad nach Backbord wendet.

Ich wiegte mich fast schon in Sicherheit, als wir diese letzten Hindernisse passiert hatten. Canakkale lag genau vor uns, nach etwa fünfzehn Meilen würden wir die Ägäis erreichen. Tyler würde uns sicher nicht bis in die griechischen Hoheitsgewässer verfolgen.

Bei Canakkale sind die Dardanellen gerade eine Meile breit. An dieser Stelle, erklärte ich den beiden anderen, errichtete Xerxes seine berühmte Schiffsbrücke zwischen Asien und Europa, um dann mit seinen Perserhorden in Griechenland einzufallen. Hier vollbrachte Byron seinen gefeierten Schwimmversuch durch den Hellespont, wie die Meerenge in klassischer Zeit hieß, um damit dem mythischen Sagenheld Leander nachzueifern. Byron und sein Begleiter von der Royal Navy waren beinahe tot, als man sie schließlich ans rettende Ufer zog. Die Strömung hatte sie so weit abgetrieben, daß sie fast vier Meilen schwimmen mußten.

Der Schlaf schien mir frisches Adrenalin ins Blut gegeben zu haben. Ich nahm jedes winzige Detail um mich herum mit ungeahnter Schärfe wahr. Ich wollte gerade auf die Geschichte von Byrons Schwimmversuch näher eingehen, als ich in der Ferne am Himmel über der Stadt einen Helikopter aufsteigen und Kurs auf einen großen Tanker in der Straße nehmen sah, der unter dem europäischen Festland gegen die Strömung ankämpfte. Ich behielt das Fluggerät im Auge, während ich weitersprach. Es flog in etwa einhundertfünfzig Metern Höhe, hielt augenscheinlich Kurs auf den Tanker, beschrieb aber in Wirklichkeit einen weiten Bogen nordwärts über die Straße. Mir fiel plötzlich auf, daß sich die *Andromeda* genau im Mittelpunkt dieses Halbkreises befand. Man konnte es kaum bemerken, wenn man nicht mehrere Minuten lang den Flug des Hubschraubers verfolgte. Erst dann wurde deutlich, daß sein Abstand zu der fahrenden Ketsch immer konstant blieb.

Ich sagte mir, daß es für Hderim ein leichtes sein mußte, einen Polizeihubschrauber aufsteigen zu lassen, um nach der Ketsch Ausschau zu halten. Dabei brauchte er nicht einmal unangenehme Fragen zu fürchten, sondern nur den Befehl zu einem Routineflug über die Meerenge zu geben. Der Hubschrauber allein war also kaum ein Beweis für meinen Verdacht. Nach etwa zehn Minuten verschwand er wieder landeinwärts.

Die *Andromeda* stand jetzt genau gegenüber der Stadt an der schmalsten Stelle des Kanals. Ich versuchte mir einzureden, daß ich mich ja auch geirrt haben könnte. Trotzdem wurde ich das ungute Gefühl nicht los, daß Tyler uns dicht auf den Fersen war.

»Wir sollten uns unter der Südküste halten«, sagte ich zu Pollock. »In den Dardanellen fährt man zwar in der Regel links, doch ich denke, wir sollten nach Steuerbord den Kanal kreuzen. Dann sparen wir eine Menge Zeit bis zur europäischen Küste und weichen so den großen Schiffen auf Ostkurs aus.«

Pollock drehte das Ruder und überquerte die Straße. Als wir im Lee der niedrigen Halbinsel waren, bot ich ihm einen Wachwechsel an. »Laßt mich nur fahren«, erwiderte er. »Ihr zwei solltet die Ruhepause nutzen, denn wenn der Treibstoff ausgeht, müßt ihr beide das Segeln allein besorgen.«

Sein Vorschlag war sinnvoll. Ich schickte Nina für eine Stunde in die Koje. Pollock, der jetzt unter den niedrigen Hügeln der europäischen Küste entlangfuhr, die die Alliierten 1915 nicht einnehmen konnten, beobachtete aus dem Augenwinkel, wie sie nach unten verschwand. Die Sonne brannte uns inzwischen heiß auf den Rücken. Ich stand am Armaturenbrett und behielt die großen Seeschiffe in Richtung Schwarzes Meer im Auge. Aus den Büschen am Ufer übertönte ein Schwarm Zikaden mit seinem Zirpen fast das Tuckern des Diesel.

Pollock wartete, bis Nina verschwunden war, und sagte dann: »Der Hubschrauber kam mir verdächtig vor.«

»Sie haben ihn bemerkt?«

»Dies hier wäre eine gute Stelle, um über uns herzufallen. Schön, die Straße ist zwar sehr eng, aber drüben an Land gibt's dafür, wie's aussieht, keine Zeugen.«

»In den Dardanellen können sie uns nicht kriegen, und sobald wir das offene Meer erreichen, müßten wir noch drei oder vier Stunden Vorsprung haben. Wir können dann in alle Himmelsrichtungen segeln.«

»Tyler hat Radar an Bord, Sie auch. Seins ist sicher eingeschaltet. Funktioniert Ihres noch?«

Keine schlechte Idee von Pollock, dachte ich sofort und stieg nach unten, um es einzuschalten. Nina schlief fest in dem Backbordbett und rührte sich nicht, als ich die Schalter am Gerät betätigte. Mein Radar hatte eine Reichweite von fünfundzwanzig Meilen, doch wurde diese durch die Landmasse nach dem Knick der Meerenge begrenzt. In dem kontrollierbaren Seebereich blinkten die Markierungspunkte einiger kleinerer Schiffe auf dem Schirm, die aber für uns bedeutungslos waren. Ich schaltete das Gerät aus, um die Batterien zu schonen, und kletterte wieder nach oben.

»Nichts, was uns beunruhigen müßte«, informierte ich Pollock.

»Trotzdem – rechnen Sie damit, daß sie bald auftauchen!«

Die ganze Küste der Halbinsel von Gallipoli entlang hielten wir uns dicht unter Land. Langsam kroch der Gipfel des Alei Tepe an Steuerbord vorbei. Im Kühlfach entdeckte ich ein paar Flaschen Bier, die aber noch nicht kalt genug waren, da die Kühlbox erst wieder seit Anlassen des Diesels arbeitete. Ich packte sie in ein kleines Netz und hängte dieses am Heck ins Wasser. Ein Kreuzfahrer und ein Frachter passierten uns an Backbord. Auf der Brücke des Linienschiffes betätigte der Rudergänger, höchst irritiert, ein kleines Schiff auf der falschen Kanalseite fahren zu sehen, mehrmals die Sirene. Gegen 11.30 Uhr erreichten wir das kleine Dorf Seddulbahir an der Mündung der Meerenge, und Punkt zwölf Uhr wich das Land an der Seite langsam zurück. Wir hatten die Dardanellen hinter uns.

Ich wies Pollock an, seinen Kurs von 240 Grad beizubehalten. Uns blieb nichts anderes übbrig, denn unter Land bekamen wir nicht genug Wind für einen raschen Lauf in südlicher Richtung nach Lesbos hinüber. Wir mußten mit dem restlichen Sprit so weit wie möglich in Richtung griechische Gewässer vorankommen.

Etwa fünf Meilen unterhalb der Halbinsel von Gallipoli ging der Treibstoff zu Ende. Es war jetzt etwa zehn Minuten nach zwölf. Von der erhofften starken Brise war nichts zu spüren. Das bißchen Wind, das wir hatten, wehte in westliche Richtung. Ich weckte Nina, und sie übernahm das Ruder, während Pollock und ich das große Vor- und danach das Hauptsegel aufzogen. Ohne Motorkraft machten wir gerade noch drei Knoten. Ich gab Nina den besten Kurs nach Lesbos zwischen den beiden kleinen türkischen Inseln Karaya Adalari und Bozca Ada hindurch – 215 Grad fast genau Süd-Südwest.

Ich war zu sorglos gewesen. Wenn nicht mehr Wind aufkam, würden wir erst mit Einbruch der Dunkelheit die griechischen Gewässer erreichen.

»Rechnest du immer noch damit, daß sie uns folgen?« fragte Nina.

»Du hast Tyler doch letzte Nacht kennengelernt. Solange er davon überzeugt ist, uns stellen zu können, wird er uns folgen.«

»Und – schafft er das?« fragte Pollock.

»Ich weiß es nicht, aber das ist auszurechnen. Das geht jedoch nur mit Hilfe der Seekarten.«

»Dann tu's. Ich bin nicht mehr müde. Ich übernehme so lange das Ruder«, sagte Nina. Ich nahm die große Seekarte der Dardanellen und begab mich damit nach unten an den Navigationstisch. Zum Glück hatten die Fischer von Karabuga den Navigationskalkulator in seinem Fach liegenlassen.

Unterhalb der Mündung der Meerenge befanden wir uns in einem Dreieck, das von verschiedenen Inseln gebildet wurde. Auf unserer Seite ging es in nordwestlicher Richtung zwischen den türkischen Inseln Bozca Ada und Imroz Adasi zur Spitze des Dreiecks nach Samothrake, etwa fünfunddreißig Meilen hinter Imroz. Linker Hand lag etwa fünfunddreißig Meilen entfernt in südsüdwestlicher Richtung die griechische Insel Limnos. Die kürzeste Route in griechische Gewässer führte direkt nach Westen: Hier begann die griechische Seehoheit in etwa fünfzehn Meilen Entfernung. Vom Standort der *Andromeda* aus zog sich die Küste von Lesbos etwa vierzig Meilen auf einem Zickzack-Kurs von Südwest nach Südost; es wäre verrückt gewesen, die direkte und überaus gefährliche Südroute zwischen der Küste und Bozca Ada zu versuchen.

Sicher wäre es besser, nach Lesbos, und nicht nordwestlich nach Samothrake oder südsüdwestlich nach Limnos zu segeln. Bei dem momentanen Wind hätten wir zwar auch diese beiden Ziele ansteuern können, doch im Sommer hat man solchen Westwind nur im türkischen Golf. Sobald wir ein wenig weiter auf die offene See hinauskamen, würde der Wind auf nördliche Richtung drehen, wodurch Samothrake als Ziel wegfiel und Limnos nur durch ständiges Kreuzen zu erreichen wäre. Und das konnte, je nachdem, wo sich Tyler zur Zeit befand, für uns tödlich sein.

Ich versuchte, mich in seine Lage zu versetzen, und schob die Koordinaten auf der Karte hin und her. Das Schiff schaukelte sanft auf den Wogen, über mir hörte ich die Schritte von Pollock auf dem Dach der Kajüte. Einen Moment lang wäre ich mir beinahe vorgekommen wie bei einem Urlaubstörn – das sanfte Wiegen des Bootes, die leisen, gedämpften Stimmen an Deck und das friedliche Glucksen des Wassers am Rumpf –, hätte ich nicht unmittelbar darauf den schweren Denkfehler in meiner Beurteilung von Tylers Position bemerkt.

Tyler hatte tatsächlich eine Chance.

Meine ganze Kalkulation basierte auf dem Zeitpunkt, zu dem er von der Halbinsel Kapidagi aufgebrochen war. Wenn ich jetzt darüber nachdachte – und infolge des Schlafes gelang mir das Denken jetzt besser –, waren wir etwa gegen fünf Uhr morgens von Karabuga aufgebrochen, eineinhalb Stunden nachdem wir unsere Verfolger bei Edineik in die Straße nach Istanbul einbiegen sahen.

Das bedeutete aber, daß Tyler irgendwann kurz nach vier Uhr früh an der Gabelung Izmir-Istanbul klargeworden sein mußte, daß wir nicht Richtung Istanbul gefahren waren. Folglich dürfte er so schnell wie möglich Hderim angerufen haben. Und der wiederum hatte bestimmt nicht mehrere Stunden benötigt, um feststellen zu lassen, daß die *Andromeda* nicht im Hafen von Izmir ankerte. Ich konnte nur hoffen, daß dort einige andere europäische Segelschiffe für ein wenig Verwirrung gesorgt und uns etwas Zeit geschenkt hatten – aber rechnen durfte ich nicht damit.

Tyler war dann sicher sehr schnell aufgegangen, daß die *Andromeda* irgendwo an der Westküste liegen mußte, denn wir waren nicht nach Osten in Richtung Istanbul gefahren. Daß wir mit dem Boot nach Griechenland wollten, war nicht schwer zu erraten, denn der einzige Grund, warum ich mich an Hderim gewandt hatte, war ja, die Beschuldigungen der Griechen gegen mich zu entkräften. Tyler konnte sich ausrechnen, daß mein Wissen in dieser Affäre inzwischen ausreichte, um die Griechen von meiner Unschuld zu überzeugen.

Tyler konnte logisch denken, war folglich sofort in sein Boot gestiegen und die Dardanellen heruntergerauscht. Hatten wir die Ketsch in einem Hafen an der Westküste mit direktem Zugang zur offenen Ägäis geankert, kostete es uns mindestens vier Stunden Fahrtzeit, um mit dem Wagen dorthinzugelangen. Mit Schrecken errechnete ich jetzt, daß er kaum sechs Stunden gebraucht haben dürfte, um durch die Dardanellen die offene See zu erreichen. Demnach machte die Verfolgung einer von einem Hilfsmotor angetriebenen Ketsch mit einem Zwölf-Knoten-Dieseltrawler durchaus Sinn. Tyler hatte wirklich eine gute Chance, uns zu erwischen. Hatte die Ketsch irgendwo an der Küste des Marmara-Meeres geankert – was ja auch zutraf –, war er uns sogar noch dichter auf den Fersen.

Ich schob die Koordinaten über die Karte hin und her und überdachte nochmals mein morgendliches Timing. Wenn Tyler den Motor des Bootes angeworfen hatte, ehe die *Andromeda* gegen 7.15 Uhr die Dardanellen erreichte, mußte er jetzt dicht hinter uns sein. War er aber erst losgefahren, als uns schon die Strömung in der Meerenge zugute kam, hatten wir eine reelle Chance, mit heiler Haut davonzukommen. Ich errechnete, daß er bei zwölf Knoten Fahrt knappe drei Stunden brauchte, um in die östliche Einfahrt der Meerenge einzulaufen. Bei seinem Aufbruch nach sieben Uhr hatte die *Andromeda* dagegen nur etwa zwei Seemeilen die Stunde gegenüber seinem schnelleren Boot verloren.

Angenommen, Tyler hätte Hderim gegen fünf Uhr angerufen. Hderim hatte die Antwort aus Izmir frühestens nach zwei Stunden auf dem Tisch. Also konnte Tyler unmöglich vor sieben Uhr losgefahren sein. Vielleicht stand es doch nicht so schlecht um uns. Er konnte schließlich ja auch abgewartet haben, bis Hderim die anderen Häfen überprüft hatte, und dann erst gegen neun oder zehn Uhr aufgebrochen sein.

Im schlimmsten Fall war Tyler also gegen sieben Uhr abgefahren und würde unsere Zwölf-Uhr-Position etwa gegen 13.30 Uhr erreichen.

Unsere einzige Chance lag in der Entscheidung, die ich jetzt als nächstes zu treffen hatte. Ich wußte, daß irgendeiner auf Tylers Yacht genau dieselbe Überlegung anstellen würde wie ich, nur mit umgekehrtem Vorzeichen. Was würde er tun, wenn er die Mündung der Dardanellen erreichte? Vermutlich glaubte er, eine Ketsch zu jagen, die unter vollen Segeln und mit zusätzlicher Motorkraft versuchte, auf dem kürzesten Weg eine der griechischen Inseln zu erreichen. Die *Andromeda* würde nicht Limnos ansteuern, denn auf diesem Kurs drehten die unbeständigen Winde zu häufig. Ohne Motor war diese Route ohnehin nicht zu befahren. Sicher rechnete sich Tyler ebenso wie ich aus, daß Samothrake im Norden als Ziel ebenfalls nicht in Frage kam. Also blieb nur noch Lesbos. Die Nordküste der Insel lag steuerbord etwa vierzig Meilen entfernt, doch gab es an dieser Küste nur wenige kleine Häfen. Wahrscheinlich rechnete Tyler damit, daß wir die Insel umrunden und die Inselhauptstadt Mytilene zu erreichen versuchen würden. Und genau das hatte ich auch vorgehabt, wäre mir nicht klar geworden, wie dicht unsere Verfolger hinter uns waren.

Die Höchstgeschwindigkeit eines Schiffes unserer Größe, das mit Motorunterstützung segelt, liegt etwa bei sieben Knoten, obwohl die *Andromeda,* hätten wir noch Treibstoff, schneller laufen konnte. Tyler schätzte, daß wir Mytilene nicht vor zwei Uhr morgens erreichen würden, und konnte uns mit seinem schnelleren Trawler also vorher mühelos an der einsamen Südküste abfangen.

Daß uns der Treibstoff ausgegangen war, konnte er nicht ahnen. Wenn wir weiter auf gleichem Kurs nach Lesbos liefen, hatte er uns schon eingeholt, ehe wir überhaupt die Nordküste der Insel erreichten.

Ich rief Nina durch den Niedergang zu, sofort den Kurs zu ändern. Wir mußten uns jetzt so weit wie möglich nach Steuerbord halten, weil unsere einzige Chance darin lag, die offene Ägäis zu erreichen, wo der starke *Meltemi* von Norden wehte.

Nina hörte meinen Erklärungen mit gefaßter Miene zu, bemerkte nur ruhig, daß es vielleicht doch besser gewesen wäre, in Canackale an Land zu gehen. Pollock fragte, wie schnell meiner Meinung nach mit Tylers Auftauchen zu rechnen sei.

»Am späten Nachmittag – wenn er direkt auf uns zuhält. Und wenn er heute morgen von seiner Halbinsel so früh wie möglich aufgebrochen ist. Doch dürften wir schon überm Horizont verschwunden sein, als er die Mündung der Meerenge erreichte. Aber wir werden gleich erneut den Kurs für eine Weile ändern, um auf seinem Radarschirm für etwas Verwirrung zu sorgen.«

»Was wird er unternehmen?«

»Nach Süden laufen, auf Lesbos zu – wenn er logisch denkt. Und dort hat er dann jede Menge kleiner Boote auf seinem Schirm. Die alle zu überprüfen, dürfte eine abendfüllende Aufgabe für unsere Verfolger werden.«

»Welche Reichweite mag sein Radar haben?«

»Kommt drauf an, wie hoch seine Richtantenne hängt. Sechs oder sieben Meilen, um kleinere Schiffe ausmachen zu können. Unglücklicherweise haben wir einen Reflektorschirm oben auf der Mastspitze. Wenn Tyler weiß, wo er suchen muß, kriegt er uns über eine Distanz von zwölf bis fünfzehn Meilen auf seinen Schirm.«

»Kann man den Reflektor nicht herunterholen?«

»Nein, nicht außerhalb der Werft. Er ist fest installiert. Aber Tyler weiß sowieso, wo er suchen muß.«

Pollock nickte. Ich übernahm das Ruder von Nina und bat sie, uns etwas zu essen zu machen. Im sanften Westwind machten wir gerade vier Knoten. Ich bat Pollock, mich für einen Moment am Ruder abzulösen, und lockerte Vor- und Hauptsegel etwas, um mehr Fahrt herauszuholen. Der lange Kiel und der breite Rumpf machten die *Andromeda* bei wenig Wind zu einem langsamen Schiff.

Ich löste Pollock wieder ab und bat ihn, sich zum Boden

des Steuerbordschrankes im Cockpit durchzuwühlen. Er förderte jede Menge Tau, die Schmierkanne und aufgerolltes Segeltuch zutage. Dann kam der Treibanker. Als er schließlich das Sturmsegel und das Ersatzbesan auspackte, warf er mir einen zweifelnden Blick zu. Doch ich wollte ihm nicht verraten, wonach er suchen sollte.

»Machen Sie nur weiter«, riet ich ihm.

Er zerrte die übrigen Segel heraus und verschwand dabei so tief in dem Staufach, daß ich nur noch seinen Hintern und seine Beine sah. Plötzlich blieb er für eine Sekunde regungslos liegen. Er hatte erkannt, was das schwere Bündel, auf das er schließlich gestoßen war, enthielt. Dann holte er es schwer atmend heraus. Als er schließlich die vom Öl flekkige Plane von dem Dreißig-Millimeter-Maschinengewehr zog, lächelte Pollock zum erstenmal an diesem Nachmittag.

»Das dürfte unsere Chancen ein wenig verbessern«, sagte ich. Pollock grinste breiter und wischte mit einem Lappen das Fett von der Waffe.

»Wenn wir Glück haben, verfügen sie nur über Handfeuerwaffen und ein paar Jagdgewehre«, antwortete er. »Aus irgendwelchen unerfindlichen Gründen erlauben die türkischen Behörden keine Maschinenwaffen auf Schiffen. Mit der Spritze hier können wir sie uns vom Leib halten – zumindest solange wir Munition haben.«

»Aus diesem Grund habe ich mir das Ding vor der Fahrt durch die Straße von Malakka besorgt.«

»Schade, daß es kein Fünfziger-Kaliber ist. Damit könnte ich ihr verfluchtes Boot versenken.«

»Für ein Fünfziger braucht man eine spezielle Lafette.«

»Das weiß ich«, meinte Pollock irritiert. »Während meiner Zeit in Vietnam habe ich schließlich an Abzügen herumgefingert und nicht wie andere Schreibmaschinen malträtiert.«

Ich war überrascht. Bei all unseren Gesprächen in seiner Wohnung in Istanbul hatte er nie erwähnt, daß er dort gewesen war.

»Auf einer Ketsch kann man kein Maschinengewehr für Rundum-Feuer installieren«, erklärte ich ihm. »Baut man es ins Cockpit ein, kann man den Bug nicht bestreichen. Installiert man es im vorderen Niedergang, liegt das Heck ungedeckt. Ich habe mir also schon etwas dabei gedacht, als ich mir diese Waffe zulegte. Ohnehin war sie nur für Thai-Piraten gedacht, bei denen man nach der ersten Salve damit rechnen kann, daß sie die Flucht ergreifen.«

Nina kam mit dem Essen nach oben. »Mein Gott«, entfuhr es ihr, als sie Pollock mit der Waffe sah, »jetzt spielen wir schon Kriegsmarine.«

Gegen ein Uhr, nachdem wir gegessen hatten, änderte ich den Kurs nach Backbord. Der Wind hatte etwas gedreht und kam jetzt mehr aus Süden, und ich hielt das Boot auf West-Nordwest. Dieser Kurs entfernte uns im 90-Grad-Winkel von dem, den Tyler an der Mündung der Meerenge nehmen würde. Diese war jetzt etwa fünfzehn Meilen hinter uns nur noch als blauer Schatten am Horizont zu erkennen. Auf Tylers Radar konnten wir mit etwas Glück als griechischer Inselsegler durchgehen, der auf seiner Handelsfahrt gemütlich um Imroz Adasi herum nordwärts auf Samothrake zuhielt, also keineswegs die Richtung nahm, die jemand auf der Flucht aus türkischen Gewässern einschlagen würde.

Nina schaute nachdenklich drein. Plötzlich sagte sie: »Sieht so aus, als blieben wir für den Rest des Tages ungestört. Warum nehmen wir nicht mal den Apollo-Kopf unter die Lupe und stellen fest, was es damit auf sich hat?«

»Dann übernimm das Ruder. Wir müssen ihn zu zweit aus dem Stauraum heben.« Pollock schob die anderen Sachen wieder in das Steuerbordspind und machte den Boden des Cockpits frei. Ich öffnete das Vorhängeschloß am Heckstauraum und zog das Spinnaker und das Ersatz-Hauptsegel heraus. Der Apollo-Kopf lag unberührt an seinem Platz. Der Teppich, in den er eingewickelt war, ließ genau die beschädigte Stelle frei, an der vorher das Ohr gesessen hatte.

»Ich habe ihn mit dem Flaschenzug dort hineingehoben«, erklärte ich Pollock. »Ich lege ein paar Seile herum, wenn Sie ihn anheben.«

Er reichte mir ein paar Seile aus dem Spind, das er gerade wieder gefüllt hatte. Ich zurrte sie um den Nacken des Kopfes. Pollock befestigte inzwischen den Flaschenzug an dem Querbaum. Dann hängten wir die Seile in den Haken.

Pollock drehte den Flaschenzug, und ich versuchte, den Kopf in eine Position zu bugsieren, in der wir ihn aus dem Stauraum heben konnten. Das Ding war verdammt schwer.

»Jesus, lohnt es sich eigentlich, daß wir uns hier so abrakkern?«

»Natürlich«, knurrte Pollock sarkastisch. »Wenn wir keine Munition für unsere Spritze mehr haben, fangen wir an, Heroinpäckchen über Bord zu werfen – und erreichen damit sicher ein mexikanisches Patt.«

Wir pausierten einen Moment und versuchten es dann erneut. Pollock hatte am Flaschenzug die leichtere Aufgabe. Ich stemmte mich mit aller Kraft gegen den Kopf. Langsam kam er frei und lag kurze Zeit später im Cockpit auf dem Boden. Pollock durchwühlte den Werkzeugkasten und fand schließlich einen Hammer sowie den Meißel, den Bassington stumpfgeschlagen hatte.

Nina schaute uns zu. Als sie den weißen Gips an der Stelle des beschädigten Ohres sah, hielt sie Pollock zurück, der schon den Hammer gehoben hatte.

»Moment, ich möchte mir das erst mal genauer ansehen.«

Ich hielt mit einer Hand das Ruder hinter meinem Rükken, während Nina sich zu dem Kopf bückte. Pollock spielte mit dem Werkzeug.

»Ich weiß nicht«, murmelte die Archäologin. »Es könnte sich durchaus nur um eine Reparatur handeln. Man kann genau sehen, wo Bassington mit dem Meißel in drei bis vier Zentimetern Tiefe auf den alten Marmor gestoßen ist.«

»Auch wieder so ein Fehler von Bassington«, brummte Pollock. »Er hat ja auch Hderim als den aufrechten Polizisten des Jahres gepriesen. Hier hat er den Meißel senkrecht angesetzt und ist direkt auf hartes Material gestoßen. Jetzt seht mal her.«

Er kratzte mit dem Meißel an der unteren Schicht des kleinen Kraters. Von den Rändern stäubte grauer Puder auf die Schultern der Büste. »Das hier ist Polyester, mit Steingut gemischt. Vergessen wir mal, was immer im Kopf sein könnte. Wieviel von der Oberfläche ist nachträglich aufgetragen worden?«

Er drückte den Meißel mit der Schneide zur Schulter der Büste gegen den Rand des Loches und schlug mit dem Hammer dagegen.

Nina zog scharf die Luft ein. Dann entspannte sie sich wieder. Der Meißel war über fünf Zentimeter tief gerutscht, und die entstandene Furche offenbarte dasselbe Material.

»Die ganze äußere Hülle ist nachträglich aufgetragen worden.« Pollock trieb den Meißel mit kräftigen Schlägen über die gesamte Seite des Kopfes. »Wird 'ne Zeitlang dauern, bis wir da durch sind. Das bedeutet Schichtarbeit, Harry!«

Ich sah ihm zu, während Nina wieder das Ruder übernahm. Der Polyester platzte in großen Stücken ab. Pollock pausierte, während ich mich zur Schulter der Büste vorarbeitete. Als ich gegen die Wölbung am Nackenansatz schlug, brach die ganze Schulter in einem Stück vom Kopf ab. Dieser Teil war also komplett imitiert worden. »Ich sehe da eine helle Linie in der Masse«, rief Pollock plötzlich. »Geben Sie mir den Hammer.«

Er hockte sich hin und bearbeitete die Rückseite des Kopfes. Nach wenigen Minuten platzte ein großes, fast einen Meter dickes Stück von der Büste ab.

Es hatte eine andere Form, wölbte sich nach innen aus. Die Oberfläche war als Rundung des Hinterkopfes ausgeformt, doch innen bildete die Masse ein längliches Oval mit einem großen, spitz zulaufenden Vorsprung.

»Da wurde etwas eingearbeitet, um dem Stück diese Form zu geben«, meinte Pollock und versuchte, den Kopf zu drehen, um einen Blick in das Loch werfen zu können. »Scheint, als sei da Teerpappe oder so was drin.«

»Nein, das ist nur eine Hülle aus altem Papier und Gips. Und drinnen ...«

»Schon wieder Teppich«, rief Pollock. »Geben Sie mir Ihr Messer.«

Er begann, das steife Textilgewebe aufzuschlitzen.

»Und was ist drin?« fragte Nina.

»Der alte Marmor, den Bassington mit dem Meißel angekratzt hat. Wißt ihr was? Die äußere Statue ist in Wirklichkeit nur eine Schutzhülle. Bei Gott, die hier ist die echte.«

Er ließ die Hülle zu Boden sinken. Ich schaute ihm über die Schulter und sah eine weibliche Statuette von nicht ganz einem Meter Höhe. Ihr rechter Arm hob sich über den Kopf. Das war also der merkwürdige Vorsprung in dem ovalen Bündel gewesen.

»Herr im Himmel, die ist wirklich echt«, rief Nina.

»Sind Sie sicher?«

»Ich kenne sie. Es ist die Praxiteles-Statue. Die Franzosen fotografierten sie an der Fundstätte, ehe sie gestohlen wurde.«

»Sie meinen – darum die ganze Aufregung?« fragte Pollock zweifelnd. »Für eine einzige, lausige Figur?«

»Genau darum. Das war der größte Kunstdiebstahl in der Türkei, seit die Kreuzfahrer Byzanz plünderten. Fünfzigtausend Dollar – lächerlich! Diese ›Figur‹, wie Sie sie nennen, ist zehn Millionen wert – oder zwanzig.«

Pollock wurde blaß. »Teufel!« murmelte er nur. »Damit wissen wir also Bescheid. Aber irgendwo da draußen jagt Tyler immer noch hinter uns her.«

KAPITEL 15

Unter dem Wind

Die leichte Brise wehte westwärts, kräuselte kaum die Oberfläche der flachen Wogen. Es war jetzt 13.30 Uhr, und wenn meine Berechnungen stimmten, befand sich Tyler inzwischen zehn Meilen östlich von uns und nahm Südkurs auf Lesbos. Mir blieb im Moment nichts zu tun, und bei der steten Windgeschwindigkeit von zehn Knoten konnte ich das Ruder der *Andromeda* sich selbst überlassen. Der Kurs lag sicher an. Wir hockten alle drei unten in der Kajüte, tranken das Bier, das wir ein paar Stunden in unserem Kielwasser gekühlt hatten, und betrachteten die Praxiteles-Statue, die mittschiffs sicher verstaut neben dem Kajütentisch lag. Pollocks Gesicht war von der Anstrengung, die Statue heil in die Kajüte zu schaffen, schweißnaß, doch irgendwie wirkte er erleichtert.

»Wißt ihr, auf verrückte Weise ergibt die ganze Sache langsam einen Sinn«, sagte er. »Ich habe nie daran geglaubt, daß Hderim etwas mit Drogen zu tun hat – obwohl man nie wissen kann... Auch beteiligt sich kein guter türkischer Beamter an Waffenschmuggel für irgendwelche Terroristen. Doch die Idee, sich durch den Diebstahl einer Statue etwas auf die hohe Kante zu legen, ist nicht mal ausgesprochen türkisch – und beinahe respektabel. Ich kann sein Verhalten fast verstehen.«

»Er würde nicht nur ›etwas‹ auf die hohe Kante legen können«, sagte Nina. »Was ist die Venus von Milo wert? Oder die Mona Lisa? Hier handelt es sich um die lange verloren geglaubte Aphrodite von Knidos, die an Wert die anderen Kunstwerke noch übertrifft.«

»Ja, aber es sind gestohlene Werte.«

»Es gibt einen Markt für gestohlene Kunstwerke«, ging Nina auf Pollocks Einwand ein. »Sie haben recht, niemand bezahlt den wahren Wert. Trotzdem sind die gezahlten Summen astronomisch. In Italien haben Diebe systematisch mittelalterliche Kunstwerke aus den Kirchen geklaut. Die Italiener halten ihre übriggebliebenen Schätze inzwischen unter Verschluß. Dutzende der schönsten Gemälde aus der Renaissance sind in den letzten zwanzig Jahren verschwunden. Vor Jahren verschwand Rembrandts ›Porträt von Jacob van Gheyn‹ aus einer Londoner Galerie und tauchte nie wieder auf. Ein weiterer Rembrandt, ein Rubens und eine ganze Anzahl französischer Impressionisten wurden in Montreal mit Waffengewalt entwendet und verschwanden auf dem Schwarzen Markt der Kunst. Vor etwa zwanzig Jahren stahl jemand die berühmten Smaragde der Königin Alexandra in Paris. Zu dem Zeitpunkt waren sie im Besitz der Herzogin von Windsor. Man nahm an, daß der britische Geheimdienst dahintersteckte, denn die königliche Familie wollte die Steine zurückhaben. Seitdem aber blieben sie verschwunden.«

»Schön, also gibt's auch für unseren Fund irgendwo einen verrückten Milliardär, der scharf auf die Statue ist. Wieviel?«

»Wer weiß«, meinte Nina. »Einige Millionen bestimmt. Es ist unmöglich, den Preis eines echten Praxiteles zu schätzen.«

Ich trank mein Bier, das trotz der stundenlangen Kühlung immer noch zu warm war. Doch nach der anstrengenden Arbeit mit der Frauenstatue hatten wir Durst. Ich öffnete die beiden letzten Flaschen und ließ sie rundgehen. Das Getränk belebte mich etwas. Wenn man unter Druck steht, kann Alkohol sogar ein gewisses Maß an Effektivität bewirken. Ich hockte mich vor's Radar und schaltete es ein.

»Wie weit sind wir noch von griechischen Hoheitsgewässern entfernt?« fragte Pollock.

»Bei diesem schwachen Wind noch etwa vier Stunden.«

Hinter uns in Richtung Dardanellen blinkten viele Punkte

auf dem Radarschirm. Einer dieser unschuldig blinkenden Punkte, die sich nach Süden bewegten, war Tylers Trawler-Yacht. Dessen war ich mir fast sicher.

»Bis in griechische Gewässer werden sie uns bestimmt nicht folgen, oder?« meinte Nina. »Sie müssen doch annehmen, daß wir schon vor Stunden über Funk Kontakt mit der Polizei aufgenommen haben.«

»Wer weiß«, antwortete ich. »Diese Schönheit da in der Ecke ist schließlich keine Ladung Heroin, die man innerhalb von ein paar Monaten wieder ersetzen und so den Verlust wettmachen könnte. Da drüben liegen ein paar Millionen Dollar, die diese Brüder, wenn sie sie einmal verlieren, nie wiedersehen. Ich rechne fest damit, daß sie irgendwann auftauchen. Und sie dürften wissen, daß wir bis jetzt noch keinen Funkspruch losgelassen haben.«

»Wie das?«

»Um die griechischen Behörden zu alarmieren, müßten wir sie über die internationale Frequenz rufen. So arbeiten Funkgeräte auf Schiffen nun mal. Man sendet erst auf dem internationalen Kanal 2182 und schaltet dann auf die Frequenz um, auf der das eigene Gerät sendet. Man kann nicht einfach auf den erstbesten Knopf drücken und erwarten, daß man durchkommt. Bestimmt hat Tyler jemand an seinem Gerät sitzen, der den Funkverkehr auf 2182 überwacht und auf unsere Meldung wartet. Aber wir haben keine ausstrahlen können. Also muß er annehmen, daß wir das Funkgerät nicht eingeschaltet haben oder aus irgendeinem Grund nicht um Hilfe rufen wollen. Und solange ihm sein Funkgerät nichts Gegenteiliges verrät, bleibt er uns auf den Fersen.«

Pollock erhob sich müde und trat hinter mich an den Radarschirm. »Sie meinen, er steckt in diesem Schiffspulk da unterhalb der Dardanellen?«

»Vermutlich. Wir werden unseren momentanen Kurs bis unterhalb der Küste von Imroz Adazi beibehalten und dann nach Südwesten auf Griechenland zusegeln. Tyler wird dann schon auf dem Weg nach Lesbos sein, weil er uns dort vermutet.«

»Und später?«

»Schwer zu sagen. Wenn er uns bei Einbruch der Dunkelheit an der Nordküste nicht findet, dürfte ihm klar werden, daß er unserer List aufgesessen ist. Ich denke aber, daß dort unten genug kleinere Boote als Blinkzeichen auf seinem Radarschirm zu sehen sein werden. Mit deren Überprüfung dürfte er dann für ein paar Stunden beschäftigt sein, vielleicht sogar die halbe Nacht. Schließlich wird er sich ausrechnen können, daß wir keinen Treibstoff mehr haben, und eine Zeitlang die offene See absuchen. Bis dahin sind wir aber längst von seinem Radar verschwunden, und es dürfte ihm schwerfallen, uns zu finden.«

Pollock starrte schweigend auf den Schirm. Nina kam zu uns herüber, warf einen Blick auf das Set und schaute sich die Navigationskarte an. Sie konnte segeln und erkannte daher sofort die andere Möglichkeit, die Pollock verborgen blieb.

»Wenn du recht behältst, und der Wind dreht tatsächlich nach Norden, sobald wir von den türkischen Inseln freikommen, könnten wir eine rasche Überfahrt nach Limnos wagen. Dort wären wir in Sicherheit.«

»Das ›Wenn‹ ist mir zu riskant. Hier oben in der Ägäis darf man nicht damit rechnen, daß der *Meltemi* von Norden kommt. Er kann ebenso aus Nordwest oder sogar von Westen wehen. Der Haupthafen Madros liegt gute fünfundzwanzig Meilen westsüdwestlich von hier. Wenn wir Westwind kriegen, brauchen wir bei unserer momentanen Fahrt mindestens vierundzwanzig Stunden bis dorthin. Kreuzen wir aber noch, wenn Tyler uns suchen kommt, sind wir geliefert. Wir müssen also auf die Kykladen zuhalten. Nur dort können wir mit günstigem Wind rechnen.«

Nina dachte einen Augenblick nach und nickte schließlich. Man sah ihr ihre Erschöpfung deutlich an. Sie verschwand in der Kajüte und ließ sich auf die Steuerbord-Koje sinken.

»Weckt mich, wenn die Schießerei anfängt«, sagte sie nur.

Für Pollock war es auch an der Zeit, daß er eine Mütze

voll Schlaf bekam. Ich sagte ihm, er solle sich in der Heckkabine langlegen, und stieg nach oben, um das festgestellte Ruder zu überprüfen. Der Wind unterhalb der gebirgigen Küste von Imroz war ein wenig abgeflaut. Die Insel ist kaum acht Kilometer breit, steigt aber in der Mitte bis auf über sechshundert Meter an. Die *Andromeda* stand etwa fünf Meilen südlich und kam im Windschatten des Eilandes kaum von der Stelle. Doch machte mir unsere geringe Fahrt wenig Sorgen, weil unser Kurs, den Tyler auf seinem Radar verfolgen konnte, ihm kaum verdächtig vorkommen würde. Trotzdem machte es mich nervös, so dicht unter Land zu segeln, denn ich hatte den kreisenden Hubschrauber vor Canakkale noch nicht vergessen. Auf Imroz lebten zwar nur wenige Menschen, doch war es durchaus denkbar, daß der Inselpolizist, der inzwischen bestimmt Hderims Anfrage erhalten hatte, durch sein Fernglas herüberschaute. Der gute Colonel dürfte inzwischen die ganze Küste mit seiner Anfrage in helle Aufregung versetzt haben.

Es wurde bedauerlicherweise Zeit für den Kurswechsel. Ich löste das Ruder und drehte die *Andromeda* auf 220 Grad, fast genau nach Südwesten. Auf diese Weise nutzte ich den vorhandenen Wind am besten, und der Kurs lief nicht direkt auf die Kykladen zu. Andererseits hielt er uns frei von der türkischen Küste. Tylers Route nach Lesbos lag damit jenseits des Horizonts. Mehr konnte ich im Moment nicht tun, und ich machte mir weiter keine Gedanken.

Die Sonne brannte heiß vom wolkenlosen Himmel herunter, und bei dem neuen Kurs spendete das Hauptsegel keinerlei Schatten mehr. Ich holte mir eine weiße Segelmütze aus der Kajüte und setzte meine braungetönte Zeiss-Sonnenbrille auf, die einzige, die das grelle Mittelmeer-Licht einigermaßen filterte. Durch sie bekam das Deck die Farbe von geschmolzenem Kupfer.

Ein Schwarm Delphine durchbrach an Steuerbord die Wasseroberfläche und tollte ein paar Minuten neben der *Andromeda* her. Das Schiff war den Fischen offenbar zu langsam. Ich verfolgte über Stunden, wie die Küste von Imroz hinter dem Heck immer kleiner wurde. Der Wind wehte so beständig, daß ich das Steuer nur mit dem Fuß festzuhalten brauchte. Es hätte ein wirklich schöner Segeltörn an diesem Nachmittag sein können, wenn ich nur einmal vergessen hätte, wer jenseits des Horizontes hinter uns herjagte. Gegen vier Uhr nachmittags wurden die Schatten allmählich dunkler, die Sonne neigte sich dem Meer zu. Ich spürte plötzlich, wie der Wind allmählich drehte. Er kam jetzt mehr aus Norden, war aber immer noch so schwach, daß man ihn kaum wahrnahm. Zumindest war dies schon ein Anzeichen dafür, daß der *Meltemi* irgendwo wehte. Ich war überzeugt, daß er morgen unsere Segel blähen würde.

Kurz nach fünf – wenn meine Berechnungen stimmten – wechselten wir in griechische Gewässer. Wir waren jetzt jeweils siebzehn Meilen von der türkischen Küste und der griechischen Insel Limnos entfernt. Tyler mußte etwa vierzig Meilen südlich von uns vor der Küste von Lesbos stehen und war sicher dabei, die Fischerboote zu überprüfen. Ich lockerte die Segel noch mehr und legte die *Andromeda* auf Südwest-Kurs. Sie schien jetzt leichter zu laufen, bekam nach meinem Gefühl auch etwas mehr Fahrt. Der Moment war günstig, das Besansegel zu setzen. Wenn die *Andromeda* hart am Wind segelt, nutzt dieses Tuch wenig, doch bei dieser leichten Brise verhalf es uns zu etwas mehr Fahrt. Nach dem Log machten wir jetzt über drei Knoten. Rechnete man die Kraft der nördlichen Strömung hinzu, erreichten wir locker über vier Knoten.

Es wurde langsam Zeit fürs Essen. Ich arretierte das Ruder und stieg nach unten. In den Vorratsschränken fand ich zwei Büchsen Rindfleisch. Mit ein paar Gewürzen ergaben sie ein annehmbares Curry. Auch Reis war reichlich vorhanden, aber kein Bier. Das Wasser aus dem Vorratstank schmeckte, als sei es zu Zeiten der Arche Noah eingefüllt worden.

Die beiden Schläfer erwachten gutgelaunt und heißhungrig. Nina ging mir ein wenig zur Hand und erklärte mir dabei, daß ich mir ihrer Ansicht nach zu viele Sorgen um nichts machte.

»Wir befinden uns jetzt in griechischen Gewässern und haben nichts mehr zu befürchten, Harry. Schlaf mal 'ne Runde, dann sieht alles besser aus.«

»Irgendwo da draußen ist Tyler, aber wir haben eine gute Chance, ihm zu entwischen. Ich habe in bestimmten Abständen das Radar überprüft. Im Moment ist alles ruhig, kein kleineres Schiff folgt uns. Hier draußen sind wir allein, nur unter der Küste herrscht reger Verkehr. Leider können wir wegen der Batterie das Radar nicht die ganze Nacht eingeschaltet lassen. ein Check jede Stunde dürfte aber genügen, denn so lange braucht Tylers Boot, um den Einzugsbereich unseres Radars zu durchqueren. Auf dem jetzt anliegenden Kurs nähern wir uns Lesbos höchstens bis auf dreißig Meilen. Diesen Punkt werden wir zwischen Mitternacht und zwei Uhr morgens erreicht haben. Diesen Abstand kann Tylers Radar nicht überbrücken, und wir dürften eigentlich nicht auf seinem Schirm erscheinen. Aber vielleicht hat er Glück und erfaßt uns. Das wiederum verrät uns unser Gerät. Jeder Lichtpunkt auf dem Schirm, der nicht blinkt, läuft auf Kollisionskurs zu uns. Das kann Zufall sein – oder aber Tyler versucht, uns den Weg abzuschneiden. Wenn ihr einen solchen Lichtpunkt bemerkt, möchte ich sofort geweckt werden.«

Ich verkrümelte mich in die Koje und überließ es den beiden, sich die Wachen in der ersten Nachthälfte zu teilen. Tyler würde uns an diesem Abend nicht mehr kriegen.

Kurz nach zwei Uhr morgens weckte Nina mich mit sanftem Rütteln. Meine Glieder waren so schwer, als hätte ich vierundzwanzig Stunden durchgeschlafen. Ich ging zur Dusche, um vollends wach zu werden. Nina blieb in der Tür stehen und gab mir einen kurzen Lagebericht. »Wir haben jede Stunde das Radar überprüft. Du hast geschlafen wie ein Baby. Es gab aber auch keinen Grund, dich zu wecken.«

Ich grunzte und begann mich zu entkleiden, ohne auf Ninas Anwesenheit zu achten. »Ich werde jetzt erst mal duschen.«

»Laß dich nicht stören. Also, laut Radar ist uns kein anderes Schiff bis jetzt gefolgt. Deshalb haben wir dich schlafen lassen.«

Ich ließ meine Kleider zu Boden fallen. Nina ließ ihre Blikke kurz über meinen Körper wandern und blinzelte. Einen Moment lang fühlte ich mich wie eines der Mädchen aus dem Nachtklub in Istanbul.

Dann fuhr Nina langsam fort: »Ich fürchte nur, mein Schatz, daß dir bei der Kursberechnung ein kleiner Fehler unterlaufen ist. Wahrscheinlich warst du übermüdet. Wir sind außerhalb der Dardanellen und ihrer Vorinseln, soweit stimmt alles. Aber da gibt es eine Überlappung zwischen dieser und der Anschlußkarte – du weißt, die Admiralitätskarte der griechischen Inseln. Die Karte mit den Vorinseln endet bei 39 Grad 20 Minuten Nord, doch fängt die andere erst bei 39 Grad 35 Minuten an. Du hast anscheinend unsere tiefste Position auf der ersten Karte einfach auf die zweite Karte übernommen. In Wirklichkeit stehen wir aber weiter östlich, als du angenommen hast.«

»Verdammter Mist!«

Das kalte Wasser war wie ein Schock für mich und machte mich hellwach. Großer Gott, wenn wir Lesbos nahe kamen...

»Ich glaube nicht, daß es viel Unterschied macht, sonst hätte ich den Kurs geändert, als ich es merkte.«

»Wo sind wir jetzt?«

»Irgendwo weit vor der Nordküste von Lesbos, aber leider nicht dreißig, sondern nur achtzehn Meilen westlich der Nordspitze der Insel. Aber das braucht dich nicht zu beunruhigen. Es ist jetzt zwei Uhr früh. Wenn Tyler Lesbos überhaupt angelaufen hat, hängt er jetzt vor der Südküste und kreuzt vor der Einfahrt von Mytilene. Das sind noch mal vierzig Meilen von uns entfernt, und auf dem Radar ist nichts zu sehen. Deshalb habe ich den direkten Kurs nach

Andros beibehalten und damit hoffentlich das Richtige getan.«

Das Wasser erfrischte mich. Ich überlegte rasch. »Ja, offensichtlich. Wenn sich in den nächsten paar Stunden nichts auf dem Schirm tut, glaube ich beinahe selbst, daß wir es geschafft haben.«

»Jedenfalls sind wir auf dem Weg nach Andros, und das erscheint mir als Ziel ebensogut wie jedes andere.«

Ich nahm das Badetuch und massierte damit meinen Körper, um die Blutzirkulation nach der eiskalten Dusche wieder in Gang zu bringen. Dann zeigte ich auf den Kleiderspind. Nina warf mir ein paar Kleidungsstücke zu und begab sich wieder zum Radar.

»Pollock zeigte mir, während du schliefst, wie man es bedient. Willst du einen Blick drauf werfen?«

Ich zog den Reißverschluß der Hose hoch und trat hinter sie.

»Siehst du, das ist Lesbos.« Ihr Ton war so professionell wie der eines Ersten Offiziers auf einem Frachter, der den Rudergänger einweist. »Von dort ist nichts zu uns unterwegs. Als ich deinen Fehler mit den Karten bemerkte, konnte ich nicht mehr viel korrigieren. Ich hielt es daher für das beste, den Kurs in die südliche Ägäis beizubehalten und dich schlafen zu lassen. Wir wären ohnehin jetzt nicht viel weiter von Lesbos entfernt, wenn wir einen westlicheren Kurs gewählt hätten. Nicht bei dieser Brise.«

»Du hast dich völlig richtig verhalten. Es war wirklich mein Fehler.«

»Nun, zumindest scheint uns dadurch kein großer Schaden entstanden zu sein«, meinte sie beruhigend. »Pollock könnte jetzt etwas Schlaf gebrauchen. Ich halte mit dir Wache, wenn du willst.«

Pollock war so erschöpft, daß er grußlos den Niedergang hinabstolperte und in der Koje verschwand. Nina machte es sich auf der Rückbank im Cockpit bequem und betrachtete die Sterne. »Sie schimmern hier heller als sonstwo auf der Welt. Man bemerkt überhaupt nicht, wieviel Sterne es am Himmel gibt, ehe man einmal in Griechenland war.«

»Kommt drauf an, woher man kommt. Einen solchen Sternenhimmel kann man in Europa oder Amerika auch nicht sehen, weil unser Himmel häufig bewölkt ist – außer vielleicht in den Plains des Mittelwestens. Kommt man aber aus den östlichen Wüstenländern, ist ein solcher Himmel nichts Besonderes. Darum haben die meisten Sterne auch arabische Namen. Die Araber waren die ersten Astronomen.«

»Kennst du die einzelnen Sterne?«

»Nicht alle. Ich kenne den Polarstern, den Großen Bären, den Orion-Gürtel und einige andere Sternensysteme. Doch nach ihnen zu navigieren, war noch nie mein Fall.«

»Hier draußen brauchst du das auch nicht. In diesem Teil der Erde ist man ja kaum lange außer Sichtweite der nächsten Inseln.«

»Morgen werden wir's sein. Wir lassen Psara backbord liegen. Vielleicht kann man im Osten dann sogar die Gipfel der Berge von Chios über dem Horizont sehen. Aber ansonsten bekommen wir bis Andros kein Land mehr zu Gesicht.«

»Daran habe ich auch schon gedacht«, sagte Nina langsam. »Wenn wir an Lesbos vorbei sind, passieren wir doch noch zwei kleinere Inseln, die viel näher liegen – Chios und Skyros im Westen. Ich habe mich auf der Karte vergewissert. Du hältst es nicht für richtiger, eine der beiden anzulaufen?«

»Wenn wir hier draußen bleiben, können wir morgen bestimmt mit stärkerem Wind rechnen. Solange die Australier uns nicht jagen, ist es gleich, wie weit Andros entfernt ist. Verfolgen sie uns aber, brauchen wir jede Menge Wind, um ihnen zu entkommen.«

»Ich glaube nicht, daß wir sie nochmals wiedersehen«, meinte Nina schläfrig. »Nicht so weit draußen.«

Sie richtete sich auf, streckte die Hand aus und klopfte gegen das Armaturenbrett aus Teakholz. Danach lehnte sie sich zurück und betrachtete wieder den Himmel für eine Weile. Schließlich fragte sie:

»Willst du immer noch diesen Film über Byron drehen, wenn das alles hier vorüber ist und du mit den Griechen Frieden geschlossen hast?«

»Das kann ich jetzt noch nicht sagen. Das hängt davon ab, ob ich ungefährdet in die Türkei zurück kann. Was wirst du tun?«

»Ich weiß es auch noch nicht. Seit meinem zweiten College-Jahr war die Archäologie mein Lebensinhalt. Doch dieser Sommer hier in der Türkei hat mich schwankend gemacht. Alles, was ich von hier mit nach Hause nehme, ist ein beginnender Hautkrebs von der Sonne und eine Brandnarbe auf meiner linken Brust.«

»Sieht bestimmt sehr aufreizend aus.«

»Jedes Schulmädchen sollte eine haben, aber nur eine. Jede mehr würde schlampig aussehen. Denk zur gegebenen Zeit daran, Harry.«

Damit schloß sie die Augen und schwieg. Ich schob ihr ein paar Sitzkissen unter den Kopf und ließ sie schlafen.

Der Bug der *Andromeda* hob und senkte sich kaum auf den glatten Wogen. Gelegentlich klatschte das große Vorsegel leise gegen den Mast. Der Wind wehte kaum spürbar vom Heck her, war aber doch stark genug, um die Segel zu blähen, und mein Schiff glitt sanft durch das gelegentlich glucksende Wasser. Das Kielwasser schäumte noch fast fünfzig Meter hinter dem Heck. Meine Hand am Ruder war beinahe überflüssig.

Die Ägäis war zu diese Stunde eine fast jungfräuliche See. Irgendwann kreuzten linker Hand weit vor uns die Lichter eines Dampfers unseren Kurs: Vermutlich die Inselfähre nach Lesbos. Wenig später verriet nur eine Reihe von Lichtern am westlichen Horizont einen Schwarm von Fischerbooten, die mit flackernden Petroleumlampen an den Auslegern die Fische anlockten und in Schleppnetzen fingen. Sie fischten bei der Mansell-Bank etwa vierzig Meilen vor Skyros und etwa gleich weit von jedem Fischerhafen auf

Lesbos entfernt. Kein Boot dieser Flotte war größer als acht Meter. Wenn die Fischer sich damit so weit aufs Meer hinauswagten, bedeutete das in weitem Umkreis ruhiges Wetter. Paradoxerweise wurde es dadurch um so wahrscheinlicher, daß am nächsten Morgen mit kräftigem Wind zu rechnen war. Die seltenen Flauten dauern in der Ägäis im Sommer nie lange an. Die Fischerflotte würde die Sandbank noch vor Sonnenaufgang verlassen und nach zwei Stunden spätestens ihren Hafen erreichen. Wenn die Sonne dann höher stieg, konnten wir mit normalem Wind rechnen. Was sollte ich mir also Gedanken machen? Ich fragte mich kurz, ob ich den Spinnaker benutzen sollte, wenn am nächsten Tag Wind aufkam. Er würde uns zwar schneller machen, bedeutete aber auch erhöhte Aufmerksamkeit beim Segeln. Ich verschob diese Entscheidung.

Ehe ich mich versah, war der Zeiger meiner Taucheruhr auf vier Uhr morgens vorgerückt, und es wurde Zeit, das Radar zu überprüfen. Der Schirm leuchtete dunkelgrün auf, enthüllte aber weiterhin keinerlei Bedrohung für uns.

Ich setzte mich wieder vors Ruder und schaute zu, wie die Sterne verblaßten. Die Zeit verrann. Schließlich erhellte sich der Himmel langsam, und die Dämmerung kroch über das metallisch schimmernde Meer. Mit den ersten Sonnenstrahlen erwachte Nina aus dem Schlaf und blinzelte in das helle Licht, das von Backbord den Himmel überzog. Ich arretierte das Ruder und ging nach unten, um Kaffee zu machen und eine Dose Frühstücksspeck zu öffnen.

Pollock erwachte von dem Duft des gebratenen Specks und kam noch halb verschlafen zu mir heraus.

»Wie sieht's aus?«

»Ganz gut. Hungrig?«

Er grunzte und ging nach vorn. Nina suchte in den Kombüsenschränken nach Tassen und entdeckte dabei ein Paket getrocknete Pfannkuchen, Trockenmilch und Honig.

»Gib mir mal die Bratpfanne, wenn du fertig bist«, sagte sie. »Wir feiern unsere Rettung, eine Art ägäischer Äquatortaufe. Von unseren Gegnern ist weit und breit nichts zu sehen.«

Nach dem Frühstück standen wir südlich der Sandbank, ungefähr auf einer Linie zwischen dem Nordende von Skyros und der Südspitze von Lesbos im Osten. Jetzt warteten wir nur noch auf Wind. Der Radarcheck um sechs Uhr früh hatte nichts Neues ergeben.

Im Moment waren keinerlei Veränderungen zu erwarten. Ich putzte mir die Zähne, wusch ab, rauchte danach auf dem Vordeck ein paar Zigaretten und döste vor mich hin, als sich das Vorsegel plötzlich mit einem leisen Knall blähte. Der erste Vorbote des *Meltemi* hatte uns erreicht.

Ich begab mich ins Cockpit zurück. Pollock stand allein am Ruder und hielt den Kurs. Ich holte das lose Vorsegel etwas ein, um das Boot auf den stärker werdenden Wind vorzubereiten. Es war jetzt 8.15 Uhr. »Hat jemand das Radar überprüft?« fragte ich Pollock.

»Nina ist gerade dabei.«

»Halten Sie das Schiff auf 200 Grad«, riet ich ihm. »Der Wind wird drehen und von hinten kommen. Trotzdem dürfte es nicht schwer zu steuern sein, wenn wir auf das Besan verzichten.« Der Wind würde durch die Segel im vorderen Teil des Bootes am besten genutzt, so daß die *Andromeda* fast allein Kurs halten konnte. Pollock machte sich ganz gut als Rudergänger.

Ich kletterte nach unten zu Nina. Sie stand vor dem Schirm, blickte unsicher zu mir auf. »Ich kann damit nichts anfangen«, meinte sie. »Weit hinter uns kommt etwas von Lesbos herüber.«

Ich trat an den Kartentisch. Lesbos war inzwischen vom Schirm verschwunden, doch Nina hatte recht. Ein Lichtpunkt schimmerte nordöstlich von uns unterhalb der Südküste der Insel. Die Entfernung betrug mehr als zwölf Meilen, eigentlich zu weit für das Radar, um ein kleines Schiff zu orten, das sich hinter dem Horizont befand. Eine Trawler-Yacht dagegen mit viel reflektierendem Metall am Mast und einer hohen Brücke konnte es durchaus noch erfassen.

»Ich habe das Schiff sofort bemerkt«, sagte Nina. »Es scheint uns zu folgen, was aber nichts bedeuten muß, da es gerade erst auf dem Schirm aufgetaucht ist.«

»Wenn es Tyler ist, hat er uns schon viel eher entdeckt als wir ihn – durch unseren Radarreflektor am Mast.«

»Oh.«

Ich verfolgte den Leuchtpunkt ein oder zwei Minuten. Seine Richtung blieb konstant. »Also, es läuft tatsächlich auf Kollisionskurs.«

»Vielleicht nur Zufall – nach all dieser Zeit. Sie würden uns nicht bis hier heraus verfolgen.«

»Das werden wir gleich erfahren. Wir ändern den Kurs. Tun sie drüben das auch, ist es kein Zufall.«

»Gott steh uns bei«, murmelte Nina. Ich ließ sie am Radar, stieg an Deck und legte die *Andromeda* auf Steuerbord. Pollock bediente die Winsch am Vor- und Hauptsegel, während ich einen Kurs von 90 Grad genau auf die Klippen von Skyros anlegte.

»Der Leuchtpunkt ändert die Richtung«, rief Nina nach drei oder vier Minuten nach oben.

»Wir müssen das Besan aufziehen«, sagte ich zu Pollock. »Übernehmen Sie das Ruder, ich öffne die Halterungen.«

Ich hatte das Besan in Minutenschnelle oben, doch schien es dem Boot kaum mehr Fahrt zu geben. Jedenfalls registrierte das Log keine Erhöhung. Wahrscheinlich wäre es besser, mit dem Wind im Rücken zu segeln. Hinzu kam, daß wir auf dem neuen Kurs den zusätzlichen Schub der südlichen Strömung verloren. Alles in allem waren wir jetzt etwa einen Knoten langsamer als vorher.

Mir war klar, daß wir nicht in Richtung Skyros laufen konnten, wenn Tyler uns verfolgte. Er hätte uns eingeholt, ehe wir noch die Hälfte der Strecke geschafft hatten.

Die nächsten Minuten legten wir ein paar Meilen in westlicher Richtung zurück. Schließlich ertönte wieder Ninas Stimme von unten. Sie klang besorgt. »Mein Gott, das Schiff ist wieder auf Kollisionskurs.«

Ich sprang nach unten. Das andere Schiff hatte den Kurs geändert, hielt jetzt leicht nach Südwest, um uns zu überholen und unseren neuen Kurs zu schneiden. Es hatte inzwischen ein gutes Stück aufgeholt, stand jetzt kaum noch zehn Meilen von uns entfernt.

»Sie jagen uns«, rief ich Pollock zu und stürmte nach oben zu den Segelspinden im Cockpit. »Bringen Sie uns auf den alten Kurs zurück.«

Nina, die mir folgte, begab sich sofort an die Backbordwinsch des Vorsegels und warf mir, während sie die Winsch bediente, einen zweifelnden Blick zu. »Die Australier sind jetzt genau hinter uns und werden uns kriegen«, sagte sie und holte das Tuch ein.

Pollock wirbelte das Steuerrad nach Backbord. Nina hatte Mühe, das flatternde Segel einzurollen. »Sollten wir nicht besser die andere Route beibehalten?«

Pollock hielt inne und schaute fragend zu mir herüber.

»Nein, wenn wir weiter auf Westkurs bleiben, laufen wir genau aus der Richtung des *Meltemi* heraus. Segeln wir aber vor dem Wind, verlieren wir ihn nicht und haben außerdem noch die Strömung als zusätzliche Hilfe. Ich werde jetzt den Spinnaker setzen, Nina. Übernimm das Ruder von Pollock, sobald du das Tuch eingerollt hast. Er muß das Spinnaker-Segel anziehen, wenn ich es setze.«

Die *Andromeda* schwenkte wieder auf Südkurs. »Wie sind unsere Chancen?« fragte Pollock, nachdem er an Nina übergeben hatte und zu mir kam.

»Wenn der Wind noch etwas stärker auffrischt, können wir sie unter vollen Segeln weit in die Ägäis hinauslocken. Wir sind dann Griechenland viel zu nahe, als daß sie noch einen Angriff wagen werden. Sollten sie es doch versuchen, können wir sie uns mit dem Maschinengewehr eine Zeitlang vom Leib halten.«

»Du Dummkopf.« Ninas Stimme klang bitter. »Sie sind doch auch die ganze Strecke nach Andros gefahren, um nach der Caique zu tauchen. Natürlich werden sie uns angreifen.«

Ich sagte nichts darauf und ging nach unten, um einen Blick auf den Schirm und die Seekarten zu werfen. Die Kursänderung hatte uns von der ursprünglichen Route abgebracht, und ich rief Pollock zu, 190 Grad anzulegen und mit der *Andromeda* auf das Kap Aghia Gria oberhalb des Haupthafens an der Nordküste von Andros zuzuhalten. Das Radar verriet mir, daß das andere Schiff ebenfalls den Kurs änderte. Der Leuchtpunkt glühte beständig auf 076 Grad. In etwa einer Stunde mußte das Schiff auf Sichtweite heran sein.

Es war vollkommen richtig und vernünftig gewesen, als erstes unser Boot so schnell wie möglich zu machen, zumindest in dieser nicht sonderlich angenehmen Situation. Für den Moment schien dies die beste Entscheidung. Und der Wind spielte mit, frischte spürbar auf.

Pollock bezog an der hinteren Winsch auf der Steuerbordseite im Cockpit Stellung, jederzeit bereit, auf Zuruf wie ein Irrer zu kurbeln. Ich holte das Vorsegel herunter und zerrte den Spinnaker nach vorn. Die See war verhältnismäßig ruhig. Ich befestigte den Querholm am Mast und balancierte darauf ohne größere Schwierigkeiten nach vorn in die Kanzel am Bug, um die Segellaschen festzuzurren. Das Tuch blähte sich mit leisem Knall, und ich sprang zum Mast zurück, um es mit der Vordeck-Winsch zu straffen.

»Ziehen Sie, Pollock – wie der Teufel! Halten Sie uns den Hintern aus dem Wasser.«

Pollock zog das Tuch Zentimeter um Zentimeter straffer. Das Segel wölbte sich, als es den Wind auffing, und drückte den Bug der *Andromeda* tief in die Fluten. Man konnte richtig fühlen, wie das Boot mehr Fahrt bekam.

Die *Andromeda* hatte nun Schaum vor der Nase, Gischt sprühte über die Backbordseite. Nina stand am Ruder, der Wind blies ihr die Haare ins Gesicht, auf dem ein gefrorenes Lächeln stand. Sie machte ihre Sache ausgezeichnet.

»Ein guter Tag fürs Spinnaker-Segeln«, rief sie.

»Verdammter Mist«, knurrte Pollock nach einem Blick auf das Log. »Wir machen gerade mal acht Knoten.«

»Zumindest halten wir so das Tempo. Vielleicht wird der Wind noch stärker. Die Frage ist nur, wie lange wir diese Fahrt unter vollen Segeln durchhalten. Zumindest müssen die Brüder da drüben für ihr Geld noch was tun.«

»Entscheidet euch, ob ihr das Maschinengewehr wirklich einsetzen wollt«, schlug Nina vor.

»Endlich eine gute Idee«, rief Pollock und holte die Feuerwaffe aus dem Schrank.

Auf Ninas Anraten holte ich den Besan ein, während Pollock den ersten Munitionsgurt einlegte. Wir brauchten dieses zusätzliche Tuch am Heck jetzt nicht mehr. Es erschwerte nur das Steuern. Zusätzlich verschaffte uns das ein freies Schußfeld nach hinten.

»Sie sollten besser im Stehen schießen«, riet ich Pollock. »Wenn unsere Freunde über uns kommen, dürfte die See ziemlich bewegt sein. Bei einer Entfernung von etwa fünfzig Metern verdecken die Wogenkämme den Trawler, wenn Sie aus dem Cockpit schießen. Wenn Sie sich aber auf das Dach der Kajüte stellen und sich am Mast festhalten, können Sie über den Querbaum schießen. Das sollten Sie üben.«

Pollock klemmte sich die schwere Waffe unter den linken Arm und kletterte vorsichtig auf das Dach der Kajüte. Das Deck schwankte nun ziemlich, und Pollock, nicht daran gewöhnt, mußte sich am Querbaum entlangtasten. Am Mast fand er dann sicheren Halt. Er nickte mir zu, richtete die Waffe zur Wetterseite und zog den Abzug durch. Das 30-Millimeter-Gewehr bellte beruhigend. Der leere Gurt fiel auf die Winsch beim Mast.

»Ich denke, Tyler erwartet eine nette Überraschung«, rief Pollock. »Ich kann nur hoffen, daß unsere Freunde nicht aufgeben, ehe sie eine Kostprobe von diesem Ding hier bekommen haben.« Er kletterte ins Cockpit zurück und legte sich die Waffe und die gefüllten Gurte griffbereit ins offene Spind. Der Wind schien mit jeder Bö stärker zu werden, auch die Temperatur stieg merklich an. Die Nadel im Log pendelte ständig zwischen neun und zehn Knoten bei den heftigeren Böen.

»Wenn der Preis nicht so hoch wäre, hätte ich beinahe Spaß an diesem Rennen«, rief Nina am Ruder. Sie hielt die schwere Ketsch perfekt vor dem jetzt heftig wehenden *Meltemi*. Ich stieg in die Kajüte und beschäftigte mich wieder mit den Seekarten.

Der Lichtpunkt, den ich für Tylers Trawler hielt, leuchtete stetig und hielt stur Kurs Ost-Nordost zur *Andromeda*. Die Entfernung hatte sich kaum geändert, denn seit wir mit dem Spinnaker fast zehn Knoten machten, schob sich der Trawler, wie ich errechnete, pro Stunde etwa um zwei nautische Meilen näher an uns heran. Da er aber im Winkel auf uns zulief, betrug sein Abstand in Wirklichkeit keine sechs Stunden, sondern vielleicht gerade noch drei.

Bis dahin konnten wir laut Karte aber schon zwanzig Meilen vor Andros sein. Sicherlich standen wir damit schon zu tief im griechischen Inselarchipel, als daß Tyler in der Kafireus-Straße – einer der verkehrsreichsten Routen in der ganzen Ägäis – dann noch einen Akt eindeutiger Piraterie wagen konnte. Ich war mir sicher, das Richtige getan zu haben, indem ich weiter nach Süden hielt, anstatt auf Skyros zuzusegeln. Wahrscheinlich bekam Pollock keine Gelegenheit mehr, das Maschinengewehr abzufeuern.

Der Wind nahm ständig zu, blies jetzt unverändert von Steuerbord aus nördlicher Richtung. Die Dünung wurde kurz, verwandelte sich in kleine harte Wogen mit weißen Schaumkronen. Pollocks Magen begann zu rebellieren. Ich bot ihm an, nach unten zu gehen und sich ein wenig zu erholen. Er lehnte ab, und ich holte ihm aus der Kombüse eine Tablette gegen Seekrankheit und ein Glas Wasser.

Kurz nach zehn Uhr zeigte ich ihm dann etwas am Horizont, das seine Gedanken völlig vom Schlingern des Bootes ablenkte. Ich stand auf dem Querbaum des Besan, um von diesem erhöhten Ausguck einen besseren Rundblick zu haben. Über Heck an Backbord bemerkte ich weit in der Ferne, wo das dunstige Blau des Himmels am Horizont mit dem Meer verschmolz, einen dunklen Punkt auf den tanzenden Wogen, der unverändert Ost-Nordost-

Kurs hielt. Pollock wußte einen Augenblick lang nichts damit anzufangen.

»Ein Schiff«, klärte ich ihn auf. »Das Schiff, das uns verfolgt.« Das stärkste Fernglas an Bord mit 50er Sammellinsen und zwölffacher Vergrößerung war eigentlich für die Benutzung auf einem schwankenden Segelschiff zu schwer, doch im Vergleich zu den Nachtgläsern, die die U-Boot-Kommandanten im Zweiten Weltkrieg benutzten, ein Spielzeug. Das einzige, was ich erkennen konnte, nachdem ich die Linsen endlich auf das weit entfernte Ziel justiert hatte, war der weiße Rumpf, der hell in der Morgensonne schimmerte. Daraus schloß ich, daß es sich um eine Yacht handelte. Die kleinen Gewerbeschiffe in der Ägäis, Fischerboote oder die motorgetriebenen Caiques der Inselhändler waren meist einfarbig schwarz oder braun gestrichen.

Pollock nahm mir das Glas ab und sah hinüber, konnte aber auch nicht mehr erkennen. Schließlich sagte er: »Ich glaube, das Schiff läuft seitlich auf uns zu.«

»Natürlich, sie wollen uns den Weg abschneiden.«

»Wann haben sie uns eingeholt?«

»Das dauert. Sie sind noch ziemlich weit entfernt.«

Nina bat mich, das Ruder zu übernehmen, und begab sich nach einem kurzen Blick zum Horizont nach unten, um etwas zu schlafen. Pollock hockte sich auf die Brüstung im Cockpit und schaute von Zeit zu Zeit durch das Glas zu dem Verfolgerschiff hinüber.

Die *Andromeda* schoß durch die kurze Dünung. Die Gischt trieb in Flocken vorbei, wenn sie mit ihrem Bug die Wogen zerteilte und unter dem starken Druck des Spinnakers in die Wellentäler tauchte. Die weißen Wogenkämme blitzten im Sonnenlicht des nahenden Mittags. Die Sonne wanderte langsam in die südliche Himmelshälfte. Die Ketsch begann jetzt etwas zu rollen, doch gab es keinen Grund zur Besorgnis. Ich würde ihre Nase erst aus dem Wind nehmen, wenn die Mastspitzen die ›Todesrolle‹ an den blauen Himmel zeichneten, eine Drehung, bei der der Wind den Spinnaker so tief in die See herunterdrückt, daß sich das Boot auf der Stelle dreht. Das Segeln mit dem Spinnaker ist am gefährlichsten, doch wenn der Mann am Ruder aufpaßt, kann er das Risiko gering halten.

Nach längerem Schweigen sagte Pollock: »Ich glaube, es ist wirklich Tylers Trawler. Wie hat er uns nur gefunden, nachdem wir ihm bei den Dardanellen entwischt sind?«

»Er hat alle in Frage kommenden Boote vor Lesbos überprüft und dann auf dem offenen Meer weiter nach uns gesucht. Unser Pech, daß wir der einzige winzige Leuchtpunkt auf seinem Radar, also das einzige kleine Schiff im ganzen Umkreis waren.«

»Ist das ungewöhnlich?«

»Vermutlich nicht. Die meisten kleinen Caiques fahren von Insel zu Insel – meist aber immer unter Land, kaum über die offene See. Als Tyler dann ein Boot registrierte, das mit Kurs nach Süden aufs offene Meer zuhielt, schien es ihm offensichtlich einer Überprüfung wert. Nur wenige Skipper nehmen hier direkten Kurs aufs Festland.«

»Wenn Sie mal wieder auf der Flucht sind, sollten Sie die Deckungsmöglichkeiten vor Ort nutzen«, riet er mir und hob das Fernglas an die Augen.

Wahrscheinlich hat er nicht mal so unrecht, dachte ich. Einen Augenblick ließ meine Aufmerksamkeit nach, und die *Andromeda* lief eine Spur aus dem Ruder. Zu hastig korrigierte ich meinen Fehler, der Bug rammte sich seitlich in eine Woge, und eine wilde Wasserfontäne spritzte an Backbord empor und durchnäßte ihn.

»Verdammter Mist!« Pollock zog sich an die Kajütwand zurück und wischte die Linsen des Fernglases trocken. Schmollend wie ein kleines Kind hockte er in der Ecke des Cockpits bei der Kajüte und musterte mich mit gerunzelter Stirn, als überlege er, ob ich ihm absichtlich diese Dusche verpaßt hatte. Ich bemühte mich, die *Andromeda* wieder auf Kurs zu bringen – nicht einfach bei diesem Tempo. Die Nadel im Log näherte sich der Elf-Knoten-Marke. Langsam wurde es ein wilder Ritt auf dem Wasser. Doch je wilder die

Fahrt, desto größer unsere Chance, den Verfolgern zu entkommen.

Pollock hatte das Fernglas wieder an den Augen. »Hören Sie«, schrie er mir über das Brausen des Windes zu. »Was haben Sie mir da eigentlich für einen Unsinn erzählt über seitlichen Kollisions-Kurs? Ich weiß zwar nicht, was hier los ist – aber der Trawler kommt von hinten.«

»Großer Gott!« Ich warf einen Blick über die linke Schulter, konnte aber nichts erkennen, weil ich mich sofort wieder auf das Ruder konzentrieren mußte. »Holen Sie Nina nach oben. Ich habe keine Zeit, mich umzuschauen. Sie muß das Ruder übernehmen.«

Einen Augenblick später hangelte sie sich am Handlauf des Niedergangs nach oben ins Cockpit.

»Kannst du das Ruder für einen Moment übernehmen? Sei vorsichtig, es ist nicht einfach.«

»Wird schon gehen. Aber der Wind ist ganz nett kräftig.« Damit packte sie das Ruder. »Können wir diese Geschwindigkeit halten?«

»Solange die Segel nicht reißen.«

Ich ließ mir von Pollock das Fernglas geben. Er hatte recht. Der Trawler stand sechs Meilen entfernt, hatte aber den Kurs gewechselt und lief backbord hinter uns.

»Was ist los?« rief Nina. »Drehen sie ab?«

»Nein, sie kommen hinter uns her«, antwortete Pollock. Einen Augenblick lang war ich ebenfalls irritiert, dann ging mir ein Licht auf. »Sie müssen den Kollisionskurs gleich zu Anfang falsch berechnet haben. Als wir heute morgen, nachdem wir den Kurs auf Limnos angetäuscht hatten, wieder auf Südkurs gingen, hatten sie uns nur auf dem Radar. Sie haben ihren Abfang-Kurs anhand des Schirmes berechnet. Da war aber der Wind noch schwächer, und wir fuhren nur mit dem Vorsegel. Sie haben den stärkeren Wind und die höhere Geschwindigkeit beim Spinnaker-Segeln nicht berücksichtigt. Liefen wir jetzt noch sieben bis acht Knoten, wäre ihr alter Kurs richtig gewesen, und sie hätten uns jetzt. Aber inzwischen machen wir fast elf Knoten Fahrt. Bevor sie das merkten, sind sie schon hinter unser Heck abgefallen.«

»Können wir ihnen davonsegeln?«

»Gut möglich. Ehe sie die *Andromeda* aus ihrer momentanen Position überholt haben, erreichen wir Andros – wenn der Wind hält.«

KAPITEL 16

Das Feuergefecht

Noch während ich die Konsequenzen aus Tylers Fehler überdachte, stieg ich nach unten, um auf der Seekarte unsere Position zu bestimmen. Ich peilte mit dem Radar die kleine Insel Psara etwa neunzehn Meilen östlich von uns an und errechnete, daß wir etwa zweiundvierzig Meilen vor Andros und etwa dreißig Meilen südöstlich von Skyros standen. Bei unserer augenblicklichen Geschwindigkeit würden wir noch über vier Stunden brauchen, um in Sicherheit zu sein – und Tyler war uns an Schnelligkeit nur um einen Knoten pro Stunde überlegen.

»Wenn der Wind hält, kommt Tyler nicht näher als zwei Meilen an uns heran«, rief ich den andern zu.

»Ich frage mich, wann er das erkennt«, knurrte Pollock, der sich an der Kajütwand in die Cockpitecke gekauert hatte, um der schäumenden Gischt zu entfliehen, die vom Bug übers Vordeck spritzte. Das Gesicht hielt er dem Heck zugewandt, wo die weiße Yacht auf den Wellenkämmen auftauchte und wieder in den Tälern verschwand. Ninas Finger waren weiß, so fest hielt sie das Ruder gepackt.

»Laß mich besser wieder ans Steuer. Das ist zu schwer für dich.«

»Ich schaff's schon«, antwortete sie. »Ruh dich etwas aus. Ich rufe dich, wenn ich merke, daß ich das Boot nicht mehr halten kann.«

Ich hockte mich Pollock gegenüber in die andere Ecke. Die *Andromeda* zog krachend ihre Bahn durch die Wogen. »Ich frage mich nur, wie lange wir mit dem Spinnaker segeln können«, rief Nina zu mir herüber. »Bist du jemals zuvor damit bei solchem Wind gesegelt?«

»Nicht auf diesem Schiff. Auf dem Atlantik könnte man das wohl kaum wagen, aber hier sind die Wellen nicht so hoch, daß der Bug zu tief eintauchen und von der nächsten Woge zur Seite gedrückt werden könnte. Solange wir das Boot auf dem richtigen Kurs halten, kann nichts geschehen.«

»Wie bei einer Dampflok.«

»Eine derart ungemütliche Fahrt habe ich mit der Bahn noch nie erlebt. Nicht einmal mit der *Amtrak*«, rief Pollock mürrisch.

»Ich schaue mal nach, was es zu essen gibt«, antwortete ich. »Hat jemand Hunger?«

»Um Gottes willen – nein!« stöhnte Pollock.

Ich holte Nina und mir eine Kleinigkeit aus der Kombüse, füllte die Becher mit Wasser und gab etwas türkischen Raki hinein, um Pollocks Magen zu beruhigen. Bier hatten wir keins mehr, und Wein ist bei hochgehender See nicht sonderlich verträglich. Mir selbst ging es trotz des heftigen Schlingerns der *Andromeda* verhältnismäßig gut. Ich war guter Dinge, weil ich jetzt fest daran glaubte, daß wir es schafften. Nach dem Essen löste ich Nina am Ruder ab und steuerte die *Andromeda* südwärts durch die Wellenkämme. Eine Stunde verstrich so, und wir hielten unsere elf Knoten. Die Verfolger befanden sich noch immer fünf Meilen hinter uns, und drei Stunden voraus erwartete uns ein sicherer Hafen.

Plötzlich – gegen zwanzig Minuten nach zwölf – passierte es. Mit dem lauten Knall einer Fünfundzwanzig-Pfund-Kanone löste sich der Spinnaker-Block vom Hauptmast. In Hongkong hatte man mir versichert, er sei auf einen Druck von viereinhalb Tonnen ausgelegt, doch hier riß das Metall wie ein zu straff gespanntes Segel. Das Tuch flatterte nach vorne in die kochende See davon und wurde in der nächsten Sekunde vom Kiel der *Andromeda* überlaufen. Es füllte sich sofort mit Wasser und riß das Schiff wie ein riesiger Treibanker auf die Seite. Die Ketsch neigte sich mit der Breitseite gefährlich der Wasseroberfläche entgegen. Zum Glück riß gleich darauf das Nylontuch. Die *Andromeda* richtete sich wieder auf und schleppte das versunkene Segel an den vorderen Drahtschlaufen hinterher.

Ich drückte Nina das Ruder in die Hand und turnte nach vorn, um das Drahttau von der Winsch abzuwickeln. Sein Ende peitschte mit einem heftigen Schlag meinen linken Unterarm und rutschte dann über die Reling in die See. Ich achtete nicht auf das Blut und hangelte mich ins Cockpit zurück, um das Ersatz-Vorsegel aus dem Spind zu holen. Das Boot torkelte wie ein betrunkener Elefant von einer Seite zur anderen, war ohne den Gegendruck des Spinnakers zum Hauptsegel völlig aus dem Gleichgewicht geworfen. Wir mußten das zweite Kopfsegel setzen, ehe Nina die Herrschaft über das Schiff verlor.

Ich rief Pollock zu, das Segel herauszuholen, und versuchte, mir das Taschentuch um die Wunde zu binden. Schließlich gab ich es auf und griff nach der Segeltasche, die Pollock mir reichte. Er wollte mir nach vorn folgen, doch ich stellte ihn an die Winsch. So schnell wie möglich befestigte ich das Ersatzsegel am Mast und gab Pollock ein Zeichen. Sofort begann er zu kurbeln, der Wind blähte auf halber Höhe das Tuch. Pollock sprang zur Steuerbordwinsch und zog es ganz auf. Mit lautem Knall bauschte sich das Tuch vollends, und wir hielten wieder gleichmäßig Kurs. Ehe ich ins Cockpit zurückstieg, löste ich den Spinnaker-Baum vom Mast, wickelte das restliche zerfetzte Tuch auf und schob ihn in seine Halterung am Boden des Verdecks.

So wie es aussah, würden wir unsere Geschwindigkeit nicht annähernd halten können. Zumindest gehorchte das Boot jetzt wieder einigermaßen dem Ruder. Nina brachte es auf unseren alten Kurs zurück. Doch ohne die vorwärtspeitschende Kraft des Spinnakers hatten wir die Wettfahrt in die Freiheit verloren. Ich studierte das Log, während Pollock meine Wunde mit dem Erste-Hilfe-Kasten versorgte. Die Nadel tanzte zwischen achteinhalb und neun Knoten.

»Jetzt werden Sie doch noch die Möglichkeit bekommen, das Maschinengewehr auszuprobieren, Pollock!«

»Sehen Sie's mal positiv«, konterte er. »Ohne dieses verdammte Segel ist mir gleich nicht mehr so übel, und ich kann besser zielen.«

Tylers Yacht hatte inzwischen fast eine Meile aufgeholt. Noch gut eine Stunde – dann hatte er uns, wenn uns der Zufall nicht half und wir auf ein paar griechische Kriegsschiffe stießen, die in diesen Gewässern häufig Manöver abhielten.

Doch zunächst war es wichtig, die Ketsch so weit wie möglich in Verteidigungszustand zu versetzen. Ich stieg nach unten und verriegelte den vorderen Niedergang, damit Tylers Männer uns nicht nach dem Entern im Cockpit festnageln und uns von vorn und hinten in die Zange nehmen konnten. Danach schleppten Pollock und ich die Taschen mit den Ersatzsegeln und größere Pakete mit Vorräten ins Cockpit und füllten damit die Seitenspinde bis oben hin. Gewehrkugeln konnten zwar noch die Glasfiberhülle des Bootes durchschlagen, würden aber dann im Inhalt der Spinde steckenbleiben.

Mir machte Pollocks Feuerposition am Besan die meisten Sorgen. Die Winsch, die zwar brusthoch, aber kaum vierzig Zentimeter breit war, bot zu wenig Deckung, so daß Pollock nach jeder Seite hin ein gutes Ziel abgab. Pollock winkte ab, doch fiel mir nichts anderes ein, als den Sack mit dem Sturmsegel, dem dichtesten Segeltuch an Bord, als Deckung an der anderen Mastseite festzubinden. Kein besonders guter Schutz für ihn – doch Pollock schien das nicht zu bekümmern. Bei dieser See, sagte er, sei ein gezielter Schuß mit einem Gewehr fast unmöglich.

Tylers Boot war inzwischen näher herangekommen und befand sich nur noch wenige Meilen unter unserem Heck. Durch das Fernglas konnte ich es jetzt einwandfrei identifizieren. Zwar waren die Gestalten auf der Brücke noch immer nur als dunkle Schatten zu erkennen, doch handelte es sich zweifellos um das Boot aus der Bucht von Kapidagi.

Nina war erschöpft. Ich übernahm ihren Platz und schickte sie nach unten, um uns etwas zu trinken zu holen.

»Wir haben jetzt noch etwa eine halbe Stunde Schonfrist,

Pollock. Setzen Sie ihnen eine Salve vor den Bug, wenn sie auf ungefähr sechshundert Meter heran sind. Wir müssen sie uns unbedingt noch ein paar Stunden vom Leib halten.«

»Dafür habe ich nicht genug Munition, mein Freund. Ich möchte keine einzige Patrone vergeuden. Auf sechshundert Meter Entfernung kann ich bei diesem Schlingern keinen gezielten Schuß abgeben. Wir lassen sie besser ziemlich nahe herankommen und schießen gezielt. Schließlich will man sich ja etwas Gutes tun, wenn man schon mal ein Dreißiger Kaliber auf die Reise schickt!«

»Wenn sie sich davon aber nicht aufhalten lassen, haben sie uns. Das können wir nicht riskieren. Versuchen Sie also, unsere Freunde auf ausreichendem Abstand zu halten.«

»Machen Sie sich mal keine Sorgen, Harry. Ich bin schließlich der, der mit dem Ding vertraut ist. Ich werde sie so weit herankommen lassen, daß ich ein paar von den Bastarden erwische. Bedenken Sie – die da drüben wissen nicht, daß wir bewaffnet sind. Die werden wie Tonpfeifen aus dem Schießstand übers Deck purzeln.« Damit hockte er sich hinten ins Cockpit und sah durchs Glas zu dem Trawler hinüber.

»Ich hatte recht«, hörte ich ihn knurren. »Sie sind alle oben an Deck, fühlen sich offenbar sehr sicher.«

Als ich den Kopf umwandte, erschrak ich. Der Trawler hatte weiter aufgeholt und war schon ziemlich nahe.

Ninas Kopf tauchte im Niedergang auf.

»Bleiben Sie unten, Schätzchen«, rummte Pollock. »Der Tanz kann jede Minute losgehen.«

»Wie nahe sind sie inzwischen?«

»Nur noch knapp eine halbe Meile entfernt«, klärte ich sie auf.

»Ich habe in der Kombüse Küchenmesser gefunden«, sagte sie. »Vielleicht können wir sie noch brauchen.«

»Wir werden sie wahrscheinlich nicht brauchen«, beharrte Pollock. »Ich vertraue auf die abschreckende Wirkung unserer Spritze – besonders, wenn man nicht damit rechnet.« Er reichte Nina das Fernglas. »Wird Zeit, daß ich am Mast

Posten beziehe. Beobachten Sie die Burschen auf der Brücke und stellen Sie sicher, daß sie nicht gerade dann durch die Gläser herübersehen, wenn ich nach vorn steige. Ich möchte nicht, daß sie das Maschinengewehr sehen.«

Pollock schob die Munitionskiste auf das Kajütendach und band sie unten am Mast fest. Zum Schutz gegen die Gischt klappte er die Dachluke in senkrechte Position. Dann kroch er ins Cockpit zurück und sah nach hinten.

»Der Moment scheint günstig«, rief Nina. »Ich kann Tyler und den anderen Bastard auf der Brücke erkennen. Am Bug versammeln sich vier weitere Männer. Jesus, werden die naß.«

Pollock klemmte sich das Maschinengewehr unter den Arm. Ich schaute nach hinten. Der Trawler war keine dreihundert Meter hinter uns und näherte sich schnell.

»Genau das möchte ich verhindern«, knurrte Pollock und versuchte mit seiner Seite das Gewehr, das er aufrecht neben dem Körper hielt, zu verdecken. Unbeholfen kletterte er auf das Kabinendach und hockte sich hinter den am Mast festgezurrten Segelsack.

»Haben die drüben irgendwie darauf reagiert?« fragte er von vorn.

»Nein.«

»Sehr gut. Dann kommt mal, meine Kinder, auf euch wartet eine schöne Überraschung.«

Die *Andromeda* hob und senkte sich durch die aufgewühlte See. Ich konzentrierte mich auf das Ruder und versuchte, das Schiff genau vor dem inzwischen fast sturmartigen Wind zu halten. Quälend langsam verstrichen die Minuten. Ich hielt es nicht mehr aus, mußte mich einfach herumdrehen. Der weiße Trawler war jetzt hundert Meter hinter uns. Die vier oder fünf Türken, die sich am Bug hinter die Reling duckten, waren deutlich zu sehen. Ich erkannte Tyler und Shane auf der Brücke. Selbstbewußt und voller Vertrauen standen sie hinter den Windschutzscheiben des offenen Steuerstandes.

»Um Himmels willen, Pollock, geben Sie ihnen endlich Zunder.«

»Gleich – sie sollen nur noch etwas näher herankommen.«

Ich richtete meine Aufmerksamkeit wieder auf den tanzenden Bug.

»Jetzt ist es gleich so weit«, rief Pollock. »Ziehen Sie den Kopf ein, Harry!«

Hinter uns krachte es zweimal laut. Der Wind trug den Hall unnatürlich laut herüber. Pollock lachte. »Bei solcher See trifft man mit einem Jagdgewehr nur den Himmel«, schrie er hinüber. Er schob Kopf und Schulter hinter dem Segelsack hervor, und im gleichen Moment ratterte das Maschinengewehr los.

Ich kniete vor dem Ruder und zog unwillkürlich den Kopf ein. Dann drehte ich mich um. Die erste Salve war daneben gegangen, und ich sah, wie sich die Männer am Bug des Trawlers flach auf den Boden warfen. Tyler und Shane waren nicht mehr auf der Brücke zu sehen, und im ersten Moment glaubte ich schon, Pollock habe sie erwischt.

Dann tauchte langsam ein Kopf hinter dem massiven Bugvorbau des Trawlers auf, und Pollock jagte die zweite Salve in das Menschenknäuel am Boden.

Die folgende Stille wurde von den Schreien der Türken durchbrochen. Zwei krümmten sich bei der Reling, die anderen krochen hastig nach hinten in Deckung. Pollock feuerte in dem Augenblick zum drittenmal, als der Trawler nach Backbord ausscherte. Einer der getroffenen Türken rutschte, Blut spuckend, unter der Reling hindurch ins Meer. Der andere rührte sich nicht mehr; einen weiteren, der sich am Eingang zur Kabine aufgerichtet hatte, zerschnitt die Salve in der Körpermitte.

Bei seiner Wendung zeigte uns der Trawler sein Heck – und das war Tylers zweiter Fehler. Die Brücke bot sich Pollock offen und ungeschützt dar. Er zögerte nicht lange und feuerte die restlichen Patronen im Munitionsgurt auf die beiden Männer im Steuerstand des Trawlers ab. Einer von ihnen schwankte und stürzte zu Boden. Das Maschinengewehr verstummte.

»Ich glaube, ich habe diesen Hundesohn Shane erwischt«, bemerkte Pollock in die unnatürliche Stille, die folgte.

Die *Andromeda* schlingerte in den Sekunden, die ich das Ruder sich selbst überlassen mußte, um nicht in Pollocks Schußfeld zu geraten, heftig in der kurzen Dünung. Das Vorsegel klatschte hart gegen den Mast, nahm den Wind aus dem falschen Winkel. Ich drehte das Ruder schnell nach Steuerbord, um das Boot wieder auf Kurs zu bringen, korrigierte aber zu weit und hätte dadurch fast das Vorsegel riskiert. Im letzten Augenblick berichtigte ich den Kurs mehr nach Backbord, und das Segel bauschte sich wieder.

Nina hob den Kopf vorsichtig über die Backbordkante und verfolgte das Abdrehen des Trawlers. Derweil kletterte Pollock ins Cockpit zurück und entfernte den leeren Gurt aus dem Maschinengewehr. »Was, glauben Sie, werden sie jetzt unternehmen? Aufgeben und umkehren?« fragte er.

Ich übergab das Ruder an Nina und schaute durch das Fernglas. Tyler hatte sich schnell von der *Andromeda* entfernt, legte sein Boot aber jetzt wieder auf unseren Kurs. Er verlangsamte seine Fahrt und lief in einem Abstand von etwa einem Kilometer neben uns her. Seinem getroffenen Kumpan schenkte er keinerlei Aufmerksamkeit. Ein anderer zog ihn unter der Brückenreling hindurch zur Kajüte. Darauf folgte wohl eine kurze Diskussion mit Tyler, dann warfen sie den zweiten Türken am Bug ebenfalls in die See.

»Zwei haben Sie tatsächlich erledigt«, sagte ich zu Pollock.

»Was machen sie denn jetzt?« rief er.

Drüben herrschte an den Fenstern der Kabine hektische Aktivität. Ich konnte erkennen, daß Pollocks Schüsse das breite Nordfenster unter der Brücke zertrümmert hatte. Offenbar entfernten die Türken die Splitter aus dem Rahmen. Ich erkannte Shanes strohblonde Mähne. Tyler stieg von der Brücke herunter.

»Shane ist wieder auf den Beinen.«

»Ja, sie versuchen wohl, die Fenster des Ruderhauses schußsicher zu machen.«

Er nahm mir das Fernglas aus der Hand. »Ja, tatsächlich, sie nehmen Matratzen dazu – und anscheinend auch den Tisch aus der Kajüte. Wollen wohl ihr Boot in Federkissen packen und einen zweiten Anlauf wagen. Kommt nur, Kinderchen. Ich weiß etwas über die Durchschlagskraft eines Dreißigers, das ihr nicht wißt.«

»Unsere Freunde müssen sich dabei aber sehr beeilen«, knurrte ich. »Da vorne kommt Andros in Sicht.«

Im Eifer des Feuergefechts hatte niemand darauf geachtet, und ich war zu beschäftigt gewesen, die *Andromeda* auf Kurs zu halten, um auf die weitere Umgebung zu achten. Am Horizont waren die Berge von Andros deutlich zu erkennen.

»Jesus«, murmelte Pollock, »wie weit sind wir noch von der Insel weg?«

»Ich weiß es nicht genau, vielleicht noch zwölf Meilen.«

»Also etwa eineinhalb Stunden. Das schaffen wir.«

»Sie versuchen, uns zu überholen«, bemerkte Nina und brachte uns wieder in die Wirklichkeit zurück.

Tyler steuerte den Trawler nun vom Ruderhaus aus. Der Motor röhrte auf höchsten Touren; der Australier versuchte, in etwa achthundert Metern Entfernung an uns vorbeizulaufen.

»Ich weiß, was er vorhat.« Pollock verzog das Gesicht. »Vor uns kann er uns rascher und ungefährdeter den Weg verlegen, als wenn er uns von hinten überläuft.«

»Dann wird er versuchen, uns zu rammen.«

»Aber dazu muß er erst die richtige Position erreichen.« Pollock begab sich wieder hinter seine Deckung am Mast.

Ich versuchte, Nina ein wenig zu beruhigen. »Die Burschen sind nur so lange sicher, wie sie sich nicht zeigen. Wollen sie schießen, müssen sie aus ihrer Deckung heraus.«

Mühsam kämpfte sich der Trawler in die Position ein paar Grad backbord vor, die Tyler anstrebte. Dann drehte er und rauschte in einer weißen Gischtwolke auf uns zu. Etwa hundert Meter von uns entfernt schwenkte er wieder nach Steuerbord.

Im gleichen Moment eröffnete Pollock erneut das Feuer. Diesmal bestrich er nicht die Decks, sondern hielt konstant auf einen bestimmten Bereich der Bootshülle gleich hinter dem Bug. Wildes, unkontrolliertes Gewehrfeuer aus den verbarrikadierten Fenstern des Ruderhauses war die Antwort. Ein paar Geschosse trafen die Metallbeschläge des Mastes und zwitscherten als Querschläger davon, doch die meisten schlugen wirkungslos in die kochenden Wogen. Der Trawler rollte schwer in der harten, kurzen Dünung, und auch die *Andromeda* tanzte auf den Wellenkämmen. Gezielte Schüsse waren bei solchem Seegang unmöglich. Pollock dagegen hatte einen ruhigeren Standort für seine Salven, denn eine Ketsch unter Segeln schlingert kaum hin und her. Daher konnte er mehr oder weniger ruhig sein Ziel anvisieren – und treffen.

Mir war sofort klar, was er vorhatte. Auf etwa einen Meter Breite bebte und zitterte die Hülle des Trawlers unter der Wucht der Geschosse aus der Maschinenwaffe. Im gleichen Augenblick krachte ein schwerer Brecher gegen diesen Teil des Rumpfes, und die Glasfiberhülle zersplitterte. Durch das rasch größer werdende dunkle Loch strömte mit jeder größeren Woge Meerwasser ins Innere des Schiffes. Der Trawler erzitterte und schien sich tiefer nach Steuerbord zu neigen. Dann vollführte er eine Wendung, verlangsamte seine Fahrt und fiel schnell hinter unser Heck ab.

»Das dürfte sie eine Zeitlang beschäftigen«, jubelte Pollock.

»In ein oder zwei Minuten dürfte das Vorschiff voll Wasser gelaufen sein«, sagte ich.

»Mein Gott, haben wir sie versenkt?« rief Nina.

»So schlimm wird es wohl nicht werden. Durch den plötzlichen Wassereinbruch haben wir das Boot nur etwas gebremst.«

»Ich glaube nicht, daß sie einen dritten Anlauf versuchen

werden«, meinte Pollock triumphierend und stieg vom Dach der Kajüte.

Nina beobachtete den Trawler hinter unserem Heck. Schließlich sagte sie: »Dann brauchen sie aber verdammt lange, um zurück in Richtung Türkei abzudrehen.«

Ich machte mir darüber im Moment keine Gedanken, denn wenn man ein Loch in der Hülle abzudichten hat, dreht man das Schiff natürlich nicht in den Wind. Sicher würden unsere Verfolger noch nicht aufgeben. Tyler konnte das Leck ohne weiteres abdichten. Dazu genügte schon die Matratze aus einer Koje. Die Bilgenpumpe würde das eingedrungene Wasser schnell lenzen. Aber erst danach konnte der Australier es wagen, das Boot zu wenden.

In der nächsten halben Stunde tat Tyler aber nichts dergleichen. Auf dem Trawler sei rege Aktivität erkennbar, berichtete Nina, die die Gegner durch das Fernglas beobachtete. Dann hatten sie offenbar das Leck abgedichtet, und der Trawler versuchte erneut, die *Andromeda* im Abstand von neunhundert Metern zu überholen.

»Was haben die Brüder denn jetzt vor?« rief Pollock.

»Tyler will uns aus dem toten Winkel entgegenlaufen. Durch das Vorsegel und den Hauptmast haben Sie dann kein freies Schußfeld.«

»Meine Güte, die Chancen, aus dem Mastkorb am Bug eine gezielte Salve loszulassen, dürften gleich Null sein – bei dieser See, und ohne jede Deckung. Das gefällt mir nicht besonders.«

»Nur keine Sorge. Soll er doch ruhig seinen Treibstoff bei dem Versuch vergeuden, uns zu überholen. Ich brauche nur den Mast des Vorsegels abzunehmen, damit wir besser manövrieren können. Wenn er dann auf uns zuläuft, wende ich die *Andromeda* schnell, und Sie haben freies Schußfeld.«

»Dann muß aber das Timing genau stimmen.«

»Das wird es. Vergessen Sie nicht, ein Segelboot ist viel wendiger als ein schnell laufendes Motorboot.«

Tyler brauchte fast eine halbe Stunde, um sein Schiff in Position zu bringen. Währenddessen hatten wir jede Menge

Zeit, den Vorbaum hereinzuholen und uns darauf einzurichten, daß ich die Ketsch wie eine Rennyacht handhaben konnte, wenn das gegnerische Schiff in Schußweite kam.

Unsere Verfolger schossen backbords aus einer halben Meile direkt auf uns zu. Kaum hatten sie beigedreht, schickte ich Pollock an seinen Platz beim Mast. Bei meinen früheren Übungen von taktischen Segelmanövern hatte ich gelernt, aus Manövern bei kurzer Distanz meinen Vorteil zu ziehen. Auch jetzt behielt ich unseren Südkurs bei, bis Tylers Schiff nahe genug heran war. Seine Diesel liefen auf vollen Touren. Die Fahrt unserer beiden Schiffe zusammengenommen mußte bei etwa zwanzig Knoten liegen. Erst als der Trawler nur noch hundert Meter entfernt war, drehte ich die *Andromeda* in einer raschen Wendung nach Steuerbord. Dazu brauchte ich nicht mal den Baum herumzuwerfen, sondern nur den Bug herumzulegen, während Nina das Vorsegel an Steuerbord löste und mit der Backbordwinsch wieder festzog.

Die *Andromeda* legte sich im Winkel von 90 Grad zum Trawler hart in den neuen Kurs, und Pollock, der, für die Gegner unsichtbar, hinter dem Hauptsegel stand, hatte plötzlich freies Schußfeld. Sofort jagte er eine Salve in die Fenster des Ruderhauses. Die drüben hielten unter dem Kugelhagel die Köpfe geduckt, der Trawler donnerte auf seinem ursprünglichen Kurs und mit unverminderter Geschwindigkeit an uns vorbei.

Sie waren über vierhundert Meter von uns entfernt, ehe sie die Köpfe zu heben wagten und das Schiff wendeten. In der Zwischenzeit hatte ich die *Andromeda* längst wieder auf den alten Kurs gebracht. Und mit jeder Kehre von Tylers Boot kam die Küste von Andros näher.

»Ein hübsches Spielchen, Harry«, rief Pollock. »Sie scheinen es gut zu beherrschen. Was würden Sie an Tylers Stelle jetzt tun?«

»Mich zurück in die Türkei verkrümeln«, warf Nina dazwischen.

»Eigentlich keine schlechte Idee.« Ich lachte. »Doch unseren Freunden drüben dürfte sie kaum gefallen. An Tylers Stelle würde ich solange vom Heck her neue Anläufe versuchen, bis uns die Munition ausgeht.«

»Intelligentes Kerlchen«, knurrte Pollock. »Tatsache ist – wir haben kaum noch welche.«

Und Tyler bewies uns wieder einmal, daß er logisch dachte und handelte. Aus knapp einer Meile Entfernung beobachteten wir, wie seine Mannschaft alles, was sich eben dazu eignete, nach oben schleppte, um das Ruderhaus gegen unsere Kugeln abzusichern. Sie entfernten sogar die Bodengitter im Maschinenraum, schraubten das Mobiliar der Kajüte auseinander und stellten sie als Kugelfang vor die Matratzen und den Tisch. Als letzte Sicherung holten sie den großen Behälter mit dem Rettungsfloß nach oben.

»Anscheinend glauben sie, daß die Vorderfront des Ruderhauses jetzt sicher ist«, meinte Pollock.

»Vielleicht liegen sie damit sogar richtig. Der Mann am Ruder hat jetzt ausreichend Deckung durch dieses Zeug – und durch die Kabinenwand. Nur sein Kopf ist ungeschützt. Jetzt versuchen sie, ihrem Schützen eine Deckung zu bauen, damit er von der Seite auf uns feuern kann, wenn der Trawler an uns vorbeirauscht.«

Und den ersten Versuch wagte Tyler wenige Minuten später. Seine Männer nahmen ihre Positionen hinter den Deckungen ein, hielten Gewehre und Revolver schußbereit. Tyler beschleunigte sein Boot und lief vom Heck her auf uns zu.

Pollock gab nur kurze, sparsame Feuerstöße ab, doch die Geschosse prallten von den gewölbten Flächen am Bug ab, konnten die Hülle nicht durchschlagen.

Der Trawler fiel etwas ab, holte aber gleich wieder auf.

»Ich habe nur noch einen einzigen Gurt«, zischte Pollock.

»Lassen Sie die drüben nichts davon merken«, riet ich ihm. »Eine halbe Meile weiter versuche ich einen anderen Trick.«

Wir waren jetzt nur noch etwa zwölfhundert Meter von der steilen Nordküste von Andros entfernt. Die hohen Granitfelsen westlich von Aghia Gria lagen zwei Strich steuerbord vom Bug meines Bootes, dahinter reckten sich die graugrünen Berge der Insel in die Höhe. Normalerweise – und das wußte Tyler auch – würde ich den Kurs leicht nach Backbord legen, um unterhalb des Leuchtturms von Aghia Gria das Kap zu passieren und dann immer an der Küste entlang in den Hafen von Andros segeln.

Doch – und darauf wäre ich jede Wette eingegangen – wußte ich etwas, das er nicht wußte. Ich war darauf gekommen, als ich auf der Seekarte den Kurs der *Andromeda* nach Andros bestimmte. Das hatte Tyler anfangs sicher nicht getan, da er nicht wußte, in welche Richtung wir segelten. Jedenfalls war mir eine kleine Markierung auf der Karte aufgefallen, die sich jetzt keine dreihundertfünfzig Meter westlich meines Kurses am Kap von Aghia Gria vorbei befinden mußte. Die Markierung war so unscheinbar, daß ein Übersehen durchaus zu verzeihen war. Doch fällt jedem Skipper eines Segelbootes mit über zwei Meter Tiefgang eine solche Markierung sofort auf.

Tyler unternahm gerade seinen dritten Anlauf vom Heck her, als wir die flacheren Gewässer unterhalb der Küste erreichten. In seiner Wut und Verzweiflung war es ihm offenbar völlig gleichgültig, daß jeder, der von der Küste aus zum einsamen Leuchtfeuer von Aghia Gria hinüberschaute, unweigerlich sehen mußte, was da auf See direkt vor dem Kap geschah. Er steuerte den Trawler diesmal auf unsere Backbordseite, um unseren Weg in den Hafen von Andros zu blockieren.

Pollocks Maschinengewehr bellte auf und erstarb dann mit einem Stottern. Ich weiß nicht, ob wir die triumphierenden Gesichter hinter den Deckungen auf dem Trawler wirklich sahen oder nur ahnten.

Blitzschnell drehte ich das Ruder der Ketsch nach Steuerbord. Nina stand an der Winsch des Vorsegels bereit. Sie löste das Tuch, tauchte zur anderen Seite des Cockpits durch und zog es nach Backbord. In der nächsten Sekunde wendete die *Andromeda* nach Steuerbord und lief in westlicher

Richtung die Küste hinauf, statt in entgegengesetzter Richtung nach Andros.

Tyler wendete den Trawler sehr geschickt, verlor aber durch das Manöver ungefähr hundert Meter. Während die weiße Motoryacht hinter uns herrauschte, begannen die Männer im Ruderhaus ihre Gewehre und Revolver abzufeuern. Gelegentlich verirrte sich eine Kugel bis ins Cockpit, doch hier im Küstenschelf tobten die Wogen noch wilder als draußen in der Ägäis. Ich duckte mich hinter die Wetterseite des Cockpits beim Ruder. Ich hatte entdeckt, was ich suchte. Etwa dreihundert Meter voraus hatte ein Streifen Wasser eine etwas hellere Färbung. Mit jeder Sekunde rückte er näher. Ich schickte ein Stoßgebet zum Himmel. Tyler durfte nicht bemerken, daß die weiße Gischt etwas Dunkles enthüllte, sobald die Wogen über diesen Punkt dicht vor meinem Bug hinweggerollt waren. Mir blieb überhaupt keine Zeit, auf das Gewehrfeuer hinter mir zu achten.

Tylers Boot war noch fünfunddreißig Meter entfernt, dann noch zwanzig. Seine Leute schossen wie wild, und es klang fast wie das Rattern aus Pollocks Maschinengewehr – nein, meinem Maschinengewehr. Ich nahm um mich herum nichts mehr deutlich wahr – außer mein Ziel dicht vor der *Andromeda*.

Als es noch knapp zehn Meter entfernt war, schrie ich Nina zu, das Vorsegel zu lösen.

Im nächsten Augenblick geriet das, was in der Karte mit zwei kleinen Punkten und der Zahl ›3‹ gekennzeichnet war, unter dem Bug der *Andromeda* außer Sicht. Ich wirbelte das Ruderrad mit heftigem Schwung nach Steuerbord, legte das Boot in eine gefährliche Wende, warf den Mastbaum zur anderen Seite und zischte im eigenen Kielwasser an dem heranröhrenden Trawler vorbei.

Tylers Schiff donnerte an uns vorbei. In voller Länge schrammte es über ein Hindernis, das die Australier ›Bombora‹ nennen – zwei große Felsklippen, die bei Niedrigwasser keinen Meter unter der Wasseroberfläche lagen, nur ein paar hundert Meter von der Küste entfernt. Nach jeder Woge hoben sie ihre Spitzen aus dem Wasser.

Tylers Boot setzte mit seinem ganzen Schub von zwölf Knoten auf. An der ersten Klippe schlitzte er sich den Rumpf von vorn bis hinten auf. Das Boot krachte auf die zweite Felsspitze, blieb dort eine Sekunde hängen, während die windgepeitschten Wogen mit aufspritzenden Gischtkaskaden gegen seine Hülle krachten, und brach dann in einer lauten Explosion auseinander Wenige Augenblicke später war von der schnellen Yacht außer ein paar auf der kochenden See treibenden Glasfiber-Bruchstücken nichts mehr zu sehen. Meinen Begleitern verschlug es geraume Zeit die Sprache. Dann meinte Pollock leise: »Wie kommt es, daß sie das Hindernis nicht sahen?«

»Um es zu sehen, muß man wissen, wo die Klippen sind.«

»Und du wußtest es?« fragte Nina tonlos.

»Ich wußte es.«

»Ich bin froh darüber. Wirst du die Leute aus dem Wasser fischen?«

»Welche Leute?« rief Pollock. »Da gibt's keine Überlebenden.«

Und damit hatte er recht. Die Bruchstücke des Trawlers trieben noch knapp dreißig Sekunden auf dem Wasser. Man hätte die Gestalten der Schiffbrüchigen im Wasser sehen müssen, mindestens für einen Moment, wenn sie nach oben gewirbelt wurden.

Aber da war nichts außer den tosenden Wogen zwischen der ›Bombora‹ und der Küste.

Man sollte sich mit einem Segelboot nicht zu dicht unter die Nordküste einer ägäischen Insel wagen, wenn der *Meltemi* in voller Stärke bläst. Die Scherben von zerborstenen Amphoren auf dem Meeresgrund der Nordküsten von Inseln wie Andros und Naxos sind dreitausend Jahre alte Zeugen von untergegangenen Seglern, die diese Regel mißachteten. Die Wogen türmen sich fast fünf Meter hoch, ehe sie auf die felsige Küste herunterkrachen, und unaufhörlich donnert der Wind durch diese Urlandschaft der Zerstörung.

»Ich hätte die *Andromeda* gar nicht näher an die Küste heranbringen können, selbst wenn ich gewollt hätte«, sagte ich fast entschuldigend.

»Darum hat Sie doch auch niemand gebeten, oder?« brummte Pollock.

»Segeln wir nach Andros«, meinte Nina müde. »Sie sollen jemand herschicken, um die Reste einzusammeln. Es ist vorbei.«

KAPITEL 17

Lohn der Angst

Als der Sturm sich am nächsten Tag legte und die Dünung vor Kap Aghia Gria wieder ihre normale Höhe unter zwei Meter erreichte, fischten Theodoropoulos' Leute zwei Körper aus dem Wasser. Der eine war zweifellos ein Türke, der andere der Größe nach wahrscheinlich Tyler, was aber nicht mehr mit Sicherheit festzustellen war. Der kochende Mahlstrom vor dem Kap hatte den Leichnam bis zur Unkenntlichkeit zerfetzt. Shane und der Rest von Tylers Crew wurden nie gefunden.

Am nächsten Morgen nach unserem Einlaufen im Hafen von Andros erwachte ich voll triumphierender Vorfreude auf Theodoropoulos' enttäuschtes Gesicht. Zumindest erwartete ich in meiner Unschuld eine überraschte Miene. Doch weit gefehlt! Er entstieg, wie immer frisch gebügelt, dem Helikopter und schüttelte mir bei seinem Eintreffen im Hotel, wo wir drei zusammen mit dem Polizeicaptain von der Insel auf der Terrasse gerade ein ausgedehntes Frühstück einnahmen, warm die Hand. Ich hatte in meiner Vorfreude nicht die griechische Mentalität berücksichtigt: Fehler gibt es keine; was gestern geschah, war nur ein dummes Versehen, über das man nicht mehr spricht und das längst vergessen ist, weil wir, wie immer, nur die allerbesten Freunde sind. Unklarheiten und Verärgerung oder gar Gegnerschaft hat es nie gegeben, und keiner braucht Schuldkomplexe zu haben.

Theodoropoulos gab uns dann auch überschwenglich zu verstehen, wie sehr er sich darüber freue, daß wir mit heiler Haut davongekommen seien, um so mehr, als für mich ja jetzt alles klar sei. Jedenfalls drückte er sich so aus. Er habe ja schon seit dem Moment, als Nina ihren Fehler – beim Wiedersehen mit dem richtigen Verbrecher auf Andros – erkannt habe, gewußt, daß ich falsch identifiziert und zu Unrecht angeklagt worden sei. Er nahm meine Hand in beide Hände, musterte mich mit seinen dunklen Verführer-Augen und lächelte mit generöser Überheblichkeit. »Ich bin sehr froh, daß wir jetzt wieder Freunde sind«, sagte er.

Mir war klar, daß er jedes Wort, das er sagte, wirklich so meinte. Eine der größten Stärken der griechischen Lebensart ist es, daß die ganze Welt mit jedem neuen Tag völlig neu beginnt.

Vorsichtig fragte er, wie wir die *Andromeda* von Andros zurück in die Türkei entführt hatten. Mit verschwörerischem Augenzwinkern gab er sich selbst die Antwort: »Mit Hilfe von guten Freunden vermutlich...«

»Stimmt genau.« Mehr verriet ich nicht. Wir waren alle übereingekommen, Bassington aus der Sache herauszuhalten.

Theodoropoulos nickte. »Na klar, Ihr Schiff stand ja auch nicht unter offizieller Überwachung. Zwar hätte man mit ihm die griechischen Gewässer nicht verlassen dürfen, aber das vergessen wir einfach.«

Nachdem er seine Glückwünsche angebracht und den größten Teil der ganzen Geschichte erfahren hatte, riet er uns ziemlich kleinlaut, so bald wie möglich nach Athen zu kommen. Ja, er bot uns sogar einen Platz im Helikopter an, doch ich erklärte ihm, daß ich die *Andromeda* nicht ein zweites Mal allein auf der Insel zurücklassen wollte. Beide Seiten des Bootes wiesen ein paar Einschußlöcher auf, die in Piräus abgedichtet werden mußten, gar nicht zu reden von der Überholung der Takelage. Meine beiden Begleiter entschieden sich dafür, mit mir zu segeln.

Es wäre sicher von Vorteil, bald loszumachen, meinte Theodoropoulos mit bedeutungsschwerem Blick. Da wäre schließlich immer noch die Frage des Bergungslohnes für die Caique offen. Möglicherweise ließe sich da etwas arrangieren.

Selbst Pollock wußte mit dieser Bemerkung eine ganze Zeit nichts anzufangen. Wir diskutierten darüber auf dem langen, genüßlichen Segeltörn entlang der Küste von Andros hinüber nach Piräus, nachdem der *Meltemi* sich ausgetobt hatte.

Dabei gab es auch wieder herrlich kaltes Bier, und die Vorratsspinde quollen über mit frischen Nahrungsmitteln. Pollock erklärte, diese Art Segeln gefiele ihm weit besser. Er lag faul im Cockpit-Lee auf der gepolsterten Sitzbank, eine Flasche Fix-Bier in der einen, eine Scheibe Brot mit *Feta* – Schafskäse – in der anderen Hand, und wendete Theodoropoulos' Andeutung hin und her.

»Ich wüßte nicht, wieso die Bergung Sie reich machen könnte«, meinte er. »Schließlich war der alte Kahn doch so morsch, daß er bei der ersten rauhen See sofort sank.«

Erst am nächsten Tag sollte ich klarer sehen. Unsere neuen Freunde und Bewunderer im Polizeipräsidium hatten uns in einem der modernen Hotels am Omonia-Platz Zimmer reservieren lassen. Nachdem wir am späten Abend dort eingetroffen waren und unsere, wie es uns schien, erste heiße Dusche seit Monaten ausgiebig genossen hatten, fielen wir wie tot in unsere Betten, nicht ohne vorher der Rezeption den Auftrag gegeben zu haben, alle Anrufer abzuwimmeln. Die Story von der wiedergefundenen Praxiteles-Statue machte schon vor unserer Ankunft Schlagzeilen in allen Athener Zeitungen, und am nächsten Morgen belagerte ein Schwarm ausländischer Reporter die Hotelhalle. Ich überließ Nina die Interviews – Pollock ließ sich in der Öffentlichkeit nicht blicken – und schlenderte hinaus in den für den Omonia-Platz typischen Geruchscocktail von *Souvlaki* und Autoabgasen, um Theodoropoulos' Einladung zum Essen anzunehmen. Dabei klärte sich dann alles auf. Die Behörden waren natürlich höchst erfreut über die Wiederbeschaffung der Statue, die schließlich ein Meisterwerk klassicher griechischer Kunst und ein Prunkstück im nationalen Kunstschatz darstellte. Da es sich dabei unbestreitbar um griechische Kunst handelte, wollte man es keinesfalls der

Türkei zurückgeben, um so weniger, als die türkische Polizei sich dem ehrlichen Finder gegenüber so undankbar gezeigt hatte. Ich verkniff mir den Hinweis, daß die griechische Polizei auch nicht gerade ein Vorbild an Hilfsbereitschaft gewesen sei.

Man rechne durchaus damit, daß um den Besitz der Statue ein internationaler Streit entbrennen könnte, räumte Theodoropoulos ein und hob dabei gleichgültig die Schultern. Und damit sei man ja auch eigentlich schon bei der Sache – der Bergung der Caique nämlich. Natürlich sei sie inzwischen gesunken, und ihre Eigner befänden sich nicht in Griechenland. Doch angesichts der außergewöhnlichen Umstände seien die griechischen Behörden bereit, den Wert der Caique an dem Tag, an dem ich sie ins Schlepp nahm, mit vierzigtausend Dollar zu beziffern und mir die Hälfte als einmalige ›Anerkennungszahlung‹ auszuhändigen. Für die Wiederbeschaffung der Praxiteles sollten Pollock, Nina und ich jeder zehntausend Dollar, ebenfalls als ›Anerkennungszahlung‹, erhalten. Die nötigen Dokumente lägen bereit, wir bräuchten – eine reine Formalität natürlich – nur zu unterschreiben, daß wir auf weitere Forderungen und Anrechte an der Statue verzichteten.

»Der Vorschlag wäre annehmbarer, wenn wir die Bergung mit zwanzigtausend ansetzten *und* jedem von uns weitere zwanzigtausend für die Wiederbeschaffung der Statue ausgezahlt würden«, meinte ich. Theodoropoulos zog scharf die Luft ein, dann nickte er langsam. Das ließe sich wohl arrangieren – wenn wir unterschrieben.

»Aber klar doch«, rief Pollock begeistert, als ich ihn in seinem Versteck in der Hotelbar aufstöberte und ihm die Neuigkeiten erzähle. »Sofort die Hand aufhalten. Ein Anrecht an der Statue ließe sich vor Gericht ohnehin kaum nachweisen, obwohl die Griechen ebenfalls kein legales Anrecht darauf haben – nicht an einer Statue, die sie zweieinhalbtausend Jahre nicht vermißt haben und die außerdem von einem Franzosen in einem anderen Land ausgegraben wurde. Also sind sie selbst bezüglich der Besitzrechte in der

Zwickmühle. Natürlich werden sie die Statue behalten, aber mit unserem schriftlichen Einverständnis kann Athen Ankara um so leichter ausschmieren. Ebenso den Internationalen Gerichtshof.«

Am Nachmittag unterschrieben wir die Verzichtserklärungen und zahlten das Geld bei American Express ein.

An der Feier, die ich für den Abend geplant hatte, nahm Pollock nicht mehr teil. Er saß im Nachtflugzeug nach Istanbul. »Da gibt's noch eine Menge Arbeit für mich«, entschuldigte er sich.

»Hderim?«

»Um den kümmert sich Bassington. Nein, ich muß die Wohnung aufgeben. Meine Zeit in der Türkei ist wohl abgelaufen, fürchte ich. Es gibt kaum noch unberührte Küstenstreifen, die ich den deutschen Investoren verkaufen könnte – bis sie die verkauften Areale fertig bebaut haben. Und die Vorstellung, zwei Jahre in der Provinz im Namen der Jungs aus München nichts als neue Hotels und Pensionen ihrer Bestimmung und den örtlichen Statthaltern zu übergeben, hat für mich etwas Fürchterliches. Außerdem dürfte ich, offen gesagt, in Istanbul...«, er zögerte einen Moment, »... nicht mehr von großem Nutzen sein.«

»Ihre Tarnung ist aufgeflogen. Das tut mir leid.«

»So in etwa. Sie brauchen sich nicht zu entschuldigen. Ich hatte ohnehin die Nase voll von der Stadt. Ich weiß nicht, wohin es mich jetzt verschlägt, aber es ist ein willkommener Wechsel.«

»Vielleicht nach Tel Aviv?« startete ich einen Versuchsballon, in der Annahme, man würde ihn ins Hauptquartier zurückbeordern.

Pollock lachte laut auf. »Das wäre der letzte Ort, an dem wir operieren würden.«

Über diese Bemerkung machte ich mir noch meine Gedanken, nachdem Pollock längst gegangen war. Plötzlich wurde mein Name in der Hotelbar ausgerufen. Jemand verlangte mich am Telefon. Zu meiner Überraschung war es Ihre Exzellenz Rosemary. Ich sollte sie in einem Straßencafe in einer Seitengasse zwischen Omonia und dem Platz der Verfassung treffen. Ich konnte mir nicht vorstellen, was der Dritte Sekretär der Botschaft Ihrer Majestät in Ankara hier in Athen suchte. Ich verschob meine Verabredung mit Nina und begab mich auf die Suche nach dem Café.

Rosemary saß im Schatten der Bäume auf der Terrasse. Ein Stück von ihr entfernt wartete ein Ober im Eingang des Cafés. Sie trug ein olivgrünes Baumwollkleid und rauchte eine ägyptische Zigarette. Ich breitete theatralisch die Arme und zeigte mich übermäßig erfreut bei ihrem Anblick. Sie lächelte höflich.

»Auch ich freue mich, dich zu sehen«, sagte sie. »Auch wenn der Anlaß rein dienstlich ist.«

»Also war Bassington doch einer von euch.«

»Keineswegs.«

Der Ober kam herbeigeschlendert, und ich bestellte uns etwas zu trinken. Nachdem er gegangen war, fuhr sie fort: »Deine Wiederauffindung der Aphrodite war für die Kulturfreaks und Historiker sicher eine wunderbare Sache, Harry. Doch macht diese Angelegenheit den Diplomaten ziemlichen Ärger. Zumindest schafft sie die Grundlage für neuerliche Spannungen zwischen Griechenland und der Türkei.«

»Und wenn schon. Solange Bassington nicht zu M 16 gehört, bist du doch gar nicht betroffen.«

Rosemary warf mir einen undeutbaren Blick zu, während der Ober die Drinks servierte.

»Beide Staaten sind NATO-Verbündete.«

»Ich weiß.« Dahinter steckte mehr, das war mir jetzt klar. Ich hielt kühl ihrem Blick stand.

»Du erinnerst dich sicherlich, daß ich dir bei deinem Besuch in Ankara riet, die Statue den richtigen Behörden zu übergeben.«

»Das stimmt nicht ganz. Du sagtest mir, ich solle an Plan A festhalten – was zu der Zeit bedeutete, sie den Türken auszuhändigen.«

»Ach, hast du das zufällig jemand erzählt?« fragte Rosemary.

Ich überlegte. »Pollock wußte es – und riet mir unglücklicherweise ebenfalls dazu.«

»Pollock zählt nicht.«

»Du denkst an Theodoropoulos?«

»Ja, genau.«

»Nein, mit ihm habe ich nicht darüber gesprochen. Dein Name ist in seiner Gegenwart nie gefallen.«

»Schön. Es wäre der Regierung Ihrer Majestät sehr recht, wenn dieses Detail auch weiterhin unerwähnt bliebe.«

Mir fiel es wie Schuppen von den Augen. »Na klar, die Regierung Ihrer Majestät möchte sich in dem Streit um die Statue auf die Seite der Griechen schlagen.«

»Wir bleiben unparteiisch«, antwortete sie, ganz offensichtlich in die Defensive gedrängt.

»Und sie unterstützt heimlich die Griechen, weil sie ihnen damit in der Streitfrage um die Marmorskulpturen des Parthenon, die Elgin herüberbrachte und um die schon seit Jahren zwischen London und Athen gefeilscht wird, den Wind aus den Segeln nehmen kann.«

Rosemary lachte. »Du siehst das Ganze mit dem für Journalisten typischen brutalen Zynismus. Doch das, was du siehst, ist nur die äußere Hülle. Möglicherweise ist die Tatsache, daß wir uns in Ankara trafen, beiden Seiten bekannt – auch wenn ich wenigstens sicherstellen konnte, daß unser Gespräch nicht belauscht wurde. Meine Leute möchten verhindern, daß die Türken uns als Drahtzieher hinter dem Rücktransport der Statue nach Griechenland vermuten. Ebenfalls verhindern möchten wir aber auch, daß die Griechen denken, wir seien dagegen gewesen. Am besten wäre es, wenn ich ganz aus dem Spiel bliebe. Deshalb möchte ich dich bitten, meinen Namen nicht zu erwähnen, wenn es sich eben vermeiden läßt. Versucht man aber Druck auf dich auszuüben, kannst du sagen, mein offizieller Standpunkt sei gewesen, die Statue den zuständigen Behörden auszuhändigen. Verstehst du, was ich damit sagen will?«

»Nicht ganz.«

»Du hast die Caique in griechischen Gewässern aufgebracht, also hätte sie den Griechen übergeben werden müssen. Irgend jemand hatte sie ja auch aus Griechenland gestohlen. Zur Zeit, als du die Statue wiederentdecktest, warst du in der Türkei. Also hättest du sie eigentlich – wenn es dir möglich gewesen wäre – den türkischen Behörden übergeben müssen. Doch als dir schließlich keine Gefahr mehr drohte, warst du wieder in Griechenland und hast sie daher den Griechen ausgehändigt.«

»Und so kann das perfide Albion weiter sein Spielchen mit beiden Seiten treiben. Okay, ich halte mich an die Weisung Londons – unter einer Bedingung. Kläre mich auf über Bassington und Pollock.«

»Was meinst du damit?«

»Du behauptest, Bassington gehöre nicht zum britischen M 16. Mit Sicherheit gehört er irgendeinem Geheimdienst an. Wer ist er wirklich? Wer ist Pollock? Pollock erwähnte zu Beginn unserer Bekanntschaft, daß er nicht zur CIA gehöre, und ich weiß, daß er auch nicht zu euch gehört. Die Tatsache, daß er aus New York stammt und ein Maschinengewehr zu bedienen weiß, macht ihn in meinen Augen zu einem Mitglied des Mossad.«

Rosemarys Gelächter klang laut durch den warmen Abend.

»Du bist wirklich etwas naiv, Harry, auch wenn du meine Motive jetzt verstehst. Wie, glaubst du, bist du an deinen westdeutschen Paß gekommen? Ich gab dir schon mal einen Tip, als ich dir erzählte, Bonn habe ein geheimes Dossier über die Verbindungen der europäischen Terrorvereinigungen untereinander angelegt. Deine beiden Freunde gehören zum Bundesnachrichtendienst, mein Lieber. Ich habe wirklich gedacht, du hättest das längst erraten.«

»Aber Bassington ist doch Engländer, und Pollock ein New Yorker Jude – dachte ich.«

»Ein Geheimdienst muß sich doch nicht nur aus den eigenen Landsleuten rekrutieren. Über Pollock weiß ich nicht viel, aber Bassington hatte schon Kontakte nach Bonn, ehe er in den Fernen Osten ging.«

»Dann hat Bonn jetzt wohl in Istanbul einen Posten neu zu besetzen.«

»Daß Pollock dort einpackt, wundert mich nicht«, meinte Rosemary. »Und Bassington hat aufgrund deiner kleinen Eskapade in Athen zuviel Wirbel veranstaltet. Dich trägt man hier auf Händen, weil du den Griechen ein nationales Monument zurückgebracht hast. Aber Theodoropoulos ist sich verdammt sicher, daß Bassington für dich die *Andromeda* von Andros geholt hat, und dürfte insgeheim darüber ziemlich sauer sein.«

»Die U.S.-Botschaft dürfte auch nicht gerade gut auf mich zu sprechen sein.«

»Das ist weiter nicht schlimm. Natürlich war die diplomatische Seite zuerst verärgert, aber die Geheimdienstleute standen hinter dir. Aufgrund des delikaten Verhältnisses zwischen Washington und der griechischen Regierung durften sie nicht selbst aktiv werden, doch war ihnen klar, daß die Deutschen dabei waren, einen Undercover-Agenten in die Terroristen-Szene einzuschleusen. Es waren Leute von der U.S.-Botschaft, die Nina Millen schließlich überredeten, in die Türkei zurückzugehen. Leider hast du dann nur ein gestohlenes Kunstwerk abgeliefert statt der erwarteten Ladung Waffen. Aber zumindest ist Hderim erledigt. Er war eine potentielle Gefahr für uns, von der wir nicht einmal wußten.«

»Meine Gefährung durch ihn war dagegen reichlich konkreter.«

»Das ist richtig. Nun, mach dir über Hderim keine Sorgen. Die Deutschen haben den Türken einen Wink gegeben, kaum daß sie Pollocks Bericht in Händen hatten. Vergiß nicht, Hderim war der türkischen Armee unterstellt, nicht der regulären Polizei. Und die Armee verfährt nicht gerade sanft mit bestechlichen höheren Offizieren. Du wirst zwar nirgends ein Gerichtsurteil nachlesen können, aber von Hderim wirst du auch nie wieder etwas hören. Wenn er Glück hat, wird er als stellvertretender Kommandant in irgendeinen unwichtigen Distrikt an der irakischen Grenze strafversetzt. Viel wahrscheinlicher ist da aber ein kleiner Unfall, der ihn dann das Leben kostet.«

»Das hat er sich auch redlich verdient.«

»Das gleiche könnte ich nur bezüglich deines Finderlohns sagen.«

Rosemary stand auf und küßte mich leicht auf die Wange. »Viel Glück, Harry, für dich – und deine faszinierende Archäologin.« Sie ging durch die laue Nacht davon.

Ich trank langsam meinen Ouzo aus und ging durch die Seitenstraßen zum Platz der Verfassung, wo ich mich mit Nina traf.

Zuerst hatte ich vage daran gedacht, in der Taverne in der Diogenes-Straße zu feiern, wo alles begonnen hatte. Doch Nina wollte lieber in ein Lokal, wo es Musik gab. Wir fanden schließlich eine kleine Taverne dicht unter der Akropolis in einer der steil ansteigenden Gassen, aßen zum Rotwein Tintenfisch-Snacks, verzehrten in einer zweiten um die Ecke Eier mit *Dolmades* und folgten schließlich den *Bouzouki*-Klängen, die aus einer Dachtaverne herabtönten. Die gut besetzten Tische drängten sich um eine winzige Tanzfläche, und eine ganze Anzahl von Kellnern versorgte die Gäste, die vollen Tabletts auf den Fingerspitzen balancierend.

Am Himmel wetteiferten die Sterne des Mittelmeerhimmels mit den bunten Lampions des Dachgartens. Die Musik verzauberte, die Kellner eilten geschäftig hin und her, die Tische bogen sich unter Tellern und Gläsern.

Das Festessen riß ein erhebliches Loch in meine Barschaft, doch das konnte uns jetzt nicht stören; wir sagten uns, daß wir Tage der Entbehrung aufzuholen und außerdem allen Grund hatten, den glücklichen Ausgang dieses Abenteuers zu feiern.

Nach dem Essen erhoben wir uns schweigend. Wir hatten beide dasselbe Ziel – mein Schlafzimmer. Wir hatten es nicht eilig, zueinander zu kommen. Wir fanden uns mit langsamer, lustvoller Intensität, wie zwei Finalisten bei den Olympischen Spielen der Lust.

»Das war längst überfällig«, flüsterte Nina zärtlich an meinem Ohr. »Das waren wir uns schon seit langem schuldig.«

Wenig später, als ich sanft die Narbe auf Ninas linker Brust küßte, sagte sie dann: »Mit dem Bergungs- und dem Finderlohn für die Statue könntest du doch den Byron-Film drehen, oder?«

»Die Summe dürfte für das Rohmaterial und für den Kameramann genügen, vielleicht auch noch für die Ausrüstung, die für die Fahrt nötig ist. Zu den Schnitt- und Kopierkosten kann ich nichts sagen.«

»Und was ist, wenn ich meine zwanzig Riesen beisteuere?«

Ich sah ihr eine Zeitlang in die Augen und küßte sie dann. »Ich glaube, für eine Weile habe ich die Nase voll von Segeltörns durch die Ägäis. Byrons geheimnisvoller Aufenthalt in Griechenland läßt mich im Moment völlig kalt. Was hältst du davon, wenn wir uns statt dessen ein wenig auf den Inseln rund um die Westküste Italiens umsehen, die Odysseus besucht hat? Oder auf den Balearen? Der Wein ist gut, vielleicht finden wir dort auch ein Thema für einen Film – und man kann dort vorzüglich tauchen.«

»Ich werde meine Bekannten in der Türkei bitten, mir meine Sachen zu packen und sie mir zuzuschicken. Ich will nicht mehr dorthin zurück«, sagte Nina.

»Postlagernd Neapel. Wir können in einer Woche drüben sein, wenn das Wetter schön bleibt.«

»Nur unter einer Voraussetzung. Wir kaufen ein neues Funkgerät, ehe wir lossegeln. Und noch etwas, Harry. Ein wohlerzogenes Mädchen wie ich sollte nur eine Narbe auf den Brüsten haben.«